诗国

新第十七卷　总第四十二卷

二〇二三·上卷

诗国工作委员会　编

中国书籍出版社
China Book Press

图书在版编目（CIP）数据

诗国. 上卷 / 诗国工作委员会编. —— 北京：中国
书籍出版社，2023.8

ISBN 978-7-5068-9515-6

Ⅰ. ①诗… Ⅱ. ①诗… Ⅲ. ①诗集 – 中国 – 当代
Ⅳ. ①I227

中国国家版本馆CIP数据核字（2023）第139458号

诗国. 上卷

诗国工作委员会　编

责任编辑	宋　然　盛　洁
责任印制	孙马飞　马　芝
封面设计	李筱昕
出版发行	中国书籍出版社
地　　址	北京市丰台区三路居路97号（邮编：100073）
电　　话	（010）52257143（总编室）　　（010）52257140（发行部）
电子邮箱	eo@chinabp.com.cn
经　　销	全国新华书店
印　　刷	三河市京兰印务有限公司
开　　本	787毫米×1092毫米　1/16
字　　数	647千字
印　　张	35.5
版　　次	2023年8月第1版
印　　次	2023年8月第1次印刷
书　　号	ISBN 978-7-5068-9515-6
定　　价	78.00元（上下卷）

编委会

目　录

格律诗词

新古体诗

新 诗

淄博专栏

祁国凯	王冀川	刘建华	刘璐昌	李全录	孙丽娟	郭通海	顾修俊	孙振全
杨升发	王文良	韩　霞	车　云	孙宝明	高书长	李振雷	耿加臣	蒲先和
戴继业	车献亮	蒲风群	黄宽远	殷寿德	赵玉霞	张希峰	袁　群	张淑燕
王克华	邵其金	陈勤孝	王会君	张成海	张成前	张学怀	高存永	高名春
高素长	吴永春	张训远	孙建红	庞玉华	贾雪梅	刘其仁	吴贻明	蒲　广
张福德	陈继房	陈继永	孙德功	孙树永	曹永学	孟凡众	蒲　泽	于新民

孟凡军　孟秋菊　肖长富　董占春　曹金娟　孟　文　张明荣　蒲先鹤　张金霞
宋长灵　赵永锋　刘英本　张杰华　李韵姝　孙传平　咸玉娣　史良太　丁乃玉
张良学　王墨琴　万　顺　吕学玲　孙启根　崔其泉　张成坤　孙德冰　白相村
张永柱　李绪芬　宋世广　许永兴　赵　芳　刘东军　吕允强　孙承博　张爱丽
王连强　孙　勇　邢诗民　车麟生　韩志强　李其逊　车春德　孙同金　李仲兰
齐秀美　杨广旭　孙启惠　史玉玲　岳崇刚　翟旭英　陈　忠　曹世民　田永利
张宗宏　车胜新　张　勇　张学忠　张明慷　韩京城　李文丽　国洪琨　翟丕万
颜景美　蒲　惠　蒲忠堂　李和胜　孙桂霞　王维坤　左　刚　孙树恒　阎祖刚
施　彤　海良好　高庆丰　聂　俊　郝　丽　聂振山　李葆国　李健生　Ｖ　青
杜荣升　刘素军

诗国论坛

格律诗词

主编：武立胜

1. 开宗明义

杨景龙

杨景龙，教授，中国词学研究会理事、中国散曲研究会理事。

繁盛局面之下的若干思考

单从数量上说，当代诗词创作的繁盛，自有诗史以来实属空前。据估算，目前全国约有300万诗词作者，实际情况可能更多。加之自媒体发表便捷，一天的作品量大概就能超过《全唐诗》许多倍，而与《全宋诗》持平甚或过之。这的确是一个令人十分惊悚的诗歌现象，它让人下意识地想起当代史上的某次诗歌运动。然则当前天文数字的诗词作品，总体质量究竟如何呢？这恐怕也是一个没有太大悬念因而也毋庸直接回答的问题。

但这的确是一个实质性的问题，是一个扼住当代诗词命运喉咙的重大问题，是一个让怀有责任感和专业良知的理论批评者无法回避的问题，是一个让意识清醒、目光新锐的诗词创作者深怀忧思的问题。针对这个问题的破解之道，约而言之，不外以下几个方面：

一、当代诗词创研者，要真正具备明确的文学史、诗歌史意识，明确前人、他人都写过什么，写到什么程度，当代诗人如何避免与前人、他人重复雷同，甚至是低层次的重复雷同，进而彻底避免无意义的盲目写作。当代诗人要明确认识到，自己是居于大河下游的"晚生"的人，在李白、杜甫写过诗，柳永、苏轼填过词之后，"晚生"的人还怎样写诗、填词，怎样向大师学习，取法乎上，并且力图有所超越突破，这是当代诗人的一个努力方向。

二、要有明确的文体盛衰意识，清醒地认识到唐宋的诗词高峰期已过，旧体诗早已进入持续、漫长的"维持"阶段。当"文体通行既久，染指遂多，自成习套"之时，旧体诗要正视"言文分离"的不足，要有向新诗学习的诚意，在"守正"的基础上，摒弃陈旧的思维模式和传统的表现手法，融入新时代，吸纳新语言，在"维持"中寻求突破，在"维持"中尝试转化，在"维持"中实现创新，使其焕发出新的活力。拙文《试论〈南园词〉对传统词学的承传与超越》《元曲精神对当代旧体诗词的影响》中，对此已有较为详细的讨论，此处不赘。

三、真正具备现代意识。这是文化立场、情感态度和价值观念层面的问题。旧体诗词作者多为文化保守主义者，如何清醒认识人类社会发展进步的潮流所向、大势所趋，真正确立主体意识、独立意识、反思意识和批判意识，无疑是一个亟待解决的问题。拙文《现当代旧体诗词进入文学史的几个问题》《旧体诗词应该向新诗学习什么》中，对此已有具体讨论，此处不赘。

四、努力创作真诗，拒绝伪饰。真善美的排序，真是第一位的，离开了真，善美将无从谈起。儒家提出"修辞立其诚"，道家认为"不精不诚，不能动人"，强调的都是真实的问题。文学史上的大诗人，如屈原、李白、杜甫、白居易、苏轼、陆游等，他们的作品都是指向生存的本质，都是为时代立言的。当代诗词作者应该力戒趋奉应景、谀辞阿世的习惯，摈弃小机灵、小趣味、小清新，真正忠实于时代、生活和历史，忠实于自己的切身感受，写出生存的真痛痒、真歌哭，写出一个时代的本质与真实。

五、相对的数量与绝对的质量。创作需要天赋，而天才总是极少数，杰出和优秀的也不会太多。剩余的庞大数量，无论作者还是作品，除了自娱自抒和诗词文化的功能，基本上没有文学史和诗歌史意义，其终极价值可以忽略不计。

六、提升创作难度，抬高批评标准。姜白石云"难处见作者"，马拉美说"不难的就等于零"。当代旧体诗词病在出手太易，写作太多，熟俗凡近，陈陈相因。一些自谓名家者，作品往往疑似口号、打油。这种状况必须改变，批评家在严肃的学术语境中，一定要秉持标准，严守尺度，敢说真话。

七、天才的作者写出天才的作品，天才的作品需要天才的读者。或者倒过来说，只有天才的读者，才能够识别天才的作品。当代诗词理论批评家，当代诗词研究者，一定要下大力气努力提升自己，使自己真正具备敏锐、准确的审美鉴赏力，具备"真赏"的眼光，成为汰尽凡庸的天才的读者。不让明珠沉海，也不让鱼目混珠，在无量数的当代诗词作品汇成的一片汪洋大海里，打捞出少量的明珠般珍稀的可以传世的上佳之作。

2. 诗国名家

刘庆霖

刘庆霖，1959年生，黑龙江省密山市人。1978年12月入伍，曾任吉林省农安县、吉林市龙潭区武装部政委，上校军衔。曾任吉林省《长白山诗词》副主编，中华诗词研究院《中华诗词年鉴》副主编。现为中华诗词学会副会长、《中华诗词》副主编。著有《刘庆霖诗词》、《掌上春光》、《刘庆霖作品选》（诗词卷、理论卷）等。

再读鲁迅先生八首

（一）

一身瘦骨裹长袍，个子输于思想高。
坐在寒冬残夜椅，目光如炬笔如刀。

（二）

外患还由内政因，改良不足血生新。
横眉冷对吃人者，用笔来挖封建坟。

（三）

千军笔扫气何雄，力量由来苦与疼。
积攒人民襟上泪，让它流淌自心中。

（四）

寒夜令君咳嗽频，香烟燃指取微温。
兵荒马乱连书案，文字多沾血泪痕。

（五）

不模今古不随波，旗帜鲜明砭与歌。
以笔掘泉通地脉，流成自己一条河。

（六）

枪口对身威胁连，文章中弹几危安？
不许一滴血背叛，清纯直荐到轩辕。

（七）

春来野草照窗明，三昧书翻头脑清。
如此文章含药性，知君还是大医生。

（八）

不朽之身去有年，也知魂魄在人间。
旧居椅子还空着，一笔如椽何处传？

诗人速描并序

2022年最后这组诗是写给诗人的，所选之诗人纯是随缘。也就是说，我对哪一位诗人有了感悟才会去写他。其中《李白》，原本是2003年写的《中秋赏月述怀》，但我后来发现这首诗给李白正合适，诗中的"路""酒""月""诗"四个字正好诠释了他的一生。李白24岁离开故乡后，一直走在客乡的路上，再就没有回去过；李白被誉为"酒中八仙"之一，把酒临风，何等洒脱；李白因为无法回到故乡，便写了数百首望月思乡的诗词，正如"手提明月行天下"；李白的诗词仿佛夜空上的灯光一样明亮而令人瞩目。因此，我早有心思将这首诗赠给他，写这组诗时忽然想起，所以正式改题为《李白》了。另外，写这些诗人时，我只是抓住一两特点去写，而不是求全貌，希望对当今诗人能有一点启示。

李 白

不谓人间路万重，一壶浊酒笑临风。
手提明月行天下，怀抱诗灯挂夜空。

杜 甫

秋风卷草落茅檐，拄杖立于天地间。
诗里江山撑半壁，早知笔底有中原。

白居易

一片心原经火烧，长安居易最堪豪。
眼睛盯住民间事，生活是泥诗是陶。

陈子昂

壮志难酬在远程，胸中万古气纵横。
登台一叹无人晓，但有斜阳为举灯。

李 贺

原上骑驴妙句裁，诗囊沾土带花开。
有些词语如明月，自是书中觅不来。

李 煜

天选诗词地选官，知君左右尽为难。
一江水作长皮尺，日夜丈量惆怅宽。

林 逋

隐在青山绿水间，小舟近寺与僧言。
半生守着一场雪，活得比花还简单。

苏 轼

一生三贬作三征，脚下青山识侧横。
雄视千秋做自己，毫端时起大江声。

陆 游

铁马冰河梦已空，死犹情系捣黄龙。
岳家枪后放翁笔，一样光芒青史中。

贾 岛

瘦硬诗风微帜飘，莫将贾岛苦吟嘲。
当时天下百千寺，只有一人推与敲。

北京杂感十首

一、恭王旧府

恭王私宅尚如初，只是当今世界殊。
片片泛光绿瓦上，前朝重量已全无。

二、东四修表

精修钟表艺人传，小店经营越百年。
春到落花深巷里，看他拆卸旧时间。

三、前门春暮

繁华渐淡渐驱真，少却红痕多绿痕。
细雨送春人独望，众花安检过前门。

四、月光胡同

四合院中天每方，时间窄窄且悠长。
有人见过屋檐下，两百年前旧月光。

五、钱市胡同

熔铸炉行遗晚清，金银交易信和诚。
一条胡同扁担窄，未把人心挤变形。

六、卢沟老桥

两侧石狮千古裁，波中晓月映襟怀。
一桥如剑多磨损，曾带寒光出鞘来。

七、学会新址

东四槐荫第八条，旧时人物似花潮。
小楼今日办公处，对过曾居叶圣陶。

八、月亮酒馆

弯弯月亮几间房，酒馆谁开胡同长。
窄窄相逢堪一醉，槐花满地笛音香。

九、故宫偶感

堂皇宫阙认前朝，正大光明压殿高。
地下匿藏多少事，万千巨石若封条。

十、西山晴雪

寄书李白学汪伦，我住燕山东麓村。
找到一枚如席雪，邀君对坐饮黄昏。

入山行得句九首

（一）

是谁迢递立云端，手指烟峦目炯然。
一语顺天生德泽，让山听得夜无眠。

（二）

远处黑云遮岭台，雷声隐隐动江陔。
天空挂着一场雨，不晓如何取下来。

（三）

晓看山桃千树明，河边野草亦青青。
春风不另造天地，但许人间万物生。

（四）

天地相交出本心，大千世界得知音。
江郎山有俩朋友，一个姓刘名庆霖。

（五）

古道春回蛙唱歌，马蹄坑外野花多。
圈门一过京都近，溪水寻常到玉河。

（六）

回首西峰对彩霓，雁来雁往十年栖。
皱纹眼角未能免，日月俱为光刻机。

（七）

长城墩下近黄昏，烈酒一瓶随手拎。
人一口来风一口，把风灌醉我微醺。

（八）

世间何处不修行，莫向云台诵梵经。
已在胸中建禅寺，自为佛主自苍生。

（九）

岭头小坐欲餐时，脚下流觞是野溪。
喜有群山能共饮，提壶一唤万峰齐。

魏新河

魏新河，号秋扇，斋号孤飞云馆。1967年生于河北省河间市。执教于空军大学。自幼研习诗词书画，尤致力于词学。著有《秋扇词》《孤飞云馆诗集》《秋扇词话》《论词八要》《词学图录》《词林趣话》等。

悼增明

万幻茫茫一瞬真，此时岂止是悲君。
无穷尽处谁生者，五十三年待死身。
天命偏钟情作性，物华专聚泪为人。
也知诸象随时化，六合推移或有因。

七月一日登西苑万寿山，次文衡山西苑万岁山韵

西陆风来暑渐消，登临员峤俯三鳌。
瓯边境界商声紧，瓮里湖山王气高。
空见天孙织文锦，几回王母降蟠桃。
从今莫做繁华梦，一姓繁华万姓膏。

注：昆明湖旧名瓮山泊。

渑池怀古用东坡和子由韵

又向蓬蒿觅青史，三千年事隔云泥。
登台赵惠秦昭后，骋目长河落日西。
千里来披千载梦，二陵亲验二苏题。
回车不见奉闲寺，惆怅寒蝉着力嘶。

展重阳追访黄叶村

九月京华万叶黄，孱躯且不置周行。
未宜春日宜秋日，不爱朝阳爱夕阳。
霜借天时变林壑，云封诗思禁池塘。
已知好景在村舍，何必冲寒陟一冈。

夜　读

掩卷当天思混茫，居然此地是吾邦。
频传夏鼎迁周庙，坐见齐桓替宋襄。
一发中原何有我，万星那粒可为乡。
悠悠太始存元理，底事玄天尚未央。

社课登景山万春亭

万岁山前万事兴，万春亭下万觚棱。
鼎湖龙驭九门树，故国山围六代陵。
岁在春明潜北极，天成人类有西朋。
九州一色青苍里，此日登临紫气蒸。

秋思京社社课

众生摇落等蒿莱，太息幽州未有台。
地被苍烟虚属望，门当黄叶几曾开。
群山势涌中原动，万国秋从上党来。
莫向玄天重寄意，年来只解降尘埃。

香山九老初会日小集得歌字

万方多难一婆娑，载酒西城踏绿莎。
诗国地宜诸老会，春郊人发醉时歌。
九河有水供洗眼，半日熏风轻永和。
不必黄庭三万字，故山随处可笼鹅。

注：《晋书·陶侃传》："老子婆婆，正坐诸君辈。"

社课题惠崇沙汀烟树图，次韵东坡题惠崇春江晚景

一片清空上柳枝，精微要眇少人知。
惠师最解词家笔，写出烟魂水魄时。

注：纳兰《渌水堂杂识》："李后主兼有其美，更饶烟水迷离之致。"郭若虚《图画见闻志》："尤工小景，善为寒汀远渚、潇洒虚旷之象，人所难到也。"

悬泉图

一丝高下出云烟，行自清流止自渊。
省识无形即无意，从今只写在山泉。

寒腊侍母不觉春晚

艰难一息感余温，百日围床不出门。
几片海棠帘底过，猛知春已近黄昏。

观　诗

一分古雅已堪夸，物理人情隔爪哇。
六代废声荒岁谷，略工饾饤即名家。

嘉平之望对月

不到天明不忍眠，朝朝相伴送悲欢。
劝君惜取窗前月，此是今年最后圆。

黄帝铸鼎塬

蕲定四方标大公，九州万类付攸同。
一鼎铸成千古式，当初枉煞首山铜。

杨震祠

覆压群生无尽期，无情无理亦无持。
当堂却笑老夫子，多少人为天不知。

注：震称关西孔子、四知先生。

戾太子冢

母子原为大小奴，万民如土荐皇图。
食人人食即青史，但愿世间真有巫。

万回村合和二仙出处

寒山拾得两弥陀，有法合成无法和。
大抵物情率如此，生民无路树神多。

芮城永乐宫

曰仙曰佛不辨真，能施寸法即为神。
一乐未成标永乐，后来仙佛太迷人。

中秋前夕函谷关置酒玩月，分句得乐天晚景函关路

明明化太虚，举酒近居诸。
魄重山河暗，霜高天地疏。
一时复秦汉，万目集蟾蜍。
晚景函关路，琼瑶百里余。

作画

笔落江山出，真参造化功。
草庵极真赏，泉石着穷通。
神化飞白际，身虚空翠中。
不知忘形意，几世在鸿蒙。

庚子除日

早起惜残序，吟成末日歌。
山形趋海势，林气伏冰河。
人向世间老，诗临岁暮多。
劫灰犹未已，谁道是余波。

放翁生辰后一日瑞云行馆小集

衰草寒林外，荒原只有烟。
苍黄横地表，孤独在人间。
月偃桑干出，风高象纬悬。
朔门残雪夜，牢落拥青毡。

画就拟题

砚池来混沌，磨砺见犀文。
一运九丘气，横生满室云。
长笺孤月没，万壑老龙殷。
借问碧驴背，天鸡不可闻。

同人饯云飞兄约赋

都下三年会，荆门一旦迁。
诗寻黄鹤背，人复白云边。
暮霭楚山合，残阳易水圆。
君看蓟门月，挂向大江天。

谢白藏青出赠帽

华发行伤尽，多君为治冠。
不成孟嘉落，待效贡公弹。
惭愧堂皇意，衰迟倒侧难。
恋头应不免，聊以敌天寒。

注：黄庭坚："醉里簪花倒着冠。"《北史·独孤信传》："咸慕信而侧帽焉。"苏轼："破帽多情却恋头。"《论语》："君子死而冠不免。"

兼旬

兼旬承菽水，抚迹日酸辛。
岁月乡村在，荒寒草木亲。
霜深残雪夜，月契不眠人。
何计除明日，仰天歌白麟。

彼苍

彼苍本无义，日月迭而微。
邻曲生如故，北堂张往时。
至穷余独立，真痛不能诗。
大法如可告，我生甘百罹。

大寒前七日寤而记梦

西逝混茫里，殷殷独履霜。
不能反三舍，长跪哭斜阳。

中秋后二日三生石小坐口占

渺渺前朝笛，幽幽何处灯。
百年冤业重，不敢问来生。

步陶饮酒之二十

世道无可饮，世人无复真。世味如酒味，遽尔付浇淳。但坐观羲和，龙驭又日新。一辙周万古，一体递嬴秦。痛饮三十载，衣冠那绝尘。醉难诗与书，并弛向来勤。畴昔初恋之，但爱和且亲。泥久成转益，所以忘迷津。老病困生理，三誓罢葛巾。竟作观饮者，自尔为闻人。

故宫六百年展苏遗墨应征

世人爱东坡，亦爱其所书。眉山非无法，执法颇有余。娴法如无法，见鱼不见渔。清真复烂漫，闲云自卷舒。即兴饶天趣，一任笔所如。老竹与枯木，率尔得萧疏。端明本哲士，多情应笑余。片言可揭秘，闻者为轩渠。臆造想当然，莫不异籧篨。自从黄州来，益复识乘除。齐物谙生理，恬然对盈虚。所以发翰墨，得意失熊鱼。遂令达者迹，珍若瑛琼琚。辗转历千劫，今日来华予。咫尺辨毫芒，似欲忘居诸。恍见玉局手，拂楮走云车。徐徐仙风发，扑面来吹嘘。因念长公笔，曾经万户居。神宫多宝物，一一出阊阖。千秋万岁后，神明犹遂初。禁城轮奂地，毕竟为归墟。岂若文华永，惠世自相于。回首万岁山，风歌闻接舆。

辛丑太白生日小集得千字

人间正值收灯日，天降金星明幽玄。先生逸兴富于海，先生有才大如天。太白如日少陵月，千秋万岁光新鲜。自从歌诗三百后，立身绝顶复谁先。二公才力过屈宋，双双落笔凌大千。李侯横泻飞扬极，杜子仁爱空千年。古来任性难为用，况于世道心茫然。清真固非廊庙具，骅骝本合驰林泉。可怜美人徒娟娟，一隔秋水一云端。当时何必长相思，相思何必在长安。人生自有称心意，谢朓名山庾信篇。华堂置酒欢今夕，飘然恍对圣与仙。

3.诗国新秀

王敏瑜

王敏瑜，笔名纤墨，1985年出生，江苏常熟人，定居金陵。中华诗词学会、常熟市诗词协会会员，获第十七届《中华诗词》青春诗会"雏凤奖"。

路遇芬芳栾花

（一）

一遇芬芳怜共老，深情沧海误相猜。
新章唯恐秋风早，只道栾花淡淡开。

（二）

旧梦新题认雪鸿，芬芳至此报秋风。
今宵坐待轻黄老，只许诗情落满丛。

三顾瞻园桂花不遇

（一）

遗憾来时似可删，岂能世事两周全。
诗中风物皆成海，梦自开花月自圆。

（二）

重逢已作旧相知，卿是秋风第一枝。
悟得人间清梦浅，明年不许看花迟。

（三）

我来倍觉看花迟，清绝无由慰所思。
闲卧窗前梦未醒，秋风吹过去年诗。

毗卢寺看银杏

红尘坐对久消磨，每辨荣枯感慨多。
常恨春风才做客，可堪秋叶又成歌。
寺中高阁云中染，门外禅音闲处过。
不必题书千百句，清凉送我到庭柯。

学诗感怀

（一）

千寻诗语借东风，身历芳年未可工。
微雨应知江草意，小园新放一枝红。
三更素影于灯下，半阕梅词落卷中。
十二阑干邀雪月，此间逸兴古来同。

（二）

眉弯字底费沉吟，辗转诗情何处寻。
惜向繁芜随逝水，终依词笔问来今。
留谁画里芳菲径，许我人间寂寞林。
此际风流追古意，半肩烟雨落衣襟。

一剪梅·寻桂花

只觉参差幽梦长。一树轻黄，一院庭芳。更有诗好得名香。开也寻常，落也寻常。　　何似玲珑秋水旁。今夕经霜，明日微茫。空教岁月减疏狂。去也清凉，归也清凉。

浣溪沙·夜临半篇《阴符经》感怀

夜有凉风惊落花，人间风物弄年华。轻盈纸上认横斜。　　不遣千年翻作梦，遥知百练聚成沙。今宵诗意递谁家。

山花子·于友人庭院小聚看花以记

始信清欢寄未迟，芳丛还似去年枝。何处新笺正落笔，又沾衣。　　四月繁花春渐远，千家微雨翠相宜。应与浮光分一半，好题诗。

醉花阴·感春

陌上花开生蔓草，风送湖光渺。半点不沾尘，未掩梅枝，吹落花多少？　　西楼月下光偏皎，几首清平调。隐约不留尘，字底天真，我在诗中老。

鹊桥仙·七夕

岭云江水，金戈铁马，古意不曾花谢。轻盈纸上梦偏长，只换得、情怀无价。　　物华眼底，秋千架下，许你相思放下。千般情绪兑清凉，兑不尽、人间词话。

鹧鸪天·种菊

昨夜诗情约到家，手栽篱畔数枝斜。香痕零落寻常径，绿影新催一寸芽。　　惊节物，叹清嘉。素心终不负年华。秋风他日来题句，卿是人间解语花。

鹧鸪天·忆瞻园桂花

万种情怀寄一枝，庭前秋意欲来时。曾经桂下看花久，已觉楼前听雨迟。　　尘未倦，梦堪题。袖中仍有旧年词。风烟纸上应无悔，只是如今懒作诗。

鹧鸪天·明孝陵见百年桂子初开

一树清风动我怀，山中桂子已初开。屡传志士留名册，不胜风流对玉阶。　　神道处，帝王台。旧时遗迹已生苔。风烟六百皆无恨，落叶空山带雨来。

鹧鸪天·辛丑七月初八夜游体育公园

桐叶湖风月半弯，依稀灯影半将阑。感时不见初秋句，怀旧空吟古意篇。　　飞镜里，落眉端。今生欲作采诗官。此时徒羡云中树，阅尽诗山亦自欢。

鹧鸪天·早春遇"枫"

忽觉浮生静里过，梅捎音信动南坡。自能霜雪调成色，更借春风报以歌。　　思未尽，意如何。纷纭世事任蹉跎。此心常在澄明里，何惧炎凉纸上多。

蝶恋花·雨中探梅

幽径人稀迷远道，微雨来时，归去应须早。十里千寻枝窈窕，明朝开落知多少。　　陌上新花开正好，不似人间，唯有红颜老。坐对春寒偏不恼，吾心安处同芳草。

鹧鸪天·梅花山看梅三首

（一）

岭上新风任去来，春城烟水旧楼台。自因诗意寻常见，卿是知音次第开。　　听锦瑟，绝尘埃。落红微雨点苍苔。枝头认取韶光景，我与梅花两不猜。

（二）

自有冰心未染尘，只留诗意不留痕。旧时芳草旧时景，一岁梅花一岁人。　　思零落，动缤纷。东风着笔兑天真。一丛绿萼初开处，借得情怀在此辰。

（三）

心系江南烟水边，芳菲处处认前缘。何年风雪吹三径，自古梅花诗百篇。　　飞梦里，语灯前，流光经转作清欢。林间绿萼不知老，花影依稀似去年。

清平乐·古林探梅

林间芳草，岁岁催人老。倍觉清凉生短调，梦里几番诗稿。　　尽寻烟景横斜，人间阅遍芳华。春醒几分柔软，赠他十里梅花。

山花子·暮色赴雨花台赏白玉兰二首

（一）

隐逸林中未染尘，三分明媚觉微温。堪透人间聚和散、亦天真。　　一径清新无可赠，心随花影动缤纷。犹与春风同在侧、更无人。

（二）

暮色难消倦马尘，无关风月且藏身。缥缈烟中间消息、近芳邻。　　闲倚阑干皆忘倦，渐无人语掩重门。忽觉此时存古意、正黄昏。

满庭芳·2023年第一场雪

今日临字，突然想到"人书俱老"一词，又恰逢窗外飘雪，遂起身填完此词。

烟火寻常，芬芳次第，几番尘梦新题。乍起慵懒，缥缈引涟漪。谩忆得零花落木，坐看处、落满清池。风吹起，苍茫点点，吹皱了相思。　　相宜！朝雨过，零零碎碎，添得歌诗。愿赋笔情怀，踏雪寻梅。入我禅心小字，何须问、自有幽期。成知己，人书俱老，赠与旧年枝。

如梦令·枯蓬

无悔人间经过，岁晚敛眉枯坐。风雨满秋声，消得月凉千朵。　　闲卧，闲卧，谁与一帘烟火。

如梦令·初荷

节序悠然传信，探得镜湖芳讯。物我久同心，岁岁此时相认。　春尽，春尽，漾起一池新韵。

踏莎行·菖蒲生日记

影若精灵，心连幽露，纤罗未染尘和土。玲珑不解薄情花，算来只有卿如故。　梦是天涯，书为旧侣，一笺明月如初遇。诗中灯火照前身，纸间多少风流去。

踏莎行·重瓣棣棠花

兰叶葳蕤，芳华次第，悠然脱却胭脂气。玉容寂寞懒疏狂，春风最解其中意。　灿若星辰，身随逸致，玲珑翠减遥相寄。名园费尽买花钱，人间自有清凉地。

李兴来

李兴来，山东阳谷人。2018年入选《中华诗词》青春诗会，并获谭克平青年诗词奖。现为东郡诗社秘书长、聊城市诗词楹联学会副秘书长、聊城市文艺评论家协会副秘书长。作品散见于《诗刊》《中华诗词》等报刊，已出版《歧斋吟稿》《砚边拾零》等。

宅　居

避居旬月久，杨柳已依稀。
欲向春光里，还随燕燕飞。

早　春

一树梅花雪，迎风独自开。
春寒犹料峭，何日燕归来。

立　春

律回风日暖，梅柳已更新。
鱼跃盈盈绿，莺鸣淡淡春。
长云横一抹，曲水绕三津。
万里清晖满，征车起陌尘。

品长清茶得句

清光萦碧树，万里入空明。
汲水荒潭远，烹茶野岫平。
篆烟浮袅袅，玉露泛盈盈。
缭绕余香在，氤云一望轻。

送　春

无端老却百年身，辜负湖山辜负春。
莫问莺花谁送主，匆匆俱是远行人。

梅

料得东君犹未归，寒云漠漠日熹微。
南枝一点红颜色，已向行人梦里飞。

严冬湖畔步赵英杭先生韵

长堤十里绕平沙，萧瑟人间日影斜。
独立苍茫谁共我，前滩飒飒老芦花。

东昌湖随笔

杨柳烟深眼欲迷，一湖澄碧野云低。
斜阳寂寞人犹在，憔悴东风十里堤。

春 半

万里空明二月天，南堤杨柳半含烟。
游人但见清光好，便拟扶摇放纸鸢。

雁

万里空明一雁斜，十年心事逐天涯。
遥穹已许舒长翼，且趁高风向晚霞。

寒 日

日暮凭栏一望收，寒风万里上高楼。
谁知今日垂垂老，犹笑芦花白满头。

壬寅立春后二日

日出扶桑破晓时，初融绿水涨迟迟。
儿童欲问春消息，笑指红梅第一枝。

壬寅春日与赵英杭王继宪谭庆禄叶晓升诸先生分韵得梅字

二月新晴柳欲裁，日长风暖燕归来。
暗浮香气催人醉，欲剪南枝一段梅。

剑

寒芒闪闪一身轻，万里犹能取百城。
磨砺霜锋今欲试，未曾出鞘已争鸣。

午 后

晴岚玉树绕南堤，一片葱茏百鸟啼。
可惜朱轮拴不住，驱驰早已过桥西。

癸卯上元

杨柳千条入眼新，晴川漠漠草茵茵。
又逢箫鼓升平日，且折东风一段春。

庚子冬日谒蚩尤陵

寒林零叶自飘摇，落日旌旄向碧霄。
馆阁空随云漠漠，丘茔犹对影萧萧。
几番兴废余慷慨，千古风烟入寂寥。
断碣摩挲愁未已，但从圮泐觅前朝。

有 寄

寥落江湖睽遇久，白头万里尚飘蓬。
十年天壤留踪迹，一箧兵书傍始终。
嘶马摇鞭堪射日，腾蛟破壁欲凌空。
平生未羡池鱼乐，击楫中流唱大风。

春 暮

杨柳烟堆碧草齐，独携箫剑上南堤。
一溪花谢余残蕊，万里云垂接远畦。
暖燕频飞仙苑北，凉风遥送野桥西。
可怜又是春归去，只剩林间杜宇啼。

过沙河崖访刘邓大军渡河指挥部旧址

九曲长河流日夜，东风浩荡满天涯。
挥鞭曾指中原地，蹀躞重寻北斗槎。
事业屠龙人历历，舟车逐梦雁斜斜。
金堤杨柳添新绿，万里空明入暮霞。

品双井茶得句

晴岚暖树绕芸窗，玉爪新飘缕缕香。
坐对茗烟观起灭，手遮芽影卜行藏。
应知浓淡皆真味，莫道浮沉有异方。
高卧藤床犹故我，但从杯盏啜沧桑。

辛丑秋日登光岳楼有作

远岫高岚一望收，西风万里此登楼。
黄花渐向斜阳老，碧水空萦曲岸流。
九转肠回归淡漠，半生梦醒厌营谋。
苍茫阅尽人间局，自顾匆匆已白头。

降 日

寒空又是日熹微，检点平生诸是非。
揽镜应怜霜发满，推窗更觉鸟声稀。
萧萧荻渚茫茫白，瑟瑟荷塘淡淡绯。
望尽天涯余寂寞，几回涕泣欲沾衣。

悼滕师伟明先生

寒林漠漠蜀云空，化鹤人归玉殿中。
四海声名犹赫赫，十年零落竟匆匆。
可怜回首成追忆，无奈伤心寄雪鸿。
遗着摩挲情未已，任凭涕泪洒秋风。

生查子

天寒林叶稀，夜静蛩声乱。桂魄冷长空，影落西楼畔。 烛映酒酲深，枕倚星河浅。断续梦黄粱，不觉霜华满。

临江仙

帘外初升眉月，蕉窗几度春风。新年光景略相同。酒摇明暗绿，灯映浅深红。 纵是岁华荏苒，依然夜色朦胧。可怜槐梦已成空。凭栏人不寐，又见斗朝东。

好事近·与赵英杭王继宪谭庆禄叶晓升诸先生小聚席间分韵得色字

皓月冷长空，洒落一庭霜色。唤得檐前梅蕊，坐对寒窗侧。 曾经煮酒数残棋，往事不堪忆。欲取楮皮残纸，细把龙泉拭。

踏莎行·东郡诗社雅集分韵得拟字

翠柳回廊，花桥流水，金樽酒满熏风里。浮生今日得欢娱，午阴深处歌新拟。 抛却繁华，且聆绿绮，挐云心事浑收起。鬓丝暗向镜中添，囊书匣剑楼休倚。

喝火令·送春

莫道青衫薄，应怜碧草深，瓣香零落影沉沉。杨柳漫天飞絮，憔悴故园心。　已是霜华满，何堪岁月侵，且将樽酒付频斟。醉也春归，醉也梦无寻，醉也一声长啸，不许作悲吟。

武陵春

陌上一畦新绿色，杨柳正依依。又见衔泥雏燕飞，风起片云微。　疏影暗随流水转，脉脉带朝晖。欲问樱花是也非，香霭已霏霏。

4.时代放歌

李文朝

烈士纪念日向人民英雄献花

手捧鲜花肃穆中，跟随领袖祭英雄。青春燃去山河亮，白骨换来天地红。壮志传承增浩气，长征接力鼓东风。喜迎盛会谋强大，指日昊空腾巨龙。

刘庆霖

鹧鸪天·参加数字化时代中华诗词发展高峰论坛感受当今科技发展

数字知乎亦网罗，纠缠量子尽诗魔。不期虚拟时间轴，遭遇花潮引力波。　元宇宙，未来歌，云时代里海漩涡。绝难想象人生路，还要深蹚纳米河。

王清海

减字木兰花·习总书记视察吐鲁番葡萄沟

葡萄名镇，独特甘甜称誉甚。产业龙兴，满目珍珠翡翠城。　共同致富，借此东风行更速。文旅融合，万众同吟追梦歌。

马　犟

鹧鸪天·福建甘肃共建移民示范区闽宁镇

极目沙尘静不扬，新居春色斗芬芳。柳边院宇连墙立，天半烟云共鸟翔。葡萄酒，满街香，引来商旅一何忙。吊庄赢得东风顾，水暖村明丽日长。

黄芝龙

喝火令·写在烈士纪念日

肃穆秋风伫，低沉小号鸣，激昂依旧国歌声。悦耳接班人曲，天上亦云停。　御侮兴邦梦，中兴赤子情，丰碑字字血凝成。注目无言，注目泪盈盈。注目先驱千万，励我永前行。

李显彬

观党史馆冰雕连展厅

三回两望泪中看，扑面仍生透骨寒。
血肉冰雕身不朽，军威如铁气如兰。

张玉兰

马英九先生重庆祭奠张自忠烈士

梅花山麓杜鹃啼，正是清明泪雨时。
祭奠英灵声已哽，追思遗志步犹急。
为圆国梦千秋计，不忘袍泽两岸期。
一统中华终有路，连筋骨肉誓难移。

彭宇文

"湘潭伢子"马英九先生回乡祭祖

烟雨九龙破晓啼，湘潭伢子貌依稀。
归乡难控声音哽，越水能无脚步急？
一统中华多跬路，百年圆梦待佳期。
同心信可成同道，聚力能将海岳移。

罗胜前

马英九清明期间访问大陆

宝岛孤悬夜色凉，一湾浅水阻还乡。
湘潭不远行将至，义渡无声善自扬。
踏浪归来追祖考，躬身祭拜示儿郎。
清明岂是马家事，两岸潮平万姓昌。

郭再仙

定风波·西流湾大桥

一架飞来两岸连，西流资水映蓝
天。雨后初晴光照里，如洗，长虹落
日袅轻烟。 薄暮华灯迎夜月，明澈，
双双情侣隐桥边。不尽车流来复去，无
阻，托将思绪化诗篇。

熊　敏

镇江长江"智慧水管家"建设

一江清水向东流，网管攻坚得意秋。
两岸铺开生态卷，谁人还羡小瀛洲？

长江生态治理二首

桃花水母现身

道是桃花落水生，香妃罗帕泪晶莹。
太湖予汝澄鲜境，抱月而来入梦轻。

渔夫日记

禁捕真称好主张，老夫日日小船航。
护鱼路上添奇趣，我与江豚逐夕阳。

赵建军

正定塔元庄智慧农场

春风一夜叩农门，唤得南枝落北村。
冷地盈盈飞秀色，新苗寸寸扎深根。
棚中顷刻云和雨，垄上依稀晓与昏。
稼事于今手堪握，鼠标轻点动乾坤。

王明侠

临江仙·赞一亩泉村

玉带林间环绕，桃源郊外深藏，闻
听天地不寻常。百年泉不断，终岁谷盈
仓。　田舍遍栽金果，经营常授良方，
丹心一片报家乡。脱贫千里马，致富领
头羊。

廖润昌

西江月·延安苹果园

万盏灯笼点亮，脱贫逐梦如歌。浑
圆轻捧俏梨窝，粉靥羞红个个。　网购
途轻货利，暖心阿伯阿婆。夕阳不肯坠
山坡，煮沸人间烟火。

赵孔茂

如梦令·问天实验舱发射成功

一瞬问天云上，谁主广寒时尚？
神器耀天街，玩转星河宝藏。激荡，激
荡，蓝色地球在望。

蒋科禄

"世纪工程"广西平陆运河开工

开河凿地传佳讯，平陆工程正起航。
江海连通谋发展，须教世界共辉煌。
出港蛟龙腾八桂，一河架接大西南。
千年伟业今赓续，江海连通作美谈。

马英杰

欣闻大运河京冀段重新注水通航

一条水道贯京杭，几度干涸种苇桑。
荣辱风云浮两岸，兴衰岁月漫八荒。
黄金漕运波新起，碧绿枝条柳复扬。
喜看樯帆摇碧影，好将佳绩续辉煌。

时墨华

大运河北段全线通水感赋

如今可作运河游，景致层开不胜收。
久忆乌篷悲静渚，初闻浊水变清流。
新桥乐对镜中月，古驿欣逢梦里鸥。
北调琼浆滋沃土，江南风韵到沧州。

汪中学

临江仙·细石岭新农村文化墙

茧手挥毫题字，农夫泼墨成章，村
规民约一行行。文辞涵雅韵，诗赋溢书
香。　教化宣传营地，休闲阅读长廊，
惠民政策入山乡。淳风培孝善，厚德育
贤良。

5.新韵阵线

武映梅

春游沣汇公园

谁将腐朽化神奇，一片荒郊换彩衣。
池静尤浮青雾厚，花繁自显绿荫低。
横桥草覆随足尽，旷野云高任鸟啼。
最爱天光三月好，微风细雨下河堤。

重回三青梁

依旧青青那道梁，辞春换上夏时妆。
花光渐粉李桃杏，岭表闲踱牛马羊。
曾为饥临剜荠野，每因寒过补风窗。
此间多少童年忆，总自村头热眼眶。

杨艳梅

秋日西孟河垂钓

云日初开碧水流，渔矶石畔慢垂钩。
冲烟白鹭等闲看，抵岸凉风取次收。
久伺桑麻忘名姓，每耽诗酒笑王侯。
清嘉独坐无归意，任是芦花吹满头。

李万鹏

过坑儒谷适逢暴雨

天滚浓云落万珠，浸湿故事浸湿书。
滔滔漫谷山洪响，恍是儒生在恸哭。

谒秋瑾墓

宁将碧血化惊涛，弱体纤身挎战刀。
洒酒碑前未躬拜，男儿已自脸发烧。

彭俊枫

果支行

久仰芳馨慕盛名，和风扶我远郊行。
山深不畏荆丛阻，林暗得披花影轻。
辗转峰前拾鸟韵，迂回崖畔捧溪声。
欣逢胜景通幽处，每至诗情缕缕生。

张茂坤

访　友

春日青郊外，相约老友家。
数瓶陈酿酒，一碗自煎茶。
新笋园中嫩，雏鸡案上杀。
微醺意犹好，坐看雨淋花。

邱鹏飞

皂角寺

青瓦掩凡尘，红砖砌释门。
山中皂角寺，渡尽有缘人。

仲　春

一夜卧听风雨疏，门前嫩叶罩寒屋。
晨窗遥望远山碧，片片飞花落满途。

苏松梅

宿大别山南王岗村

轩堂多敞阔，绿草绕阶丰。
待客奉香馔，读书倚老松。
露台竹钓月，小苑柳牵风。
僻野谁言陋？村成锦绣宫。

瞻仰红二十五军长征决策地花山寨

山高路何在，策定便出征。
万里一肝胆，千折九死生。
有为何重位，无累自轻名。
天地浩然气，盈得满寨清。

许青才

过方山"美女照镜"处

明眸似水碧玲珑，人面如花映日红。
山作妆台湖作镜，为谁妩媚为谁容。

谢　希

平凡岁月

无诗无酒度生涯，喜看天边那朵霞。
俗务纷纭藏智慧，粗粮平淡赛新茶。
每思憾事忽流泪，倍念亲人更爱家。
未忘青山存远梦，芭蕉叶上好涂鸦。

立春北海游记

一派天蓝辞旧律，立春冰解野凫谐。
开怀乐饮东风酒，骋目悠游北海园。
画舫林塘空水静，濠濮椒室岫云闲。
恍然暮色添诗意，月上楼台玉兔观。

章金宇

过龙门

龙门水势鬼神惊，速度谁疑银汉倾。
雷打峻嶒山对峙，云连莽荡浪相争。
旋经气胜千重鼓，绝信胸藏百万兵。
君看从来艰险处，黄河总是震先声。

感 悟

人生大梦更单程，总有良多忿不平。
放下才无烦事累，看开方会转机赢。
彼时花落摧颜色，他日春来换性情。
一本是非恩怨账，何须计算太分明。

张敬爱

即景写意

星斗入江舟在天，宵风过处水如烟。
月藏云罅偷将睡，蛙起和声不许眠。

见女儿微信照片口占

仙子谁家披晓风，幽深萝径看花红。
多情一笑画阑处，春色回眸剪水明。

希 冀

寒衣夜祭母

日落林无雀，风萧草影凄。
目极云岭外，肠断老家墟。
陌上天尤冷，坟头土渐低。
唯将一堆纸，为母作寒衣。

寒衣夜思母

往事何堪忆，故人无处追。
挑星山里走，装日篓中背。
嚼块馍馍喂，折只鸟鸟飞。
至今娘不伴，依旧怕天黑。

王守华

周 末

秋来小院渐幽深，黄叶飘飞风掩门。
日子寻常无意趣，闲书看罢看闲云。

偶 感

黎明送走送黄昏，检测核酸又一轮。
唯愿苍生皆绿码，再无最美逆行人。

李景慧

雨 日

幽情何处置，相对野溪前。
一盏春茶静，半天窗雨闲。
生白缘陋室，洗绿见南山。
诗就清凉界，邀风共此欢。

龙马河秋望

红亭偶凭眺，意绪尽陶然。
芦雪藏沙鸟，村人钓野滩。
萧条黄叶地，澄澈碧云天。
若问此间妙，无非一字闲。

奚慧枝

游芙蓉镇

小雨淅淅舒碧流，涨池新绿染吟眸。
宽街窄巷背包客，傍水依山吊脚楼。
自在生活颇自美，无穷快乐更无求。
流连未过苗家寨，已有春风吹上头。

赵连旭

七 夕

飒飒风吹晓，潇潇雨打更。
池中蛙鼓静，架下叶藏声。
耕梦开新境，织云缝旧情。
尘寰皆过客，惜爱枕边星。

山 行

山路弯弯复几重，溪谈鸟唱碧相迎。
烟村三两峰间挂，峰自霞边岭上红。

裴立新

秋日偶作

西风摇树影婆娑，小立园中意绪多。
一叶拾来凝望久，经年故事已斑驳。

溪 流

山中岁月本悠长，一路喧哗向远方。
逐入江湖深莫测，再无清浅旧时光。

贺宗仪

沁园春·游黄山

绝美名扬，今日登临，始信美殊。叹峰奇壑险，雾潮隐现；松珍石妙，云海沉浮。梦笔飞来，竖琴迎送，丽质雄姿胜者无。流连处，感三生幸事，相与征服。　黄山魅力何如？引中外嘉宾入画图。让光明拥抱，何其愉悦；莲花托起，能不欢呼？目远心宽，情豪气壮，后履艰程若坦途。期再会，待攀缘解禁，定上天都。

苏 燕

鹧鸪天·元宵夜与打工小妹视频感作

烟火远天绚烂中，汤圆在碗玉玲珑。视频忽自舟山岛，问候仍关淮水东。　　怜小妹，似离鸿，佳节依旧在出工。提灯明月光千里，照亮乡愁两处同。

鹧鸪天·看护患急性脑梗母亲锻炼

伛偻腰身举步艰，左摇右晃脚蹒跚。看得为女心滴血，忆起当年娘是山。　　揉泪目，展肱弯，悄悄衣角紧相牵。防摔步步随其后，撑起娘亲一片天。

潘洪信

楼下桃花含苞欲开

临窗翠鸟报清音，数尺夭桃今日新。
虽是暗香红淡淡，不输墙外万枝春。

杨春坡

春 茶

雨雪育山魂，草木自存真。
留下春滋味，秋冬煮与邻。

范旭梅

浣溪沙·夏日逢雨后降温

云重风疾雨更狂，飞珠卷玉打芸窗。尘埃洗去更清凉。　　入目一泓池水碧，扑鼻十里藕花香。黄莺啼过绿丝长。

鹧鸪天·赏春

几许情怀何处赊？悠然独步向村郭。走心诗意趁时有，入目风光随处得。　　飞柳絮，啭莺舌。遥看水面宛如磨。风熏万树红霞帔，十里青山云外遮。

刘加美

赞快递小哥

朝夕风雨里，城内外穿梭。
莫问年龄几，人人喊小哥。

刘清华

春节回坊茨小镇

客梦关情拗不开，时光覆满旧尘埃。
萦思纵使行逾密，仍被乡音挤进怀。

孙　燕

杪冬虞河即景

薄雪遮梅眼，寒风曳稚松。
孤亭藏倦鸟，时唤两三声。

四十自述

中年无所好，偏爱艺山游。
提笔磨心性，捉刀练指头。
时习清静法，暂忘稻粱谋。
高揽奇风景，无暇世上愁。

武福河

万印楼

楼蕴千秋智，斋留万印芳。
金石儒墨润，鼎气柏筠苍。
北海浓书味，东齐厚史章。
潍州多俊士，圣地载文光。

侯灵芳

咏　春

红紫千般染道旁，无边春色浴晴光。
漫梳烟柳风着意，鸟唱花枝声带香。

李桂英

雨　荷

疾风骤雨亦从容，剪断银丝描韵浓。
满抱香珠留不住，泠泠滴入碧盘中。

韩淑静

踏莎行·小开河渠首纪事

拾趣堤台，凌风柳径，翩翩疑是游蝶醒。大河浩荡去无声，田塍五月农家竞。　演诵铿锵，激情飞迸，诗家渠首同台庆。暂将愁绪付东风，骄阳暗把波光赠。

6 . 乐山乐水

侯孝琼

临江仙·西溪

曲涧沙洲沼泽地，芳林盘谷荷塘。谐调生态水云乡，轻风丝柳细，微雨竹枝香。　名士高僧归隐乐，茅轩精舍琴堂。我来正值晚秋凉。寒梅犹未放，芦荻乱飞霜。

傅占魁

游东莞大屏嶂森林公园

山水亲昵半日闲，驱车纵览画中天。
眉峰簇碧环云抱，云影衔波逗鸟牵。
荔挂漫坡枝郁郁，风吹夹道竹翩翩。
孙儿不解暮帘罩，小手频招月下船。

水调歌头·访大冶青铜古都文化大观园

雨过晴光嫩，铜绿拾前踪。偕朋健步吟啸，天际碧相逢。石上水弹琴瑟，画里山移锦绣，花笑契微风。一鸟衔湖起，万顷醉荷红。　谁有翼，同云鹜，几高峰？三千年外、先祖蓝缕炼青铜。穿越时空隧道，承续古今对话，龙脉岂容封！生命应长绿，绿在自然中。

水调歌头·游上饶灵山

梦几灵山约，雄踞信江边。缆车携我飞去，终遂美人缘。一缕晨曦撩醒，万仞轻纱漫卷，倏地盖头掀。翠竹笙箫动，云袖舞翩翩。　清泉漱，风梳罢，彩妆嫣。悬崖栈道如带，星汉系腰间。昂起九霄龙首，旋转扶摇鹏翼，太极画坤干。气向天梯聚，神入万峰巅。

巴晓芳

辛丑暮春雨中游郧西上津古城

除却天津即上津，金钱河畔雨纷纷。
古城新柳初迷眼，小巷春霖合断魂。
破壁马车追驿道，采风游客辨碑文。
几回极目墙楼外，四面青山飞霭云。

辛丑暮春雨中过郧西湖北关

到此皆谈暮与朝，秦亭面对楚亭高。
凤凰草漫天堂岭，春雨声连汉水涛。
碑刻两边明界限，俗传一脉尽妖娆。
洞开门户无关锁，只把城楼做地标。

登沧浪亭

谁遣湖山入画图？斯人不教小亭孤。
涟漪波动催舟急，琥珀杯翻醉酒无。
照影偏怜风弄柳，濯缨渐少水烹鲈。
一从渔父分清浊，千古难裁是智迂。

姚泉名

孟塬眺华山

山亦有脾性，华山怀不平。
峰穷碧虚起，嶂迫莽原横。
萧史龙犹逸，陈抟梦已惊。
仰观天际线，疑听怒潮声。

自华阴赴华阳道上

地立吾难止，峡间惟绕行。
残阳金镀嶂，余雪玉埋荆。
路作惊蛇舞，车犹饿虎鸣。
云非隔山好，莫厌渭原平。

春日登天柱山次韵卢冷夫先生

天何须此柱，闲着众多神。
乱石怪如世，孤峰立作人。
松摹瑶凤假，金煅燦花真。
山外若无梦，左慈诚可邻。

一剪梅·癸卯二月初三陪安陆诸君游东湖小梅岭

老蕊何曾减暗芳。前树银香，后树金香。东风妒煞岭头妆。一袭青裳，一袭丹裳。　泽畔桥西花影旁。欲折何妨，折恐相忘。放翁化作几梅郎。笑自心强，醉自心狂。

山中煮茗

夕野松涛景自神，风牵落叶寄愁人。
暮归孤雁融云色，树挂寒蝉拜月轮。
煮茗茅庵溪雾卷，衔杯竹径紫岚氲。
静心守得三泉脉，清气回肠脱俗尘。

朝中措·湿地公园大洋洲

洋洲梅影疏春光。堤岸柳丝长。栈道云桥幽境，风寒万朵红黄。　青青石道，修林茂竹，一水云苍。人在阁亭闲坐，笑谈不问斜阳。

陈水冰

登梵净山

仰望心生惧，趋行只往前。
山风吹面冷，栈道镂空悬。
少壮多挥汗，老翁偏比肩。
蘑菇峰上看，满眼武陵源。

谢亚东

癸卯早春大洋洲

两岸寒梅着晚花，小桥杨柳绕烟霞。
倚楼远望云天外，步渚平临光影斜。
清浅摇红漫春色，翠微凝黛浸霜华。
每逢听雨园亭下，一缕诗情自可赊。

游黄果树瀑布

眼前好景实难描，水雾飞腾暑气消。
天降银河珠溅玉，树围碧涧影横桥。
画图远播成名片，黔地筹谋奔富饶。
游客频繁车马急，青山处处有人潮。

游广汉三星堆

蚕丛开辟蜀中天，烧土为陶难计年。
玉石精雕无字史，青铜铸范有根源。
扶桑树上玲珑鸟，酿酒池边稻菽田。
纵目奇观隆鼻貌，不知来路不知迁。

踏莎行·重庆之夜

车逐黄昏，路追桥隧，时闻麻辣山城味。万家灯火走龙蛇，千层高阁飞霞蔚。　水岸多情，洪崖藏美，坡穿月影楼穿轨。游船丝管入江云，先忧后乐方无愧。

张雷咏

涨渡湖湿地冬韵

高松夕照红，百鸟入幽丛。
莫怨风催浪，但看鱼戏翁。
余年皆自好，归路尽相通。
碧水连天处，停船醉月中。

游利川龙船水乡穿水帘洞即兴

挥手擦干三伏汗，入帘但觉四时春。
金蟾破壁尖尖嘴，玉鳄凌波片片鳞。
未见传闻童子弈，不妨遥忆烂柯人。
劝君莫唱龙船调，免得洞仙还俗尘。

登井冈山感吟

登峰遥忆旧时光，风雨百年情未忘。
八角楼曾传檄羽，黄洋界立请缨郎。
山间修竹入云海，崖上青松挺脊梁。
忽见苍鹰舒展翼，冲开雾障正翱翔。

龙远照

观黄河壶口瀑布

奔腾不计路迢迢，瀑卷洪波气自豪。
龙向空中翻巨浪，雷从象外震灵霄。
晴虹跨壑苍烟隐，白雨弥天绮梦遥。
滚滚狂流东去矣，我心如鼓又如涛。

天山赏天池

心仪西域赏瑶池，遂愿今番情欲痴。
湖若仙姑悬宝镜，云浮波面秀琼脂。
轻舟碧水双偕画，厚雪冰峰久寓斯。
此际岂和天接壤，超然世外任神驰。

临江仙·芙蓉镇茶楼赏瀑

惬意琼楼闲坐，怡然四面临风，窗前飘瀑洒堂中。依稀居浴室，仿佛驻龙宫。　数丈悬崖斜挂，千条白水悬空。疑心王母发簪功，银河倾玉液，江畔展芙蓉。

滇西友邻山庄即景

天涯异景属滇西，黛绿流光物亦奇。
檐下八哥迎意蜜，亭前筱竹弄姿怡。
成群孔雀闻铃集，无数山猴绕宅嬉。
猫踞墙头鸣妙语，人间万象总相宜。

樊雪猛

云冈石窟

依山凿窟设莲台，万佛千姿出世来。
佛看我时根未净，我参佛处尽尘埃。

天涯海角

到得崖州恰好春，椰风海浪涤烟尘。
天涯已远逢新客，海角无由见故人。

谒南海观音大佛

远上南山一拜深，但求菩萨识知音。
巨尊有相终归海，真佛无形始在心。

王崇庆

登赣州郁孤台

苏子稼轩安可追？虔州展望绣成堆。
青山映绿两江水，春梦喂红三角梅。
南宋已随蹄踏去，东风正唤燕飞回。
景观令我心如醉，欲与云霞碰酒杯。

镇江阁

飞甍翘角柱盘龙，拾级谁来叩九重？
笔蘸云涛思杜甫，手扪星汉摘芙蓉。
气吞沧海三千里，坐对巫山十二峰。
莫道英雄无觅处，镇江阁里有行踪。

贵州镇远古城

四面青山碧水横，谁揉风雨筑高城？
河摇楼影明清韵，石烙蹄痕烽火情。
花落长街香淡淡，鸥追画舫浪轻轻。
火锅美酒排三里，醉落春宵十万星。

王文春

游华盖山

万丈碧空盘九龙，竹林曲径觅仙踪。
云生蝶谷朝成海，客至香炉暮倚松。
欲访名川登五岳，行看华盖上三峰。
鹿鸣飞鹤蓬莱境，夜宿高楼听晚钟。

袁传宝

云龙湖

临湖倚岭意悠然，云起龙吟涌巨澜。
二水中分沙月岛，三桥巧串道陵山。
亭台阁榭藏佳梦，彩舫兰舟映碧天。
苏子流连难舍去，东坡塔下玉芝芊。

曾春华

浣溪沙·登武功山

相约登临白鹤峰，罗霄峻岭寸眸中，茵茵草色漫苍穹。　袅雾吞云千嶂碧，朝霞拥日万丘彤，游人梦幻到仙宫。

宗寿华

水调歌头·万里长城

一脉凌瀚海，万里舞苍龙。千年风雨，洗去烽火略无踪。城郭楼台敢问，风物山川依旧，人事古今同。登临见慷慨，指顾正从容。　雁飞南，烟沉北，水流东。沧桑去也，统是岁月血凝红。不忍征夫百万，安论开皇一统，青史过和功。大浪沙淘尽，荒冢几英雄。

祁国凯

沁园春·游武当山

一柱擎天，群峦朝顶，万木葱茏。望煌煌金殿，云蒸雾涌；森森紫阙，翠掩烟融。太子坡前，南岩壁上，绿瓦丹墙照碧穹。幽深处，觅灵泉飞瀑，古洞遗踪。　山光绝妙无穷，莫非是、瑶池瀛岛逢。问阴阳造化，三元大道；逍遥极乐，八卦神功。仙乐回萦，道茶余馥，身在清虚浩渺中。除此外，有何方胜景，堪驻心胸。

舒列甫

游九宫山遇雾不值

向慕九宫山，烟云壮此间。
英雄三尺剑，峰岭几重关。
苦雾吞天地，尖风割鬓颜。
我来何所憾？心到自斑斓。

山背文化遗址

水合山环远近村，五千年见旧巢痕。
杨家坪上修渔猎，跑马岭头萦梦魂。
暖日无私天地迥，炊烟有信古今存。
先人砥砺经行处，石镞陶壶握尚温。

鹧鸪天·游马溪寺

一寺飞来嵌碧峰，疏钟清磬绕葱茏。龙腾天外云霞阙，狮吼岩前涧壑松。　山自在，水从容，当年烽火数英雄。且将万丈凌云气，翻作弥陀佛语功。

齐天乐·登石钟山

琼田千顷浮钟石，撑起一天风骨。泛舟岩前，临湖塔畔，浩荡烟波秋叶。细聆山阙。甚南韵函胡，北音清越？浪拍云崖，当年战舰卷霜雪。　江天一览清绝。问江波孰浊？湖波何澈？望极匡庐，瞰临川泽，虎踞南天空阔。此心如铁。正霜蟹方肥，玉醅新热。击鼓鸣钟，笑西风万叠。

蒋继辉

过克拉玛依油田

天赐人间不尽油，如林井架遍沙洲。
采机最解报恩事，跪向苍原直叩头。

茶马古道边饮茶

几口香茶已忘怀，千年古道白云埋。
忽听轩外铃铛响，疑是马帮翻岭来。

泛舟鸭绿江边

船渡往来梭，秋阳不系戈。
断桥思血火，破浪话风波。
失义千山瘦，知恩一勺多。
回头故乡望，广厦接田禾。

7.感怀寄意

段　维

回乡过年侍护老父阳康

阴阳谁做局，僻壤亦敲枰。
家父如棋子，沙场正血腥。
延医皆赤脚，输液对枯藤。
儿是上灵药，闻声便泛青。

正月初四于老家望月寄在汉妻女

银河望断问谁怜，为父为儿一样难。
今夜月牙如片橘，未沾唇却已心酸。

老家烧灶感赋

灶膛红映脸膛红，煎煮年关腊味浓。
自觉万般灰渐冷，乡情一拨即熊熊。

鹧鸪天

两道轻红小杠横，阴阳凭此判分明。头真垒垒千钧重，身似飘飘一羽轻。　喉锁顿，咳崖崩。汗珠开闸我如萍。劫波裹挟知何处，仿佛依稀山海经。

邓寿康

沁园春·自遣

一介儒夫，庸庸老者，雪鬓多思。顾天边秋月，仍牵感慨；酒中情绪，每少疑猜。梦里江湖，浮生故事，渐被流年沧海埋。释然也，任荣枯律动，漫扰尘埃。　光阴那许相乖，令境界无嗔愿景开。引长风共我，惬摅胸臆；关山揽胜，不负云鞋。著作颐神，安居乐道，但使心灵弗占霾。身康健，且寻常度日，岂不悠哉？

吕克俭

独　坐

树影摇斋壁，穷居老学庵。
夜深杯斝浅，灯黯鬓毛斑。
绿茗斟何奈，寒虫语不堪。
偶然隔窗望，城郭雨潸潸。

记 梦

野云咸出岫，岩壑杂江枫。
落叶秋霜白，寒林曙日红。
筱溪闻浣女，松径见樵童。
远舍炊烟袅，鸡鸣画外风。

独 酌

独酌城南向济园，当时草木日纷喧。
繁花璀璨春思想，杂树葳蕤夏语言。
都入秋闱橙橘熟，尽归冬假雪霜寒。
吾心忽忆诸生事，却醉黄昏倚竹轩。

踏莎行

皓月空悬，幽人独立。重寻却是江流急。杨花眼里雪霏霏，分明落去无踪迹。 云挂愁思，风来叹息。柳如昨夜丝丝碧。虫鸣唧唧不堪闻，更兼露重声声滴。

胡均华

辛丑年生日感怀

弱冠风华汉上游，书香剑气一怀收。
曾吟屈赋怅三楚，更立云楼望九州。
叵耐痴情成旧梦，惟余白发惹新愁。
梨园翠柳黄鹂唱，闲看夕阳江水流。

壬寅除夕感怀

子鼠丑牛寅虎闹，三年日月不寻常。
青山绿水新开局，黑海欧洲老战场。
邪祟加冠戕世界，亢龙有道燮阴阳。
梅边举酒潇潇雪，此际东君正主张。

临江仙·见内子所摄省学会办公室场景作

莫看三间陋室，休言几个闲人。黄鹂翠柳唱晨昏。所为皆小事，所愿是求真。 乐在披金拣玉，痴于镂月裁云。诗田词海细耕耘。冲沙成楚汉，百姓亦昆仑。

行香子·癸卯春应易飞君约参加"次要一自在"赤壁笔会有赋

鸿影芳踪，碧玉帘栊。数琳琅、十二楼中。梅边醉客，诗里儿童。恰撷春柳，煮春月，笑春风。 虚言次要，真心自在。水云间、逸兴无穷。一亭竹瘦，几点梅红。看楚山高，楚原渺，楚天空。

罗艳春

菩萨蛮·春忆

莺声啼破长堤早，烟波江上轻帆小。花落玉阑桥，无人问寂寥。 当时杨柳下，倾诉知心话。此日又春风，怅看一地红。

扬州慢

己亥初春，家兄拟故居新起宅第，予应约返乡。沿途细雨霏霏，青山历历，归则见梁无双燕，杂草丛生，水缸苔满，寂卧空庭。抚今追昔，感慨殊深，写此记之。

莺语喧林，花枝照眼，羁游早计归程。恰车窗过雨，数点点山青。望庭院、离离草蔓，断墙残瓦，似诉曾经。叹而今、人去天涯，双燕无凭。　　一朝别后，笑重来、霜鬓堪惊。纵酒绿金樽，灯红绣幕，难寄离情。绕屋竹篁依旧，猗猗绿、风动闻笙。问墙边杨柳，因谁年复娉婷。

高景芳

入伍五十年纪念日有怀

身戴红花辞校门，终圆梦想铸军魂。
同窗留影书相赠，慈母缝衣意寓存。
十八年华酬故里，一腔夙愿护昆仑。
未愁晓镜朱颜老，但觉兵姿尚有痕。

重温"向雷锋同志学习"题词感怀

题词如炬豁眸明，唤起初心赤子情。
博大胸怀唯忘我，平凡岗位贯其生。
助人应胜春风暖，从业长求技术精。
若问螺钉何所拟，堪当重任价连城。

余彦君

冬夜杂感

累日闭关期小饮，寒月重圆第几番？
友朋共叹黉门远，街市遥闻人语喧。
槛外车声空有信，楼头灯火静无言。
人生到此知难易，冷暖相忘梦故园。

即　事

芦雪菰烟似故乡，岁华流转又重阳。
篱边采菊人空老，竹外看山意更长。
把酒暂将公事了，登高依旧少年狂。
秋怀正忆茱萸趣，归雁一声三两行。

沪上归来感怀

驿舍花枝映酒卮，夜深灯火惹遥思。
客程千里知何处，春酌一杯醉莫辞。
风暖华亭桐叶浅，月明沪市玉兰滋。
去来莫厌劳车马，繁梦恍然成旧时。

春日偶感

未得春风慰阔疏，但凭幽梦遣愁余。
应从细柳闲临水，肯向东山卧读书。
尘世相忘嗟老矣，江湖此去转纷如。
梅园浩荡芳菲雨，肠断几回零落初。

瞿险峰

菩萨蛮·退役四年有感

拉开夜幕兵来送，依依挥别珍藏梦。莫笑梦频繁，已经装满船。　年高身有恙，番号仍高亢。偶尔唱军歌，心如触电波。

菩萨蛮·翻看昔日军装照有感

偶翻旧照心翻浪，溃堤往事横冲撞。似水逝年华，酽成一盏茶。　繁星陪伴我，寻梦花千朵。莫道未收心，只因思念深。

宋善岭

回乡接母城中养老不成

我坐床沿母卧床，轻牵娘手细端详。
一心淡淡无愁态，两眼盈盈是泪光。
不舍门前溪水净，怕思屋后枣花香。
看儿伤感还推说，爱晒家中大太阳。

遣兴

未撩酒鬼惹诗魔，总把名篇掌故罗。
对月犹能思太白，举杯不敢效东坡。
愁来宁任春风扫，兴至且寻文友磨。
我写我心和我事，岂关李广与廉颇。

夜坐

百尺楼头独坐时，三更风起乱愁丝。
十年戒酒非因老，半夜啃书多赖痴。
强做花前千里梦，何如树下一盘棋。
莫言今夕闲无事，明月浮云正索诗。

偶得

一从归棹古彭城，白发渐稀心渐平。
偶向山中听百鸟，常于笔下忘三更。
种花半是田园趣，掌勺全因儿女情。
唯有诗魔降不得，诗魔降得又何营。

陈水

夜题桃园山庄

试问江湖几许真，横刀一斩作旁人。
恩恩多是欢娱起，怨怨每因烦恼屯。
客过酒墙情欲扫，兰幽墓地物何珍？
桃花未发先零落，夜雨犹冲轩外尘。

武陵春·闲庭听雨

一夜愁云催细雨，滴滴叩轩台。漠漠霏霏似画来，也道释心怀。　老去光阴犹不再，人事料难猜。且喜新风起又回，拭目一株梅。

探春令·九岭春色

万千气象，雾攒危顶，落霞晖罩。
究寻极地穹苍渺。霭云处、飞花俏。
野茫恬静浮光照。絮随空山袅。最是
惊、叠韵流风，狂卷百里长天浩。

临江仙·偶与秋风来对酒

偶与秋风来对酒，江湖了却南柯。
官裘一掷影蹉跎。韶光依旧在，寂寂水
盈波。　秋色匆匆勾过往，曾经洒泪欢
歌。寒霜今夜起修河。愁来愁易老，醉
后复添么？

马明德

获第二届山东省优秀诗人称号
感怀

磨剑十年登华山，小赢一局动心弦。
林丛中匿珍奇木，星系外存空阔天。
卷载名家连若锦，馆藏嘉什浩如烟。
知为氽列堪增力，乃在修途自着鞭。

七秩初度咏怀

常言七十古来稀，时至如今已不奇。
脚踏轻车行迥路，手持健笔赋新辞。
大河奔濑终归海，小米化身甘作饴。
漫道齿松霜染鬓，诗情佐酒醉东篱。

沈佃荣

冬日遣怀

已是严冬总盼春，朔风冷月又蒙尘。
寒江不见逍遥客，颖水难寻洗耳人。
对望远山皆瘦影，遥思征雁可醒身。
夜长还等晓鸡讯，幸有梅开雪作邻。

冀军校

偶　感

久惯嚣尘性已平，休将万事比输赢。
青春不觉蹉跎去，白首终知利禄轻。
数句闲诗消竟日，满书理趣醒余生。
大千自有诸多乐，何必羁身苦博名。

诗　友

老结文缘互动频，茫茫网海隐高人。
赏花景触秋思涌，邀月轩开眼界新。
盟缔千朋兴韵事，神交万里接芳邻。
因诗得遇八方友，相伴空间已四春。

傅稚明

所　思

桃源何处启津关，得与武陵人往还。
共事田池阡陌上，相闻鸡犬里阎间。
南坡种豆风中熟，北郭谈玄灯下闲。
剩有余情不抛弃，掀髯摘韵就诗班。

所　梦

覆鹿施施那畔行，尘嚣远隔息心兵。
随铺乱石权为路，独倚长筇不问耕。
树下观棋天欲暮，溪边稽古鸟啼晴。
归来仍把银缸照，折屐呼童共复枰。

况　味

寄居都下暂从宜，半是闲来半是痴。
闲里有孙堪逗乐，痴中起兴且寻诗。
诗遭覆瓿心无愧，乐事开蒙情不疲。
自享清欢自颐老，修成迂叟作传奇。

周玉娥

大王山看禾雀花

飞桥时隐见，鳞次列崇阿。
日照衣襟暖，光移蜜语多。
穿林珠玉绕，拾级涧流歌。
欲逐凡尘去，花间解梦柯。

安晗双

成人礼赠己

行世谁由自在思，微身百转路迟迟。
二三好梦人千绪，十八青春笔一支。
慕道已无云水客，解忧幸有圣贤诗。
平生不喜伤心色，况是黎明欲破时！

周可爱

舆山闲

负手山前笑憨呵，无嗔无恼远心魔。
布衣早岁倩谁识，藜杖全吾养太和。
老大犹参五行诀，归闲偶究八风歌。
暇时莫若寻诗味，得趣抛纶钓碧波。

清平乐

秋深水冷爱霜晴，缩手多因老气横。
一枕长闲堪养拙，关门恰好悟浮生。
身空物外笑无我，世起云风了不惊。
阅尽炎凉皆已往，挣来薄俸自清平。

房兄次子完婚，迎亲带娶，夜宿常宁有咏

千里行程半日功，车如脱兔迅如骢。
晴云放暖平添绿，淑女回春羞带红。
少历江湖音未隔，老来湘楚语还通。
迎亲做客衡南县，一处乡情一处风。

瑞鹤仙令·春赴陕汉有吟

一望云端胜雪，千寻若月追风。如仙腾雾踏苍穹。凌霄犹不远，触手及蟾宫。　此去长安赴约，堪山舆穴寻龙。帝都龙脉果威雄。十朝天子地，端的不般同！

8.诗画田园

罗　辉

鹧鸪天·春游故里

一样春风别样春，望中犹似大花盆。白云芳野连天远，绿树琼楼满眼新。

今日事，往时人。也曾寻梦跳农门。归来凝望村头树，纵使无言却有神。

李雁红

春题什贴村农业综合园区

一抹微云春几许？兰香奇峡梦芳菲。灵风托起彤彤日，古道青青任鸟飞。

贾学义

鹧鸪天·察右后旗行

盛日寻诗故友逢，驱车来看后旗红。扶贫旧地藏心里，致富新村入画中。　民俗厚，旅游浓。火山翠麓舞蛟龙。乌兰察布风骚领，功庆何当慰老翁。

郑福太

忆童年随父走亲戚并序

20世纪60年代父亲在大西南搞国家"三线"战备建设，有一年特准探亲回家过年，正月间带我走村认亲，那年我十岁，至今记忆犹新。

正月村村百事闲，走亲访远忘思还。
娘家舅姥三重岭，父辈姑兄九道湾。
烩菜炸糕粗碗酒，油灯暖炕古铜颜。
每嫌夜话鸡鸣早，不舍之情血脉间。

潘　泓

开江莲花世界

斯地有农田种莲花一万二千亩，可赏荷花、采莲米、挖莲藕，惠农之功甚伟，乃为之咏。

西子湖中碧未奇，白洋淀里赤应迟。
香迎去去来来客，色丽高高矮矮枝。
六月采莲传小调，三秋掘藕泛清池。
农家识得新能创，巧种风光卖四时。

周 进

卜算子·回故乡江山

又见三㐅山，乡意浓心底。已是初冬放眼黄，更见须江喜。　放步走民村，一路风光美。石器陶砖伴世尘，诗画英雄地。

王聪颖

暮春日八石谷子山村有作

未至村头早弃车，流云过岭拭山花。
柴门见我因风闭，野雀循声对客哗。
但遇清泉真可饮，偶逢青杏不须赊。
今朝至此无他想，剪段春鲜带到家。

叶志深

贺中华诗词学会乡工委成立

信有骚坛十万师，东南西北举吟旗。
满川碧玉招谁咏，四野丹枫惹客痴。
山水牵情归胜地，田园承露入春时。
而今借得凌云笔，写出乡村别样姿。

师红儒

访右玉马营河村

原畴杨柳手亲栽，长驻新风荡九垓。
西口尘轻浩叹已，北天绿漫上宾来。

悠然日月乐楼侧，幽渺烟光观鸟台。
油壁车停林野静，孤村一畔任人猜。

陈佐松

故里暮春雨后迟赏油菜花

纷纷细雨笼荒村，断续田畴野棘苞。
偶遇游蜂穿竹径，未闻牧笛透柴门。
眼前旧景依稀改，念里娇花寥落存。
万两黄金风耗尽，春光买断送黄昏。

李玉莲

玉蝴蝶·山乡早春

村边丝柳轻飐，归燕寻旧堂。野杏试新妆，追鸢稚子忙。　田牛听耳语，深浅用心量。翻出一犁香，漫思禾黍长。

丁丽君

鹧鸪天·傍晚于德力格尔草原有作

难信前生是沙田，分明草色水云连。蛙鸣半叠挤塘坳，羊影几痕闲暮烟。　光绰约，舞斑斓。弦琴长调看弓弯。青山一枕花沾袖，敲落繁星入梦边。

刘志孝

葱香云岩山

一望山前尽大葱，育成新种更青茏。
企村合作资千万，智慧农田建设中。

张自贤

山野秋色

清风爽赣荡深秋，白雾凄零起鳌沟。
晚谷金黄田尽染，斜阳锦灿水分流。
丹枫舞叶玄渊艳，玉桂飘香瑞气浮。
醉眼迷离观野景，烟岚起处漫乡愁。

孙怀中

减字木兰花·游许村

此村谁画，傍水依山栖月下。老井
沧桑，昨日槐花今日香。　　长街走过，
许氏门前黄犬卧。曲罢台空，只剩楼头
一点红。

杨广克

壬寅年秋末陪客参观饶阳县新农村

明街绿巷掩扉门，画景新图又一村。
百里长堤连日月，千重温室耀晨昏。
游人未识深秋面，嫩果犹牵过客魂。
不老薄沦流恋曲，几多欢乐便声论。

梁之康

望千亩蚕桑基地

起伏桑波入眼来，绵延十里绿毡开。
春蚕可待缫丝后，也织新衣也积财。

晋荣业

忆儿时农家

不用铺宣自绽霞，春携暖彩抹寒家。
千杯冽酒评风月，几度炊烟戏落花。
户外清箫游耳诉，窗前翠柳卧檐斜。
如今更忆横墙杏，暗动馋心怎敢爬？

段红坤

鹧鸪天·秋日山居饮后

火柿娇红屋后前，篱边鸡喜小虫
鲜。牛铃还载秋山暮，电气新炊少灶
烟。　　星似豆，月如盘。果蔬腊肉话
丰年，同斟醇酒真情语，时政归心好
种田。

付　玉

题勉兰西县红星乡新星村

致富潮头整甲兵，红星乡下有新星。
惠民政策东风暖，追梦征途马掌轻。
稻谷足仓金饭碗，生活比蜜好前程。
家国大事根基稳，一粒一株看勉农。

王 霏

题渭河示范园

门罗贤可韶年至，稼穑根源后稷回。
平野沃田三产集，天章云锦一心裁。
玉瓜珍果神州遍，碧柳瑶花盛世开。
何必更寻风景看，经行处处是蓬莱。

王傲芳

夏日清晨

早起夫妻采摘新，眉梢跳跃亮星辰。
长长豆角随风炫，矮矮冬瓜坐地淳。
顷刻时蔬堆满埂，须臾买主去无尘。
莲蓬一捆献儿女，挑担朝霞敬母亲。

段 云

初 夏

三分欢喜七分惊，一霎滂沱一霎晴。
天雨宜墒知物候，地温适种利农耕。
青苗联袂田间涌，新豆躬身架上迎。
引得低飞双燕子，翩翩更比落花轻。

马文斐

浣溪沙·山乡春浓

　　公路描眉两俊峰，胭脂粉黛抹山胸。桃花簇簇点腮红。　摘缕阳光田野暖，牵条村道客车通。人欢马叫报春浓。

贺娟芳

山村秋意

秋柿高悬数朵红，层峦翠减任西风。
菊从农舍寒香沁，车向田头一路通。
且趁新霜除野草，还耘好种待年丰。
青檐掩映葱茏处，雁字依依正远空。

宋彩霞

大棚致富之今

棚中蔬果露华鲜，直插云空向我悬。
已得容颜情似水，方来春色韵如仙。
青黄自始攀高折，红绿真能养浩然。
地膜芒芒关不住，诗芽都涌爱之篇。

陈宝祥

果树技术员

苹嫁海棠冠绮霞，桃妖杏艳雨天花。
红妆疏蕾同丛貌，新唱穿云觉到家。

安立红

劳动节里说农民

红落香泥又暮春，催耕布谷唱声频。
蔬园墒灌黄花醒，畦麦肥追绿浪抻。

谁个持犁无倦影，梯田耘画种白云。
吾心亦被熏风染，一把诗锄月下抡。

宋玉娟

秋日乡下

数日幽居原武东，朝闻啼鸟夜闻蛩。
盈亏月下求新句，来去乡间结老农。
征雁几经头上过，故人偶在梦中逢。
秋风拂过千千树，五柳篱前韵更浓。

李秀景

满庭芳·今日乡村

阡陌桃花，河湾杨柳，回头云却铺开。春风得意，过十里平台。随意秋千院落，已扫尽、往日尘埃。空闲地、蜂飞蝶舞，教碧草安排。　开怀。因减尽、千秋风雨，多少兴衰。看而今，清风皓月无猜。黛瓦粉墙对待，丰华展、云幕轻裁。风儿好，房前屋后，正燕子归来。

王俊华

西江月·随访泾县丁家桥镇

方见村头喜鹊，又闻枝杪鸣蝉。遥望绿浪漾农田，近把电商称赞。　宣纸远销海外，陶瓷盛产空前。农家儿女弄潮先，今日幸酬初愿。

方守庆

走芮集有感

梦里乡村近眼前，清新芮集境如仙。
凤凰湖畔银鸥舞，小镇衢边画宇连。
户户鲜花绕庭舍，排排温室列庄田。
秧歌醉了农家乐，园圃辉煌一片天。

张德新

临江仙·果园

一树繁花开又落，天天朝露沾衣。倾心裁剪在山溪。有风还有雨，凝梦又凝诗。　欲觅鲜红来采摘，一枝恍作千枝。只因汗水化成霓。才知香气里，哪缕是乡思。

沙俊清

八旬老农住新楼

晚岁逢春喜欲狂，左邻右舍话家常。
如今入住新楼室，从此离开旧土房。
地热瓷砖心也暖，火蓝气灶饭尤香。
小孙正背唐诗句，谁再低头思故乡？

杜　枚

西吉县将台堡镇深岔村兴修
高标准农田

陇山逶迤雾蒙蒙，翠带翻飞暮色中。
来渡冬耕千顷月，乃乘春播一东风。
蔬坡麦浪环山茂，杏眼梨腮挂霓虹。
危嶂层巅初叠翠，田家垄上数飞鸿。

焦泽浩

春　耕

山泉滴翠汇成溪，流水潺潺杨柳堤。
拂面清风花月泪，霏微细雨杜鹃啼。
农夫阡陌哼金曲，燕子呢喃啄紫泥。
云暖栽秧铁牛渡，油门脚控显神奇。

李秀梅

赞谷力脑包蔬菜种植大户

信步田间踏夕阳，丰收喜悦溢农庄。
刨金应数承包户，吃苦该夸种植郎。
百亩时蔬精稼穑，一年收益细盘量。
电商网络销千里，票子源源入锦囊。

符传宝

文新村荷花基地

朝迎旭日赏青荷，数里芳菲漾碧波。
蝶吻红衣尝玉露，蛙撑翠伞向天歌。
木桥九曲和风煦，菡萏一塘清趣多。
结伴采莲情几许，笑声溢满万千箩。

周艺超

田间秋望

仰望蓝天雁几行，云高气爽送清凉。
树垂硕果千枝秀，穗叠金波十里香。
山雀溪边歌舞起，村姑垄上俚声扬。
田园胜景诗情满，吾借秋风赋一章。

王海娜

回家杂记

假日还家红紫围，且关微信享村醅。
出门黑狗襟前跑，入院白鹅身后随。
左手蛙声朝右跳，北园蝴蝶向南飞。
日升露下栅栏侧，自摘黄瓜带刺归。

李崇元

菜　农

满棚碧玉塑成金，片片云霞四季新。
圆菜痴情书梦想，辣椒画彩醉冰心。

陪星上市红冠唱，伴月归园绿蚁斟。
最是钱包逐渐鼓，翁婆额皱总藏春。

王多思

菜 园

串串葡萄挂蔓桠，条条豆荚顺墙爬。
顽皮小女未寻见，藏在园中摘脆瓜。

张万银

鹧鸪天·农家访友

山外青山杨柳遮，农家小院扎篱笆。阴阴夏木扬飞絮，穗穗禾苗放绿花。 臊子面，枣儿茶。把杯村酒话桑麻。乡心醉了乡亲意，凉拌花椒树上芽。

邓高鹏

田园村景

夏树枝丫兀，悬花入眼危。
田园人醒早，农事暮归迟。
裁剪家山月，编排绿梦诗。
烟村三亩地，又换一张皮。

紫 月

回乡喜赋

经年逐梦异乡中，此日归来景不同。
车马川流灯闪烁，楼台林立树葱茏。
犹看鱼米家家满，更喜村庄路路通。
顾我河山春万里，九州清晏赖东风。

湛家海

新说湛屋村

少小怡居湛屋家，荷塘香溢月清华。
荔枝灼灼红千树，蝴蝶翩翩舞百花。
引水灌田滋稻菽，推车沿埂起尘沙。
陶公但使今犹在，把酒风前醉晚霞。

刘瑞莲

小村春望

清溪一曲抱村流，碧玉咽波如带柔。
柳韵三分红弄俏，莺歌百啭翠含羞。
小康院落融融日，无赋田园色色幽。
四月农忙深巷静，花牛闲卧独声哞。

徐延利

读《让新农人奉献乡土》

一时书院一时田，几饷禾苗几饷缘。
学子兴农尤自得，智能丰稔已当先。

昔曾耒耜釜中匮，今动鼠标仓廪圆。
广阔乡村谁弄彩，且闻父老数新贤。

汤献勇

眼儿媚·城外新村几人家

城外新村几人家，小院满黄花。莺啼疏木，鸡鸣桑陌，犬卧篱笆。　　青山淡淡斜阳外，白鹭染烟霞。高低楼墅，十分好景，一样繁华。

9.缅怀纪念

高　昌

悼念孙燕老大姐

2022年12月20日，《中国文化报》理论部原主任孙燕老大姐逝世，享年67岁。一个好好编辑、好同事，可惜说走就走了。

元应叹息送君行，水复山重这一生。
才女犹堪存大著，好人何止享清名。
凄凉黄叶看无际，多少蓝图惜未成。
真似单纯天上雪，崎岖世路洒晶莹。

挽歌送杨叔子先生

蓟门挥泪寄江城，难忘依依骚雅情。
雨露长怀杨叔子，弦歌有继大先生。
重吟晚唱心头动，遥送高风天上行。
此去紫毫犹蘸海，银河应是捧潮迎。

李树喜

怀念孙轶青会长

二月春寒堕巨星，折吾诗界掌旗翁。
墨香归化红霞里，清气长存苍莽中。
山若无情山亦倒，海如有泪海当倾。
楷模远去光华在，照我后昆风雨行！

怀霍松林老人

霍松林（1919—2017）老人在写给我的一封信中说到，他和我有三同：都属鸡，都爱逃课逃会，共同主张诗词"持正知变"。

霍老属鸡我亦鸡，少时逃课忆调皮。
百年巨木栖黄鹤，一代文宗歌庶黎。
不以守成夸厚重，须凭创意占先机。
天间星灿尘霾少，沉夜听君破晓啼。

王改正

周总理忌日有怀

年年此日忆周公，笑貌悲情在眼中。
十里长街哭壮烈，千秋史册记丰功。
风云帐下真国士，帷幄樽前冠世雄。
铁马冰河成故事，西花亭外海棠红。

念奴娇·孙轶青翁百年祭

百年孙老，大英才，无限家国情切。春雨啼鹃都是泪，使我心旌摇曳。

文丈高风，抒怀咏志，逸韵连山岳。挥毫泼墨，藻思辞采清越。　吟帜荡漾铎铃，中华大地，再起诗词热。万朵红霞飞海内，操守堪称圭臬。常忆恩师，忠肝沥胆，史册铭勋业。名昭天下，冰魂千古明月。

黄小甜

采桑子·清明怀慈母

天公今泼伤心绿，铺就花前，染至山巅，杜宇声凄何处边？　女儿频把慈亲唤，天上人间。泪洒诗笺，痴向风中寄此篇。

江城子·悼袁隆平院士

天公何故雨狂倾？落天星，撼天庭。水稻苗儿，泪涌诉生平。禾下乘凉慈父愿，儿正长，忍西行。　田畴专注苦经营，月同耕，日相迎。育得奇株，收获救苍生。饥饿人间不复再！禾苗壮，慰英灵。

胡迎建

方志敏烈士在狱中

赣东暴动火熊熊，血战山河半壁红。
镣铐拘囚甘蹈义，襟怀磊落奋书忠。
清贫志士无私念，妩媚中华寄素衷。
追媲文山留正气，更添江右崭然雄。

追思大诗人、大学者闻一多公诞辰一百二十周年

谁能如公才学博，新见卓识释疑难。
谁能如公讲真话，勒马回缰挽狂澜。
谁能如公忧患重，济危救溺贡寸丹。
谁能如公有风骨，拍案而起屹如盘。
天诞斯人挺学界，冥冥往事钩沉看。
举世滔滔多狂狷，为人耿耿成标杆。
招魂归来我景仰，更盼来者奋力攀。

邓世广

思　母

身已龙钟鬓已霜，每从遗像念萱堂。
回天恨我学无术，曳履羡人行有方。
薤露歌辞情谩切，莱衣针脚线犹长。
几番梦里先慈在，莹目春晖似佛光。

长兄辞世，赋此寄哀，时在海南

别梦频仍返故家，惊闻讣告泪如麻。
疫情阻我难扶柩，天国迎兄已着花。
寿接期颐洵有德，人评仪范果无瑕。
西行鹤驾祥云绕，一炷心香在海涯。

李世瑜

谒李纲墓

九月荆溪秋雨潇，我来拜谒宋英豪。
山藏古墓金戈梦，江泄寒涛铁马潮。
一柱擎天情未老，三章动地恨何消。
今朝故国烽烟渺，凭吊依然泪湿袍。

张国玉

加勒万河谷英雄赞

冰河暗战息烽烟，碧血青春化雪莲。
因有英雄驱虎豹，昆仑九夏永安然。

贾志华

结婚纪念日偶占

携手同舟廿九春，倾樽对坐话艰辛。
浮生半世飘萍冷，岁月盈怀契阔珍。

李显彬

悼念艾荫范先生

名扬文史界，千古富遗音。
桃李冰封蕊，江河雪罩心。
学成风雅颂，功贯夏辽金。
拜读先师卷，恢宏荡我襟。

郑　综

春日鹿鸣山庄怀翟师

已知杏花谢，怕见草堂春。
梦里多怅想，吟来每酸辛。
风吹莲叶小，雨过燕声频。
池鱼空哝水，倚栏无旧人。

吕　程

父亲节感怀

别来天地两茫茫，涕落冢边人断肠。
满袖清风承正气，一生戎马铸功章。
遥思教诲充盈耳，更忆关怀添减裳。
皓月当空常照我，铮铮铁骨效高堂。

于俊学

缅怀周总理

霹雳传来举世惊，长街百万起悲声。
西花厅内海棠落，丰泽园中梅萼青。
一片丹心为国事，满腔热血献民生。
光辉勉励昭来者，蜀相周公也逊名。

田幸云

水调歌头·端午节缅怀屈原

几捧灵均赋，一读撼心庭。悲歌昆岳回荡，千古颂公贞。正气惊天动地，铁骨平生耿直，效命谏周行。肝胆藏真谛，玉石鉴冰清。　文星殒，诗魂在，气锵铿。飘然独醒，汨水楚厉骨铮铮。天许离骚弥久，士哭怀沙绝笔，呵璧铸金钲。百国尊诗祖，书剑动雷鸣。

许传利

祭扫烈士墓

方辞寒食又清明，祭扫追怀俗里情。
血刃逐夷多壮士，碑前洒酒敬豪英。
春风驰荡山川秀，瑞气盘萦天地晴。
红色基因相嗣续，安能苟且误平生。

王述评

金缕曲·仲夏缅怀恩师杨青

一抹双眸雨。把心渊、深藏恩义，串珠捞取。记得初中迟入学，课半敲门经许。便自始、频承拂煦。皓齿明眸齐耳发，总轻轻、吹却眉边缕。乃悦目，赏心女。　夜闻唁讯悲孤旅。却原来、经年已逝，再难期遇。幸有当时倾怀授，数术在身当路。不成器、仍堪自御。恨只恨门生无用，未曾担、病骨支离苦。念及此，好无语。

江月晃重山·叩别

霜重松山冷寂，云深月影凄朦。高堂不在故庭空。包头孝，飘卷恸林风。跪启家慈旧冢，叩安老父初终。阴阳十八个秋冬。冥冥里，应是泣重逢。

姚崇实

痛悼刘章先生

不忘先生松菊容，论诗几度兴尤浓。
金书玉札今仍在，翻检难禁泪欲彤。

痛悼何申先生

豪气如喷语似雷，当年笑貌梦中回。
难忘赠我书兼字，遥向南天酹几杯。

杨　清

怀念常香玉

香消玉殒泪倾盆，世上谁人不念君。
戏大于天守望切，艺深如海探求殷。
援朝抗美捐银燕，济困扶危献赤心。
一代宗师昭日月，梨园千载有余音。

张福磊

减字木兰花·寒食前赏海棠

风停雨霁，嫩叶含悲花欲泪。寒食将临，往事勾魂心底沉。　遥思旧岁，一片桃红偎薄翠。行孝何迟，梦思萱堂亲不知。

挽刘章先生

一生勤砚耕，德艺不虚名。
落笔文生色，流觞客动情。
遒章关国运，清韵诉民声。
驾鹤乘云去，乡魂绕雾灵。

楚家冲

太祖生辰感赋

神州几度转西风，四十年来毁未穷。
百姓人间若非死，沧桑不改是珠峰。

梦怀母亲

秋坟草短朔风摧，枕畔长萦痛几回。
料是寒深应不冷，每从梦醒尚余哀。
魂踪千里劳探问，嘱语三番复去来。
节到年关谁倚望，茔前酹酒待儿开。

康丕耀

惊闻许淇老师重阳谢世

噩耗纷传到敝庐，悲鸿声里忆当初。
春风湖上留心语，秋月斋中赠画图。
同叹于今多伪作，独嗟从此少真儒。
茱萸未插师先去，泪对光华十卷书。

贾云程

毛泽东颂

天遣人间救世星，传承马列大同经。
每临绝境高瞻远，总挽狂澜胜算灵。
俗秽尘污千浊净，河清海晏九疆宁。
雄才伟略今无二，定与珠峰万古青。

吴江涛

敬悼鹰台诗社姚争杰社长

又向鹰台哭大贤，小年呜咽北风寒。
英才天妒梅花馥，高节人尊翠柏坚。
有约东湖微信在，无情讣告雪花传。
不堪回首小斋里，握手谈诗似火燃。

王志滨

北　山

林海风云一望收，大江到此是中流。
北山自有雄奇处，遥想当年张甲洲。

七月十五祭父

天上先严望不遥，临风捧酒酹江涛。
家山重聚英雄气，还趁月明传大刀。

徐艳丽

烈士纪念日忆家兄

几回梦里忆兄台，往事萦心解不开。
许国边陲埋烈骨，感时老屋断梁才。
每逢纪念忠魂日，便恸亲情叙旧哀。
天悼亡灵流雨泪，更怜遗子打工孩。

清平乐·清明叹

清明雨信，梦里双亲近。往事年年
重打印，却无寄、空留恨。　柴门火炕
泥墙，挡风遮雨爷娘。光景已成追忆，
那时只道平常。

石景胜

调兵山

绝顶登临目欲穷，林涛起处吼悲风。
调兵山上凌霜叶，多少男儿血染红。

王十二

王力兄生日

我淡如君君更清，初交便有故人情。
思君一片江南雪，君与梅花同日生。

清　明

宿草青青坟冢新，落花啼鸟各成春。
去年扫墓人还在，今日君为墓里人。

雷海基

拜母墓

游子退休探故乡，回回墓地晤亲娘。
常思老母生前日，未尽儿心痛断肠。

鹧鸪天·清明节

晨雾蒙蒙弥远天，凭栏千里望江
南。鄱湖涌浪低吟唱，慈母依冈长寂
眠。　思切切，恨绵绵。生时母子少团
圆。沙场驰骋半生汉，老泪回回梦里弹。

边郁忠

哭宝东

隔洋万里一悲声，独对荧屏老泪横。
从此万难读君句，读来只恐是孤鸣。

翟兄别后四周年祭

把臂江湖十载中，一旦别离各西东。
醉里故事非云散，花下酡颜似梦中。
无处扫壁读新句，鸣在九皋做孤鸿。
谁可荧屏夸能改，可怜杏坛趋大同。
亭谓牧野今何在，轩以耐寂却成空。
诗有明珰余一卷，开函每见兴无穷。
还忆醉作餐霞客，偶有萌态小稚童。
曾卧边城拥姜被，鼾声一怒压晚风。
偶尔草堂逞豪饮，卧残夕阳野水红。
银屏敲键如擂鼓，侠气敢比贯日虹。
敢议诗弊无私欲，更能青眼对鸡虫。

但惜无由遭天妒，人妒亦借天妒功。
诗心未以病躯改，恹恹残喘累诗翁。
凶信来时惊心魄，无奈重洋隔鸿蒙。
四载长向天堂祝，幸尔天堂无荆蓬。

朱　彦

忆　母

教你偷闲也不能，窗前明月冷三更。
一溪流水门头树，来为深秋夜挑灯。

明达法师

问你云山第几重，飘飘只在老襟胸。
欲登雪岭大悲树，何似人间小拄筇。
辽水滩头六州远，兰花指上一尘封。
明朝若有归来路，敲醒烟波不用钟。

周兴明

南乡一剪梅·怀念母亲

浮世总飘萍，一路江南逐梦行。泊在天涯犹记得，归也叮咛，去也叮咛。倾耳听机声，抚摸儿头览玉屏。又梦坟头慈母影，忙在春庭，愁在春庭。

卢素兰

清明祭椿萱

含悲扫墓祭双亲，泪洒荒郊泣血痕。
燃纸坟前思父德，贴身冢上感娘温。
容瞻总忆慈严训，物睹常怀养育恩。
路树桐花知我意，虔诚敬献慰冥魂。

江城子·清明祭母

桐花戴素又清明，上坟茔，诉衷情。热泪盈盈，流水动悲声。焚纸烧香思母德，云俯首，鸟哀鸣。　依依别梦忆萱庭，怕儿惊，守三更。教子持家，起早见晨星。　勤俭温和怀善爱。人影去，懿言铭。

袁风遥

忆石君

那日城郊始识君，一腔炽烈付诗文。
还乡社创集精粹，选叶刊优育雅群。
最敬鞠躬学会业，犹崇茹苦主编勤。
总期疫过三杯酒，无奈孤杯泪远勋。

温贵君

过牡丹江忆八女投江

挽手投江浪正高，枪声阵阵雨潇潇。
冷云万朵冷风急，热血千秋热泪飘。

任是倭奴皆傻眼，纵然好汉亦弓腰。
当年我若生于世，也学裙钗射大雕。

返归大连前一日于白城三狂草庐聚别

新育葡萄又几株？庭园百草闹花都。
海棠绽处皆夸俏，扑克玩时难服输。
把酒临窗青竹影，品茶养性紫砂壶。
眸间燕影转身远，独赴滨城我自孤。

高和清

端午怀屈子

浩气垂青史，离骚动赤心。
滔滔汨罗水，日夜代君吟。

雨中游毛公山感吟

毛公山上忆毛公，翠柏苍松亦动容。
天若有情天有忆，人间你是最高峰。

10.军歌嘹亮

杨素清

水调歌头·宁武关

万里长城隘，千仞凤凰山。雄关名郡，东援西应卫中原。犹见汉兵栈道。宋代杨家挂帅，养马老营盘。阴坡冰寒洞，阳面火腾烟。　掬史花，钩今密，蘸墨宜。晓霜号角，工厂试验组装欢。

铁甲炮坚护国，理想花妍织彩，三线隐深山。一段军工史，汾水永流传。

注：宁武居凤凰山之北，传说由凤凰所变，故有"凤凰城"之称。是汾河的发源地。

满庭芳·老厂回眸

涑水源波，绛峰炮影，翠华掩映旗红。军歌嘹亮，四县展雄风。十八分支布阵，端得是、卧虎藏龙。多年后，搬迁下马，别字系征鸿。　可怜人去也。妖娆月季，淡雅梧桐。只剩得，空楼落叶随风。三代青春奉献，都付与、史料尘封。丰碑矗，中条山里，那坦克遗踪。

李殿国

同诸战友重访老军营不在有感

当年营寨已无踪，唯有残墙留旧容。
满目画楼谁肯赏，一怀思绪怎能平。
眼前若现哨兵影，耳畔犹闻军号声。
老骥仍存千里志，丹心永映战旗红。

哨所小雪节令夜

冷月寒星照边城，朔风漫卷野云横。
眉间今夜虽无雪，枪上霜花多几层。

刘相法

元宵节与老战友路克亮参谋话旧

惯看沧海向东流，天际云横浪送舟。
出日沐身霞染岛，听波入梦月临楼。
同窗伏案劳军武，共夜品茶谈夏秋。
往事如烟应有忆，豪情一段在瀛洲。

题戎装照

梦里时常回柳营，风迎雪送又新程。
沙场腾跃添豪勇，边塞炎凉铸赤诚。
奋翼青春心逐雁，枕戈静夜月牵情。
光阴返向当年路，耳畔犹闻鼓角声。

杜晓东

边 关

（一）

千源万仞枕寒床，峰接层霄卧北疆。
目断冰川颜色瘦，情牵雁阵岁华芳。
冷风四野连诗草，飞雪诸天拥画堂。
身影归来山嶂外，仍然心系哨楼旁。

（二）

万里寒云过眼前，雪峰大漠入穿天。
帐开弓箭雄兵锐，灯暗风霜界垒坚。
塞外犹知摇墓草，江南亦自绽山鹃。
胡杨满野黄尘绿，历辈征人血脉延。

许 景

哨所吟

哨在云中立，荷枪迎曙晖。
冰山无客至，唯见雪花飞。

忆秦娥·北疆行

边声烈，黄崖关外风刀割。风刀割，血磨霜剑，挽弓邀月。 国门千里旌旗猎，军魂筑哨多雄杰。多雄杰，界碑如铆，戍关如铁！

鹧鸪天·女坦克兵

卸下红妆跨战鞍，神兵铁甲过荒原。风沙洗面情怀在，冰雪沾衣意志坚。 穿涧谷，越冈峦。天为旅帐露为餐。边陲许国青春献，胜似当年花木兰。

尹长山

老 树

白首重回废弃营，门前立正一排兵。
青春种下同心树，留守今时犹赤诚。

除夕忆往

抛锚过大年，岸远不闻鞭。
和馅老班长，哼歌指导员。
梦飞乘快艇，浪缓荡摇篮。
警报乡思断，巡逻怒海间。

杨学军

与战友会于常州

一别军营四十秋，时光燃白少年头。
淹城重聚难相认，唯见眉间是旧眸。

师文工队三姐妹聚会

一朝成战友，思念伴终生。
相聚难相认，痴痴已动情。

入伍46周年有记

军旅从今起，营盘铸铁魂。
暖心承大爱，家国已生根。

李　勇

边防官兵颂

昆仑跃马剑迎风，千里奔驰气贯虹。
踏雪巡边追日月，佑民护国铸英雄。

战友相聚在小寒

雪雨敲窗数九寒，围炉煮酒醉陶然。
兴怀年少相知事，最是战友共守关。

涂运桥

清平乐·临别送儿《稼轩词》《东坡词》以壮行

列车渐远，雪向长空漫。四载流光成影片，从此军徽为伴。　稼轩词里徜徉，东坡岭外何妨。猎猎天风作响，似催儿赴关防。

山花子·示儿

携笔从戎赴远方，每将思念暗中藏。为有父亲偏锁泪，别情长。　仰望空天深夜里，星儿长伴月儿旁。从此军营家一样，扎根忙。

楚小成

军营感怀

男儿击水大江流，誓卫中华不罢休。
但让英名扬故土，红旗插向海东头。

军营抒怀

人杰从来时势造，风云思逐太空前。
但期台海红旗卷，将士长歌奏凯旋。

鹧鸪天·戍边

踏月巡边上塞防，昆仑屹立在胸膛。故园久别心犹系，凛冽寒风眉上扬。　云叠叠，雾茫茫。强能精武好儿郎。回回但使狼烟熄，我自持枪夜未央。

高福林

驻天山

一上连峰与日亲，云头放逐抖精神。
天帝倒挂飞千鸟，鬼笛横吹戏百轮。
造化当开枪眼阔，阴阳只许枕头新。
阵图欲炼金刚式，月夜偷过不染尘。

和静野训

逆上风头惯猎狼，穿云即是破天荒。
雷听阵鼓开龙帐，号接冰河跃梦乡。
奔夜当求持没羽，留营更解挂戎装。
丹心只待飞虹彩，好报佳音与爷娘。

朝发焉耆

石乱苍茫上翠微，枪挑日月令初催。
风声不锁征夫路，夜色偏开壮士机。
一缕魂书亲古柳，三分梦印折新衣。
痴心总在天涯外，满载豪情唱凯归。

肖正平

东部战区围台岛战备警巡，有感国防部慷慨发言作

（一）

呼啸云中去，东南正警巡。
身疑入烟浪，势欲摘星辰。
浮日光何速，吼风声太频。
男儿怀利器，抱负必能伸。

（二）

国事从容论，从来国事艰。
茫茫观海上，日日说台湾。
宝岛遭人劫，何时遣梦还。
雷霆千万发，忍指版图间。

张玉明

乌夜啼·边关月夜

一从军旅经年，忆联翩。战友青春血汗洒边关。　风雪暗，旌旗艳，跨阴山。冷月严霜谁不念家园？

孙德友

一剪梅·兵梦

青涩当年志亦冲，热血盈腔，豪气盈胸。此生无憾有曾经，十九离家，八载从戎。　花甲今朝念念中，仰望军旗，泪眼蒙眬。偷偷穿上旧军装，对镜痴痴，百感交融。

浪淘沙·忆军营

未忘绿军营，飒爽曾经，青春无悔去当兵。堪为红旗添色彩，足慰平生。

喜庆酒杯轻？战友深情，座中个个鬓霜凝。眼望军旗噙热泪，浪涌心澎。

吕亚军

情系柳营人

小城残照醉黄昏，千里江南一梦寻。
对月凭栏风瑟瑟，临轩把酒泪纷纷。
当年战友今何在，昔日戎楼可焕新。
情系关山悲鹤发，樽前最忆柳营人。

加勒万河谷祭

一杯浊酒祭英灵，遥望关山泪已倾。
热血军魂担使命，青春肝胆筑长城。
昆仑臂立擎天戟，加勒河横拒寇兵。
勇士威名千古颂，冰峰铁骨傲苍穹。

11.社团撷英

北社诗社

2004年3月6日成立于山东，社员遍及全国各地。诗社主张"文学在于人学、诗味在于人味"，以继承中国诗词文化传统、弘扬中华人文精神为宗旨，致力于中国传统诗词的学习创作与普及。诗社编有《中国北社诗词》《北社集》等。

邹国荣

绮罗香·暮春游海湾公园

红树浮青，长滨叠翠，不觉风催春暮。潮涨滩涂，凫鹭欲飞还住。桥横卧、潋滟西湾，厦远耸、骈联南浦。又一年、荆嫩蕉肥，柳风花雨晚云渡。

闲来随兴寻胜，漫采身旁眼底，信缰情绪。大象无形，风物槛前如许。恁自然、色秀三春，问落红、岂愁归处？应记取、缕缕烟花，沁香前日路。

郭纪涛

立春后三日

鸟道重云内，春风已远游。
客留万人梦，花好一枝头。
访友鬓初白，清辉夜不休。
茶坊适自在，静里听溪流。

龙 佩

鹧鸪天·咏兰

九畹幽兰一脉香，涤尘花气绕溪长。淡如琢玉经风骨，娇似流云凝露妆。 青眼鉴，素心量。纫之宜佩俊贤裳。千秋不负骚人句，醉赏新枝举酒觞。

林志高

寄 远

半岭青深半岭低，风吹夹岸见桃溪。
白云未至卿家寨，野水楼前月已西。

董 峰

过桃树未驻足

浓香拂面未留神，送走仲春迎季春。
想是桃花不知我，粉腮无数向他人。

宋晓光

天香·清明寄怀

瀛海鲸沉，汉宫香定，檀炉唤醒春睡。柳幕熏风，沉云积雨，又到清明吟醉。花茵影碎。算也是、红尘知己。检点禅心萝薜，消磨天涯烟水。草木何堪如此。历年年、淡薄情味。袅袅龙涎散尽，印灰吹起。旧事萦怀抱悔，有多少、唏嘘意犹未。静抚清弦，余音半纸。

陆玉梅

定风波·生态园春事

卧看春风问有无。桃源境地结新庐。碧落青天蓬岛近。芳信。三千花气涨平湖。 宫粉眉黄轻一抹。蹩躞。眠花梦里赖相扶。寄取闲情山与水。归未。春风与我两如如。

杨 雪

贺新郎·听戏追怀梅先生

旧曲芳华歇。怅高台、风帷影暗，玉喉声绝。秋卷长空何漫漫，更着云垂星灭。要只手、擎开天阙。碧落飞舟连锦渡，引青衫、冉冉归仙列。莲步转、珠楼接。 百年往事今能说。最传奇、红妆貌好，男儿心铁。垓下血殷生死恨，应惜娥眉轻折。对番虏、豪情催发。民国争夺人物盛，到先生、政尔识风骨。生也晚，怀明月。

刘希贤

大观公园归

牧梦亭前枉自吟，长联读罢日西沉。
数千载泪酹残月，五百里波邻远嶔。
板荡烽烟神鬼事，岁丰禾黍天地歆。
近华浦仁薄岚里，问卜蛟台听古今。

杜志鹏

春 游

草接黄尘素，林穿红日幽。孤车行易野，怪石出猿猴。听鸟南云诉，呼人近水留。翻波钩白鲤，插岸见青牛。农者来相近，渔歌启自由。我心春色写，世事懒云勾。数载难消病，无官幸爱鸥。生涯成大笑，自在放虚舟。

滨州市诗词学会

成立于1988年，是由本市诗词创作者、研究者、爱好者自愿组成的群众性的文化学术团体。2019、2020年连续被评为全省诗词工作先进集体。2020年底，被评为全国4A级社会组织。

马明德

瞻仰许世友战时指挥所

帷幄筹谋堡垒村，胶东浴血创奇闻。扬波水上惊苍昊，挥剑山头震鬼魂。甲胄无言嗟岁月，刀枪有锈念精神。巍巍岭上卿云驻，恍若元戎正阅军。

王广峰

古槐遐思

柳絮因风朵朵开，落红踏碎见新槐。羞攀俗艳争春日，顾恤清贫作六材。吕相寒窗无觅处，山西祖第有祈台。千年血脉承丹志，一缕幽香入梦来。

唐海民

游漓江

岭若驼峰峰若帆，波光倒影醉无边。远挥渔网江逐阔，频放竹篙我向前。入画方得实景美，脱俗尽享卧霞闲。清歌一嗓驱浊秽，心自高怀月自圆。

王 涛

迎春花

纤枝弄影共晨霜，摇曳风中孕浅黄。万紫千红请稍候，春来我绽第一香。

王 越

赞恩师曹宝东老先生

佳节已到致先生，敬慕之心似父情。寄意春秋屈子赋，驰神山水太白风。向来朋旧教吟卷，闲里诗书挥笔锋。最是传承国粹愿，桑榆授业又回灯。

卢玉莲

水调歌头·品茶偶记

淡霭浸帘幕，静谧漫书香。夜来斟共清友，一盏洗枯肠。好是灵芽翻卷，绝赛莲花徐绽，壶里自徜徉。浑忘俗尘事，消却旧时狂。　喉吻润，破孤闷，醉无央。凉风乍爽，蓬莱仙境是吾乡。莫问浮生何似，独领其中真味，岁岁梦悠长。伴阅五千卷，笔底绘流光。

韩淑静

拜望孔庙有感

重门殿宇溢流光，满目旗旌万仞墙。
玉磬金声成大道，杏坛龙柏铸华章。
拾级盛赞钩心处，寻兴徜吟滦水旁。
忽见断碑伤累累，辨分旧迹论曲详。

朔州市诗词学会

成立于2020年9月19日，由全市社会各界传统诗词爱好者组成，共有会员170人。学会自成立以来，坚持"两为"方向和"双百"方针，积极组织会员采风、诗词讲座、同题创作、集体荐稿等各类活动，为朔州发现并培养了一大批优秀的诗词人才。

师红儒

春行宿右玉干部学院

雪过喜松色，春风又九寰。
听涛行北塞，望月挂南山。
来识贞心固，得偿清梦艰。
我身如草树，幸落此中间。

杨怀胜

春日感吟

律动莺簧听早春，韶华退尽一闲身。
浅斟况味难回首，不合时宜总误人。
往事何须杯底忆，童心每在梦中真。
窗前柳色尚踟蹰，借得东风扫旧尘。

赵志霄

忆少年·边城

边城故地，边村絮柳，边风时候。相思那犁雨，恰桃花开后。　梦别寒窗前事旧，隔山溪，断肠人瘦。春来到秋去，共一墒红豆。

杨静函

忆少年·赠儿

一怀山水，一襟风雨，一程磨砺。人生几何易，纵苦凭谁说。　莫道光阴如水逝。终将会、逆顺轮替，待莺啭柳绿，自天开春霁。

李 桃

早春漫兴

二月春回寒意轻，郊原尘净正堪行。
雪融待染田塍绿，风软应摇花草荣。
三五野凫惊淑景，一行归雁写诗情。
何须布谷殷勤劝，垄畔农翁话早耕。

康彩兰

家

莫笑青虫恋草窠，人间不觉到霜皤。
新阳曾沐春风暖，好梦无关琐事多。
共此篱藩须守护，寻常烟火耐摩娑。
迎风今日一回首，依旧深情更几何？

宋建国

西江月·惜春

曾念几声夜雨，又临晓月春风。轻拊一碧上晴空，扰动诗魂赋种。 觅遍小园青绿，还逢满地香浓。惜花当记落花情，莫道他年旧梦。

王秉权

听 雨

最喜东风带雨声，沙沙一夜到天明。
耕夫莫道春来早，细柳丛中已啭莺。

尚花平

跑马梁

林海松涛鸟语稠，浮云如带景清幽。
吟踪遍踏山河迹，心底依然恋朔州。

三秦女子诗社

成立于2017年1月15日，隶属于陕西省诗词学会。诗社以传承中华诗词为己任，致力于大力弘扬中华传统文化，团结了省内外女诗人近1300名。基层分社包括4个市级诗社、8个县级诗社，并有书画研究院、清音吟咏社、红楼梦沙龙3个二级社团。

张淑萍

满庭芳·汉江春色

垂柳初芽，早梅繁盛，汉中春色丰圆。旱莲匀粉，鸥鹭舞云烟。莺唱枝头次第，伴江水，轻泻溅溅。晴光里，安恬是处，野渡一游船。 经年，常慢步，西堤画阁，东岸荣椽。对夕阳川上，晨露花前。多少红情绿意，入眸底，触动心弦。熏风畅、鹅黄嫩碧，苏醒且芊眠。

王秦香

拟大峪行

终南何处印心踪，大峪攀行酬久封。
高士襟怀云淡荡，野茶香色竹葱茏。
空山待雪清泠水，黄叶题文远近松。
落日余晖笼满袖，归来犹念岭重重。

胡宝玲

贺洋州书院挂牌兼寄许晓春院长

追君一路到洋州，书院相逢并款留。
词做轩窗开慧眼，诗当门户见乡愁。
茶中滋味不辞苦，竹里情怀偏爱秋。
更有兰亭风雅事，同声同气亦同舟。

王霏

六高之春采风有寄

好趁韶光作此行，瑞华绕砌彩盈盈。
沧浪石畔寻陈迹，拾粹廊前话盛情。
百冗才从诗外息，一心又向鉴中明。
纵眸桃李添春色，更有凌霄意气生。

梁萍

太平河畔雅聚有寄

终南滴翠雨蒙蒙，十里烟光接昊穹。
柳岸经行听鸟语，槐庭晏坐漱花风。
临窗笑对幽幽谷，把盏歌飞渺渺空。
诗意欲争山水绿，正宜运笔气如虹。

李维娟

牡丹

湖畔悄然放，氤氲带露香。
醒眸新魏紫，可意俏姚黄。
似晓三春短，相争一夕长。
花开唯恐晚，何况又斜阳。

张琼

咸阳牡丹之约

约来春共赏，清景渭城东。
天接晴湖柳，人行晓岸风。
鹢舟摇一碧，鹿韭写千红。
更有廊桥影，入谁吟望中。

郑素莹

游青田石门洞

石门斜谷口，烟锁每难寻。
雨落秋江渺，山连野渡深。
催舟行碧水，登岸向苍林。
回首看来处，重云遮远岑。

章　晨

西江月·分香

　　老柳轻揉睡眼，新梅悄着红袍。远山近水涌春潮，处处清香萦绕。　暖意回环心底，柔情飞上眉梢。无须渲染与勾描，醉倒痴人不少。

高　敏

江月晃重山·天汉探春

　　江畔凫鸥点点，垄间杨柳青青。出林鹮鸟啭春声。东风里，初着薄衫轻。远近蜂游蝶舞，高低天阔山明。衔泥新燕绕檐楹。经行处，笑自玉颜生。

辽宁博雅诗词学会

　　成立于2015年，为由省直单位离退休老同志倡导发起的学习、研究、传承古典诗词的专业学术团体，会员近400人。有博雅微信公众号和《博雅诗词》会刊，工作成果与经验曾为《辽宁日报》《老年报》《晚晴报》等媒体刊载。曾获沈阳市"文化惠民工程"奖，被命名为"中华诗词发展基金会辽宁省诗人之家"。

关世申

秋　分

万里高天阔，风清一雁闻。
参差山野色，错落稻香村。
枫叶方成景，夕阳尚有温。
老翁松树下，闲坐唠黄昏。

刁　宁

观"如此青绿"有感

一屏青绿舞青春，惊见千年妙手皴。
翘袖折腰勾气象，回眸缩鬓解精神。
庙堂将相长留寂，市井渔樵各自淳。
如此江山如此画，风流今日属人民。

张淑艳

春　耕

雨霁春山翠，林樊布谷鸣。
燕归湖面掠，牛喘野田耕。
地垄翻禾浪，汗泥卷稻茎。
盘中铢粒苦，农喜醉仓盈。

李斌律

春深寄韵

忽尔桃花谢，时移翠叶纷。
青阳生瑞霭，紫陌覆香芸。
景去行人叹，园苏宿鸟欣。
生缘依万化，守意是松筠。

吴秋蓉

念奴娇·博雅年会述怀

惊涛涤荡，竞风流，云卷云舒澎湃。锁定经年，回首望、启慧开蒙慷慨。润土滋耕，痴情不改，奉献忠和爱。抒怀毫墨，汉唐传递精彩。　试看辽沈江湖，春花秋月赋，振兴时代。吟诵之声，平地起、和德礼仪乡寨。歌舞相牵，民祥国瑞赞，梦惊天外。前承后继，举尊同酹豪迈。

12.微刊选粹

"九头鸟"公众号

楚 成

临江仙·"诗警印象"文化墙落成

营内诗墙营外警，江城初夏风清。归来漫步望湖亭。两三丛翠竹，四五只黄莺。　已是黄昏明月上，休论圆缺阴晴。平安但守恨何生。年年风雨里，又向虎山行。

高 寒

过江夏龙泉山

数龙盘结翠绵延，春许云招客袖牵。
正值湖清堪泊月，适逢山静漫听泉。
小莺恰恰疏花外，旧殿斑斑密竹边。
壁上文章看未足，轻声莫扰九王眠。

崔 鲲

题网传返乡女子负重怀抱幼儿照片

衔泥负重向天涯，谁惜雪霜侵岁华。
料得娇儿酣梦暖，慈怀在抱即为家。

张少林

谢 恩

情漫天河过水门，江城注目谢深恩。
连心锁挂行吟阁，浪拍东湖道道痕。

古 木

岳麓书院

静卧枫林岳麓边，风荷相倚数千年。
四箴亭下忆颐颢，时务轩中看赋笺。
学脉延绵情里楚，书香不绝意中贤。
悠悠小草阅今古，杜若悄然馨满天。

程　林

壬寅除夕

交响繁英绽碧空，浮烟声里九州同。
尘寰虽换花和木，海日依然西复东。
喜有天公全俗礼，自怜世事庆年丰。
一宵杯畅春开眼，远目新霞与梦通。

"梅园丛刊"公众号

游义云

厦门黄厝中路观海

向晚苍烟掩九霄，海天咫尺两相交。
浪敲旧岸喧犹静，雾隔明眸近却遥。
几点朦胧星火掠，一轮明月玉辉抛。
倾情俯仰无穷尽，撑起胸襟万丈篙。

胡小艳

鹧鸪天

　　醉听笙歌入管弦，烟花独绽欲摩天。知交零落余三五，鬓发凋残渐万千。　逢新岁，说流年。好风扶我到樽前。红英一树君行早，剩有琼华许覆肩。

"心心诗社"公众号

吴虹珠

夜　思

望处孤云暗，惊秋忆更深。
花飞如我梦，叶落似君心。
一处玲珑月，千年寂寞音。
高情何以继，归绪乱纷纷。

卢林建

值夜随笔

一霎云收新雨霁，半痕月上照更阑。
人无杂虑宜随兴，庭有清风适养恬。
雅意皆从幽抱起，多情只许素心谙。
今宵各度逍遥法，月自夭夭我自闲。

林建兰

重读《道德经》

闲坐静读三两篇，不求甚解五千言。
幽深尽在有无里，玄远当于彼此间。
观复知常为本道，守中抱朴乃真源。
推窗忽见南山月，一片空明心豁然。

郑　璞

苏幕遮·中秋

柳含烟，花饮露。小径依稀，曲向清溪渡。桂子桥头香半吐。寂寞丹枝，日暮谁相顾。　景如初，人两处。又至中秋，重把归期数。风抚纱窗邀月入。淡淡霜华，偏照人孤宿。

高立权

鹧鸪天·独夜品茶

檀木茶几绛紫壶，山阁寂静夜来初。凝烟恰有香浮面，分影犹耽窗映竹。　尘不到，月相呼。清杯与共意何孤。平生任是风兼雨，懒向灵龟问有无。

"千古诗词聚贤庄"公众号

无　思

前河春月夜

前河多丽景，夜静惬忘机。
映月光连野，傍花香满衣。
园林真烂漫，路径自芳菲。
徐步江堤道，闲游不肯归。

"雪藻兰襟"公众号

野渡横舟

玉蝴蝶·春行

借酒百般聊赖，竹枝缥缈，心绪烦恹。倚杖山郊斜径，漫把春探。草初青、鹊声妩媚，风乍暖、水色幽蓝。柳纤纤，万层粼浪，一叶轻帆。　方酣。数回魂梦，寻梅同煮，折蕊相簪。案上红笺笑捻，烛影透窗帘。算今生、醉情几许，对晚镜，霜鬓平添。且高瞻，两乡明月，塞北江南。

"五岳诗词"公众号

崔　健

惊闻阿拉善矿难

雪寒谁复索乌金，戈壁苍苍掘地深。
逐利何关山欲裂，求薪无奈命先沉。
几重积弊令成纸，满涧冤魂血染云。
宝地安容蛇鼠恣，青天悬剑啸鸾林。

刘成浩

壬寅中秋思乡

凭窗独对远峰头，望断家山忆不收。
先祖高堂眠厚土，家兄小辈闯南州。
脑中画面频频过，故里人文处处游。
七秩飘零伤往事，风吹落叶惹乡愁。

"秦都雅韵"公众号

小鹿-呦呦

杏园芳·看海

抟沙指落堪寻。潮推海气连阴。斑斓暮色减三分。影沉沉。　　同为过客留鸿爪，层波未渡迷津。听凭风送小游鳞。绪堆云。

晏晓东

冬晨登狮子山

有客穷冬至，雾封千尺台。
云红随日出，水碧接天来。
敛袖霜风满，鸣钟古寺开。
萧疏荆棘里，折得野梅回。

谭君

与诗友谒泰陵感怀

知否泰陵春与秋，薄云亦绕亦如游。
遍山金栗出龙脉，是处翠微徒径幽。
应晓帝王空寂寞，无关宫月几沉浮。
漫言功过凭谁论，长恨歌声从未休。

唐宝华

登麓山赫曦台怀古

独上赫曦壮眼眸，一城秀色一江收。
麓山迤逦连衡岳，云厦嵯峨对橘洲。
宦谪犹思廊庙策，沙沉不做楚王囚。
楼台几许残烟雨，多少王侯剩古丘。

贺律魁

感事

余寒乍暖春萌发，候雁沿江步影来。
物润和风频断续，缘随细雨始萦回。
烟楼百尺留行客，石巷千年对钓台。
忆想平生闲岁月，凭高北望一浮埃。

邱俊标

减字木兰花·梅

凌寒无悔，映雪消融滋玉蕊。倩影轻摇，不借东风色自娇。　　经年负约，犹记牵魂明月夜。识遍千花，独爱幽香沁敝家。

徐向中

西江月·利国铁矿中国劳工被埋万人坑遗址观后

日寇侵吞铁矿，同胞劳作穷年。人人血汗被抽干，病体强扔活掩。　羊谷山前风怒，珍珠河上波喧。亡魂启示刻心间：固我家邦永远。

赵锡红

参观柳亚子故居磨剑室

索句飞觞入梦遥，故居风物慰萧寥。
倚波可揽云霞焕，系缆当迷吴语娇。
磨剑楼前吟旧卷，湖山石后衍新潮。
几经书蠹风烟后，犹见诗人立画桥。

黄玉庭

扬州访友

同窗邀聚首，三月水乡游。
幽巷古桥旧，长街老廛稠。
吃茶情满座，听曲客盈楼。
欲别天留我，烟花雨不休。

袁冬春

临江仙·迟日游

日照青丛花簇，风吹嫩柳莺喧。幽游眺听两相怜。呵枝香在手，触景梦成烟。　还忆昔来飞絮，浑含春思看山，但愁斜雨落红天。明知迟日到，偏带白云还。

严长京

满庭芳·癸卯元日观新年烟花晚会有感

灯火辉煌，烟花璀璨，遍开姹紫嫣红。流光溢彩，灼灼映西东。谁与摩天大手，去寻探、另辟鸿蒙。又还是，宏图大展，壮志似飞鸿。　豫章添锦绣，时和世泰，岁乐年丰。只留得、初心化作飞虹。秋水长天绝处，尽赋予、滕阁凌风。还添得、青云之志，圆梦兴无穷。

闵华山

题友赠桐城小花茶

不在仙山性亦真，可凉可热可浮沉。
甘香留与清泉后，化作杯中四季春。

冯 超

宽 窄

肚量宽宽少祸端，阴沟窄窄不撑船。
人生每遇宽和窄，窄作宽时心自宽。

何 芳

鹧鸪天·东湖观西瓜灯

秋水溶溶半渚烟，湖前闲步细相看。莲灯闪闪清波上，萤火翩翩花草间。　精刻锉，细雕填，别开生面靓娇颜。仰头轻唱红菱曲，桂树飘香月正圆。

"无弦诗会"公众号

墨言之

秋蕊香·银婚

我有当时明月，长照此生无缺。起初相约眉头雪，依旧银丝沾睫。　捉来岁岁流光屑，轻轻捏。悄声说是同心结，你在灶边斜瞥。

子 丘

朱碑亭望东湖

初上磨山顶，东湖可见容。
水波如揽镜，杉影若游龙。
西子不堪比，大夫何处逢。
得时能自在，云去鸟无踪。

曹仁红

春游路上听学生诵《采薇》

诗经读罢踏春来，薇菜柔柔花正开。
远古戍征情思寄，少年欢咏可知哀？

梅华东

登云龙山

九岭沐朝晖，徐风梳翠微。
林中清气满，天上白云稀。
古寺缘龙伏，闲亭任鹤飞。
时来情可寄，境绝不思归。

侧帽风流

与家人

入眼黄花香易拾，关情灯火话犹温。
一年无事能闲坐，此夜风寒不到门。

"太行诗苑"公众号

赵建军

渡江一战定乾坤

国无大治苦苍生，尽得民心岂不争。
策定能酬天下梦，旗开但指石头城。
长江只合飞舟楫，半壁何堪罢甲兵。
一战尘消残气灭，神州自此见升平。

李增山

八一前夕重回边关

雁门无改旧时楼，唯我青丝变白头。
想起当年边塞夜，有明月处有乡愁。

郭羊成

胡 杨

瀚海茫茫沙满川，西风鼓角咽声残。
历经磨难还藏劲，战罢金黄更刺天。
力挺脊梁成傲骨，根植贫地不折弯。
莫愁客在关山路，大漠胡杨使向前。

眉 卿

儿子生辰有忆

除君之外再无营，围转厨房说纵横。
曾嘱春风陪路远，每求月色照窗明。

冰怀怕被尘俗染，眼界期能格物行。
四季于吾皆不是，千般日子掷轻轻。

张丽平

清平乐·小满

乡河清浅，一抹斜晖晚。芦苇高高蒲草短，蛙鼓鸟鸣声远。　牛自识路归栏，垄中麦粒将圆。耳畔牧歌在唱，今年又是丰年。

于志栋

思 父

劳作终身苦，何曾一日闲？
清晨迎曙去，长夜伴星还。
收麦蒲城口，望云田野间。
时生牵挂意，托梦到乡关。

"云溪诗社"公众号

王殿奎

偶 感

嗟叹平生不自由，撒娇未惯已知愁。
青年便醒烟波梦，白首空居风雨楼。
欲孝偏逢亲早去，思归又值鬓先秋。
家贫难免心惆怅，月下何堪泪暗流。

李玉水

战友聚会有感

袍泽当年昨又逢，青丝小伙白头翁。
开腔不改江南调，举盏犹存塞北风。
护梦蓝天添异彩，弄潮商海建勋功。
酒衣且带征衣气，击箸豪歌血性同。

曹新频

同窗退休后约游故里

沐得东风远俗尘，故山处处可容身。
草堂妙舞几钩墨，蓬鬓豪吟满面春。
莫道无官轻世味，从来有酒任天真。
此番犹做同窗梦，一说当年笑更频。

"知否才女诗社"公众号

谢　玲

咏　梅

寂寂小园中，凌然向碧空。
亭边凝晓露，月下任寒风。
香度三春暖，霞飞一片红。
怜卿多傲骨，欲咏句难工。

"余晖诗吟"公众号

张容豪

春　风

剪出岸柳绿丝绦，催放桃林霞似烧。
一记鞭声飘入耳，便觉四野起春潮。

13．小荷尖角

孙静仪
（山东潍坊潍城区永安路小学五8班）

咏流云

万态碧空裁，浮云似雪来。
随风飘远去，多彩爱徘徊。

胡皓凯
（山东潍坊潍城区永安路小学五8班）

放风筝

纸鸢驾细风，远看似雄鹰。
展翅长天跃，春光荡笑声。

于小涵
（山东潍坊潍城区永安路小学五8班）

雷　雨

乌云铺画纸，挥墨染蓝天。
急雨湿田野，老伯换笑颜。

吴禹彤
（山东潍坊潍城区永安路小学五8班）

马博睿
（山东潍坊潍城区永安路小学五8班）

咏凌霄

满墙红似火，蔽日有阴凉。
风过花儿漾，时闻阵阵香。

咏雷雨

狂风袭落叶，雷起响云霄。
雨落河川满，声如战鼓敲。

孙铭睿
（山东潍坊潍城区永安路小学五8班）

衣　然
（山东潍坊潍城区永安路小学五8班）

咏凌霄花

红花如烈火，绿叶总爬墙。
时而随风起，吹来淡淡香。

咏　蝉

身着薄翼缎，喜夏厌秋冬。
树上吟高曲，声声叹冷风。

周可欣
（山东潍坊潍城区永安路小学五8班）

杨　晨
（山东潍坊潍城区永安路小学五8班）

蝉

蝉翼薄如透，飞翔在密林。
身披黑战甲，最爱唱高音。

放风筝

一线手中牵，相约赛纸鸢。
孩童迎面望，飞入彩云间。

叶必文
（山东潍坊潍城区永安路小学五8班）

尹钰博
（山东潍坊潍城区永安路小学五8班）

咏　梅

梅花迎客早，沐雪等人来。
屹立寒风里，横斜几树开。

咏　春

东风梳岸柳，碧水映青云。
飞鸟划天际，花鲜草似茵。

刘靖晨
（山东潍坊潍城区永安路小学五8班）

雷　雨

雷公敲战鼓，电母闪银光。
大雨倾盆下，风摇树叶狂。

于昊正
（山东潍坊潍城区永安路小学五8班）

放风筝

潍坊四月天，北海放飞鸢。
一线东风驭，情牵两岸间。

刘春阳
（山东潍坊潍城区永安路小学五8班）

春　景

微风拂地垄，细雨沁竹丛。
屋后一排绿，门前半树红。

孙泽宇
（山东潍坊潍城区永安路小学五8班）

咏　春

花开满树红，郊野麦苗青。
杨柳翩翩舞，黄莺叫不停。

徐迎鑫
（山东潍坊潍城区永安路小学五8班）

槐　香

四月芳菲尽，槐花满树开。
引蜂忙采蜜，香气入鼻来。

乔　楚
（山东潍坊潍城区永安路小学五8班）

蜗　牛

头上两枝丫，雨时满地爬。
为何如此慢，背上载着家。

解皓然
（山东潍坊潍城区永安路小学五8班）

捕　蝉

午后噪蝉鸣，顽童竖耳听。
轻轻来树下，倏尔静无声。

唐雨彤
（山东潍坊潍城区永安路小学五8班）

咏　松

峭崖一劲松，历尽暑寒功。
万古长青处，凌风傲骨峥。

李瑞霖

（山东潍坊潍城区永安路小学五8班）

雷　雨

乌龙天界吼，闪电速光明。

墨洒狂风作，雨来万物惊。

王威方

（山东潍坊潍城区永安路小学五8班）

咏凌霄

凌苕绕上廊，昂首对骄阳。

朵朵红如火，人行衣染香。

付诗倩

（山东潍坊潍城区永安路小学五8班）

咏　蝉

身轻栖密叶，翼振上高枝。

厉响飞歌远，清吟已入诗。

于欣禾

（山东潍坊潍城区永安路小学五8班）

咏　春

东风梳岸柳，满院杏花开。

双燕闲飞过，蝴蝶成对来。

汤高辰

（山东潍坊潍城区永安路小学五8班）

放风筝

风中树顶旋，一线上青天。

姿态多花样，有方又有圆。

刘帝辰

（山东潍坊潍城区实验小学五2班）

夏　景

清泉消酷暑，鲜见彩蝶飞。

荷动抒香气，蛙鸣伴梦归。

杜玟妍

（山东潍坊潍城区永安路小学五8班）

放风筝

一线驭东风，纸鸢响碧空。

孩童齐叫好，心伴彩云行。

胥圻

（山东潍坊潍城区实验小学五2班）

春　意

黄莺鸣翠柳，雁阵响流云。

春迹花香处，随风又一村。

李诗恩
（山东潍坊潍城区和平路小学三2班）

早 春

柳翠桃花艳，风吹细雨停。
晴空飞燕子，沃野起虫鸣。

刘振宇
（山东潍坊潍城区和平路小学三2班）

西沙群岛

波上漂花絮，鱼儿跃岸边。
沙滩虾蟹戏，赶海稚童欢。

刘佳鑫
（山东潍坊潍城区和平路小学三2班）

冬

夜晚琼花落，清晨冰雾飘。
狂风吹草没，炉火映花娇。

王紫轩
（山东潍坊潍城区和平路小学三2班）

西沙群岛

鱼儿列队游，水面聚飞鸥。
白浪惊天起，蜂蝶不敢留。

宫安琪
（山东潍坊潍城区实验小学五2班）

咏 梅

雪劲风吹凛气寒，几分幽色掩冬山。
赤梅傲立枝头望，笑看峰前百草残。

朱凯文
（山东潍坊潍城区和平路小学三2班）

西沙群岛

崖底珊瑚美，绮姿不胜收。
飞鱼邀海鸟，何日向礁游？

李添翼
（山东潍坊潍城区实验小学六1班）

咏 梅

不是寻常色，未曾落众芳。
清姿因雪瘦，俏靥为寒香。
万木重重怨，百花处处降。
谁能相与共？艳影裹银装。

谭文彬
（山东潍坊潍城区和平路小学三2班）

早 春

花朵含苞放，莹滴伴雪飞。
芦芽青且浅，鸭子水中追。

王博扬

（山东潍坊潍城区仓南路学校三2班）

芍　药

花晓露濯芍，晨光映粉妆。
清风摇碧叶，艳蕊吐芬芳。

汤鑫潼

（山东潍坊潍城区和平路小学三2班）

西沙群岛

海水轻描画，青蓝各不同。
珊瑚来竞艳，色彩愈朦胧。

张存言

（山东潍坊潍城区仓南路学校三2班）

白　云

浮云独去闲，好似小猫憨。
我欲逗它耍，喵喵跳脚欢。

王振洋

（山东潍坊潍城区仓南路学校三2班）

白　云

浮云独去闲，想到月宫玩。
误入银河里，化身玉兔船。

刘昕然

（山东潍坊潍城区仓南路学校三2班）

凌霄花

凌霄廊上绕，芍药已无香。
忽见风摇树，蜂蝶正过墙。

齐若宸

（山东潍坊潍城区仓南路学校三2班）

早　春

早春新草绿，白桦嫩枝抽。
溪水淙淙淌，鱼儿水里游。

公丽燕

（山东潍坊潍城区仓南路学校三2班）

林间漫步

叶密如织网，金光射草坪。
鸣蝉高树躲，自在享清风。

陈传旭

（山东潍坊潍城区仓南路学校三2班）

春　日

红日当空照，清风送暖来。
牡丹白似雪，芍药粉凝腮。

魏铭良

（四川成都龙泉驿区第四小学校五4班）

童子拜月

童子见明月，低头语不闻。
虔诚合手拜，心动考高分。

唐琳珊

（四川成都龙泉驿区第四小学校五1班）

夜

星光点点映长空，一叶孤舟荡碧穹。
萧瑟风来蝉语响，满街灯火似游龙。

罗婧怡

（四川成都龙泉驿区第四小学校五4班）

春 日

风吹春水皱，新木草茵茵。
燕雀枝头唱，轻歌自醉人。

廖月溪

（四川成都龙泉驿区第四小学校三8班）

棉 花

风吹数道棉，共享爽秋田。
疑是茫茫雪，恍然云浪边。

董瑾毓

（四川成都龙泉驿区第四小学校五1班）

咏 冬

枝枯叶尽唤冬来，遍野琼花何苦哀?
山雪茫茫归落日，含香冰上有梅开。

廖月溪、廖今满

（四川成都龙泉驿区第四小学校三8班）

中国加油

民族复兴蕴华章，风雨砥砺抗疫忙。
地震冰灾压不垮，基建贸易皆有方。
诽谤流言自无畏，磨砺花开筋骨壮。
世人谁晓凌云干，苦难方知祖国强。

杜凌薇

（四川成都龙泉驿区第四小学校五1班）

吟 春

虫唱鸟飞春报到，蜂蝶来舞百花娇。
潺潺溪水流芳草，拂柳春风自在摇。

陈可儿

（四川成都龙泉驿区第四小学校六3班）

踏 青

我见河堤柳叶新，便邀知己去寻春。
身临幽静溪桥处，一口清泉足沁心。

王睿茜
（四川成都龙泉驿区第四小学校三2班）

春江暮色

东风吹水绿，柳色染春晖。
日暮游人散，江头燕子归。

吕浩东
（四川成都龙泉驿区第四小学校三2班）

绝　句

旭日当头立，春风草木新。
筑巢飞燕子，蝶舞没花阴。

文钰涵
（四川成都龙泉驿区实验小学五10班）

乡村办学扶贫感赋

办学何惧几多难，应向芸芸展笑颜。
山里孩子如有路，明朝必顶半边天。

李星月
（四川成都龙泉驿区实验小学五2班）

月　夜

一轮明月当空照，数抹星光齐闪耀。
两个蛐蛐篱下鸣，孩童三五闻声笑。

柏欣妤
（四川成都龙泉驿区实验小学校四5班）

雨

一滴两滴三四滴，十滴百滴千万滴。
尤似断丝珠玉落，跌来人世汇小溪。

孟令晖
（江苏苏州吴江区松陵小学六1班）

春节

家家做菜忙，处处酒飘香。
门外灯笼艳，高天鞭炮狂。

余天灏
（江苏苏州吴江区松陵小学六3班）

梅　花

枝头梅蕊开，香馥挟风来。
不畏寒冬雪，只留清气徊。

张晶惠
（江苏苏州吴江区江村学校五1班）

太湖夏日

太湖堤岸荻花多，蜂蝶纷飞鹭点波。
远去银帆载鱼米，荷池童稚唱欢歌。

杨瑾宸

（江苏苏州吴江区江村学校五5班）

太湖秋

堤岸芦中白鹭飞，夕阳西下耀红辉。
庆丰时节江村乐，饮酒赏花湖蟹肥。

李子涵

（江苏苏州吴江区震泽实验小学五6班）

江村丰田

秋风拂过桂花摇，白鹭高飞上九霄。
村野丰田香四溢，且听鸿雁唱歌谣。

李诗琪

（江苏苏州吴江区震泽实验小学五6班）

秋　韵

雀过丰田新谷黄，桂花枝上散馨香。
红枫摇曳秋风爽，遥望长空雁正翔。

许涵婧

（江苏苏州吴江区平望实验小学六7班）

鹊桥仙·花朝

海棠花绽，梅花瓣散，春日信风轮换。花香鸟语一丛红，叶欲翠、斜阳微暖。

芭蕉乍展，柳枝香浅，欲谢樱桃惜叹。轻眠杨柳叶枝青，仲春过、还留一半。

李　彤

（江苏苏州吴江区平望实验小学六7班）

西江月·寒食

银杏萌芽青浅，辛夷零谢红娇，白樱盈绽却今凋，只叹春花期少。　重耳盛皇迎客，子推绵谷无交。炎炎烈日却焚烧，柳事年年春早。

14.酬唱赠答

温　瑞

2023年元旦寄语诗友

欣迎元旦送残冬，病去驰眸一展容。
别有山川雄在雪，更无花卉洁如淞。
传屏词拟云千态，结阵吟惊天几重。
高谊犹催诗兴涨，新题小句亦情钟。

患肠痉挛答友问

任是彩超看未真，哪堪脏腑紧牵抻。
深伤许似断肠客，苦笑终成捧腹人。
不合时宜惭墨少，多经磨折怪杯频。
但求药石消襄尽，莫使横生垒块新。

张智深

步韵奉和凡师迎春曲选二

（一）

春风健笔恨难支，尽揽人间锦绣辞。
蝶梦自纫初破翼，雁心犹滴未凝诗。
清空玉兔回眸处，沧海金乌出浴时。
一段魂焚成篆袅，千秋长绕屈平祠。

（二）

旧约萦怀总未酬，此生辜负锦神州。
江东桃叶劳春剪，岭外松涛急暮讴。
梦似几回花欲落，心如一片雪难邮。
长思昔岁留别处，帆影浮天云水秋。

鹿斌

与同窗

三十三年蹀躞行，还山入世两无成。
挥矛未比张车骑，载酒难追阮步兵。
纵有文章讨贼寇，何来裘马上公卿。
峥嵘但报一诗骨，风不能磨雨不平。

庚子花城酬友人见寄

身似浮云不择家，何辞海角与天涯。
晓看岭树思归雁，夜听江涛梦泛槎。
但上高楼望武汉，莫谈虚席问长沙。
神州万事非由我，只约春风二月花。

钱红旗

笔墨失落，花小飞兄置酒相慰，陆峰兄专程作陪

斜阳燠热暮蝉哀，城北人家又再来。
不幸卞和足被刖，岂望楚厉眼能开。
殷勤主妇佳肴备，特意仁兄走马陪。
我亦等闲视群小，感君相慰尽余杯。

江阴徐平兄寄赠袁行霈着《陶渊明集笺注》一册奉报长句

江南陆凯折梅情，却是高秋风景清。
寝迹衡门趣谁赏？荷锄垄亩事躬耕。
闲看北牖新葵郁，静寄东轩浊酒倾。
君赠此书应有意，前身我或是渊明。

胡长虹

四堂兄于水竹寨祖宅基建房有贺

五旬又四意如何，筑室仙台旧有阿。
遁世心情归邺架，飘蓬岁月付荆歌。
一窗花气春霖足，万岭松声古韵多。
最是椿萱双墓冢，由西而北片时过。

访段维教授拂尘园有赠

白莲水库一隅深，远岫当窗笔架参。
老父门前营麦圃，晓禽雨后啭松林。
风援邹律春先到，书列曹仓意自歆。
归去来兮存旧赋，凭君宝槛且高吟。

苏兰芳

车至金城江寄韦散木

小店帘招韦字斜，山乡忽讶隐龙蛇。
蛮人蛮语蛮荒地，原是河池散木家。

答霜华寄蜀梅

傲骨无根也展芽，冰丝解落自横斜。
霎时满室清香烈，如嗅巴山十万花。

答友人赠大连樱桃

珠樱速递到京华，粒粒酸甜软齿牙。
最爱迢遥出海曙，周身犹似裹云霞。

刘玉双

壬寅秋日倚剑、北溟鱼二兄自陕归来过盘锦

万里行轮驻，浮舸感二毛。
伤时思易惘，论旧气偏豪。
才赏秦川月，又持辽海螯。
不堪分袂处，风雨正萧骚。

重阳后两日鹤兴湖雅集

契阔又重阳，临流望莽苍。
芦摇一汀雪，雁唳九秋霜。
苦疫伤朝野，凶年替慨慷。
故人青眼在，呼酒慰中肠。

张新喜

贺兴方兄《山泉流韵》诗集付梓

谁将彩笔遗刘君，赋就奇瑰锦绣文。
空谷山泉流韵远，巉岩兰菊自清芬。

西江月·致苏刚兄

傲骨偏生义重，孤怀别是情真。老来犹自素风存。屏上时传高韵。　　跌坐禅心空彻，挥毫诗意凌云。梵音雏诵绝器尘。世事不堪一论。

姜立凭

读《三花一剑集》寄四位师友（四首选二）

一

新冬意绪雪飘零，百页轻翻夜几更。
信有灵犀源德惠，果然风骨助才倾。
长耽沉醉思辞醉，不乞浮名易擅名。
读罢某篇余莞尔，疏狂笔墨露柔情。

二

描摹千载意朦胧，书剑情怀约略同。
先烈冢荒空浩叹，佳人梦远误相逢。
勘清云水重山外，捻碎忧欢一字中。
何处奚囊攒好句，今宵借我抵寒风。

戴林英

答同窗

人海茫茫信可求，两年同桌百年修。
论情未必输兄弟，暖了今生一段秋。

蝶恋花·清音阁主莞尔营醉蝶花海，命赋蝶恋花词，次韵酬之

粉紫垂垂风款款，蛱蝶翻阶，都向谁家院？原是东皇偏顾眷，好春提早《清音》见。　斜日穿花歌婉转。罗绮宫腰，回舞轻如燕。莞尔低眉娇欲软。手中一把檀香扇。

王少刚

近晚得郁忠电话感题

十年两地叹缘悭，唯向屏中觅旧颜。
牧野梨花君可忆，草堂荷酒梦难删。
情安当下谈何易，诗与远方行更艰。
乐做红尘簪菊客，人生无处不丘山。

朝成兄客友见招因故不值依韵以酬

风乱榆钱拂酒帘，飘潇零雨润重檐。
陈醪奉友青梅煮，暖雀啼窗白发觇。
拙和难裁吟七步，空怀有愧乞三砭。
应知拣字须情满，不到真时不敢拈。

陈延河

寄印刚上人

皂衣久生累，老去羡袈裟。
尘世终为客，化城方是家。
僧窗含竹影，佛壁布莲花。
几念投师去，听钟细煮茶。

连日落雪今早见晴空，寄了然兄、苏醒、大牙弟

竟日阴阴今晓晴，山南山北雪晶莹。
来书隔夜看微信，去路无车不出城。
可尽深杯添暖酒？曾移小桌正新声。
又思西店涮羊肉，诗意还如醉意浓。

赵雪峰

次韵王兄少刚感题

索居渐觉阮囊悭，难买青春一破颜。
折柳系风诚可笑，向隅吟草尽当删。
那堪深怨流光老，不许清谈行路艰。
良夜梦回心忽动，小舟明日放湖山。

摊破浣溪沙·饮碧螺春步韵酬人

碧乳香螺合作春，闻来先已醉三分。潜入灵台应有计，暗相陈。　才得洞庭湖上露，已成蝴蝶梦中身。更向深山深处去，静无人。

诗
国
80

陈　波

小寒日寄友

凭窗遥望雪覃覃，身辱泥涂窘不堪。
老去冰心仍守一，病来寒节已过三。
庭梅入腊空分色，朋友经年解盍簪。
春到姑苏应告我，束囊还与下江南。

踏莎行·依韵和友重阳南下

露重霜浓，山长水远。凭栏目送斜阳晚。黄花带雨立清阶，幽香到晓随风散。　　江上归舟，云中去雁。天涯芳草应无限。东坡曾到海之南，海风吹得诗犹健。

陈志国

步逸白原韵兼寄诸兄

浅唱低吟共解春，行天履地散香尘。
清音化去云随步，好句熏来月伴身。
眼放流光抛叠影，襟怀契阔聚同人。
等闲意逐三分醉，根底恒存一味真。

次少刚兄感题韵

知交怎肯畏缘悭，诗意浑融便破颜。
梨下玄音何幸得，荷前诳语未容删。
三分侠气充襟抱，一脉清心越险艰。
若此仍须高放眼，远方尚有数重山。

卢继清

依韵少刚兄感题

抱朴寻真缘未悭，草堂难易旧时颜。
亲荷野径应犹忆，访杏羁痕不可删。
偶得禅机一点悟，抛开俗务几分闲。
还祈再借鹿鸣酒，醉在樽前梦入山。

步边兄韵癸卯春节感赋

窗花换朵对街灯，一榻圈身世未曾。
疫岁翻篇忘时冷，牛人天选问谁能。
截屏偶取歌还舞，祛患长依剑逐蝇。
窃喜盆兰暂无恙，春风拂处意犹胜。

吴少文

答谢孙巨才兄赐墨宝

远隔银屏画卷长，熟宣寸寸暖心房。
灵书一品含神韵，瑞虎双眸透慧光。
义结诗缘兄赐宝，情迷墨气字倾香。
挥毫写尽人间福，敬语如珠下沪杭。

鹧鸪天·致谢退休宴

夏日和风入雅庭，鲜花一捧沁芳馨。征衣断续终须卸，别泪流连或可倾。　　抛挚语，话柔情，开怀畅叙酒微醒。神交已付长流水，自有知音伴我行。

石 月

步韵边兄春节感赋

远眺窗前盏盏灯，烟花如幻也如曾。
三年窘迫哀难诉，百业萧条恨不能。
寒夜倾杯辞旧岁，危楼倚榻避残蝇。
但期劫后全无碍，春色还同往日胜。

刘祝金

疫中寄永和兄

羡汝江湖客，襟怀与众殊。
补巢怜冻雀，解套救哀狐。
仰慕荆轲勇，珍藏李牧殳。
明朝疫情过，聚酒话荣枯。

步边兄除夕韵

朝贴春联暮挂灯，几无闲暇忆吾曾。
欲归松菊无缘达，徒羡渔樵恨不能。
厌倦红尘争利禄，宜教赤崀识蚊蝇。
青春梦想今安在，豪气何如旧日胜。

蒲 臣

回盘石小住返长众亲友迎送感怀

招呼馔玉具琼浆，美妙时光共品尝。
谊比芝兰清隽永，情如江海水流长。
十年拳路同风雨，数载心声满舍堂。
若谓今朝兄弟事，堪如少傅说浔阳。

正月二十访仙人湖

兔岁春寒却恋冬，飘飘此境恰迷蒙。
新湖半卧孤山下，瘦影频摇一照中。
漫探廊桥轻落足，疾驰雪橇笑迎风。
三年疫事异乡客，玉体仙湖正亮瞳。

赵 波

闻牧野亭易主读众友诗感怀以和

十载无缘至，凭诗赏旧春。
茅亭山雨霁，碧水绿荷新。
得味须添酒，斟词具在人。
秋来行道处，菊蕊续精神。

诸兄雅和凑句以自况

秉握时机四海春，潇潇暮雨洗征尘。
云山走马挥青剑，月影开帘解逸身。
怎奈颅头鼾梦骨，尤怜枕畔旧诗人。
灯前古卷寻滋味，留却心头一点真。

郝为安

岁末与诗友唱和

钟声腊味两迷离，岁月难饶酒一卮。
每向俗中求大雅，偏从物外觅新诗，
随缘山水清明处，率性云烟自在时。
且剪寒畦春数缕，荆妻烹炒任由之。

书法家子墨先生八十寿辰

杖朝杖国两如缘，酒罢茶闲字大千。
散淡情怀书自在，清虚气象法超然。
太羹有味澄心境，至乐无声事砚田。
化笔成犁耕未已，年来丰欠且由天。

次韵酬答牧野诗赠

知也无涯生有涯，谁能一苇化灵槎？
临渊补网忙中乱，伏枕吟屏雾里花。
昔对青春曾有负，今当迟暮勿空嗟。
览君雅意从君约，待饮江亭步晚沙。

张德生

步少刚兄韵凑一趣

余途杖履亦多悭，幸得冰心未忘颜。
踏月抒怀诗可证，赏花分径忆难删。
白云做伴伤时促，小恙缠孤叹路艰。
谁说侪朋千里隔，展眉一道共青山。

壬辰年腊月会牧野庄主及诸友留句

寒山林晚后，风缓带烟尘。
家犬疏园道，兰舟冻水滨。
昨时花若海，今忆泪盈巾。
信步草亭畔，分枝寻故人。

冯启元

军中寄万国政老师及诸同学

兵临紫塞战云横，投笔书生即远行。
号角初闻情乍怯，亲朋每念意难平。
惊寒旅雁霜天晓，赐诲慈颜夜梦清。
何得风云重际会，倚天之剑斩长鲸。

15．激浊扬清

王应民

有感某些媒体之娱乐报道

戏子家中事，坊间记者心。
离婚延旧话，有孕亦新闻。
烁烁光和影，灼灼金与银。
焉知空腹里，可否有灵魂？

谑吟墙头草

摇摆春秋里，逍遥天地间。
起伏常借势，左右尽逢源。
骨软根无定，脑痴腰易弯。
随风犹自惬，垂首未知惭。

金成群

有　感

吟坛雅集好逢迎，人未临场诗已成。
清韵其中掺俗韵，豪情多少是真情？

陶光顶

题包公祠廉泉井

人言此处廉泉美，一饮能教贪变廉。
我欲汲来当礼品，新官上任可优先。

李明华

题挪步园避暑山庄

挪步园中暑自无，高山爽气胜西湖。
偏安楼外花红紫，不听民呼听鸟呼！

刘则通

包公祠有得

一祠巍立壮人间，大像庄严黑脸传。
但有无声铜铡在，不教百姓跪青天。

黑脸红心是自然，肥差瘦死却羞钱。
从来不上清官课，愧煞当今公务员。

邹奎敏

买　房

蜗居思变老尤狂，翘望楼群犹望洋。
茅草秋风悲老杜，钢筋高厦叹黄粱。
柜箱搜币吾倾力，弟妹添薪儿解囊。
环视新屋忽感喟：一生血汗俱涂墙。

张　彦

螃　蟹

溱湖网簖正秋风，遥望烟波霜色浓。
纵有狂心称霸道，难逃一日入蒸笼。

青　虾

不敢向前只倒游，双钳作势却含羞。
躬身进得汤王府，换取朱衣奉五侯。

蔡　友

老鼠嫁女

粮仓府第鼠窝多，败类生活过分奢。
嫁女氏族真气派，老猫开道狗敲锣。

垂　钓

长线垂钩诱饵馨，凝眸水面叹银鳞。
奈何贪欲香一口，烹饪油锅方晓因。

谢章成

感　时

卖了楼盘财路宽，能招项目是贤官。
金山固比青山好，守业当知创业难。
街面频呈新气象，旮旯犹见旧容颜。
国家俸禄民托付，莫为逢迎视等闲。

朱洪滔

戏说情人节

一到其时便大方，献花不惜动箩筐。
农家也晓投机巧，只种玫瑰不种粮。

凌明明

公交低头族

自在逍遥憨态新，手机在握乐津津。
管他座畔病残老，只看荧屏不看人。

雷风仪

某图书馆

招牌金字挂当头，商铺层层闹未休。
试问借书何处走？店家直指最高楼。

登临宝殿叹迷离，书报琳琅人迹稀。
罗雀门庭风雅地，轻文重利位偏移。

郭永刚

贪腐悲歌

锁身手铐铁窗寒，感慨人生五味翻。
幻想当年豪宴盛，初尝此刻冷羹残。
门庭若市千金易，罪证如山万策难。
懊悔已成无用事，悲歌苦曲对谁弹？

16．琴瑟和鸣

江　岚

周末即事

才伴拙荆出诊室，复陪小女进书堂。
寒林一片明黄色，惆怅人间又夕阳。

己亥七夕前三日过山西和顺为"七夕文化节"诗词大赛颁奖遇雨，此地相传为牛郎织女传说发源地

千年小市踞崔巍，薄暮行人各自归。
不日双星也相见，故应微雨落霏霏。

王桂琴

唐多令·忽有故人心上过

黄叶谢山丘，沙禽逐水流。雪渐消、云系山周。缕缕清寒秋渐晚，西风动、漫田畴。　仍有许多愁，犹如一叶

舟。断肠时、来去谁留？忽有故人心上过，流年事，涌心头。

王宗明

赠　妻

虽有花心数十年，浮生桃色未沾边。红颜结友何为过，永守家中一片天。

西江月·与妻说

秋月春花好好，高山碧水清清。虹桥爱侣最浓情，酒绿灯红夜静。　宁可甘泉守旧，不求沧海忘情。今生你我已残庚，但愿安康寿永。

张艳娟

生查子·题在结婚纪念日

有幸也须媒，初见尤堪记。认作意中人，蓦地心门启。　藤树两相缠，共数柴和米。冷暖与悲欢，我只在乎你。

何其三

梳　发

初晨束发玉梳撩，思念今朝连昨朝。别后年光长几许？已从齐耳到齐腰。

临江仙·掷花

沿岸皆为红树，缠枝尽是青藤。近波才动远波平。忧心君去后，可记故人情？　有鸟长声相唤，欲言半句难成。别愁正向两眉凝。暗抛花一朵，替我逐船行。

萨　夫

忆王孙·思故人

（一）

登山临水望君归，芳草天涯悲别离，遥看斜阳怨落晖。物星移，又见云低春雁飞。

（二）

春回日暖忆王孙，燕子归来思断魂，折柳离歌不忍听。卧闲云，风雨时吹深闭门。

孟依依

虞美人·许愿

名园事若烟花散，折柳祈三愿。为君一愿祝平安，二愿好风借力上云天。　剩将三愿留诸己，自此相思止。他生他世莫重逢，莫累他年他月复愁中。

风入松·四月三日忆沪上去岁此日

江城四月雨微凉，深巷紫丁香。衡山路上咖啡馆，共谁人、倒转时光。虹口街心竹椅，虹桥午后机场。　　当时留我挽罗裳，一别两茫茫。事如默片沉心底，旧天气、翻检心伤。或可由冬而夏？春风不与商量。

王　旭

忆　旧

常忆那年春酒暖，双双约在小桥西。
一方秀帕牵君手，几许柔情醉柳堤。
恨梦浅时无彩翼，惜心深处有灵犀。
此生愿化相思鸟，月下花前夜夜啼。

江城梅花引

春来夜半诉柔肠，爱难当，恨难当。一曲横笛，梦里会高唐。可有知音千万里，同对影。倚疏窗、向月光。月光，月光，洒半床。化浓妆，化淡妆。化也化也，化不尽，眉黛花黄。曲尽灯昏，犹自未成章。情到深时人寂寞，谁共赏，叹笼中、也半双。

陈贺文

散天花·偶得

牵手谁同驿路行。酬君红豆债，约今生。愁眉不画也倾城。花间相对酒、百年盟。　　重读红楼梦里情。依栏陪曙月，眼波明。相思难了寄云萍。操琴弹一曲、是心声。

李　敏

浣溪沙·风前一诺忆曾经

远岫含烟雁自横，相思未减又凋零。风前一诺忆曾经。　　常使清樽空对月，掬来绮梦也伤情。萧萧落木冷浮萍。

郑　力

有　寄

柔肠九曲不能遮，怪底心灰日复加。
最苦相思无处寄，一城犹是隔天涯。

春日有寄

半随春浅半随梦，春一朦胧梦一分。
我思但为阶上草，染她新着绿罗裙。

李兴旺

扬州慢·重来

水瘦风疏，菊残篱老，绿苔锈损雕栏。叹西园尽废，只柳约依然。小河埠，游舟杳杳，彩禽犹在，交颈相怜。记当时，花堤肩并，山月盘桓。　小桥灯火，我重来，依旧阑珊。想人面桃花，琴歌晏笑，烛夜贪欢。莫恨夜莺无语，流连处，两鬓清寒。念从今去后，小楼空待何年。

康丕耀

结婚二十五周年日喜得二律书赠画竹中之秀华妻

常思那日见明眸，岁月匆匆廿五秋。
寤寐曾期闻锦瑟，忧欣总爱唱雎鸠。
昔惭淡饭端来案，今喜鲜花插上头。
苦乐当年沉百感，有伊携手更何求。

何平军

赠青娥

灯下小桃红，经年偶相逢。
擦肩若相负，浅笑祝匆匆。

美人吟

枝连双十载，玉手满风波。
久已负清景，低眉闻棹歌。

张明新

别　妻

哪堪梁孟举离杯，话未尽时鹃又催。
欲去欲留由不得，站前花落动车开。

思　内

闲枕久无长发香，花帘不下好凭望。
中宵梦醒偏头看，一半眠床是月光。

周紫薇

七夕寄远

寒露泠泠浸野陂，长河寻影叹情痴。
蛩鸣韵和鸾凤曲，雁唳声从孔雀辞。
落叶偏添霜意冷，离人总怕月光迟。
年年此夜怜乌鹊，秋雨秋风知不知。

满庭芳·七夕寄远

又见秋声，落英送雨，徐来暮色轻风，隧台尽黛，寂寂紫云萦。今夜银河落鹊，怜夜短、又到天明。念来去、匆匆步履，无月也无星。　怨前生一顾，斑驳入梦，两处惊鸿。叹人间、难寻这等深情。独对伽蓝梵磬，为了却、三世情盟。凭诗句、空无人寄，一任落花零。

袁鸿雁

无　题

二月东风枕上听，悄然入梦似丁宁。
不知春雨窗前过，还是相思意未停？

17．半边天下

周燕婷

处暑过白云山能仁寺遇雨

雨收钟磬歇，一角见斜晖。
木落红流涧，云深翠湿衣。
暮蝉犹自得，秋兴已相违。
野树连天际，幽禽识所归。

清平乐

时光一束，借汝江南绿。万叶千枝
犹静穆，相待莺儿出谷。　　微风暗动春
幡，薄云高护婵娟。几缕闲愁消尽，举
头重见清圆。

蝶恋花

一夕潮回寒替暖。芳草迷离，蝶影
交加乱。鹧鸪不知春步远，雨中犹自频
呼唤。　　垂柳千丝萦渚岸。似剪春风，
难把愁思断。目接高楼云宛转，惜花人
在谁家院。

声声慢·壬寅送春

海棠枝瘦，杜宇声稀，东君误了初
盟。雨勒风缠，催花恁地无情。檐头一
双燕子，似倾愁，更似叮咛。流溪岸，
剩残香散片，何处飘零。　　几缕垂丝拴
梦，有夭桃冶蝶，萦绕烟屏。捉队游
春，清明拾翠芳汀。纷纷枕函琐碎，又
闻他、夜半潮生。春去矣，引霞杯、还
送一程。

丁小玲

秋　望

瘦菊枯荷秋胜春，层峦五色尽横陈。
无端谁唱江南好？明月泠泠追问人！

北固凭栏

谁吹尺八过浮屠，万叶如鸦秋画图。
惆怅沧浪尚余恨，栏干拍处几辛苏？

长　是

长是搴裳穿柳条，即从山石得云饶。
道穷汉赋或能近，句妙唐风未敢超。
思子闭门应抱膝，累余倚岸坐听箫。
年年遥望一株雪，知在西溪第几桥。

壬寅元宵

桥上灯红桥下流，银花十里尽山浮。
歌清端合风吹梦，柳瘦可能春待愁。
云拂孤峦扶月出，铎传万象共烟收。
最怜此夕双肩雪，耿耿蟾光一白头。

王　琼

暮春游桃江飞水岩

伞隔纷纷雨，眸迎串串珠。
凭栏人仰望，拾级浪欢娱。
石罅堆苔藓，仙家倒玉壶。
清泉凭一掬，休问几殊途。

登桃江凤凰山怀屈子

一水弹琴惝恍闻，清音环绕凤凰君。
依江塔起龙腾跃，断壁苔封蕙若熏。
已许忧怀穷物理，犹思兴废着奇文。
问天台上歌无竭，千古风骚迥不群。

注：桃江凤凰山，相传屈原《天问》
诞生之所。

踏莎行·西陵山眺望葛洲坝

卧水苍龙，横江锁钥，登高远眺惊
寥廓。耳边犹听翠禽鸣，平湖似镜争如
濯。　　神女唏嘘，险滩索寞，浪花飞
处银河落。青山移步几回眸，泠泠波上
烟霞约。

八声甘州·访信阳鸡公山

问谁能啼笑万山间，绝似绿中仙。
更危岩报晓，群峰叠翠，幽壑云填。
辗转摩崖栈道，星月两随缘。湛湛波
心里，水洗蓝天。　　来访林烟深处，
有南垣弹孔，苔藓斑斑。痛当年家国，
何地可偏安？长志气，颐庐鹤立。思美
人，一洞舞蹁跹。浓阴下，听雄鸡唱，
风雨桑田。

伊淑华

偕新亚先生夫妇、铉鼎斋同登仙台（五首选四）

（一）

云中楼观立巉岏，漠漠松阴覆古坛。
第一峰头残照外，劫波天际正翻澜。

（二）

玉殿危檐近广寒，梦魂忽在白云端。
仙家鸡犬声依约，天半笙歌堕紫坛。

（三）

长髯道士上清居，鹤态云情与世疏。
延坐分茶闲款语，玉炉香里暂逃虚。

（四）

昏昏暝色锁琳宫，袖挟寒烟下九重。
扶策穿林回首望，残阳尚恋最高峰。

王惠玲

梵净山

蒙蒙烟雨下，难以见天开。
云脚低回踩，山头隐约抬。
蘑菇石相问，梵宇客何来。
半听钟声响，已忘金顶巍。

庚寅孟夏访黄梅东山问梅村

欲寻唐宋迹，停步问梅村。
诗梦随风近，东山坐日昏。
偏多遛恋铺，竟是半关门。
待到瘟神尽，重来踏绿痕。

癸卯春节感怀追步韩愈《左迁至蓝关示侄孙》原玉

一片云开万里天，翩翩来去路千千。
谁能怜我惊弓鸟？不敢思亲入夜年。
多少黄泉流谷底，几番清泪落眸前。
新元莫道伤心事，信有春潮涌岸边。

陈丽娟

壬寅岁末感怀

时临腊尽水犹寒，一夜梅花雪满肩。
风向孤山随笛去，云欺残月惹人怜。
听潮岂不知春意，回首何堪话虎年。
早挂红灯迎玉兔，中宵北斗照无眠。

蔡江萍

邂逅珠城

客中芳草绿，日落海波红。
吟看白鸥舞，醉听潮信风。
老怀虽寂寂，春气总融融。
好友三冬后，相逢二月中。

颜景凤

水濂湖赏梅

常恨我来迟，飘零满地诗。
原知花有季，自信兴无期。
但见夕阳影，才惊白发丝。
怜今香雪下，未负至寒时。

曾祥秀

临江仙·庚子冬月随笔

庭院风兼细雨，云窗雾拢轻纱。赊杯醇酿饯芳华。任颜光褪尽，由岁月流沙。　老去恁多往事，依然行向朝霞。何须逢客便咨嗟。梅香春信至，柳醒又新芽。

临江仙·又是中秋

已是佳期良日，凭栏欲寄思心。山河同静夜同深。那年槐树叶，依旧绿荫荫。　天际玉盘如洗，空阶谁在低吟。凝眸回处一瑶琴。秋风轻拂拭，金桂或知音。

临江仙·心愿

何日公门繁务了？随时归隐山家，衔泥结草织桑麻。静园修秉性，闹市看荣华。　温酒煮诗邀墨客。吟哦溪涧流霞。诗书画毕又琵琶。长谈堪达旦，海角复天涯！

王学美

观彭玉麟梅花图

涕痕墨迹早风干，疏逸清奇带泪看。
画尽万枝梅骨瘦，伤心人对蜡灯残。

辛丑岁末偶题

时岁去何迅，故交行渐疏。
欣存几知己，独坐一寒庐。
清寂恰宜我，空闲好读书。
尘喧诚可避，窃比子云如。

离乡返汉途中有思

料峭天寒云不开，春将欲返又徘徊。
吾忧萱草衰颓渐，车载乡愁归去来。
半世行藏未由己，孤怀淡远免沾埃。
胸中抱得筠枝碧，自有清风共我裁。

冬日偶题

行于物外避尘音，芦荻萧疏鹤不寻。
菊老衰颜犹带露，霜寒凋木尚栖禽。
休教俗累将心绊，且放幽怀对月吟。
半世空空谁似我，但留真性在风襟。

秦　凤

临江仙·国色之石绿

鸾鸟殷勤衔翠羽，幽幽流转绫纹。时光深浅亦生痕。洞溪留日脚，青绿染云根。　垄上春芽山上竹，分明妆色轻匀。谁人着笔写温存。梦回桑梓路，行处碧如茵。

临江仙·感遇

山有木兮华盖举，纷披叶叶枝枝。谷生兰芷抱幽时。素心承草本，何醉美人厄。　皎洁葳蕤为绰约，闻风相悦还痴。春波乱了谢家池。文章凝五字，未敢写相思。

临江仙·西北望长安

岂叹山河分异域，从来风月同天。去年黄鹤泣晴川。不教阴翳重，大雁勇争援。　手足当然连血脉，诗声相扣心弦。一词一句遏云间。燃情梅似火，雪里暖驱寒。

鹧鸪天·回乡有见

秧谷青青雨满塘，望中散秦漫山乡。怀开已揽清新味，雀跃平添欢喜腔。　风影绿，果儿黄，枇杷熟未鸟先尝。随心食取流光粒，自是天然不设防。

崔杏花

西江月·春雨

沥沥已然如醉，绵绵又自多情。迷蒙一片雾烟轻。斜了双飞燕影。　柳色三分缱绻，桃腮几许娉婷。东风消息隔帘听。湿了江南梦境。

相见欢

流光一霎成春，总殷殷。不顾樽前易老看花人。　今宵月，为谁设，太消魂。却下清愁万缕到红尘。

临江仙

惯爱东风生陌上，看花看草成蹊。由它红紫笑人痴。一帘微雨后，山水渐如诗。　三月檐前听燕语，软香吹上罗衣。心湖绿满少涟漪。无须惊冷暖，春在小楼西。

木兰花

嫩寒收尽晴光软，杨柳梢头春尚浅。河堤小立听新莺，记取眸间青一剪。　近花意绪风吹散，字里痴心从未远。流年况味易成诗，不至倾城全不管。

丁丽萍

卜算子·乡心

那日走天涯，谁立黄昏后。谁对清寒明月光，静夜长相守。　忆里韶华真，忆里乡容秀。时笑村头那少年，不识归来叟。

菩萨蛮·早春村行

沾衣欲湿吹花雨，村头一片红新吐。小犬不曾闲，溪边相见欢。　农家留客意，犹是新年味。醉了访春人，桃花脸上匀。

菩萨蛮·过油菜花田

金黄一片晴初好，乡村二月谁来早？粉蝶不撩人，人儿自出神。　知春多好色，偏有贪春客。五彩缀罗衣，簪花三两枝。

虞美人·致雷锋

节临此际思君好，忆里追星早。芳春三月正葱茏，只是堪怜君已去匆匆。　少时总学君模样，理想心头亮。至今犹有热情真，堪慰人间大爱有来人。

韩倚云

壬寅京城春雪暴甚感赋

岂料春分过，残寒扑面生。
乌云长阻雁，翠柳不闻莺。
电话问农事，手机看疫情。
心中藏旭日，挥笔赋新征。

辛丑深冬听歌《长大后我就成了你》感赋

为避新冠待立春，今朝做个守巢人。
拨开音响初含泪，回放情怀更觉亲。
白发有言曾注耳，青头无愧又传薪。
听歌多遍凝神久，不觉东窗上月轮。

元宇宙遐想

提取灵魂仿自身，智能顶点见精神。
时空穿越非虚幻，思想恒生返本真。
网络关联通大道，人情牵系驻长春。
无名无利交心者，月更空明水更纯。

清平乐·倚梅书屋墨兰芳香四溢作

房间陋小，长有馨风绕。早晚深情浸灌饱，未染世间烦恼。何须艳抹浓妆，花香也伴书香。得此真君一束，胜他九畹芬芳。

傅筱萍

壬寅夏日游宜春禅都文化博览园

禅都点一香，万事不悲伤。
还与云同住，云飘我亦翔。

宿宜春修仁乡见古井温泉用玉溪生《晚晴》原玉

季夏随行到，尘襟一坐清。
从容红晓日，洗涤碧天晴。
委地裂痕阔，微丝入体明。
心中无杂物，老骨亦年轻。

望海潮·壬寅年春游八里湖新区

一江吴楚，烟波九派，浔阳八里繁华。沙筑浅滩，银鸥翠鸟，融和十万人家。来客校园夸。教学童双语，陈亮催芽。弄墨春辉，引芝兰兴趣攀爬。　　厂区不见尘沙。望西房料进，东屋迎车。乘港口风，航行海角，传回澳美欣嘉。黄黑白仙娃。合奏全球舞，才彦奇葩。心迹同归一脉，湖畔渐飞霞。

18．两栖诗人

朱荣梅

1982年生，山东济南市莱芜区汶源学校教师。2005年参加《中华诗词》第三届青春诗会，山东省文学院第三届、第八届、第十七届高研班学员。现为中华诗词学会、中国楹联学会、山东省作家协会、山东省诗词学会会员，济南市作家协会主席团委员，济南市吴伯箫研究会副秘书长，莱芜区作协副主席，莱芜区诗词楹联学会副主席，著有《白杨树外》《落入掌心的桃花》《有个叫春天的孩子》等诗文集五部。

诗词二十首

中秋偶题

几经风雨后，心事总徘徊。
今夜无人至，窗前明月来。

登山偶感

薄雾轻纱罩远山，苍巅跃上自凭栏。
今生不做篱边草，愿为山中一素兰。

春日偶感

曾经携手暖心扉，岁月匆匆不可归。
几许痴情如柳絮，因风化作满天飞。

秋访黄巢落马处

唐代黄巢有盛名，古槐树下折旗旌。
当年多少英雄气，化作潺潺流水声。

秋夜思

秋来总是叶纷纷，不觉窗前夜已曛。
我寄愁心与明月，想来也要瘦三分！

望 月

清辉尽洒几千年，惹乱诗情三百篇。
我想那轮唐宋月，应该不若此时圆！

登 山

悬崖峭壁卧青松，沧海桑田造化功。
挥手身边云雾重，始知已在最高空。

山 行

时逢三月草青青，几缕春风伴我行。
点点白羊山侧见，丝丝绿柳岸边生。
苍峦百折皆成画，碧水千回若有声。
遥望闲云归远岫，风吹一路满诗情。

点绛唇·无题

日月如梭，东风吹绿城南到。对天长笑，世事终难料。　昨夜春来，今夜春将老。情难了，恨如芳草，爱亦如芳草。

照红梅·赠友

偏人生总是匆匆，转眼各西东。今向山花诉说，偶然知己相逢。　白杨树外，不看明月，不醉春风，谁种几丛芳草，青青长满心中！

菩萨蛮·贺王老师八十大寿

相知已是三年了，风风雨雨知多少。画半亩青山，换几张素笺。 如今人未立，心意依然急。买二两春风，送门前院中。

诉衷情·春日偶思

河边青草又离离，堤上柳依依。门前汶水不语，对面树稀稀。 人独立，小桥西，听黄鹂。看斜阳下，又起风时，心起涟漪。

诉衷情·忆

青春是大浪淘沙，弹一曲琵琶。白杨树外远望，点点小葵花。 曾相约，架黄瓜，品桑麻。此生谁料，那日一别，相忘天涯。

鹧鸪天·王石门寻春

总爱春中诗句寻，此时翻作一时吟。当年不晓谁家种，今日形成风景林。 花弄色，树流荫。人生处处有知音。我虽只是匆匆客，也觉青山了我心！

临江仙·问情

曾说深深深几许？居然雨下飘萍。河堤十里渐青青。你归何处去，小树已初成。 惊动烟霞多少事，一生遥望围城。有人憔悴有人醒。清风没意思，明月总无情。

摸鱼儿·春入高庄五谷庄园

到庄园，顿生迷惑。门前烟柳沉默。弯弯曲曲成阡陌。少了市区风格。真独特。坐坐坐，风情是向乡村借。两行水墨，种芳草青青，黄花点点，那小路将塞。 灵犀出，仄仄平平仄仄。我今将要勾勒。纵然看似平凡些，价值却难猜测。惊叹息，好景致，王维画里能寻觅。几丛绿植，掩小屋间间，篱笆虽设，难阻这春色！

庆春泽·偶作

灼灼桃花，丝丝绿柳，相逢是在初春。几许秋波，两人沉醉林茵。河边听得垂杨处，更兼黄莺诉真真。剪难分，海誓山盟，万物新新。 重来已是烟云散，只清风明月，词赋为邻。前度飞花，依然汶水之滨。年年难忘青青路。再回看事事成尘。细思寻，最是人间，情字伤人！

水调歌头·题泰山石

或许通灵气，无意补苍天。历经多少变幻，遗落在人间。有几分唐宋韵，似一幅丹青画，胜五彩斑斓。有建安之骨，有翠柏之缘。 时光转，烟云淡，一年年。知音偶见，真一个锦绣山川。看那春风作笔，岁月将河填满，风景出天然。海水有枯竭，心却是青山。

满庭芳·庆祝建党一百周年

　　流水常清，春风常在，九州处处欢声。门前芳草，诉尽我深情。沧海桑田巨变，逢盛世，一片升平。百年梦，今朝实现，让世界堪惊。　　看民丰物阜，乡村城市，百姓安宁。柳上莺、歌声细细倾听。大自然如椽笔，花灿烂，草木青青。河山庆，一腔热血，再次启征程。

满庭芳·清明节缅怀革命先烈

　　又到清明，又逢细雨，昨天乍暖还晴。梨花雪白，芳草正青青。今夜春寒料峭，丝丝雨，恰若心情。冷风里，门前插柳，是告慰英灵。　　叹英雄血泪，换人间好，祖国安宁。几多团圆梦，已是难成。远处杜鹃未唤，心中已，澎湃声声。眸含泪，听听故事，滴滴到天明。

儿童诗十首

春天的拥抱

　　我被春天绊了一跤
　　小花和小草
　　都围着我笑
　　她们不知道
　　这是春天给我的
　　一个深情拥抱

青草和小花

春天
一定给青草
讲了一个好听的故事
青草高兴地
冒出一朵小花

路上的青草

青草
把山路遮住了
却没有拦住我前进的脚步

春天的书包

春天的书包
鼓鼓的
装满了粉红的花朵

春天的书包
鼓鼓的
装满了深绿浅绿的树叶

春天的书包
鼓鼓的
装满了大孩子和小孩子的笑声

木栅栏里的春天

你猜
长长短短
歪歪斜斜的木栅栏里
里面装满了什么？
里面装的都是春天啊
花朵是春天
小青菜是春天
小草芽是春天
还有那边
一只春天，飞出了栅栏
落在草房子上面
啊，多么可爱的小粉蝶

小青虫

小青虫
骑在大白菜上
懒洋洋的
一动不动
他在想什么呢

太阳到底从哪儿回家的

山里的孩子说
太阳是从山里回家的
海边的孩子说
太阳是走水路回家的
我住在城市
我看见的太阳
是从妞妞家十三楼跳下去的

听 雨

唐朝的人
喜欢听雨
雨，是一首诗

宋朝的人
喜欢听雨
雨，是一首词

大人们
喜欢听雨
雨声，淅淅沥沥
是一首小夜曲

小孩子
喜欢听雨
雨声，滴滴答答
是妈妈哼唱的儿歌

长大了

小雨点，长大了
一个一个
从天空跳下来

小花瓣，长大了
一片一片
从树上跳下来

小鸭子，长大了
一只一只
从桥上跳下来

小娃娃，长大了
一个一个
从妈妈怀里跳下来

一张春天的请柬

小燕子
剪了柳丝
给池塘挂上绿窗帘

小燕子
剪了桃花
贴在我家门前

小燕子
剪开迎春花
一簇一簇真好看
看她，一会儿跑到小路两边
一会儿躲到小山后面

小燕子
忙忙碌碌
飞到东，飞到西
为我们送一张春天的请柬

19. 珠联玉对

魏艳鸣

上元佳节

此夜最多情，愿随星星雨软软风，
邂逅一场春浪漫；
清光堪入梦，谁共岁岁花年年酒，
笑谈千古月澄明。

吉铁兵

美丽乡村

窗衔碧野，门对青溪，添杯不必
茶，但把蛙声沏一串；
画里人家，诗中村落，醉月何须
酒，且将山色煮三瓢。

苟德麟

淮安里运河文化长廊清江浦楼

治贯黄淮运，漕路维艰，清口千秋
中转毂；
政通天地人，春风浩荡，画廊百里
上河图。

周　游

句容葛仙湖

天地诸缘，炼成灵妙千秋韵；
风烟万顷，捧出清纯一颗心。

谷万祥

南京玄武湖荷花节

气引清风，三月花香输六月；
光摇碧浪，北湖景美胜西湖。

袁裕陵

贺锡山区楹联学会成立

英才汇金匮明山，建成坛坫；
美意伴秦淮秀水，送到梁溪。

薛太纯

盐城盐镇水街

一水绿生烟，古道扬帆，弄潮篙上弹春起；
满街人入画，盐乡贺岁，祝福声中听鹤鸣。

窦争光

题泰州稻河广胜居牌坊

茗鼎烟浮，入座皆为青眼客；
稻河香溢，来船但泊白云乡。

蒋东永

百姓戏台

天地舞台归百姓；
古今好戏看千年。

郭传良

集词牌联

秋色横空，倾杯酹月；
露华簇水，疏影暗香。

卜用可

镇江西津渡避风馆

门避雨风，别开清境；
窗悬山水，如对古贤。

程越华

镇江西津渡二翁亭

一算功成，史传三国；
孤崖诗就，亭记二翁。

邹宗德

湖南隆回望云山

顶星寻魏子行踪，有云山在望，有天山在望，极目穷思，于万壑千峰之外，方瞻海国；
史牒读卢公故事，或秦代成仙，或宋代成仙？探幽索隐，具恤民救苦之心，便是尊神。

庄德同

泗洪烈士陵园

慨湿地之都，至今未泯英雄气；
欣安魂之所，随处长开奋进花。

戴永兵

立 春

衰草排芽，唤春风催绿；
疏钟惊梦，听时雨化冰。

胡红林

立 春

柳径藏春，千卷风流千卷梦；
梅园沐雨，半笼清绝半笼烟。

刘 驰

贺江苏新闻广播开播十六周年题连云港中哈国际物流合作基地

十六年布道传声，心有乾坤，语关黎庶；
数千里连云叠嶂，运通海陆，情系中哈。

刘建平

端午节

倾沧浪水，涤荡轻尘，须记取亲贤远佞；
祭汨罗魂，赓扬夙志，总践行报国恤民。

何国衡

徐州徐工基础制造工程机械智能制造基地

五百强盛誉非虚，凭科技导航，勇向寰球争一席；
三十载宏图尤美，借人才助力，再兴伟业壮千秋。

邵忠祥

淮安区河下古镇

春到镇中滋俊杰；
鱼潜河下化鲲鹏。

高 扬

南京地铁金牛湖站

玉兔笔轻描，三春秀丽芝兰味；
金牛湖协奏，一曲悠扬茉莉香。

徐玉基

兔年"城门挂春联 南京开门红"之中华门

金陵闻鼓起，又迎赶考时，接力倾城随北斗；

玉兔伴春归，同步复兴路，涌泉聚宝壮中华。

郭守华

拥军春联

英雄最是松枝绿；

壮美无如中国红。

朱顺良

兔年春联

两行诗句题桃板；

四处春光汇福门。

钱万平

励志嵌名联赠杨星宇同学

胸怀星斗须砥砺；

志在宇穹待镌雕。

曹茂良

梅　园

艺馨遐迩，登台毕显畹之华，冠帔谁欤斗艳；

望重昔今，避世不移心所志，须髭政尔流芳。

注：泰州梅园全称为梅兰芳公园，内有梅兰芳纪念馆。

20. 诗赛展台

第六届"中国·白帝城"国际诗词大赛获奖作品

金奖（5名）

田丽静（河南省）

金缕曲·与君游白帝城感吟

极目真空阔。听君吟、大江东去，沧浪翻雪。高峡平湖萦秋色，赤甲白盐耸列。是谁把，夔门劈裂？喜看瞿塘枫叶美，卷红潮、似火燃烧烈。携晚照，绮霞叠。　彩云之上轻舟捷。记当时，猿啼两岸，青莲吟别。摇橹撑篙争流也，滟滪堆今已没。问碧水、何时曾歇？逐梦歌声心头起，越千年，唱得诗肠热。且与我，共情切。

屈杰（湖南省）

诗城白帝行

观澜我亦驻诗城，万千气象水中生。城下春涛翻雪浪，城上彩云接玉清。惊看崖壁崔嵬立千尺，白盐洒向长天碧。江水滔滔卷浪高，江声镗鞳起英豪。大美江山竟谁属？忆昔楚人破关图西蜀。白气当年枉似龙，子阳梦断水声中。犹闻江流呜咽吊先主，君臣高谊动千古。恍见惊涛雄起势难匹，犹似川军劲挽天弓射暴日。风雷激荡涛声里，鱼龙变化无穷已。嶻岩怒浪入望迷，一峡江声一峡诗。子昂怀古诗有骨，太白高咏仙风发。杜陵吟杖驻夔州，巨笔摇情动千秋。踏浪来游又苏黄，鸿爪长留姓字香。江山岂负状元才，留得奇文耀九垓。噫嘻！满天星斗驰俊采，一江诗澜涌沧海。海桑几度到今朝，吟眸一豁又多娇。高峡平湖涵大虚，晴晖玉鉴白云舒。箫鼓斜阳催桂棹，乐山乐水乐何如！秋日放眸何烂漫，枫叶似火燃两岸。丹霞红透水中天，惹我诗情剪不断。更喜脐橙红似灯，小康路上善赋能。芳盈三峡飘四海，流金岁月乐丰登。欣看铁龙掣电穿山洞，装载雄心追大梦。朝辞白帝夕九州，涛声一路来相送。君不见昔日关塞极天行路难，今朝放歌起舞彩云端；君不见一江春水势难挡，鸣雷溅雪冲出夔门天地广。满目韶华供俊游，游罢我亦放歌喉。竹枝声里春如海，半是诗城半瀛洲！

苏俊（广东省）

白帝城

未下瞿塘峡，先登白帝城。
托孤人已远，留客月犹明。
草木殊多态，江山最有情。
临风闻绝唱，拍耳大潮声。

钟绍勋（湖北省）

【正宫·端正好】 三峡明珠诗橙奉节

一声莺报草堂春，五更鸡唱夔州晓，八阵图引客来瞧。似盖头云开掀起倾城貌，一览峡江妙。【滚绣球】怨心儿早早地飞，恨车儿慢慢地跑，兴冲冲山巅儿眺，岭巍巍鬼斧儿凿。叹地缝密境奇，憾天坑峭壁削。这边儿一叶叶扁舟欢棹，那答儿一艘艘舸舰开锚。一忽儿沿江高铁沿江啸，一忽儿巨浪滔天巨浪飙，一幅幅一幕幕活脱脱画笔难描。【倘秀才】旱夔门桃娇杏娇，水夔门风高浪高，赤甲白盐入九霄。如梦幻，远喧嚣，恨不得永驻其间直到老。【滚绣球】想当初万千移民急煎煎闲不着，睡梦梦燕垒巢，舍小家不图回报，为国家不惧辛劳。搬迁大旗沉甸甸肩上扛，废寝忘食困乏乏脑后抛。引梧桐凤凰来落，育良种博士相邀。山中沃土培橙树，江里清波映树苗。撸起袖子加油干的奉节人只争朝夕勤酿香醪。【倘秀才】种些个花花草草，美些个沟沟壑墼，绿水青山绣锦袍。科技上门无困扰，菩萨香火不需烧，脱贫致富梦圆的老爹么妹格外自豪。【叨叨令】你看那枝枝叶叶摇摇晃晃脐橙儿吊，隐隐约约朝朝暮暮霓虹儿耀。大大方方吹吹打打红包要，热热闹闹莺莺燕燕新娘俏。喜煞人也么哥，爱煞人也么哥，红红火火家家户户康庄道。【脱布衫】最忆那落木萧萧，也醉这梅雨飘飘。品不完脐橙味好，阅不尽水山云罩。【小梁州】一句句杨柳青青水上谣，一回回惊艳魂销。一片片彩云千里太白捎，一声声猿喧闹，一程程浪漫且逍遥。【幺篇】病恹恹少陵白发登台调，韵悠悠余音绕千载难消。皎皎唐宋月，代代心头照，热乎乎瞿塘诗赛，响当当依旧领风骚。【尾声】千秋白帝城，三生情未了。几多诗意萦怀抱，端的是有诗有橙有景古韵流芳世间少。

余望生(江西省)

鹧鸪天·舟过奉节见脐橙

峭壁临江投影深，游人指点说垂阴。谁开三峡驱贫路，更聚千家织梦心。　黄灿灿，果沉沉。香甜阵阵出疏林。羡他白帝城中客，坐拥秋山万斛金。

银奖（10名）

杨怀胜（山西省）

瞿塘歌

盘古开天银汉摧，翻卷云涛下九垓。万仞青山穿云出，穿峡天风似沉雷。岸夹涛声惊魂魄，直似苍龙翻剑载。天帆犁破一江青，对峙危岩分白赤。夔门既开天门开，高峡驰怀多快哉。长笛一声知远棹，疑是醉酒谪仙来。我自凭栏试一呼，欲乘天帆下楚吴。满天星月眉间烁，万壑烟云斟一壶。忽闻江畔起歌声，歌声飞出子阳城。最是今朝升平世，鼛鼓无声角不鸣。夜与诸葛谈平治，昼邀白帝对纹枰。长愿南山闲放马，不使人间再鏖兵。出夔门，天地宽，风光未可等闲看。橘枝挂玉参差出，眼前有景不吟难。君不见，千重翡翠雕碧树，瑶池王母亦相妒。君不见，万树玲珑橙正黄，夔州何处不飞香。雅客闻香思不归，蹀躞曲径月正肥。月留倩影香凝鬓，更有骚者歌不违。诗城有诗亦嵯峨，譬若惊雷动山河。今朝我亦诗城客，自愧皮囊句不多。凭栏敲落三更月，一句吟成千遍磨。援笔且蘸长江水，为君聊作瞿塘歌。

诗国
104

刘铁民（辽宁省）

夔门歌

平生不破广溪浪，岂识长江天下壮。洪荒积雪到夔门，雷奔直向沧溟望。我劝江流莫太急，迤逦巴山多翠嶂。喧豗坼地出奇观，爽气暂与高城让。江天砥柱白帝尊，赤甲白盐列卿相。卧龙跃马犹可寻，古道朝霞俱无恙。参差曙色拂桑阁，铜剑离离照遗圹。阿童解诵李青莲，野老频言诸葛亮。忠义渡口午风喧，蜀鄂村边桃花飓。橙园火鼎荐清醪，酒醴绝顶攀月上。登高但见大江横，溪汲争流山雨涨。华灯十里瑶光眠，隔岸楼台连珠帐。山红涧碧烂漫时，袅袅东风追画舫。载将满峡烟雨云，一向江陵倾春酿。从古出蜀嗟涩难，怒涛百丈谁能抗。入舟鲸吞猿啸哀，少陵乐天亦惆怅。而今滟滪失苍茫，塈岸景气转骀荡。雀跃鱼游社鼓催，天凹地罅何幽旷。更令四海山水客，披襟信足远来访。崎岖漂泊真往矣，乃有诗人报嘉贶。好趁芳信下瞿塘，沧波归兮意豪宕。东流相送青天中，夔歌先于海潮唱。

牛根科（山西省）

【正宫·九转货郎儿】
白帝城·瞿塘峡咏

【一转】险峡口、烟飞雨横，雄瞿塘、波汹浪猛，蛟龙翻覆鬼神惊。浩荡水，峭崖峰，壮阔夔门如画屏。【二转】诗豪吟、柳竹词唱，诗仙爽、轻舟快往，登高诗圣赋秋光。万首诗词馥郁芳，香山居士咏瞿塘。骚人争访，传世诗词人敬仰。【三转】瞿塘峡、刀削两岸，绝壁中、江涛浪卷，夔门锁住万重山，古栈道，险崖悬。水碧天蓝，银龙耀眼。十二江滩，云霞映掩，人民币十元图耀眼。【四转】大峡谷、山峦锦绣，平湖里、江涛浪吼，风光旖旎把人留。青葱山遒，曲江中逗。飞天龙凤青兰岫。望山丘，眺白鸥，云天一线峡中秀。万里云烟山势陡，游，天坑造势薮，地缝争雄绝世有。【五转】孟良梯、传说奇妙，盔甲洞、泉甘洞萧，山峰险峻似刀削。峻峭崖，势如碉。水山绕缠尘世保，鬼斧来削，神工造好。一门锁住万层涛，护佑同胞啸。古木参天猿猴叫，浓霾远雾云缥缈。江山万载尽妖娆，如雷震，似狂飙。一线夔峡挡住三千堡。【六转】看三峡、游人沉醉，览瞿塘、一江碧水，青山两岸浪花飞。山石陡峭苍葱翠，乔木丛生，植被葳蕤，夔门山顶峨巍。望崖危、望水美、望群峰娇媚，凤凰泉、碧流蓝蔚，八阵图，水下睽。倒吊和尚仍哀鸣，犀牛望月欲翱飞。细雨霏霏，隐朝晖，别样美，风光陶醉，品味观光俺忘回。【七转】白帝城、居高成寨，铁炮台、英雄寇宰。同胞受辱泣伤怀，逼人敌焰家园害。擎大纛杀豺，雄关古隘开，一腔义气家国爱，铁马金戈同仇忾。肝胆英豪勇奏凯。【八转】创品牌、精心擘划，兴旅游、全民上马，景观古迹沐朝霞，夔峡境更佳，更佳。家园如今众客夸，鸟语花娇姹。赞美它也么哥，赞美它也么哥，赞它。5A牌授戴红花。人人皆乐呵，乐呵。金山银山碧水峡，生态田园画。笑语哗也么哥，笑语哗也么哥，百姓脱贫致富啦。【九转】谁不被、瞿塘感愕，谁不想、诗城赋哦，谁不赞、人间仙境世拔绝。你看那赤甲白盐巍峨，你看那三峡隘口雄阁。你看那山川碧野，你看那万千游客。你看那快艇游轮画舸，你看那夔州十二景真绝。你看那峦葱水黛柳娜婀，你看那人文璀璨独魁杰。端的是钟灵毓秀人亲热，端的是青山绿水游人乐，端的是幺姨幺妹唱茶歌，兴冲冲、俺为这醉美瞿塘峡白帝城放歌！

李亮寅（北京市）

【南吕·一枝花】登白帝城

屏开江上枫，画展云中岫。枫红江月满，岫翠冷光幽。山鸟啾啾。也曾经老杜乡心逗，也曾经刘郎击节讴，也曾经宋玉悲歌，也曾经武侯镇守。【梁州第七】干一碗脐橙蜜酒，上千层白帝高楼，静悄悄秦砖汉瓦浑如旧。高耸耸白盐赤甲，轻飘飘曲岸孤舟。千峰耸峙，一水东流。几声儿撒野的毛猴，几只儿盘旋的沙鸥。锁全川巴蜀封喉，连荆楚群山尽揽，控渝州万壑烟收。凝眸，素秋。故人不见黄花瘦，相看岁寒后。恁大的橘儿揣满兜，莫惹闲愁。【隔尾】一阵阵竹枝韵起天音奏，几声声点水穿云响四周。对饮金风酒初透。满瓯，满瓯，岁晚沧江漫回首。

眭珊（广西壮族自治区）

满江红·舟过瞿塘峡

绝壁森然，是谁劈、夔门如拔。侧耳处、鲸涛嘶啸，猿声呜咽。开合千秋称锁钥，奔腾万里凭磨折。问古今、高峡几沉浮，青穹裂。　天地拥，云水叠。英豪忆，肝肠热。三亿载苍茫，一朝穿越。赤甲犹燃烽火色，沧波漫卷山河烈。共奔潮、截取楚山云，巴渝月。

吉铁兵（辽宁省）

诗画奉节

夔州每欲卜田庐，好效陶潜荷月锄。
橙果悬灯邀我点，江流飘发待谁梳。
熙熙秋语霜枫也，淡淡烟峰水墨如。
云去碧天留白处，一行诗句雁来书。

罗永珩（福建省）

瞿塘峡

夔门雄峙束洪波，江面行舟如掷梭。
一线天光浮浪起，千秋人事入诗多。
寒侵红叶云犹湿，风撼苍崖迹不磨。
亘古山川留我辈，涛声续作竹枝歌。

陈娜（浙江省）

沁园春·过夔门所见

未及瞿塘，已识夔门，诗酒盛名。看云烟耸翠，泯然天际，酒茶扑鼻，仿若重城。巷陌依稀，楼台缥缈，丝竹之声隔水听。低声诉，是武侯故事，蜀相心声。　游人多少经停，凭寄取、秋风此一行。又斜阳无迹，登临白帝，碧波有眼，眺望西陵。十里回舟，千峰别鹤，山水长廊各一程。鸣笛处，恰枫林似火，橙实如灯。

王浩（重庆市）

游白帝城

风舒白帝渚，霞起绕夔门。
三角花新艳，瞿波水益深。
廊桥旗猎猎，渡口草芬芬。
来客无须酒，峡光自醉人。

梅凤云（河南省）

峡巅即事

白帝城东桃子山，崔嵬欲锁瞿塘关。凭江遥望三千丈，恍惚虚无缥缈间。适逢秋雨连天瀑，行来蜀道心加速。茫茫白雾锁河川，登顶之期难为卜。咫尺徒生感慨多，幸有诗心不可磨。习习秋风今又起，诗城待我赏青螺。悬崖峭壁朝天侧，百转羊肠停不得。诗圣登吟几度来，江风凛凛寒秋色。草庐曾作乱时家，枫林橘树隔篱笆。躬耕每事农桑乐，闲看溪流浣落花。花落花开别有春，今呈盛事慰诗人。云端高架穿梭过，直许千年好梦真。轻车直抵三峡巅，莽莽群峰接海烟。青莲万朵氤氲里，临风摇曳白云边。云边绝壁出高垒，凭栏俯瞰长江水。西来万里入夔门，倒映峡光无限美。奔流接引画屏开，白帝托孤究可哀。君不见永安宫外斜阳里，几度惊风骤雨来！十二峰高有神女，暮雨朝云何楚楚。当惊万壑作湖平，亭亭一望隔烟渚。想必也听猿啸声，莫非也看巴渝舞。今来再读竹枝词，须教青眼识巴土。巴土巴韵何悠悠，满目青山起画楼。且看摩云广厦人安居，何患四季阴晴风雨稠！枫染橘皴山色明，山风猎猎拂吟旌。旗下云集四海客，夔州儿女最多情。舞姿凭袅袅，鼓点自铿铿。忽如激溅水光摩画壁，又见娉婷仙子抚瑶筝。秋兴凭高发，十方起和声。采得千年唐宋韵，翻作诗花诗雨满诗城！

首届中国·黄陵"黄帝杯"全国诗词大奖赛获奖作品

特等奖1名

（空缺）

一等奖3名

李如意（浙江省）

水调歌头·见黄陵古柏有怀

守护黄陵外，万里接沧溟。桥山西走如脊，烟水幻龙形。擎臂青天在抱，屹立风霜不倒，日月共长宁。节序相更替，古柏四时青。　百年路，千年志，此时情。春旗漫卷，春雨过后势重兴。把爱兼施天外，将梦启航入海，颜色更分明。红是华人血，黄是子孙名。

钟宇（江西省）

沁园春·深秋谒黄帝陵

岁渐秋风，暮寒沮水，月瘦桥山。看帝陵雄峙，蒸腾王气；柏阴繁缀，缭绕苍烟。一脉何长，千年太久，万里寻根此是源。何其盛，说陵前香火，天下衣冠。　几番雨箭风弦。恍然听、雷霆动阪泉。有昆仑在抱，英雄盖世，剑横涿鹿，歌哭而还。岁月留痕，沧桑成忆，今展宏猷又凯旋。数翻覆，待梦圆双百，还著雄篇。

任改云（广东省）

谒黄帝陵

拜谒不辞千里远，至诚到此化清吟。
群山苍翠春秋盛，一径空蒙岁月深。

赤子重开新世纪，黄河尚作最强音。
巨龙忽在云天外，满载五湖儿女心。

二等奖6名

熊湘东（湖南省）

咏桥山夜月遥寄海外游子

长忆天涯万里游，团栾谁话故园秋？
看山恰似虹桥远，掬水偏将月镜留。
鸿雁一声传玉札，山河全影补金瓯。
为君分照还家路，今夕相思正倚楼。

注：虹桥指桥山因沮水三面穿山而过，形似桥梁。山河影见苏轼《和黄秀才鉴空阁》诗："明月本自明，无心孰为境。挂空如水鉴，写此山河影。"《酉阳杂俎》载佛氏言："月中所有，乃大地山河影也。"

周春芹（江苏省）

临江仙·黄帝陵

古柏悠悠风正起，桥山说尽葱茏。石碑文字梦留踪。更从神鼎上，袅出篆香浓。　广殿春秋人不绝，数声高鸟横空。矫然看舞紫霄龙。一方当日印，今印九州红。

陈显赫（广东省）

题黄帝陵

东方日出破云来，一到桥山天地开。
莫道昆仑千万丈，轩辕台是最高台。

张曼利（陕西省）

鹧鸪天·重阳节海外友人归来同谒黄帝手植柏

独立千秋播太平，一枝一叶护苍生。寒凝铁干龙纹裂，手握人文密码行。风雨乍，梦魂惊，寻根游子数征程。年年追逐重阳日，到此聆听教诲声。

叶子金（湖北省）

西江月·黄帝柏

龙骨撑开巨伞，鳞枝舞动青云。凌霜斗雪五千春，不减轩辕神韵。已得昊天造化，更兼时雨丰匀。桥山是处发新根，迟日绿荫成阵。

储昭时（安徽省）

谒黄帝陵感怀

三阶叩罢思难禁，亿兆应同赤子心。
祖祀千年碑历历，云滋万树柏森森。
帝陵遥向东南外，宝岛孤悬风雨深。
当补金瓯天共振，漫山古木作龙吟。

三等奖15名（选12）

马瑞新（山东省）

谒桥山黄帝陵

立斯中国仰斯民，云护桥陵沮水滨。
渺渺长天聆鹤语，巍巍古柏绕龙鳞。
五千年外寻根远，九万里间遗爱真。
奕世未教肤色改，一抔黄土证基因。

王晓宇（河北省）

清明拜黄陵

黄陵千里远，故土正清明。
蔼蔼春风近，离离白草生。
今来身已老，久别梦仍萦。
不敢闻归燕，声声为我鸣。

王志伟（山东省）

黄帝陵瞻仰黄帝手植柏

脚步虔诚向石台，遮天荫下我如埃。
思穿岁月长河去，风裹荒寒远古来。
一柏苍苍犹祖立，万山郁郁复谁栽？
白头不敢浮称老，面此根前俱小孩。

谈琰（河南省）

桥山祭祖

轩辕安睡五千年，古柏森森翠接天。
闲看桥山何所似，母亲身影父亲肩。

杨绪江（湖北省）

水调歌头·读毛泽东《祭黄帝陵文》碑刻

唤起桥山月，击节阅雄文。忍看天下腾沸，堂庙久蒙尘。誓向长城擎纛，直抵黄河饮马，慷慨赴昆仑。倚剑塞云外，砥柱更何人。　战顽寇，澄玉宇，靖妖氛。金瓯重整，华夏无复旧纷纭。遥祝馨香几缕，好趁长风万里，愿景一时新。共沐清平雨，古柏又逢春。

向艳（重庆市）

鹧鸪天·记黄帝陵印池风光

雨霁池流淡淡烟，谁曾小棹泛潺湲。无声水送秋风醉，有梦桥携夜月眠。　心耿耿，泪涟涟。青峰一印印人间。明波最解苍生事，洗出清平盛世天。

卢旭逢（广东省）

水调歌头·谒黄帝陵感赋

银翼乘风起，万里谒黄陵。桥山苍莽，葱郁松柏补天青。造化四灵永护，紫气檀烟长绕，圣像显威灵。沮水犹功泽，千古荡波清。　陈俎豆，仰初祖，肇文明。舟车利涉，时播百谷惠苍生。四海咸尊德范，砺志拿云揽月，大业喜中兴。天地同春好，阔步正龙腾。

王梦阳（河北省）

浣溪沙·黄帝手植柏

历尽风霜自岸然，遥从奇柏谒轩辕。虬龙高矗护陵前。　密叶扶疏长映日，丛枝夭矫欲参天。独擎苍翠五千年。

卢贤德（青海省）

瞻仰黄帝手植柏

苍苍一色系云根，亘古嶙峋骨气存。
万树偻身皆欲拜，千山连脉势如奔。
风磨岁月天荒老，雨洗炎黄赤子魂。
到此休分他与我，柏前静默尽同孙。

耿振元（天津市）

读史有感

卷帙神州尽可翻，桥陵自古说轩辕。
无常曾驾龙辞鼎，有德能招凤止园。
似海移桑人世改，如枝垂果裔孙繁。
一瓢且酹根生处，明月清风两不言。

章再书（江苏省）

轩辕柏

守护人文初祖前，十围百尺五千年。
繁枝蓊郁虬龙劲，傲骨嶙峋铁石坚。
历尽雪霜迎丽日，引来鸾凤唱春烟。
顽强渗进基因里，根与中华一脉连。

罗艳春（四川省）

沁园春·题黄帝陵

莽莽桥山，泱泱沮水，长锁春秋。对庄严庙宇，祥云环绕，恢宏陵墓，香霭飞浮。赫赫遗文，森森古柏，诉说轩辕圣泽留。崇吾祖，更不分黎庶，还是王侯。　秦公汉武曾游。设祭典、历朝也不休。忆胸怀大爱，襟藏悲悯，并收炎帝，征服蚩尤。盛世初开，愚蛮教化，但使仁风播九州。魂不灭，在先人眼底，后嗣心头。

中国2022年"福寿"主题诗词创作大赛获奖作品

特等奖1名

（空缺）

一等奖1名

张远益　（湖北省）

水调歌头·崖州南山吟

莫羡最高岭，心在白云涯。俯看沧海喷涌，涛底伏青螭。琼岛敷华衍翠，蕃植福田万亩，膏雨好扶犁。红日一声唱，渔舸趁天鸡。　啖嘉果，餐玉稻，饮兰溪。韶光无价，呈与寿老话期颐。犹爱清风养性，更喜观音垂祉，自应凤来仪。胜景牵人梦，物我两依依。

二等奖3名（新诗未录）

杨晓波（四川省）

过鹿回头并闻传说

传说何其美，听来不识愁。
干戈成伉俪，山海证温柔。
万里倾心地，三冬如意洲。
风光佳绝处，我亦一回头。

李秀芳（重庆市）

水调歌头·游崖州南山景区

海上多胜境，最数此崖州。碧波千顷，云帆轻舸与天浮。几许绿榕椰木，大小洞天福地，传说鹿回头。琼台搜书院，风雨古城楼。 畅襟怀，寻仙迹，任悠游。南山龙血，人道福寿可添筹。才近禅修香道，又爱枕涛观月，每教费吟讴。忘却浮生事，一步一丹丘。

三等奖5名（新诗未录）

钟宇（江西省）

沁园春·游鳌山寿谷

鸟唱清幽，溪流婉转，山石屈奇。望苍峦碧海，花明月媚；锦波绣浪，帆动鸥飞。百岁长阶，数声灵籁，相和禅风法雨吹。倏然便，觉身臻化境，怀抱慈悲。 此番风月相随。流连处、游人不欲归。爱海滨夜色，晴沙椰影，横云峰黛，牵袂风微。绿意苍茫，红尘杳渺，到此能修福寿齐。身自在，与南山共老，花木依偎。

王琳瑶（北京市）

海南三亚

鹿城帆挟海云飞，跳月椰林翠几围。十里沙平随赤足，三冬气暖着春衣。乘风小艇鸥惊起，悬火人家鲈正肥。荔子菠萝甘似蜜，投闲寄寓不思归。

张辉（黑龙江省）

沁园春·走进南山

沐浴椰风，穿越雨林，思绪难平。忆观音南访，救民许愿；鉴真东渡，布道传经。山隐云中，仙游海上，耳畔晨钟若有灵，莺声里，听佛坛故事，打动心旌。 木鱼断续时听，参佛祖悠然道理清。做家中孝子，躬亲尽力；世间贤士，从善轻名。心有阳光，梦无阴影，福寿缘深结伴行。君休笑，自南山一去，气正神明。

李改香（河南省）

水调歌头·赞海南自贸港

首创零关税，环港占鳌头。卫星传感欧亚，商贸撰鸿猷。引入高端技术，程控椰洲鹭屿，海岛擅筹谋。决胜新天地，数据演风流。 秒互联，云孵化，竞自由。智能时代，玉局远景一屏收。且看万吨船舶，承载炎黄梦想，启碇大神舟。超算太阳系，寰宇任遨游。

21．诗家点评

彭诗云

清平乐·忆首次上初中住校

离家百里，冷冷清清雨。寝室何人轻啜泣，夜半呼娘梦起。天明就想回家，老师笑靥如花。额上轻轻一点，乡愁就此发芽。

【潘泓点评】口语、新诗笔法，读来感觉熨帖。

何正彪

烟　花

平地一声响，朝天炸个雷。
都从阶上种，却向月边开。

【潘泓点评】"都从阶上种，却向月边开。"此二句既扣"花"又写出了仅有"烟花"方能如此。有此二句，诗已出"咏烟花诗之群"矣。

春　雨

张　栋

甘霖窗外落，舒目物华浓。
密密如针线，疫情伤细缝。

【潘泓点评】春雨，能写出的前二句的可能不少，能写到后二句这样的应该不多。春天到，开工了，春雨愈合的既是自然也是精神。联想之妙，于此可见。

周　南

记雪中过崤山

旅食忆斯年，萧条过函谷。河声漫新安，黄云垂地缩。秦甲埋桃林，残磷烧古菊。试望无周人，重崖列白屋。东首洛阳行，悲风相弛逐。驿路惊山峦，大雪迷寒木。高城形势雄，龙蛇日反复。千里转孤蓬，途次非问卜。

【潘泓点评】诗中有人："旅食忆斯年，萧条过函谷"，"千里转孤蓬，途次非问卜"；诗中有景："河声漫新安，黄云垂地缩"，"秦甲埋桃林，残磷烧古菊"；诗中有史："试望无周人，重崖列白屋"，"东首洛阳行，悲风相弛逐"；诗中有思："驿路惊山峦，大雪迷寒木"，"高城形势雄，龙蛇日反复"。此作意、语、法，皆有可咀嚼处。

海棠

梦

隐身寄空门，独卧怅不乐。
君着白衣来，持酒慰寂寞。
清欢情何极，玄谈手频握。
起看寂无人，山空黄叶落。

【潘泓点评】有所"思"则有所"梦"，托"梦"发"思"亦是妙法。诗作章法、造景甚得古意，清寂境界中高格寓之。

廖润昌

早春游雁湖公园

春日花邀约，繁樱披石亭。
拈红填塔白，簇粉压山青。
燕蓟三生梦，湖浮一斛星。
欲归身不舍，独坐忘昏暝。

【潘泓点评】游湖是因"花"之请，起笔脱俗。颔联"红、粉"扣花，意、语皆精致。结联之意稍落套。

王远存

纳凉有忆

曲曲弯弯石弄堂，桐花已落枣花香。
床边阿嬷摇蒲扇，一树轻轻白月光。

【张庆辉点评】童年经典情景，不着一情字，不着一思字，只淡淡写来，已然唤醒儿时缅忆；无论绘画、摄影或者文学，准确摄取经典画面，一定可以共情天下，此诗可证。

彭明华

遥 祭

碑上清明雨，窗前白发郎。
我今无故里，有母在天堂。

【张庆辉点评】缩龙成寸，五绝难为，此诗大佳。只绘情景，只讲事实，四个情景（事实）连缀，无一字多余，却写出了暮年思母的至深之痛；于文学创作而言，有时候，隐忍不发是比一泻千里更高明的表达方式。

王梦阳

忆童年与父亲摘山杏

山杏黄时风亦甜，单车停靠小溪边。
曾谁树下轻舒臂，一串欢声举过肩。

【张庆辉点评】似为20世纪80年代农村或乡镇的童年一景，轻快可喜，而情自在其中；"山杏黄时风亦甜"，"风亦甜"三字，无理而妙。

张景华

暑月还家

湖海经年志未伸，萧条家计老双亲。
归来深自藏辛苦，强作春风得意人。

【张庆辉点评】不管在外面混得如何，回到老家，面子一定要撑起——多少谋食他乡的游子，都有这种心态，但"人人心中有，个个笔下无"，目力所及，似乎还没有人写过这种普遍心态；"深自""强作"，两个转接词用得很精准，中有生涯之痛；"志未伸"写己，"萧条"及亲，起承二句铺垫也很到位。

李家荣

忆 父

杜宇啼残白日斜，有人教子学单车。
不知白发添多少，久坐风前忆老爹。

【张庆辉点评】肯定是由"有人教子学单车"想到了儿时父亲教自己学单车的情景。写亲情，小事小切口进入更真切可感，此诗得之；另，蓦然读到第三句"不知白发添多少"，颇有不明就里之感，以第四句"久坐风前忆老爹"揭底，才明白作意，这种貌似另起一行的写法，可小生悬念，稍添波澜，颇值玩味。

夏 子

中秋遐思

今夕阴晴未可知，窗前谁解望中痴。
深藏云里那轮月，曾照阿妈分饼时。

【张庆辉点评】写亲情，有作意，以中秋之特定"今夕"引出"望中痴"，进而及"月"，进而及"阿妈分饼"，递进层层，思绪悠悠，落点稳稳，好。

蒋昌典

忆初中走读娘为晨炊

鸡叫人先起，沙锅灶上温。
备炊人去远，儿亦事儿孙。

【张庆辉点评】前二句固然写母爱，后二句更翻一层，有流年不息、世代交接之淡然，然而，整体的调子又是苍凉的，比之纯写亲情的作品，又多了一层平静中的惘然。味丰，味厚。

李利忠

母亲节返乡

到家已是夕阳斜，首夏乡村风气嘉。
归燕新荷全不管，门前先叫一声妈。

【张庆辉点评】绝句短小，须无浮词、懒词，"风气嘉"照应"归燕新荷"，见精微；转结喜气满满，正是游子归家的经典情态，"门前先叫一声妈"固好，似乎不新，今人或有相似作意，但也无妨，书此特定情景，也易巧合。

王海亮

大　雪

大雪浑无迹，苍茫独立时。
夕阳人去远，寒夜月生迟。
一息终难定，三年何所思。
风来如野马，列列振旌旗。

【江合友点评】起结皆具苍茫气象，善于留白。颔联属对精工，夕阳、寒夜、人远、月迟，孤寂之感，越出纸面。颈联佳，意在言外，三年所历，一笔带出，凝练而具幽远之致。

文　裳

金缕曲·淀山湖畔作

摇漾波光碎。浴晴空，碧云流昒，荻花风细。平滑琉璃凝万顷，妩媚江南佳丽。如旧约，梦中曾识。千丈翠帘开妆镜，想稼轩、闲赋带湖水。今与昔，略相似。　　筑巢泽国多蒾米。误经年，抟蓬薄翼，断萍无寄。敛羽栖时身心倦，都待沧浪一洗。能早脱、红尘丝织。短棹清歌香荷界，访鸥夷、或可逢西子。应勿吝，费诗思。

【江合友点评】人生佳境，得偿所愿。江南之美景，古贤之隐趣，词笔之清新，胸次之皓洁，融为一体。扣舷歌之，不知今夕何夕！

方益洪

游花千骨梅园口占，高铁线路傍园而过

万梅如海涨香尘，雨雨晴晴自酿春。
时有列车林杪过，凭窗满是看花人。

【江合友点评】颇有新意。列车乘客是看花人，我看花，亦看列车上的人，寻常之境，一变而为不寻常。

独孤食肉兽

玉楼春·长叔居

玻璃茶具冰光溅。采购员家工友羡。云如口罩脱纷飞，厂被稻花掀又见。　　夕阳红入长林溅。汽笛声余金属线。单层宿舍护栏西，涂抹列车青一片。

【江合友点评】如老照片，如老电影，昔日光景，栩栩如生。"云如口罩脱纷飞，厂被稻花掀又见"二句，比喻与视角，皆可叹赏。主体意象乃工业风格，破开传统，书写当代，令人耳目一新。

高　昌

满江红·龙抬头

遍地春风，吹山水、十分颜色。开胜境、积霾狂扫，冻雷惊坼。肝胆自难随俯仰，须眉岂肯由驱策。叹苍龙、苦被雪冰缠，沉于默。　　情益壮，焉久蛰。心犹切，何其迫。更骊珠抖擞，宝光清射。流雪横冲沧海际，崩云并蠹昆仑侧。喜抬头、百折起豪吟，天威赫。

【江合友点评】冰雪缠缚，苍龙暂默；冻雷惊笋，苍龙抬头。全篇气势雄矫，壮怀激烈，得本调仄韵恢张本色。越挫越勇，于人曰刚，于国曰强。

泉　名

黄陂山行

乡音漫逗饮牛孩，蹊路何人劈石开？
坐看村头流水去，青山簇簇抱云来。

【英子点评】生活气息极其浓郁，语言生动活泼。承句想象新奇，"劈石开"巧妙地写出了山路极其狭小，如劈石而出的缝隙。转结句很是悠然，"流水去"和"抱云来"形成一幅动感极强的画面，这一"去"一"来"的回旋式景象，景中寓情，物我相融，美到极致。

泉 名

入伍卅二年纪念日同城战友聚会

初逢兵站仲春时，意气正如桃李枝。
三十二年工一技，冰霜磨细镀青丝。

　　【英子点评】此绝写于入伍卅二年
纪念日，回忆当年如春天桃李般的意气
风发，如今已不再年轻，由此自然联想
到这三十二年唯工一技，那便是"冰霜
磨细镀青丝"，引人共鸣矣。

22．诗国论坛

张其俊

巧用"拼字法"激活诗中语

　　在诗词创作中，人们常为语汇贫乏
所困扰，遣词造句易流于人云亦云，亦
自愧缺乏新鲜感。其实语汇还不都是人
们创造出来的。群众口头语丰富多彩，
很有创造性，当代网络用语、《现代汉
语词典》就吸纳了好多新语汇。前人
也积累了很丰富的经验，"拼字法"就
是其中之一。"拼字法"一词乃是借用
近人林纾在其《畏庐论文》中的术语，
其实这也就是"镶嵌法"。陈望道先生
在其《修辞学发凡》中则称之为"镶
字"。一般说来，就是将常见的两个词
先拆开，然后再重新拼接组合，而形成
另一个具有新质的词。这两个原词多常
由同义、近义，乃至反义词对应相呼、

交叉配搭构建而成，通常是将虚词或数
词拼接在已拆开的实词中或将副词、形
容词、动词拼接到数词中，形成了一个
新的词组，又多以四字词组的形式呈
现。这就比原来两词的内涵更加丰富而
新鲜了。这样在诗词中就便于借此以表
达某种特定的情思意趣。陈望道先生在
《修辞学发凡》中还说："有时为要话
说得舒缓些或者郑重些，故意用几个无
关紧要的字来拖长紧要的事的，我们可
以称为镶字。"

　　镶字以镶加虚字和数字为最常见。
群众口语中就可顺手拈来。诸如：说一不
二、接二连三、不三不四、颠三倒四、五
颜六色、五光十色、乱七八糟、七嘴八
舌、七零八落、七拼八凑、八九不离十、
十全十美、东扯西拉、东鳞西爪、东倒西
歪、东拼西凑、交朋结友、交头接耳、丢
卒保车、吃香喝辣、深山老林、屁滚尿
流、惩前毖后、神出鬼没、拉拉扯扯、哭
哭啼啼等等。不胜枚举。

　　的确，"拼字法"在诗词创作中
大有用武之地，我们尽可充分利用它
创造出丰富多彩的新词来，而为丰富诗
词创作中的意象乃至意境添彩增辉。
诚如林纾所言："词中之拼字法，盖
用寻常经眼之字，一经拼集，便生异
观。如'花''柳'者，常用字也，
'昏''瞑'二字亦然；一拼为'柳昏
花瞑'则异矣。'玉''香'者，常用
字也，'娇''怨'二字亦然；一拼为
'玉娇香怨'则异矣。'烟''雨'
者，常用字也，'颦''恨'二
字亦然；一拼为'恨烟颦雨'则

异矣。'绮''罗'常用字也，'愁''恨'。二字亦然；一拼为'愁罗恨绮'则异矣。"（《畏庐论文》）虽然林纾乃出于对古典婉约词中选词造句之偏好，尽举此类低回婉转、缠绵悱恻拼接组合之新词，但我们今日却依旧还能从中领略到其"拼字法"之精髓，从中受到启发。

再来回看古典诗词，打从《诗经》算起，先贤早有范例呈现眼前。诸如：不稼不穑、不狩不猎、千呼万唤、万叶千声、山重水复、柳暗花明、春花秋月、斜风细雨、翻云覆雨、冷雨幽窗、花明月黯、绿肥红瘦，如此等等，未可穷举。

我们就从学习毛主席诗词中也能受到诸多范例的启迪。有如：万水千山、天翻地覆、倒海翻江、虎踞龙盘、天高云淡、红装素裹、莺歌燕舞、山高路远、枯木朽株、愁思恨缕等等。其中有刚有柔，豪婉兼备。在毛主席诗词中，镶嵌手法多样化，而以嵌入地名为最多，其次是嵌入人名、时令、数量之词，未可枚举。

即在鲁迅诗中也能见到一些范例。由此可见，我们在创作诗词时，尽可依据表达其旨趣之需，精选出恰到好处的常用新词，重新拼接组合，以构建起适应我们当代之需的新式"拼字法"，化平淡为神奇，足以让人耳目一新，从中获得新的审美愉悦。在我们面前有着广阔的创新空间，足以充分施展我们的"拼字"才华！

周正环

诗题漫议

题目是诗词的标签和门户，往往起到点明主旨、交代主要内容和作者感情倾向的作用。生动、贴切的题目能充分拓展诗境，为整首诗增色。明代钟惺在《唐诗归》里说："题妙可以庇诗。"认为诗的题目精妙，可以遮蔽正文的不足之处。

诗词题目当以立意高远、多姿多彩为佳，倘能别开生面、自成特色就更臻上乘。好的诗题自身就具有独立的审美价值，给人留下深刻印象，并激发读者的阅读兴趣。在拟题上多下功夫，是诗词创作的题中应有之义。

一、有题与无题

诗词可以无题，但通常还是应该有题。特别是咏物与记事诗，没有题目会使读者感到费解甚至不知所云。

王国维在《人间词话》里说："诗之三百篇、十九首，词之五代、北宋，皆无题也。……诗有题而诗亡，词有题而词亡。"他翻的是老黄历。我国早期诗歌如《诗经》中作品，因为是民间创作，都无标题。后世随着文人士大夫作品渐成主流，多数诗歌也就变为有标题了。王国维本人留下的诗词作品也都有题目，并非如他所说"诗有题而诗亡，词有题而词亡"。

作无题诗名气最大的要数李商隐，他的一些《无题》诗，后人解读莫衷一是，几乎成了千古之谜。流传最广的是那首："相见时难别亦难，东风无力百花残。春蚕到死丝方尽，蜡炬成灰泪始干。晓镜但愁云鬓改，夜吟应觉月光寒。蓬山此去无多路，青鸟殷勤为探看。"但他以《无题》命名的诗总共也只有15首，其余都是有题诗。

词比诗出现得晚，同样经历了从民间走向文坛的过程。早期的词也是无题的，后人为便于区分，有的按内容为其加了题目，或者径以词的首句称之。如《浣溪沙·一曲新词酒一杯》（晏殊）、《江城子·十年生死两茫茫》（苏轼）等等。

现代也有《无题》佳作，如鲁迅的《无题》："万家墨面没蒿莱，敢有歌吟动地哀。心事浩茫连广宇，于无声处听惊雷。"忧愤深广，笔力千钧。比鲁迅小三岁的诗僧苏曼殊曾写过无题诗三百首，大多已散佚。所存《无题》有"绿窗新柳玉台旁，臂上微闻菽乳香。毕竟美人知爱国，自将银管学南唐"等，多为缠绵婉曲的情诗。

诗词"无题"，有的是因为"诗词中之意，不能以题尽之"（王国维《人间词话》）；有的则是碍于当时情势，不便明示主题，往往寄托着作者的难言之隐；还有可能是作者为了摆脱题目对解读作品内涵的束缚，让读者在朦胧含蓄之中展开想象，去寻求自己的解答。于是词就只标词牌，诗则以"无题""失题"为题。

二、诗题的长短与虚实

中唐至宋，逐渐形成"以文为诗，以诗为史"的风气，长题诗大量涌现。

例如白居易的诗《十年三月三十日别微之于沣上，十四年三月十一日夜遇微之于峡中，停舟夷陵三宿而别，言不尽者以诗终之。因赋七言十七韵以赠，且欲记所遇之地与相见之时，为他年会话张本也》，题目长达73字，详细介绍写作该诗的来龙去脉，相当于在题中包含了前序。而苏轼的诗题在50字以上者多达30余首，有的长达一百多字，近乎一篇完整的日记。

短题二三字的很多。也有单字为题的，例如杜牧的《月》，李商隐的《柳》《菊》《蝉》《泪》，毛泽东的《沁园春·雪》等，多为咏物寄怀之作。

通常是诗题越短，涵盖空间越大；诗题越长，所要表现的内容越受限制。无论题目长短，都有虚实之分。相对而言长题易实，短题易虚。如《感事》《遣怀》《有寄》《偶作》之类的题目，可称为"虚题"。它们犹如一个个题目类型，其内涵宽广，内容具有极大的普适性与可选择性。而《黄鹤楼送孟浩然之广陵》（李白）、《渔家傲·反第二次大"围剿"》（毛泽东）等则是实题，题目实指范围明确，其内容应与题目紧密相关。

清代郑板桥在《范县署中寄舍弟墨第五书》中说："作诗非难，命题为难。题高则诗高，题矮则诗矮，不可不慎也。少陵诗高绝千古，自不必言，即其命题，已早据百尺楼上矣。其题如此，其诗有不痛心入骨者乎！放翁诗则又不然，诗最多，题最少，不过《山居》《村居》《春日》《秋日》《即事》《遣兴》而已。"这里说的《即事》《遣兴》等等，就是"虚题"。"虚题"失之宽泛，缺乏对内容的提点作用，还容易"撞题"。所以拟题宜从小处、实处着手，尽量不用大而无当、放之四海而皆准的题目。

以具体事物拟题，容易做到鲜活新颖。以抽象事物拟题或者无题，则便于抒写作者内心复杂的情感，引发读者的丰富联想。诗题长短虚实乃至有无，自是各有所好、各取所需，但我个人还是偏爱简洁凝练的短题和个性鲜明的"实题"。

三、同题诗

诗词同题，实属难免。有些重要时令、著名地点景物等，总会被诗人们反复吟咏。应制、唱和诗词通常也须同题。

当今有些同题诗，以"端午"为题，必写汨罗、龙舟、粽子、菖蒲、艾叶、雄黄酒；以"重阳"为题，就不离登高、茱萸、题糕、落帽、送酒、赏菊，其内容难免重复与近似。同题诗贵在不被题目所困，内容既要切题，又要别具新意，同题而异趣。例如，唐代几乎所有的大诗人都写过重阳诗，流传最广的是王维《九月九日忆山东兄弟》："独在异乡为异客，每逢佳节倍思亲。遥知兄弟登高处，遍插茱萸少一人。"而王勃的《蜀中九日》："九月九日望乡台，他席他乡送客杯。人情已厌南中苦，鸿雁哪从北地来？"司空图的《重阳》："菊开犹阻雨，蝶意切于人。亦应知暮节，不比惜残春。"同是写"重阳"，内容却各具面目，各有千秋。

中唐以后的诗人写了许多"马嵬"诗，其中李商隐的《马嵬坡》是："海外徒闻更九州，他生未卜此生休。空闻虎旅传宵柝，无复鸡人报晓筹。此日六军同驻马，当时七夕笑牵牛。如何四纪为天子，不及卢家有莫愁！"而清代袁枚的《马嵬》诗则说："莫唱当年长恨歌，人间亦自有银河。石壕村里夫妻别，泪比长生殿上多。"两首同题诗的立场、情感与议论全然不同，却都堪称经典。

再如历代"咏梅"诗词篇帙浩繁，林逋的名句有："疏影横斜水清浅，暗香浮动月黄昏。"王安石却道："遥知不是雪，为有暗香来。"陆游《卜算子·咏梅》说："无意苦争春，一任群芳妒。零落成泥碾作尘，只有香如故。"借咏梅自道不随流俗、高洁自守的品格。毛泽东却"反其意而用之"："俏也不争春，只把春来报。待到山花烂漫时，她在丛中笑。"境界更开阔，也更为积极乐观。

由于作者性格、经历和审美情趣各异，同题诗词所表现的内涵可以明显不同，完全能够充分展现出各自的风采。《中华诗词》曾开设多期"同题擂台"栏目，是一种非常有意义的尝试，颇能锻炼诗人创新性求异思维能力。

四、借题发挥

有些诗词虽然题目看似平平，却是大巧若拙、借题发挥。特别是咏物诗，倘不能借题发挥，有所寄托，就容易写成浅薄无味的说明书。借题发挥通常是设定某个"标的物"，将它拟人化生发开来。或层层设喻，语语双关，或先做铺垫，卒章显志，或抓住一点，不及其余。总之，句句说的都是它的某些特性，从中反映出的又都是人的情怀、风貌和道理。借题发挥不仅可以咏物喻人，也可借事说理，借前人喻后人。古人借题发挥的佳作很多，如三国曹植的《七步诗》："煮豆燃豆萁，豆在釜中泣。本是同根生，相煎何太急！"（见《古诗源》）明代于谦的《石灰吟》："千锤万凿出深山，烈火焚烧若等闲。碎骨粉身全不怕，要留清白在人间。"等等。

当代诗人聂绀弩也是借题发挥的高手。聂诗题目往往平实质朴，却平中见奇，朴中见新。其诗句纵横恣肆，造语不落俗套，诗风独树一帜，内容与题目相映成趣，令人拍案叫绝。其诗《推磨》："百事输人我老牛，惟馀转磨稍风流。春雷隐隐全中国，玉雪霏霏一小楼。把坏心思磨粉碎，到新天地作环游。连朝齐步三千里，不在雷池更外头。"《削土豆伤手》："两三点血红谁见，六十岁人白自夸。欲把相思栽北国，难凭赤手建中华。"《放牛》："一鞭在手矜天下，万众归心吻地皮。"《拾穗同祖光》："一丘田有几遗穗，五合米需千折腰。"……其题外之意、弦外之音，精妙奇谲，耐人寻味。

安徽青年女诗人何其三有一首《剥洋葱》："层层葱瓣似鱼鳞，眼鼻熏酸味不禁。何必为它轻洒泪？紫衣剥尽本无心。"这首绝句比较新颖独到，兼有情趣和理趣，属于较好的借题发挥。

题中一个"剥"字颇为紧要，少此一剥，便无由"洒泪"，也不知它"本无心"；有此一剥，则化静为动，一首咏物寄怀诗就成了即事感怀诗，形象更鲜活，意味更深长。

23．诗人访谈

南窗坐朵向阳花

——访诗词名家潘泓

采访人：邢建建（中国诗歌网诗词编辑）

被采访人：潘泓（《中华诗词》杂志副主编兼办公室主任）

邢建建：潘老师您好。您是中国诗歌网的老朋友了，曾有多首作品入选"每日好诗"，还点评过多首作品。您的"歌新疆棉"有句："雪水源头青史湿，秋风枝上白云轻。"写得极妙。在点评《鹧鸪天·习字偶成》时说到诗意的生活这个命题，您说：写诗意的生活，在生活中发现诗意，这个命题做起来，也难，也不难。说难，是柴米油盐、家长里短、饮食起居，何来诗意？说不难，只要有清澈的眼光和明亮的心境，就能品嚼出生活中的滋味。我非常赞同您的说法。诗意看似无处可寻，其实就在不经意之间。您能就如何发现生活中的诗意更进一步地谈一谈吗？

潘泓：谢谢中国诗歌网，多年以

来，中国诗歌网对我很关爱，我也在这里吸收了诗词的养分，认识了很多优秀的诗人，读到了很多优秀的诗词。这里有我的良师和益友。

关于写诗意的生活，是一个可以展开来说的大题目。第一点它是从诗产生的原理而来；第二点它是一种创作的理念；第三点它是写作的土壤和门道。

诗不是凭空而来的。从诗的原理来说，诗是我们感知外界万事万物后产生的情感反映。这个观念进入诗词创作，用老先生们的话说，就是"起兴"。前人把它总结为"赋、比、兴"。赋是铺陈直叙，把思想感情及其有关的事物平铺直叙地表达出来；比是类比，以彼物比此物，使此物更加生动具体、鲜明浅近；兴是先言他物，然后借以联想，引出诗人所要表达的事物、思想、感情。诗讲"起兴"不是什么高深的东西，其实也是唯物观的体现，也即物质是第一位的。试想，一千年前的人、一百年前的人，他们即使是天纵之才，断然写不了手机、互联网。赋比兴起笔，由实在的外物，引发歌咏，我们看格律诗出现之前，《诗经》、古风，好多优秀作品，都是因外物感发诗兴的。"蒹葭苍苍，白露为霜。所谓伊人，在水一方……""昔我往矣，杨柳依依。今我来思，雨雪霏霏……"从感官到心理，这个起兴的传统，惜乎被淡化淡忘了。一开篇就感慨的诗，从诗产生的原理来说是不合理的。所以这样的诗，大发议论，正确，但概念得很。所以人们用"假大空"视之。外界万事万物，是人存在的载体，也是诗产生的来源，没有这些，堕入玄言，当然诗就踏空了。也就是没有"生活"。

明白了诗产生的原理，还要前进一步，要训练，让在生活中发现诗意成为创作的理念之一。为什么有的人写诗，题材多是前人写过太多的那些东西，重复题材不要紧，重复意思就不可了。"我"的生活，不是别人的生活，"我"的经历，"我"的思想，是独一份的。要有这个理念：我读到的、看到的、想到的必须与别人不同，因为这是从"我的生活"里自己品味领悟到的。古人说"读万卷书，行万里路"，还要加一个"多思"。有了这个理念，就不会跟风、随大流了。

生活是诗的土壤，在生活中发现诗意是写诗的门道。如果要说得非常具体，如何发现生活中的诗意，真的只可意会，不可言传。当然，也不是完全不可言。比如，要抓住一现的灵光，要有深挖诗意美感的笔力、眼力，要有多向（侧面、逆向）的思考，要让作品有美感。你前面提到的"秋风枝上白云轻"，是我的一首七律中的。当时的想法，就是要在国际反华势力就人权问题抹黑新疆棉花的背景下，把新疆棉花写出美感来，我是看到一幅图片，图片里的棉花洁白，而背景是蓝色的天空，非常美，于是就生发了棉花像"落在秋枝上的白云"这个诗思。

在生活里发现诗意，好多作者在这方面有成功的实践。

强调一点，艺术有规律性，但没

有绝对性。千千万万的创作谈，只是一谈，艺术如果没有"例外"，那也就没有生命与进步了。比如诗词，如没有一点一滴的"例外"积累，然后由量变到质变，那我们今天可能还在写"诗经体"。

邢建建：非常感谢潘老师的分享，潘老师除了是中国诗歌网的老朋友，还是我的老师。还记得我第一次参加《中华诗词》金秋笔会时，我的指导老师就是潘泓老师，潘老师对我作品的肯定极大地鼓励了我，也让我在诗词的道路上一直阔步前行。再次感谢潘老师。说到这儿了，能否就诗词作品的鉴赏和提高，再分享分享您的经验，说一说您遇到的经典案例，也好让更多的诗词爱好者受益呢？

潘泓：金秋笔会是《中华诗词》杂志的一个固定活动，每年举办一次，旨在向广大诗词爱好者普及诗词知识、提高其创作技能。您当时参加金秋笔会时就写得很好了。您的成就其实是您自己努力的结果，我充其量是在技术层面说一些看法而已。写诗，需要技术，但最重要的是自己有悟性，有诗的思维。

您说到诗词作品的鉴赏，从编辑的角度看作品，也许与作者有所不同，但我想，对一首诗词作品的评价，基础还是相通的。从字面来说，能够进入"鉴赏"这个层面的作品，应该基本是"成品"而不是"产品"，也就是经过检验，没有硬伤的作品。这有点像人的

病，要命的病，不治是不行的，这是诗词作品可否进入"鉴赏"层面的要求，是"行不行"的问题。而有的病不要命，但没有它生活质量更高，这是"好不好"的问题。一首作品，消除了"行不行"的问题，在力所能及的范围内干掉了"好不好"的问题，这首作品就可以"鉴赏"了。

其实鉴赏作品，也是创作，是以"我"的眼光来看作品。鉴赏是个体的活动，我之所见，我之所爱，于别人未必同感。时下有一些"鉴赏"文字，或者是浮光掠影，或者是为造势捧场，或者是自己没有见地，所以鉴赏其实是一个难点。我觉得，鉴赏还是要从作品的主要方面来入手，首先是诗的情感，真善美，再就是诗的气韵，有风格。诗的风格，司空图《二十四诗品》说得很清楚。再就是诗的章法，如格律、手法。

邢建建：潘老师的这层比喻很是恰当，司空图的《二十四诗品》也是我个人非常喜欢的读本。诗，是嵌在中国人骨子里的一种雅致，经历了风雨的洗礼，是沉淀在岁月深处的美好。能够写出一首绝妙的作品，是每个诗人的向往，诗的创作亦是经久不衰的话题。可能每个成熟的诗人都有自己的创作观，潘老师以您的创作来说一说这个话题吧。

潘泓：写诗有如写字，也有三个阶段，第一阶段是临摹，照着碑帖一笔一画写；第二阶段是放飞，自信满满；第三阶段，炉火纯青，信手而为，不受拘

束，却自成一家。在第一阶段，照着某一位前贤大师的诗词来写，亦步亦趋，有点模样，于是有信心了，继续前行，当然，在这个阶段尽管"有模有样"了，但所作必须看成是习作而不是作品。刚好手头有一位大学生的稿件《秋日早行》，是这样写的：

孤馆灯残野店鸡，微云摄月入天西。
枫林不肯留余客，瑟瑟荻花送马蹄。

作品格律无问题，形貌也可看，但意境词汇全是模仿的，这个就不能算是作品了。

回头看，我可能只是刚进入第二阶段，真的没有什么创作经验可谈。实在要说，也是老生常谈，那就是多读、多思、多写。

多读，当然首先是多读诗词经典。一是以此来积累词汇；二是通过诵读领悟诗与词的节奏感、音乐感；三是品味高手们的章法，特别是对不同题材的写法。多读，其实就是知识与美感的积淀。多读，还有一点也很重要，就是不仅读前人的佳作，当代大家高手的作品要读，当代中坚作者，也有好多佳作，也要读。多读，不仅是读诗词，诗词之外的书，三教九流、天文地理都看看，杂七杂八的书读多了，写诗时联想的空间就开阔了，作品就会增添厚度。多读还有一个好处，就是免得重复别人或前人。比如写荷、写中秋，常见的题材，假如我费了老大的气力，自认为写出了新意，结果别人或前人已经这样写过了，就白费劲了。这有点像国家科研层面，要想做某一个课题，必须先检索一下，看国际上有人做了没有。

多思，是指把生活的阅历咀嚼、消化、转化，让它与写作的冲动起化学反应。多思，可以避免习惯性思维，不让作品思维雷同。

多写，这是创作的基本要求，要动手，要勤动手。不要怕写不好，写了接着改，改了再改。手动多了，文字就会听调遣了。（有人问我，说他哪一首诗哪里"拗"了，然后我在哪里"救"了，行不行？我说，这么多常用汉字供你使用，为什么要拗要救？还有韵字，死字活用，比如名词形容词动用，办法很多，为什么要"邻韵"、孤雁"入群、出群"？）要有自信，诗是从狗屁来的。我们看许多前贤大师的诗集，也不是每一首都叫响。关于多写，特别要注意一点，就是重点之重点在一个"改"字，千万别猴子掰苞谷。诗不厌改，语不惊人死不休。写一首改成一首是好习惯，写一首过后不闻不问，易于手滑。当然，诗，我们常常是觉得自己的好，自己审视自己，往往看不到新作哪里要改，这时候可以多与同道们交流，现在社交非常方便，多交流、多向高手请教，反复改，这样的多写才有实在意义。

我的诗词观，非常简单，那就是用传统的手法，用自己的思考和语言，表达生活在当下的"我"的生活。

邢建建：诗不厌改，潘老师的诗道很有贾岛之风。用自己的思考和语言，表达生活在当下的"我"的生活，这句说得太妙了，只有细细品读过后，方可有更深的感悟。也不知是误解，还是错觉，总感觉太多的诗人纠结于格律，而在诗意的表达上欠了火候。近期，读到了高昌老师的《律为我之助，我非律之奴》。感觉特别贴切，您对于这个问题是怎么看的呢？

潘泓：中华诗词，不等同于格律诗词。这个观念很重要。在格律诗词产生之前那么长的时间段里，是有非常多的优秀诗篇的。古体诗包括了很多门类：人们都知道的，比如诗经、楚辞、古乐府、柏梁体、长短句、歌行……都是格律诗词之外的样式。

即使格律诗和词出现了，其他诗体仍然有大量好作出现。随着"守正创新"被越来越多的诗人认可与运用，将来一定会有新的样式出现。艺术的样式，是不能也不会被"凝固"起来的。

这方面我们还可以看一看诗的时间轴上，格律诗的时间段有多长。

正如你所说，的确"太多的诗人纠结于格律，而在诗意的表达上欠了火候"。这个问题也比较大。第一，我们要遵循格律，但不要拘泥于格律，更不要以为格律没问题了就是好诗。当下有不少"格律溜"，这是相对于"顺口溜"的一个概念，这一类诗，格律毫无问题，但也毫无诗意。第二，既然标明是写格律诗词，还是要遵循格律诗词的要求来写。比如你是开车的交通参与者，你上路了，就得遵守交规。你在中国是左方向盘，你到了香港是右方向

盘，你不遵守这个交规如何出行？当然，讲格律不是说一个字也不能变通，比如"故人西辞黄鹤楼"中"人"就是平声，大家也能接受，这也正是艺术的"例外"。强调一点，"例外"是"只能这样"或"这样更好"，不是不懂规则的"例外"。还要强调一点，"例外"有个度，比如一首格律诗如果"例外"过多，那就"质变"了，不是格律诗词了。第三，如果既"纠结于格律"，又在"诗意的表达上不欠火候"，岂不更好？

邢建建：再次感谢潘老师的解答，潘老师的诗、词俱佳，诗词规范，情感充盈，作品也多贴近于当代时事，堪称当代诗词的楷模，您又是《中华诗词》杂志社的编辑部主任，每天肯定会读到大量的诗词作品，在这些作品当中，您是怎么发掘一首好诗的呢？能否就此说一说？

潘泓：好诗是不用发掘的。它一定会让读者眼睛一亮。

但好诗是要发现的。它在那里等着我，我必须尽可能地看到它。所以，作为编辑来说，电子稿、纸质稿，都得看，只有都看了，才能发现好作品，才不会漏掉好作品。

好诗也不都是成品，所以，即使是好诗，也得逐句逐字看。现在电脑上有校验格律的软件，很省时间，但电脑真的不是万能的，有些问题电脑是发现、判定不了的。好诗，肉眼过一遍才放

心。一般来说，作为编辑，我也偶尔帮作者调整一两个地方，这主要是指作品基本面很好，是"好诗"的胚子，只是个别地方不太稳当，调整一下不影响原意，锦上添花而已。

我看诗的成色，首先看作品的题材，高明的作者，在选题上是"你无我有，你有我优"。现在的生活日新月异，传播的迅捷更让人有资讯应接不暇之感，也就是说像"新闻点"一样，每天有大量的"诗点"。敏感的诗人，会从大量的来自生活的事物中发现"诗点"，以此为题材写诗词，这就是"你无我有"；在此基础上，某些传统题材、热点题材，轻易不写，写就要挖掘出深意新意，这就是"你有我优"。作为编辑，每天的确有好多诗词进入我的视野，但作品一入眼，题材新、内蕴新的作品，就会让人再看一眼。

新古体诗

主编：张维青

陈业秀

晾衣架

无事时遭角落藏，也迎烈日斗风霜。
奈何身负千斤重，硬挺弯弓瘦脊梁。

电焊工

暑热炙弓身，烟花染汗巾。
焊枪描巨作，妙手铸精神。

母亲用过的缝衣针

细拈针线胜家珍，泪眼汪汪忆母亲。
夜晚灯昏无倦意，一针一线补儿心。

春日偶拾

阳春细雨岸初荣，漫步怡然阅柳莺。
莞尔舒眉吟一句，春风与我共倾情。

清明（新韵）

青烟一缕纸成灰，家父音容难再归。
春鸟也知离却痛，杜鹃啼血尽哀悲。

游海口海瑞故居

正气忠魂入大千，故居翠竹柏松妍。
祭台摆满香冥币，清誉何须送礼焉。

贺国家技术转移海南中心正式揭牌

风云变幻远谋先，科技兴邦扛在肩。
护我长城新壮举，腾飞华夏正春天。

踏　青

风酥日暖柳丝新，杏雨梨云韵醉人。
鸟语莺啼桃李笑，踏青不负绿红春。

雨　水

连日雨如丝，东风绽嫩枝。
燕归轻剪柳，水涨鸭迷痴。

二月有吟

癸卯阳春逐意来，轻寒乍暖景新裁。
和风化雨龙头举，漫野芳菲次第开。

早　春

檐下燕双翔，寻泥筑垒忙。
枝头苞胀破，已有一丝香。

惊　蛰

深冬隐士居，惊蛰醒如期。
雷急催农种，田家始此犁。

春节回乡尝后安粉汤感吟

数口吞食一大碗，青花碗底不留汤。
远离故土三年久，今日得尝分外香。

纪念向雷锋同志学习题词六十周年（新韵）

题词似锦照云空，六秩春秋意不穷。
禹甸文明行大道，人间善举自情衷。

喜贺全国"两会"召开

两会欣逢惊蛰开，精英荟萃聚京来。
青山绿水春风意，再托民声上紫台。

游海口府城五公祠

吴越飘蓬地，邀朋相伴行。
五公英烈气，千古沐椰城。

春分（新韵）

昼夜半均分，莺穿柳色新。
轻雷惊晓梦，梨雨落花裙。

贺三八节

两会邂三八，娇颜炫彩霞。
齐逢双节日，共贺大中华。
礼孝千秋岁，忠贤万户家。
精英从各业，竞技一枝花。

天天梦里与双亲见（通韵）

惯常梦里高堂见，特有柔言灌耳亲。
围坐床前萦快乐，贪吃桌上溢温馨。
儿时不解清明泪，当下深尝失故魂。
念字心头结死扣，相思万丈对谁吟！

接受甘肃卫视电视台记者一个半小时采访有感

早春雨雪往来扬，二月晨光恣意张。
四季轮回周复始，三餐荤素品炎凉。
店中廿载蹉跎过，日子经年荏苒忙。
记者一行寒舍访，巧提善引话平常。

窦小红

春分恰逢沙尘暴（通韵）

漫舞黄沙关不住，一程山水尽失魂。
阴霾掩蔽春千秀，万里江天大雾吞。

春雪

久别琼花舞，冰姿陇上驰。
长街铺玉毯，枯树结苞枝。
冷艳凌峰处，孤高引客痴。
向天拈一朵，不尽涌春诗。

冯新民

古城墙

西安。平遥。嘉峪关
一些砖头总是会唤醒一些记忆
关于墙。关于筑墙的人

城墙在西。城墙在中。城墙在北
构筑不同的方言
方言构筑的旌旗和戈戟
是一块城砖的激烈

八面来风在城墙上
四面楚歌在城墙上
刀光剑影在城墙上
满江红和八声甘州在城墙上
道白季节外的春秋

没有发芽的种子
早已不在这里发芽
寻找发芽的土地
已经被历史关闭

在一块墙砖上
寻找西安。平遥。嘉峪关
寻找筑墙的人
你会想起那些曾经的泥土
独怆然而涕下

拉二胡的人

拉二胡的人
坐在回廊坐在弦上
把乐曲拉到廊外雨外天外

廊是一条长弦
落在弦上的阴晴圆缺
在什么地方回旋

目光只在指上
指下的空弦有许多岁月
那时候
他看见二泉映月他听见空山鸟语
他徜徉在江河水

一弦天地。一弦时空

一弦草原。一弦山川
一弦鼙鼓。一弦旌旗

左弦。右弦。流淌着声音
弦内。弦外。声音在流淌

坐在回廊里的人
不知天空弹奏的雨点
坐在弦上

孙长印

自　嘲

村边自咏兴冲冲，也像文人又似农。
网上耕吟留草作，报端种韵露诗踪。
鸡毛一地钱财少，秃笔三支句子丰。
四海赠刊飞雪片，书香更比酒香浓。

诗人行

一片痴迷喜律音，行来不觉入诗林。
常逢鸟困生怜意，每遇花开起爱心。
拥护光明需肚量，揭穿黑暗露胸襟。
吟坛待到千年后，去往书中句里寻。

人生感悟

饱受艰辛不道寒，常刊拙作慰心宽。
分清事故多吟咏，识破人情少聚餐。
好友登场无粉墨，诗坛相庆未弹冠。
书中自有流连处，看透红尘莫羡官。

村居三十一

人生有幸卧村乡，饮酒划拳用碗量。
字纸摊开留雅兴，墙根背定道家常。
消愁解闷来垂钓，饭后茶余逗老娘。
院里春光添最爱，又闻馥郁枣花香。

村居三十二

日上三竿抱枕眠，窗前唱鸟美声传。
夜吟唐句八千页，昼种农村六亩田。
闹市人来无旧迹，书房须断创新篇。
春光待到重归季，好趁东风放纸鸢。

村居三十三

又是春光烂漫时，骚人陶醉自如痴。
采来绿叶摹张画，扯住白云写首诗。
院里丝瓜方上架，庭前枣子已垂枝。
农家景色生情趣，即兴成吟不费思。

颜炳霞

神舟十四凯回

天阙巡游屈指弹，骄荣遍写世人观。
三英探秘雄关搏，六勇会师盈泪欢。
授课空间痴少脑，赏奇宇宙上科坛。
果丰满载回乡迓，郎女团圆亦不难。

悼缅刘继广老师

惊闻噩耗两眸痴，谈笑风生不远离。
燃烛成灰桃李艳，倾心陪月栋梁奇。
排难纾困结深友，解惑传知是敬师。
驾鹤天堂驱病体，潸然梦里看容姿。

元宵节观焰火

花树红灯喜气临，阴霾远遁快民心。
俏姑抢照留娇影，小伙狂呼荡美音。
多彩耀空王母羡，少云隐月玉皇钦。
无忧惠祉天年享，盛世诗吟当颂今。

赵日新

赵日新，黑龙江萝北人，1974年出生，中国民主促进会会员。中华诗词学会、中国楹联学会、中国音乐学学会、黑龙江省作家协会会员。现任萝北县文联《界江风》杂志编辑。多有作品发表于《人民日报》《光明日报》《诗刊》《中华诗词》《民间文学》《中华辞赋》等国家和省市刊物上。曾参加《中华诗词》杂志青春诗会（2014年度），获取国家各类文学赛事奖项多次。著有诗集《弦月》。主编有《诗词赋萝北》《界江之韵——萝北百年诗词集萃》《萝北旅游故事》等。2018年被萝北县委县政府评选为萝北县第一批拔尖人才。

二月二炜个猪头送姨娘

压强心上启春龙，匀抹寸晖拂晓红。
卤煮花椒八角里，服帖青雾九阳中。
精髓隐隐开七窍，迂腐深深乐几丛。
亲正醇香风正软，打头日子打头冲。

又启新元

—— "热雪沸腾冬韵萝北"正月
十五滚冰节有记

雪未打灯灯挑月，霞红甜糯续年长。
亲亲清梦嫦娥暖，滚滚寒冰锤杵忙。
脱兔三窟离祸远，惊天一炸唤春芳。
风栖湖畔龙歌煮，圆润元宵安我乡。

年后第一场春雪

飞花急待踏新正，一色接天破晓风。
赶考寸晖头上阵，练达底气复溜冰。
红联回响二踢脚，翠柳钓出七彩星。
不是留白非写意，开蒙深浅稳方行。

寻春偶遇太平鸟

衔住心儿风不宁，将来稳作本来行。
流霞意缀情之往，叫号天寒日子迎。
雪老瘦削长琐细，枝怀送软踩轻盈。
啾声时而倾一耳，予我路人歌太平。

三八节里媳妇给我染头发

膏脂墨色抹凉凉，刺痒头皮"狠透腔"。
回转尘红些琐碎，飘柔云淡几锋芒。
补弯弦月月华满，还季芳春春燕翔。
丽日丽人时掌控，青山绿水走平常。

清明祭扫烈士陵园

风步沉沉响作声，压低天色立松青。
躬身泪注春开窍，垂首花红星点灯。
涛涌层层烽火烈，坤回朗朗凯歌行。
清明长续碑长语，致远千秋志远承。

四月寻山

云高恣意喊风声，啄破枝头满是萌。
蓄久新思急切切，踩实去日探明明。
怀中褓褓抻腰语，月底蜂蝶附耳萦。
拾杖拄天求壮胆，贼心剜几翠生生。

临摹三月黎明湖

稀疏雪色巧湿春，移步轻轻探确真。
褪去寒光光取暖，瘦削冰魄魄生津。
压枝不见浓浓绿，啄耳原来脆脆音。
急把纸鸢霞远送，待谁天顶驭风尘。

患甲流高烧39度乱语

盈腔烈火向高台，灼透时空不用柴。
烫脚清风离远远，无头彻夜滚开开。
焦糊春绿浑然老，干煸尘红精致来。
哄抢药丸寻未有，拼将炸裂试雄才。

李岱宸

女，2000年出生于北京市，籍贯江苏省扬州市，中华诗词学会会员、北京市海淀区作协小作家分会会员、人大附中学生。在《中华诗词》《中华辞赋》《诗词之友》等期刊及图书发表格律诗词50余首，在《美文》《作文通讯》《北京青年报》《中国校园文学》《东方少年》等报刊图书发表各类文章20多篇。多次获得叶圣陶杯、北大培文杯等全国性中英文写作大赛奖项，曾获教育部、中华诗词学会"中华通韵"诗词创作征集活动三等奖，诗词荣获中华诗词大赛一等奖、诗词世界杯中华诗词大赛一等奖等。

读鲁迅小说品悯彼时艰

夜黯乌啼野莽苍，经年偃塞腑焦狂。
雨冠簸却涅心苦，泥絮沾来沁骨凉。
服轭嗟呀风断草，就犁悱恻泪盈江。
且留微命参天地，再揽牛车过炙阳。

初游云南

隆冬觅暖途迢递，万仞云巅见碧原。
彩线轻飔牵玉兔，银钩浅掷系金蟾。
苍山雪霁长虹后，洱海舟行满月前。
火把彝家泼水傣，撒尼炫舞佤歌传。

清明思祖母

飞鸿报噩心乍惊，霹雳晴空动地哀。
曾许千回长孝母，何期一日永离怀。
盈盈宠爱垂髫拢，朗朗答言笑靥开。
虽道此悲终会有，谁知泪梦骤然来。

余晖乍褪萧萧草，雁阵惊寒漠漠烟。
空座无言愁水蓼，高堂难待茂春萱。
忍哀泪下如帘雨，拒痛心枯若苦莲。
梦里欢言祖孙笑，醒来音貌两茫然。

先人西去无寻处，驾鹤辞云不复还。
月下依怀背诗句，雨中把手做衣衫。
叮咛深刻铭心底，搂抱依稀在眼前。
恍惚仙容归故里，风掀白发泪潸然。

感人生

皎皎当空月，升沉复东西。
盈盈松中露，朝聚暮又晞。
造化钟久远，自然赋穷奇。
夭数常难逃，人事不可期。
死生皆有命，谁能与天齐。
白驹休辜负，山川任驱驰。

夫人怨

尘世犹独立，本是号倾城。
忘身许凤阙，承宠荣寒庭。
知君情思薄，妆罢犹徘徊。
怨生离别久，空惹珠泪揩。
远山眉黛蹙，夭桃却红腮。
含恨掩病容，香魂赴泉台。

燕歌行

春风化雨润人间，草木凝露泽秋颜。
五里徘徊南归雁，九州春意透云巅。
芳草盈铺三径远，呼朋引伴踏青园。
晨风乍起惊絮雪，晓雾初开迷花妍。
忘情纵身玉阶上，旋舞轻寒心不寒。

爱舰爱岛爱蓝天爱海洋

——新中国成立暨人民海军诞生
七十周年之际聆海军老兵话今昔

（一）

寒门少小求学苦，解放方得续入堂。
三载勤修识大道，四时谨醒悟真方。
严师授业传德美，素士崇真砺志刚。
战火燃疆国有难，书生奋勇走他乡。

（二）

军戎半世须臾远，顾首执弓仗笔行。
机场鸢都教勇士，岛城航校辅雄鹰。
舟山操演通天眼，上海招培入蜀兵。
号令一声集练锐，枕戈备战待螺鸣。

（三）

弱冠金陵学马列，三十督府释鸿经。
常登舰屿析新症，遍访营连探隐情。
旗舞昂扬巡远岛，隼飞抖擞噬狂蝇。
屡参帷幄随名将，劲旅长鲸踏浪平。

（四）

钧定建军白马庙，秉符率舰溯江航。
建康痛泣国蒙难，扬子哀号海破防。
荡寇雄兵千橹渡，伏魑虎旅五维强。
奋楫逐梦巡天际，赓续基因器宇昂。

（五）

半百荣膺职将校，新装旧勇再出征。
渤湾连郡传规道，黄海登州育箭鹰。
解甲研习书任种，围衣示诲子孙甥。
乡音不改亲桑梓，久憾难归祭祖茔。

（六）

荏苒皤翁常忆旧，耄耋老骥渐凋零。
海峡入梦千钧事，疆隘盈胸万顷情。
七秩新邦谋众富，八旬战士笑兵精。
一朝岸屿烽烟起，身病犹弘举赤旌。

除夕夜

迎新去往拂遗恨，旧事前因化芥尘。
志向薇芜心澹泊，长持无喜亦无嗔。

冬风彻

荏苒春秋佳日逝，萧条阡陌物华凋。
凄凄孤鸟缩翮叫，瑟瑟枯尘裹叶飘。
寒雾低垂缠舍近，冰轮高挂照楼遥。
朔风若解怜人意，夜半神思到碧霄。

迎新年

东风一缕芬芳振，青帝巡瞻世上春。
蜡烛摇摇情有暖，玉龙荡荡念无垠。

游维扬

杏柳翠迎秋，湖园瘦解愁。
芳华牵皓首，胜景益清悠。

谒夫子

昔瞻京鲁庙，今拜聚星亭。
克己修德礼，千秋奉效行。

感秦淮

画舫秦淮水，浮华影没间。
王公奢绮尽，黎庶富足绵。
士子除骄逸，儒生步圣贤。
也言今胜古，不诵玉花妍。

月

广宇轻纱夜淡明，星空浩瀚玉盘升。
晶晶宝镜冰轮满，脉脉愁思泪眼盈。
云隐清辉时有暗，光梳银影总无声。
嫦娥偶尔芳心动，遥望球村不了情。

树

垂柳依依拂易水，寒波淡淡泛别愁。
还留欲送遥挥手，裙带未能系远舟。

书生吟

少年多梦想，弄墨乐陶陶。
舞笔挥时雨，放声歌古谣。
虚名遭世弃，风雅令人骄。
言志箕山上，抒情化碧涛。

竹

雪里竹枝负重低，纵低未肯委芳泥。
一朝日暖云空霁，杆挺叶扬新绿齐。

咏白海棠

轻寒轻暖浴流暄，微雨微晴驻小园。
软曳冰绡明淑景，纤裁月魄悟真元。
谁怜净骨风飘堕，可喜吟魂依解言。
陌上吹尘清影淡，轩车再过必投辕。

叹 猫

慵慵缓步坦然来，凶猛虎狮威未开。
立耳持姿眯杏眼，摇须提爪抚桃腮。
藏弓因鸟高飞尽，匿鼠教猫安睡乖。
可叹昏沉长惯养，娇生丧志最悲哀。

毛 笔

漠南塞北有羊羔，水岸山陬斑竹高。
夜半青灯绛珠泪，案头素纸凤凰毛。
昔钦苏武持冰节，今看方家振玉毫。
才尽江郎岂空恨，雷霆笔底起风骚。

闻"及时行乐"之思

一语惊心人尽羞，光阴虚掷竟无愁。
年华似梦逐流去，岁月如烟转瞬休。
行乐应当有节制，过而能改也风流。
人生当立凌云志，古训箴言千载留。

学诗有感

盎然古韵暗香来，博引旁征胸臆开。
平仄音声能拯救，苦吟倚马尽成才。

V青

原名张维青，维青集团董事长，经济学博士，有多本诗词著作问世。

遵义续曲，苟坝的一张反对票

苟坝的一张反对票，
一对十二的险要，
阻止了红军部队的覆没，
是子夜里山间小道。

伟大的党百年华诞之际，
您可理解当时那颗心的焦躁？
遵义会议结束"左倾"世人皆知，
别忘了那盏马灯给红军的照耀。
遵义会议批判了瞎指挥，
阻止了三人团继续胡闹。
革命哪有那么容易？
战争之路很少有平坦大道。

二度赤水形势略有好转，
前方的凶吉已经难料，
打鼓新场好夺取，
守备敌兵又很少。

多数人主张次日去攻打，
反"左"之后强调民主领导。
十三人委员会来表决，
只有毛泽东一张反对票。
反对的原因是别打攻坚战，
反对的原因是别搞大消耗。
反对的根本是暴露行踪会没顶，
弱小红军啊隐蔽作战运动最好。

子夜去找恩来再商议，
劝其推迟发令时间到拂晓。
呕心沥血救了红军的命，
恰在次日一封情报送来早。
敌人已从四面向打鼓新场发重兵，
老蒋早已布置好。
假如进攻就会踏进包围圈，
仅存的红军部队生存难保。

万幸有个明白人，
多亏这一张反对票。
真理是一种客观的事，
有时真的不能看人数多少。
他指挥三渡赤水拿下两河口，
敌军误判重兵都向黔北跑，
他施展谋略做佯攻诱敌聚，
四渡赤水入滇去金蝉脱壳。

这恰似天神救红军，
实际上他是红色割据搞得好。
善于从战争中学习战争认真总结，
说到底马列理论加革命经验才是宝。

学习党史学伟人，
眼光短浅追求片面不得了，
胸怀宇宙心中真正装着人民，
什么困难和敌人战胜不了？

观电视剧《亮剑》有感

胆气大无边，豪气满中天。
侠气镇倭寇，正气永不偏。

义气泣鬼神，英气壮高山。
亮剑显云龙，中华谱诗篇。

广州小记

高高五巨兆吉羊，望海牌楼历史长。
古地番禺商贾盛，今人岭南搞钱忙。

无茶饭店收茶费，有盗公车放盗蝗。
快路空中车越厦，花城简旅记则强。

双峰山之唤

双峰山不连绵
引领燕山立海前
潮起潮落光阴去
默迎腥风，胸怀坦然

二十世纪到环球
人类社会翻波澜
中华民族危机伏
群情激荡未名湖前

使命不辱兴中华
大创励志迎百难
静心研究写马列
共产主义观成箴言

唤起学子报国志
唤醒工农千百万
唤得山海齐呼应
唤出中华红一片

八路军

——《八路军》电视剧观感

太行高，神兵勇，
痛击敌人真威猛。

太阳照，万物生，
中国出了个毛泽东。

春雷响，持久战，
中华民族救国难。

黄河黄，天空蓝，
国共合力斗敌顽。

平原阔，日寇狂，
游击健儿杀敌忙。

后方大，神州广，
军民一齐上战场。
马不叫，风不吼，
列强最终不如狗。

皓月空，盖世功，
英雄矗立丰碑中。

冬游东湖

登上磨山天门台，湖光山色扑面来。
只知天堂在苏杭，不想东湖更徘徊。

山水相间水面阔，轻舟遥望帆樯摘。
穿湖阡陌客车忙，初冬佳景怡人怀。

诗词国里映朝晖

泣笑咏国风，沧桑古韵哼。
刀光成血史，剑影现诗中。

哲理汇佳句，智人点话锋。
千吟为一爱，百趣万章生。

"诗词中国"赛感

诗飞千年桃李满，国屹苍穹乾坤转。
雏燕庭前待起翔，雄鹰岭后凌空旋。

长城行古蜿蜒伸，南海厚今骇浪缓。
乐见举邦唱风骚，喜闻百鸟歌声远。

敬谒中山陵

肃穆中山陵，充满华夏情。
博爱向四海，亚东露光明。
苦寻强国路，先驱志愿宏。
天下公先立，世上万事成。

谏 官

——参观秦皇岛清风画展有感

世上好走万路通，
仕途从来难攀登。
从政伊始须为民，
图利最好做商雄。

廉洁为官人人敬，
腐败利己处处攻。
胸中依然有贪欲，
何必居官受清风。
人各有志奔前程，
发挥特长创人生。
捞官捞利苦经营，
到头可能一场空。

为官享乐常相悖，
仕途敛财险在中。
清正廉明万民爱，
积极建功垂史青。

游衡山

千回百转乘车上，喜临南岳祝融峰。
望瞰七十二山远，询访三乡两地风。

群峦耸立八百里，道佛聚首两香丰。
岭下黎民久康富，江河秀美少烟烽。

天马山赞

耸入高天点将台，威发王令镇敌牌。
薄云淡雾观沧海，骏马群峦展壮怀。

寸土无失倭寇去，雄关得守继光来。
松槐默记戚师伟，史册垂名好帅才。

千手佛前吟千

千香千愿千千怅，千手大佛千善良。
千载默立揽千悲，千民跪伏企千祥。

千魑肆虐千村破，千妇蹂躏千户亡。
千苦千辛共产党，千年千众千愿偿。

鲁迅故乡的乌篷船

古越文明
绍兴花繁
禹舜千古流芳
羲之精书墨翰
放翁情书半壁亭
元培育人美名传
中华脊梁树人为范
记录了社会的沉淀和流程

步入鲁迅故乡
更仰先驱伟岸
三味书屋读客尽去
朗朗书声袅袅不散
百草园的蟋蟀无影
扑捉的身影似有虚幻

光阴流逝去
乌篷船可鉴
那小小的码头
那窄窄的石阶
那狭狭的水路
那漫漫的征程
鲁迅的故乡
那古老的乌篷船
船体是长长的
船凳是矮矮的
船身是低低的
船首是尖尖的
黑黑的船篷
括约了人性却避开了雨风
长长的船体
象征了历代精英大气的人生

矮矮的船凳
诉说着那民族的曾经
低低的船身
见证了先哲们含辛茹苦的恢宏
尖尖的船首
彰显着锐气携历史前行

鲁迅的故乡啊
你功不可没，美不胜收
可爱乌篷船啊
送走的是憧憬
迎回的是辉煌
留存着吉祥
乾坤轮转千万年
你崇尚着炎黄的光荣

纪念北斗呼叫
屈原美誉盛端午
北斗佳音太空呼
麟趾呈祺创佳绩
醒狮必警世界殊

登黄鹤楼

巍巍高楼黄鹤情，代代圣贤诗意浓。
当年愚公多壮志，长江天堑架彩虹。
群诗难颂山河美，万众易改乾坤容。
遥思黄鹤多安逸，静冀楚天双恢宏。

勇气号火星车万岁

人在地，星在天。
看一眼，要经年。
光虽快，路太远。

去近邻，一年还。
飞太空，历万难。
无空气，氧无源。
无压力，水也顽。
无引力，漂得烦。
无保障，空中悬。
茫茫苍，漆黑团。
有垃圾，乱飞旋。
有孤陨，自转圆。
有辐射，杀无怜。
温差大，冷热悬。
风险大，说不完。
人类伟，不等闲。
登火星，几十年。
经七载，发飞船。
喜今日，照片还。
临火星，照无眠。
无眠多，全球传。
全人类，展笑颜。
笑颜逐，难入眠。
入眠少，文墨繁。
写感受，畅思谈。
谈未来，美人环。
开天荒，造非凡。
　　银河不为天，
　　变成我家园。

胶济铁路的噩耗

淄博的王村与周村向，
T195次把5034撞翻，
多节车厢瞬间倾覆，
一片凄惨，叫苦连天。

风是春天的和照，
悲伤袭来，瘴气乌烟。
晨光里伴着奥运的温馨，
伤痛则是苟笑寡欢。

上千旅客因你流血，
上百名同胞因你归黄泉。
华夏山河为你羞愧，
齐鲁大地为你泪潸。

为什么这么意外，
为什么这么悲惨，
时速八十的设计路况，
超速到了一百三。

天理何容？
渎职到了这一般。
科学不可亵渎，
终将炙罪无辜的魂冤。

东岳的巍峨永世，
中华的辉煌万年。
沉痛教训必须铭记，
扬起的风帆一往直前。

早晨的世界

原来世界只有一个，
现在情形变了。

喧哗繁闹的都市，
早晨是开外的，
那是另外的世界。

迎着晨曦，
盼着那光芒。
脸是甜的，
心也是甜的。

寂静的世界，
妙不可言，
豪华都归你自己了。

不见人群，
不见城管，
更不见车流。

灯杆愿为你默立，
鲜花只向你微笑，
周围似乎很陌生。
你从这里走过，
可以尽情，
不能太久。

这段光阴给你的，
是冷静和欣慰，
现代的湍急休息着。

早晨的世界，
是爱人的。

我想带你走向幸福

——献给年轻的心灵

我想带你走向幸福，卸载心中莫名
的孤独。
拷贝和谐社会的快乐，添加笑靥把
忧郁放逐。

街边的小花正在芬芳，粘贴朝阳别
再踟蹰。

我想带你走向幸福，压缩爱恋打包
熔炉。
扫描那失意的烦躁，查杀那晦涩的
病毒。
让冶炼的火焰烧旺，保存光明将焦
灼删除。

我想带你走向幸福，覆盖迷惘下载
蓝图。
社会总被强者享受，热启聪慧替换
轻浮。
高楼大厦人海丛丛，置顶自己旭日
东出。

我想带你走向幸福，关闭沉闷重启
征途。
加载博爱的行囊，复制感恩的衣服。
视频天下清馨的音容，发送惬意悦
耳的丝竹。

我想带你走向幸福，修补盼望启动
双足。
点击青春访问天堂，清水煮鱼呼伦湖。
篝火将刷新幸运，无须预览定获成熟。
我想带你走向幸福，剪切缺憾编程
自如。
缓存弯弯的浏阳河，收藏古老的中
华民族。
链接空间搜索未来，确定"科发"
打开幸福。

感悟笔架山

造访深秋笔架山，组团民建笑声欢。
先观盘古劈混沌，后悟今朝享青天。

暮鼓醉人名不计，晨钟醒客利莫贪。
吾侪自勉平生乐，爱党红心胜于仙。

恭贺齐都

恭贺齐都敢为先，祝愿永聚高精尖。
郑重称谢合作谊，家国兴发万人欢。
晴空高阔耀宗岱，福驻苍生美酒酣。
满目香气盛情荡，堂闻佳乐悦人间。

2023年5月于淄博

三

橘井泉流随地涌，杏林春暖着花多。
岐黄传世灵丹妙，菩萨心肠挽痼疴。

四

书香门第德隆深，仁义秉持万众钦。
诚信为人名气重，自强不息石成金。

郑伟达

岐黄感悟变成诗
七绝四首

2023年6月8日

一

济世悬壶有谁知，鉴邪铸镜显神奇。
仁心宅厚兴伟业，著手成春赋好诗。

二

事业敲诗两琢磨，医余吟咏勿蹉跎。
畅游书海勤攻读，国学耕耘逐碧波。

新 诗

主编：唐德亮　王学忠

红 诗

吕书臣

历史的回声（组诗）

长 矛

武昌农讲所陈列着大革命时期农民基动的大批文物和史料。

一杆长矛
是党史的一个片段
陈列在纪念馆的橱窗里
骤雨般的枪声 马蹄声
回响在波涛澎湃的山岩

那时 岁月在荒草里震颤
只有它在闪光
只有它和农民的呐喊
似霹雳 如闪电
在云海深深处
在猿猴不敢攀缘的深深处
这杆长矛的霜刃
映红过一腔燃烧的血
映红大别山峰峦
如今 它虽已满身斑驳
为的是讲述历程的艰难
这斑驳满身的长矛
却仍然掩不住它锋利的意志
和一往无前的魂胆

一个圣洁的灵魂
曾向世界宣布

一个古老的民族的崛起
中华儿女正谱写灿烂

当我走过它休整的柜橱
仿佛看到它正擦拭着闪光的枪尖
我想 谁都没有权利忘记它
那段峥嵘岁月 和
人间生生不息历史文化的伸延

武昌农民运动讲习所

对于我
夜听涛声的农讲所
像一个神奇的传说

时间流过 静静地
沉积在那里 成为文物
那褐色的简陋的木桌
那红土布的镰刀铁锤的旗帜
那打了灰绑腿的云
那无数次复苏的老树的叶子
和那农民自卫队足以自豪的歌

该用怎样的圣洁的感情
呼唤它 深情地
并讲述它存在的意义
静静地 时间流过
那是路 江河 血液和时代的脉搏
那是一个历史的庄严的定格
那是一个世界
一个铁屋里抗争的中国
何等真实 欢乐中
仍有几分苦涩

对于我
长江畔的那座小小的院落
就在我心头
像一把火

一面如火的红旗
高高的 高高的
从哨口直上长空
映透五月绚丽的晨曦

车过井冈山

司机说，从这条路上去，前面就是
井冈山
你默默不语
屹立在一片绿色的云端
一条道路
一个摇篮
一座威严的城池
一支枪
一部英雄民族的史诗

我从古洼而来 井冈
该把什么礼物给你
是青纱帐的歌声
还是长城下的马兰
太平原喜悦的锣鼓
还是沙海的林带小溪和莽原

你默默不语
屹立在一片绿色的云端
不闻军号声声
不闻马蹄喧喧
却听到你强壮的脉搏
随着井冈一同震颤
炊烟起处 只听见
远远近近的鸡鸣
和建设工地的喧嚣
孩子们的笑

弹 洞

毛泽东诗词里的弹洞
是新民主主义革命史中
一个感人的细节

在挂着锄头、犁把、蓑衣和斗笠的
土墙上
斑驳的弹洞
睁大着眼睛
它们不认识它
却一起成为
画家笔下的静物 成为
一幅历史画
诗人笔下的诗行 成为
一部历史的史诗

将军们回来了
抚摸着身上的伤疤
像欣慰地抚摸着
贫穷的苏维埃、火炽的激情和青春
这堵墙是一页站着的历史
歌唱农友的山歌 已经喑哑
"打倒土豪分田地"的标语已经湮没
曾经翻飞地缀着犁头的旗
也已变成赭色
敛翅在博物馆的展柜里
只有它 仍原地站立
储藏着一滴浓重的夜色

把枪声钉在墙上
痛苦地张望着
无论晴天　还是雨天

在血红的黄昏
我来到这里　和它
久久　久久地对视
它一言不发
又像要诉说
又像要呐喊
痛苦而凝重　我知道
在我们之间已卷过半个多世纪呼啸
的烟云

土墙的背后是过去
面前开着三两点淡淡的黄花

汉口，有座三层小楼

——写在"八七"会议召开
80周年的日子里

汉口　鄱阳街
有座三层的小楼房
日枕波涛　夜观星象
80年啊　你总是日日夜夜
站在波涛滚滚的潮头
站在历史的风口浪尖上
在那历史的低音区
在那血火的岁月里
你总是挺着那不屈的脊梁
难道你还在寻找
那猎猎的红旗
那闪闪的红星

和那长矛　大刀　步枪

汉口　鄱阳街
有座三层的小楼房
门窗紧闭的小楼里
透出一盏明亮的灯光
就是这盏小小的油灯
在森森的黑夜
中国的几个播火者
拨亮了历史的灯火
点亮了中国的希望
这盏由毛泽东点亮的油灯
直到今天　仍在燃亮
它望着人间的沧桑
它盯着历史的兴亡
80个春　80个秋
匆匆掠过如今我来到这
生长红旗和步枪的地方
才发现　风中搏动的红旗
是怎样升起的
在这座三层的小楼里
是怎样播种着
伟大的思想和崇高信仰

少年儿童到鄱阳街 139 号
去认识中国共产党的历史
共产党员携带着你的党章到汉口这
座小楼
去认识江城的悲壮
去阅读党的骄傲与辉煌
我想　在我们公仆中间
是否有的已忘记这幢三层小楼
对他们　鄱阳街139号只是一个
留在嘴上的故事　一个传说

这座小楼不认识他们
彼此都很陌生
他们挥霍人民的血汗
贪赃枉法 丧尽天良
把昼夜都泡在酒杯里
当他们的轿车从街心驶过
群众便禁不住用唾沫
戳他们的脊梁
街头巷议 说他们
比沙尘暴更凶残
比洪水猛兽更猖狂

每当我看到这些
人面兽心的嘴脸
眼里便充满了泪光
当我闭上眼睛
只听见如潮的足音
正走进课堂……

天台山

不是岩画 是红军
锻打梭镖大刀的地方
夕阳下 荒山野草摇动
没有灰烬 只剩苔藓下
黑褐色冷峭的崖壁上
烟云烈火的痕迹
和睁着眼睛的弹洞

那一双双逼视着那个时代的目光呢
那一排排紧咬得咯咯作响的牙齿呢
那一根根突出的嶙峋的肋骨呢
那一张张喘息的肺叶呢
那是把自己的血点燃的时代

山村像枯落的叶子
只这里是最亮的地方
这里 塘火前 站着
鼓起火苗的胸膛 站着
大汗淋漓的脊梁
心脏 用跳动的节奏锻打刀枪
刀枪 闪耀挑开黑夜的锋芒

在铁锤和铁砧之间
是希望和太阳升起的地方
是草木自由生长的地方
历史用长矛 大刀和梭镖
证实尊严的价值
证实酷爱自由的力量

没什么比石头 烈火
钢铁和民族独立更坚强

今天我来到天台山
为的是仰望风中波动的旗帜
是怎样升起的
为的是寻找生命的含意
好让人们知道自己的经历
画家如何泼墨
诗人如何修正小我的诗行
政治家如何真的
把人民放在心坎上

陆　萍

....

写在好八连展览馆（外二首）

（一）

当我走进展馆
一种反差触目惊心

资质深厚的草鞋
气息现代的堂厅

也偶然也必然的相逢
这一刻充满了表情

时空交错恍如隔世
讲述遥远也讲述当今

旧衣布袜已不再是布袜旧衣
补丁针线已不再是针线补丁
一粒米一滴水一度电一分钱
供奉的是一种精神

（二）

一座城市高规格的珍藏
这一刻意义尖锐却寂静无声

光纤电缆行进的速度
不时扬起历史的粉尘
人类生存的界面
总被一次次刷新

世界对八连变幻着命题
任务在深奥莫测的变数里浮沉

面对突发突临突如其来的招式
你们机智沉稳
或唾手可得
或捷足先登
因为你们总有来自
八连营盘内神秘的感应

这一部历史也光彩夺目
这半世风雨也默默无闻
琐碎日常时也日常琐碎
风云突发时却也能突降风云

历史的幕布此起彼伏地打开
不同时期你们有不同的精彩

（三）

一些看似本末倒置的展览
再倒过来　却会让人
思考生活的本原

好八连被共和国深刻记忆
古老的展品成了一则现代寓言

高台镶金嵌银至上至尊
展示的是一尊中国的军魂

书写着你生命的豪迈

你以一种穿透生命的力度与精度
破解着案件中的疑难
为社会生产出的公平正义
重量级地夯定　我们执政的墙基

立检为公　执法为民

你永远怀着极致的追求
可歌可泣地书写着你生命的豪迈

你恶疾缠身的病痛
你工作卓越的欣慰
正以一种凄壮的画面
让你精彩的人生
在公诉席上铿锵作响

2010年10月 写给英雄执法英雄：
断桥下死神正张着胳膊

——写给平安英雄钱林兵

大治河记住了这一刻
灾祸突降
浪恶风险 惊心动魄 深更半夜
号角没有吹响 你
却翻身下楼
一路狂奔直冲断桥裂坡 你报警
你呼喊
你救人你拦车
你拼命挥动着手中的灯火
要知道
这灯火是生 这灯火是活
这灯火后的断桥下死神正张着胳膊

你扛着危急 死死地
掐住了灾难
你不知道，你已成了应急预案中一星
最亮的灯火，你更没想到
你一举
轰动了上海！早晨醒来的世界
会给你那么多
赞歌

2010年11月1日

黄长江

敬谒西柏坡（组诗）

给英雄们献花篮

站在纪念碑前 看到那些
深深浅浅地呈现出的痕印
我听到了一个人倒下去的声音
听到了两个人倒下去的声音
听到了许许多多的人倒下去的声音

他们 一茬茬地倒下去
又一茬茬地站起来 冲上来
继续倒下去 倒在了母亲的
怀抱中 倒在了这片当时摇晃
颤抖着 母亲一样温暖的土地上
倒在了血泊中 他们

在倒下去之前 也曾让一些人倒下
不过那都是些敌人 是些来欺凌母亲
的强盗
是些抢夺粮食 霸占姐妹 疯狂犯境
的畜牲
他们倒下去是没有声音的 因为他们
很轻
轻得像一片片的羽毛 轻得只配被叫
着 它们

那些深深浅浅的文字 是那些倒下去
的声音
砸出来的 是那些可以被称作大写的人
的鲜血流淌出来的 是那些生命的梦想
思想 数量 叠加着深深地镌出来的
不信 你看那浮雕 那群像 他们

在飞奔 在拼搏 在呐喊 在前赴
后继 他们就是那倒下去时惊撼着大地
惊泪了上苍的年轻的和不分年龄的
生命
他们当年的倒下 使他们永远地站了
起来
站成了群雕 站成了这顶天立地的纪
念碑

花篮是后人的心 献给纪念碑
就是献给那些记得清和记不清的名字
那些倒下去之后站成了纪念碑的人们
花篮虽矮 也要站成碑的模样
那红红的鲜花 是荡漾在胸口的热血

西柏坡

一个村庄有时候
就像是一只鸡
比如西柏坡

那些洒落的星星
点点的星罗棋布
就像是一只母鸡
带领着一群小鸡
把地图展开觅食

从这里飞出去的思想
摧毁过无数的先进武器
吞噬过多少所向披靡雄师劲旅

今天 一个国家记住了它
紧紧地把它拽在手上
东亚这片土地就
永远充满着希望和勃勃生机

西柏坡朱德旧居

那个专请山西工匠来设建的房子
是窑洞似的两室一厅鸟窝
里面曾经孵出过鸿鹄

可有谁想到 那里还有过
至尊的谦让 伟大的敬老
如果你在与别人争房争屋
到此来红一次脸 就会有
足够的面积填满你的心间

那个四周高中间凹的鸟窝
孵着的中国数千年优秀传统美德
要一代代地赟染现在和未来的博大
中华

在西柏坡纪念碑处留影

来到西柏坡
看到一种高度
许多人都想去与它比肩

殊不知 那是二十八米
而自己 只有一至二米
不到它的十二分之一

多么明显的悬殊啊
但还是要去比
比成一张定格的永恒

每当展开这个差距 就会
回映出那二十八年的点点滴滴
把最初的那支心箭射达目的地

黄　萍

我们的队伍向太阳
（外二首）

——献给中国人民解放军建军95周年

南湖的波光升起一团火焰
在南昌城头熊熊燃烧
把黑沉沉的天地照亮
枪声唤起工农千百万
枪杆书写武装斗争的宣言
硝烟映红八百里井冈山
满山的杜鹃似星火燎原

背负着中华民族的希望
在十送红军的歌谣中战略转移去远方
如火的信念　融化皑皑雪山
草地泥沼上　我们扎下铁打的营盘
野菜充饥　志更坚　革命理想高于天
铁流二万五千里　胜利会合到延安

那一孔孔闪亮窑洞的豆油灯
像夜空明亮的星星洒在黄土高原上
一把把铁锄蘸着汗水滋润南泥湾
麦浪滚滚金秋黄橙橙的小米飘香
挂满枝头的红枣甜蜜了心房
唢呐　秧歌　腰鼓　温馨了梦乡

吱呦呦的纺车转动历史乾坤
哒哒的马蹄声伴着信天游激荡
黄河的怒涛在战士们血管里膨胀
锋利的大刀向鬼子们的头上砍去
茂密的青纱帐里游击健儿逞英豪

我们在太行山上还有黄河大合唱

抗日的烽火　长城内外燃烧
东纵游击队神出鬼没羊台山上
皇岗水围是西线大营救的胜利坐标
滔滔长江　扬起百万雄师渡江的征帆
战旗猎猎　在总统府上迎风飘扬
夜卧南京路的好八连　百姓赞扬
战斗的青春灿烂了天安门上的朝阳

以夸父追日　女娲补天的勇气
在废墟上把共和国大厦建造
我们是一支不可战胜的力量
大漠深处　绽放一簇簇蘑菇云朵
卫星火箭鱼雷导弹穿梭海域长空
雪百年国耻百万雄师跨过罗湖桥　拱
北　步履铿锵
东方之珠　八一军旗雄风卷扬为"一
国两制"保驾护航
我们是工农的子弟　人民武装巡逻在
千里边防　万里海疆
寸土不让谁敢侵犯就叫它灭亡　维和
护航五洲四海美名扬
抗洪地震救灾战胜新冠病毒生命至
上是责任使命担当

科学强军　怀揣宇宙的请帖实现嫦娥
奔月的梦想
神州飞船遨游太空高翔五星红旗　飘
扬在月球上
问天圆了五千年来嫦娥飞天的梦想
辽宁号　山东舰　福建舰　驰骋万里海疆
运20歼31起降　扬我国威　亮剑锋芒

"九三"大阅兵 气吞山河 五十六个受阅方队威武雄壮

铁流滚滚 汇成沸腾的海洋 色彩斑斓的弧线 书写蓝天诗行

和平鸽在阳光雕塑的城楼上舞蹈 聚焦了全世界惊叹的目光

观礼老兵热泪盈眶行着军礼 深情地朝英雄纪念碑张望

寻找为国捐躯战友的身影 当年的枪声依旧在耳边久久回响

好像回到平型关太行山上回眸一笑 硝烟散去正义伸张

"铭记历史 缅怀先烈 珍爱和平" 西沙南沙群岛筑起铁壁铜墙

不畏南海风暴 不惧贸易恶浪 钢铁的队伍 无敌的力量

复兴双百中国梦想 我们的队伍向太阳

于都河浮桥

1934年深秋 历史在江西于都河驻足

红二十五军第二先遣队和乡亲像一群魔术师

96小时将门板 床板变成70里河段上五座浮桥

为躲避敌机侦察深夜搭桥清晨拆桥神奇巧妙

这是五座不朽的浮桥 承载苦难 希望 梦想

它搭在滚滚激流之上 也搭在我们心上

88年过去了 桥上那铿锵的足音依旧在我们耳边久久回响

88年前 先辈们用信念 意志 理想

追求

构筑起这五座通向长征胜利的浮桥

今天 于都河依旧翻滚着初心不改的波浪

坚守信仰地永远前进在新时代强军的路上

桑木扁担

历史在桑植刘家坪写下凝重的篇章

88年前红二、红六军团万人集结山坡上

贺龙撑起一根桑木扁担跃上一块巨石

"到敌人后方去 到抗日一线去"呐喊卷起漫山林涛

乡亲十里来相送 热泪粘衣叙情长

大娘拿着布鞋亲手给小战士穿上

妻子抱着孩子将行囊挎在丈夫肩膀

新婚媳妇举起马灯一程又一程张望

雪皑皑 野茫茫 扁担支撑起信念

翻越三座雪山 革命理想高于天

松潘草滩扎下铁打的营盘

皮带 野菜 草根充饥意更坚

今天 我伫立在长征馆展厅前

久久凝视战士肩上的桑木扁担

它的力度熔进了共产党人的红色基因

化作伟大长征精神 光耀千秋万代

王学忠

好公仆焦裕禄

（一）

新旧社会两重天
两种制度两条路
一条保驾富人通往天堂
一条穷人的绝路
幼年焦裕禄
目睹了穷困潦倒的父亲
上吊那一幕
数九寒天
朔风呼呼
全家人抱一团痛哭

（二）

焦裕禄不服命运摆布
不走父亲绝路
也不忍目睹
穷苦乡亲再走父亲绝路
毅然参加了共产党
拿起枪杆子
闹它个天翻地覆
打土豪、分田地
减息、减租
走上社会主义路

（三）

走过沟沟坎坎
无数艰难险阻
洒热血、抛头颅
降龙伏虎
终于迎来神州大地

一轮红日喷薄出
旧社会连同它的制度
一命呜呼

（四）

从此，穷人当家做主
山川、矿藏
土地、稻菽
一切生产资料
归人民所有
和他们的政府
我们的一切工作干部
不论职位高低
都是人民公仆

（五）

毛主席是好公仆
周总理是好公仆
焦裕禄也是好公仆
与劳动人民心连心
汗洒一起
劲使一处
创社会主义伟业
走社会主义大路

（六）

人民公仆
必须带头受累
带头吃苦
鞠躬尽瘁死而后已
没有任何理由搞特殊
人民给予的权力
只能用来为人民服务
为兰考人民服务

（七）

为兰考人民服务
为兰考人民造福
焦裕禄深入千家万户
调查、研究
访贫问苦
治沙、治水、治碱
开沟、打埝、种树
向灾害要粮
向贫穷要富庶

（八）

追洪水、查风口
——勘测、编号、绘图
探流沙、辨盐碱
——丈量、编号、绘图
创社会主义伟业
就要勇于吃苦
搭他人避雨的棚
栽后人乘凉的树

（九）

好公仆焦裕禄
终因积劳成疾
倒在创业路
弥留之际
把一套《毛泽东选集》
交给子女
一段发自心底的叮咛
是他的遗产和遗嘱：

（十）

"毛主席的书
是中国人民的宝书

常读
能清心明目
即使乌云密布
行至三岔路口
也分辨得出
哪条是社会主义正道
哪条是资本主义邪路"

（十一）

焦裕禄不搞特殊
也不许子女搞特殊
信仰坚定
生活俭朴
忠心耿耿为人民
牺牲在社会主义创业路
兰考人民如相问
"一片冰心在玉壶"……

邹业本
·······························

你的名字是铁与血

——写在"八一"建军节

解放军，你的名字是血与铁
你用满腔的热血热爱着祖国和人民
你用手中的钢铁保卫着祖国和人民
诗意铿锵地活着，让生命如风吹过
夏天
你坚守着祖国的边疆，护卫着城乡
的百姓

战争年代，许多人事都已经飘远成
回忆

沉重的往事以及对往事的追忆
加重岁月前行的步伐，但是
历史让我们走得更加细心、更加沉稳
从降生于世的那刻起就注定了我们
的性质
我们出生在同一片土地，同一个国度
但我们本质不变：天下兴亡，匹夫
有责
床以及其他休憩之所，皆为生命暂
时的旅居

古希腊、古印度、古中国向我们走来
无数圣哲的名字，扑向岁月的脑海
但他们已经成为过往，成为了符号
疾行的战争之笔，写下潦草的诗行
记录的瞬间遐思又被扔进历史的洪流
任凭岁月之河把它们漂流、淹没、
遗弃
然而，你们是当下生命和财产的保
护者
也是祖国过去与未来灿烂文化的守
护者

你们的名字，人民不会忘记
不管战火纷飞还是和平的年代
你们都是最近的保护者
都是祖国和人民的希望
都是鼓舞前进的新力量

蓝树娇

蓝树娇，女，广东清远人，1979年
生，2007年出版诗集《秘密花园》，2014
年出版小说集《喜事》，广东省作协会
员，获中级作家职称，现为清远市作协
副主席、清新区文联秘书长。

走进红色岁月（组诗）

章 江

是的，章江如此浩瀚
水平如镜
波澜不兴
他们说章江与贡江
分别是赣水的左臂右膀
初冬的阳光如温暖的手
轻抚章江两岸垂柳
行人踩着千年的浮桥
过往甜酸苦辣
章江的俗世人生
总有一些旧事被洞悉
一如码头经年不变的
棋谱，他们说
世事如棋
每每常新
而赣水长流
风把一切风景推向遥远
此刻，我在浮桥徜徉
只把我思念的爱人怀想

黑夜，我穿过赣南的土地

黑夜，我穿过赣南的土地
一种神圣伴着山风
和淡淡的月色扑面而来
那是革命先辈曾经战斗过的土地
如今，我在这起伏的丘陵上
神思飞扬
寻找着红色的记忆
夜晚的安静中
隐藏着战火纷飞的历史
记载血与火、剑与诗的故事
翻过去是刀光剑影的昨日
翻过来是共享太平的今天
这一切来之不易
夜幕下的赣南
灯火不时地忽闪
高速公路一路蜿蜒
我的思绪也向遥远的远方蹁跹
黑夜，我穿过赣南的土地
心已向共和国最早的摇篮飞驰

沙洲坝

在沙洲坝参观
主席当年住过的房子
质朴的黄泥大屋
喧哗着当年工作的身影
干净整洁的家具
指点当时生活的情形
斑驳的墙泥古旧的门
红色的岁月燃烧的心
当年战火纷飞的日子
就是这样的

它们都历经战火的洗礼
换来今天的静默安宁
没有革命先烈的浴血奋战
哪有我们今天的幸福人生
怀想激情燃烧的革命岁月
推开那一扇吱呀作响的木门
我看见屋角露出的蔚蓝的天

当年挖井人

瑞金城外有个小村
名叫沙洲坝
毛主席曾在那儿住过
黄泥屋里一盏小灯
曾照着他思考的身影
沙洲坝外一口水井
还蕴藏着当年
主席解决群众吃水难的深情

如今这口水井
依然涌动着汩汩清澈的水
当年挖井人已不在了
伟人的伟绩不计其数
哪一件都可以载入史册
彪炳千古
这只是他
一个小小的故事
却一代代传诵

吃水不忘挖井人
时刻想念毛主席
我怀着无限的敬意
装了一瓶井水回去

红军烈士纪念碑

一颗子弹
一颗火箭般向上的子弹
数万个弹孔
就有数万个英魂在这里长眠
二万五千里长征
从这里出发
爬雪山 过草地
越过敌人的封锁线
前有拦截后有追兵
长征路上倒下的
何止千千万万个英魂
千千万万个英魂
一颗生命的子弹凝聚成他们
凝聚成今天的和平、幸福与安宁
此刻，什么都不用说
什么都是多余的
只用一束鲜花
一个敬礼
无上崇高的致敬

张佩兰

红色摇篮（组诗）

军旗升起

生命进入恒久的黑暗
苦草摇晃着枯瘦的身躯
长在低处
哭，有用吗？

敲钟人带来粮食

袁玉冰、赵醒侬、方志敏
最早一批马克思主义者返回家乡
建立革命团体，传播马克思主义
向上或者向下
都是雷电摇撼天地的波涛

冻僵的冬季终于等到了
黎明破晓，生命？战争？自由
中国共产党的诞生
为中国革命带来了胜利的曙光

1927年8月1日
南昌城头一声枪响
武装反抗的大幕拉开了
走进钟声敲响的房间
南昌起义、秋收起义、三湾改编……

军名工农革命，旗号镰刀斧头

东固、弋横、万安……
枯萎的蓬草纷纷亮出潮水般的刀口
与群山对峙，激流汹涌冲击
泪水和鲜血形成一个巨大的漩涡
暗礁阻碍，也要迂回前行
将一切黑暗的石头和草茎
填平身前的沟沟壑壑
各地农民决绝而起

军旗，如云霞
水，也会变成云朵

红色摇篮

起初，这只是一条孤独的小径
热衷自由的空气和人民独立自主
江西，第一枝早醒的芦苇
充满红色记忆的红土地
革命的"红色摇篮"
人民军队的摇篮、中国革命的摇篮
人民共和国的摇篮
我翻阅着它们，相遇一百年后的你
阳光下，石头在微微发烫

以毛泽东为代表的中国共产党人
唤起工农千百万
在江西展开了史无前例的革命斗争
种子一旦破土，就没有什么力量
可以阻碍它的生长
党对军队的绝对领导
探索出了以农村包围城市的新道路
中华苏维埃共和国临时中央政府建
立了
二万五千里长征从这里出发……

星火燎原

起初，那条路太瘦窄
井冈山红色的疆域狭小而贫瘠

石中取出第一粒"工农武装割据"的
星星之火
伟大的井冈山精神、苏区精神、长
征精神
那种气势和浩荡阳光般迅速染红天地
"农村包围城市，武装夺取政权"

打开历史的窗扉，来路并非虚无
隔着玻璃，我们依旧可以清晰地看到
革命道路上的荆棘和暗河
正确革命道路孕育形成了井冈山精神
让处于低迷的中国革命实现了成功
转折

1931年11月，中华苏维埃共和国在
瑞金成立
反"围剿"浴血坚持
抗日救亡的血雨腥风
听见解放之初、新中国成立的欢歌
笑语
回首，我看见大地上的脚印和泥土里
长出丰碑

颜　石

人民的好儿子王继贤

时间：2006年8月4日晨，差2分8点，王继贤所在巡警中队已到交班时间。

地点：广东省四会市野狸山脚与居民楼间的狭长通道。

人物：四会市公安局青年民警、革命烈士王继贤。

事迹：市民黄女士拨打110报警，她被泥石流堵在屋里，求援。巡警四人立即赶赴现场成功解救。黄女士又报，隔壁有小孩被困，民警王继贤奋不顾身，返回抢救小孩。（那小孩早已被转移，早已获得安全。）王继贤在这千钧一发之际，被泥石流淹埋，壮烈牺牲，仅享25个英年。

野狸山录下了战友们的呼唤

四会公安局的战友们挥泪呼唤
人民的好儿子王继贤啊王继贤
我们的好战友啊我们的好兄弟
我们多么希望你再回来并肩作战！

死亡，不应该靠近你呀，王继贤

你应该继续燃烧生命的旺盛火焰
我们向你呼唤呀，千山万水向你呼唤
肇庆警队向你呼唤，四会人民向你
呼唤

为了一方安居乐业，战胜天灾风险
你勇敢地投入生死临界，解除危难
以25岁的英年，做出生命的奉献
人民的好儿子，警队的好战友王继贤
110的报警声依然在呼唤这位好青年
你到哪里去了？人民的好儿子王继贤

悲歌在呼唤，壮歌在呼唤，人民在
呼唤
呼唤你再回来吧，回到警队，回到
人民中间

生命的烈火，照亮野狸山坡

还差两分钟八点，时间到了，已该
交班
暴风骤雨的长夜，你不休止地奋战
面对一次次求援求救，你是希望是
温爱
面对凌空劈下的雷电，你是迎击的
高山

为人民，你只懂得默默地奉献

你的境界，姿态，如一座山峰巨岩
默默地承受风云突变，默默地化解
护住岩缝的泥土，生长草绿花鲜
体力透支再透支，连续疲劳作战

你却早已忘记，已该交班，休息睡眠
为社会大和谐，你已奉献自己的全部
让需要爱抚的百姓感受人民警察的
温暖
你一掌推开战友，在0.1秒的瞬间

把自己生的希望留在了死亡的边缘
让青春和生命化作一团烈火，照亮
野狸山坡
把青春和生命化作一面旌旗，飘扬
万众心田

王继贤，人民永远怀念你

只有为建设和谐社会、以人为本的
革命队伍里
才会有你这样把一切献给国家的英
雄侠义
当你的生命暴发出关键时刻的璀璨
光芒
党政领导、公安领导与群众一同为你
高歌一曲

当今的许多媒体把"美女"风刮遍
大地
无形中让许多花心男子纸醉金迷放
荡不羁

而你已到谈情恋爱的火热年纪
却没有谈过一个女友，没有考虑娶妻

一心扑在工作上，只有夜陪伴你苦读
自习
为敬业，为登上科学执法的知识阶梯
为追求人生应该具有的完美，再完美
你推迟再推迟去爱一个女孩子的权利
肇庆市全体公安民警在怀念你

四会市的人民群众在怀念你
我，一个白发苍苍的诗人也在怀念你
以泪水和诗行来安慰你的战友和父
母兄弟

王继贤，你是中国人民的好儿子
在你战斗牺牲的地方，永远缅怀你
缅怀你，鲜花将开遍大街小巷
缅怀你，绿茵将拥簇四会大地

他的积蓄只有75元5角钱

人民的好儿子王继贤啊
当你的生命化作一道划破阴暗长空
的闪电
你留下的全部积蓄是75元5角钱
进不了歌厅，进不了酒吧，与高消
费无缘

你的月薪只有12张百元大钞
每月都为孝敬父母寄回家500元
还要自费读电视大学，还要吃要穿
比起那些落英缤纷的子弟，你是冰
山雪莲

有人有钱，心安理得，千千万万
那是劳动所得，是滴滴血汗的积攒

有人有钱，有百万千万几亿元
那些钱生癌变，一副昂贵的棺材板
你的贫穷是旗帜，是召唤民族发奋
的财源
你的贫穷是火炬，在竞技场上能冲
在前面
你的贫穷是动力，可以把所有贫穷
甩在后面
你虽贫穷却富有，任何卑贱的生命
都不可替换！

你走得太急，一切都来不及

王继贤啊，我们爱你，你却走得那
样急
你来不及啊，来不及请示下一个任
务的十万火急
来不及对父母说一句孝敬或安慰的话
来不及向你的战友兄弟深情地道别
几句
来不及再看看听听你救过的人的欢
声笑语
来不及去亲吻一下你热爱奉献着的
四会土地

来不及研究解答业余苦学中的高难
课题
来不及把你的未竟事业托付给亲密
战友

更没有一个爱过你亲过你疼过你的
钟情伴侣

向另一半说一声：再见吧，来世再
相爱团聚

而你却是优秀的，英俊、潇洒、追
逐高尚

有如草原上一匹即将在明天驰骋万
里的神驹！

怀念你，歌唱你

被你救援的人在欢声笑语
你却迎击雷电离我们而去
你坚实的脚印留在四会大地
四会人民把声声赞歌献给你

我们怀念你呀，人民的好儿子
四会的山山水水都在歌颂你
我们怀念你呀人民的好儿子
星湖的涟漪碧波也在歌唱你

名　家

张器友

著名诗评家、安徽大学文学院教
授，著有《李季评传》等多部作品。

火星遐思

祝融号和好奇号火星探测器从火星
发回一幅幅荒凉生动的火星景观，有的
酷似地球上出现过的图景和传说，疑为
一个毁灭了的文明，观后惊骇不已。

浩浩荡荡……
绵延无极，

你也有昆仑之虚，
寿华的洼地？

逶迤的峰峦，
高高低低，
多么像苍梧之山，
从什么地方飞到这里？

或者，那是
西海边上的招摇峰巅，
那上面长着佩之不惑的迷谷，
还生出奇怪的祝余，食之不忘？……

那是金字塔的模型？
那一框门楣的前方是一盘飞碟？
还有一袭乳白的降落伞，
降落的谁是否被谁击毙？

到处是断井颓垣，
枯木朽株一片狼藉。
烂柯之斧也委弃在这里，
石桌上布着规矩不一的棋？

……火星，
你如此丰富，如此神奇。
这风光是演绎过的文明？
难道与地球人有过交集？

你的荒凉令我们久久战栗，
你的子民身在何地？
是遁入无底的虚空，
还是久已灰飞灭迹？

据说，地球人要数千万地向你移民，

要结束地内亿万年的封闭。
或许，这是破天荒的奇绝，
可你触目的悲剧哪能忘记！

宇宙无限，星如尘粒，
无限的寰宇生生不息，
不存在恒久不变的栖居之所，
哪里都没有极乐的洞天福地。

偷食灵丹飞升了的月里嫦娥，
至今还碧海青天向往归期；
那一群天帝的儿女，
竟然演出无尽的思凡传奇。

如今，这家园正失去诗意，
畸形的索取在打劫阳光、水和空气，
疯狂的资本裹着腥臭的血和污秽，
生化的阴霾也要注进婴儿的鼻息。

北极开始融冰，
轴心出现倾圮，
时空要斗转星移？
地球人，你不要逃离！

不要逃离，抬起头，
你凝望火星悲怆的泪滴……
走自己的路，
不要犹疑！

地球人离不开春华秋实，
离不开穆穆清风，
离不开秦时明月，
离不开祖先的墓地。
人类啊，

命运的再造全靠自己。
飞出地球是要飞回地球，
把此岸打造成生存之基。

太阳熄灭，
你必须造出太阳，
恶星砸来，
你需要化险为夷。

即使毁灭也应该是凤凰的涅槃，
飞天之梦不能窒息，
那一朵朵雪莲花舞起的丝绸，
须操演天人合一的生命大戏……

2021年12月—2022年9月30日

胡红拴

胡红拴，中国作家协会会员，中国自然资源作家协会副主席、诗歌委主任，《自然资源科普与文化》等杂志编委。历任中山大学兼职教授、研究生导师，广东财经大学、广州大学客座教授，安徽科技学院人文学院特聘教授，中国地质图书馆客座研究馆员，香港中文大学访问学者；中国作家协会第十届全国代表大会代表。出版《山道》《南粤大地上的书画家们》等各类书籍76部，主编各类文化丛书百余册。获中国新诗百年百名最具影响力诗人奖、中国长诗奖最佳成就奖、宝石文学奖等。作品有英、法、德、日、西班牙、尼泊尔等文字在海内外出版发行。

品　石（组诗）

题牡丹石"洛阳三月"

早知道你要来

在这烟花三月，等待

让亿万年成为鹊桥

心热了，花不会凋零

玉立，无须海枯的约定

踏歌而来

相会在伊洛河畔

是否是前生约定拟好的婚书

红灿灿的文字

已成诗的模样

花香的喜泪，使

山外的石书

搂紧了

舞春的墨韵

题藏瓷"三羊开泰"

吉亨兴盛

阴消阳长

三羊开泰，正阳中天

春，气清朗朗

得道于圣湖雪域

心智，玉洁冰清

万年诗书静读

也有古雅的身姿面庞

厚德坐拥

万米高山始于足下

推开门扉

十里花香，放入

展臂迎新的厅堂

题洛阳荷花石"莲"

携一缕清风

掬一泓碧波禅定

亿万年的愿，此刻

涤净寰尘

河洛入心

河洛于心

付道法于自然

静心的洁纯

贯穿于亘古时间的留存

于山巅峡谷

以及，慧水如斯的河道

也用山岩的语

拜访过日月星辰

伫立

笑靥装下晨阳的甜香

*丝丝*籁声

打湿了

眼前飘逸的诗行

题黄河石"天赐福禄"

从圣域雪山出发

五千里

虔诚亦潇洒

飞瀑迈步，高崖飞跃

峡谷，崎岖

哪在话下

心装着芸芸众生

也挥汗

将春播种

爱的嫩芽

总在一天天长大

于君福禄

葫芦的意象根植在心底

这个收获的秋啊

石的秘语

早放在，那个

大河圈定的

暖暖的家

题黄河石"独钓"

独钓寒江，抑或

将钓线付于自然

千年的路

哪能瞬息走完

又一次将钓杆指向太阳

呼吸，招引皓光

心中的葱绿

鱼跃，傲骨飞翔

用善念寒江独钓洗心于江畔

禅缘意定

清气江流

似可，畅行百骸脉管

与山为伴

问道于岩

江钓独处

悟，似窥见大道慰心

沉重，轻松的时间

题古灵璧石"翔龙搏天"

穿过风，穿过寰尘

天地的视觉

九天寰宇

亘古的深沉，轻拨

一朵浮云

时光的隧道

弹指飞过

厚厚黄土，难掩

爱，与雷电乾坤

荡激，纵横自由

九霄风雷，存在于心的神殿

岁月的神魂

也是肌血点滴造就

苍穹烟雨

无非是浩气铺就的芸芸姻亲

搏，以无言壮写沧海

搏天翱翔

激荡的天地

才是志士所向的路云

立定

长啸环抱烈烈骄阳

此生的志书

早写在

峰巅之上的

巍巍昆仑

2020年4月7日于洛阳河洛石文化博物馆

题长江石"呵护"

自亘古流淌

水乳，滋润万方

母与子，亦如天地

太阳，温暖着月亮

憧憬着远方

只将这慈爱无私地付出

无言的岩石，也知

这伟大的思想

峡江，川江
无非是书信万博寄来的一封
远古的词义
理应独享
庙堂
庄重的檀香

心有松意
亦如眼前岭巅之劲松
慧风禅语
绿松意丰
路，大道通天

题戈壁石"绽放"

烟花三月
春，感动了老天
万花争艳
香，染透尘寰
也是在三月
戈壁，举起万年前的陈酒
大漠浩荡
气血，胸间回旋
一杯酒，就是一朵花呀
冲天的浩气
怎能不飞驰永远
石花绽放
志士，豪情于胸
襟怀坦荡
醉，也是聆听
天籁的丝弦

题绿松石"擎天一柱"

顶天立地，意念佛缘
大地孕育，亿万年
只为今天
也唤骄阳做证
也唤，春柳枝条
点醒，睡着了的尘寰
苍生为念
修，心动？心静
禅心如是
一柱擎天
九霄浩气，入心
眼前，轻舞的
一炉檀烟

题红碧玉"富贵瓶"

种瓜得瓜
福报的果，今朝开花
因缘自在
因果，且观亘古造化
自然的力
写尽，天地史话
也想着问道山原江河湖海
木鱼铜磬
因与果
爱，甜源的佛塔

题绿松石"绿松福影"

穿过幽涧
穿过碧竹环抱的山原
旭阳指路，缘
即在眼前
此域，乃前生注定的福地
修行，更弘佛法德道于蓝天

题黄河石"旭日东升"

嵩岳峻极，老君山巅
放眼，收获稚阳霞线
也于大河之上
放逐山原的号子
波光倒影
是否有青藏高原的鹰旋
随大河西来
也随东升的旭日喊一嗓子
喷薄的霞光，点燃
爱的地天
旭红一片
乐，也是天地此刻的情愫
心境的奔马
跃然
知会宇寰

题沙漠漆"寿比南山"

雪，剥蚀过山的闷郁
冬去，飞鸟鸣唱，春又回
往复的行动，让佐餐的酒，更具深意
日复一日
太阳，让地球上的山又添额纹
戈壁的清冷
使生命的血，魔化为
看懂一切的瓷器
年龄的树，一天天疯长
可你，又一次走向T台
青春为伴
千万年
一个人生的逗号

题肉石"清供"

岁朝，端阳
礼之花，礼拜四方
敬天，敬地，也敬生养的山水
山之清供
是礼拜万物的精粮
也让思绪天马行空
也与山对坐沽酒品风
岸外的杨柳
记录了
此时的逸情

题老皮石"蝶之舞"

化蝶，万年间完成蜕变
羽化，香染春天
穿过流沙漠风的季节
心自淡定
摘取的晨露
是血气染红的霭烟
也是在早晨
晨风洗过俗雾
霞染的曦红
点燃了心间的火
直插云霄的浩气
让征程，成为
另一种颜色
邀君同舞
醉阳下
此时
心凝
一曲慧声
一束静谧的
慰心澄光

题大滩玛瑙"天人合一"

霞光破雾
敷面于山岩
大漠云烟，气定神闲
深吸气，坐定
轻吐，晨缘
心念，连接地天
也知道天地相应的故事
万年的书，用心读透
天人合一
神魂，流动于造化自然
听着时间的雪花缓缓羽化
意识的雕塑
曦影里
大道归元

题黄河石"金龙戏珠"

熟悉黄河
如同，熟悉母亲的声音
万籁俱鸣，醉心
还是那片慈云
双亲远行，可黄河，还在
家的山外
石写的图文
慈目，暖透身心
这一刻，真想大醉一场
让聆听将时间穿透
就像腾龙的意识
将河曲唤醒
想着，祖宗们给就的骨血
看着，丹阳轻摇，掀起的丝绒
意象的力，就这样汹涌澎湃

钟鸣，鼓声
念的为，何止
打动一个苍穹

题洛阳荷花石"拜石图"

穿越
探访米癫
风雅的事儿
何止流传千年
你看亘古
老石青史留画
字行笔意
礼拜敬畏自然
都说
文明史册乃人类所写
可那石的书
分明早讲过天地循环
拜石
此刻，也深深一礼
心的香炉
轻松间
檀香插满

题青花墨玉"玉蟾"

一页页翻动，找寻昆仑
找寻，春与秋，和
冬雪的踪影
情思的眼睛
似乎已被雪线冰舌吸引
似乎在绘制
那方隐秘的冰冷
抬头望天

飞云望断
天地精凝
凝聚出此方山的精灵
也许是福报的信使
也许是九天慧眼独具
晨阳，唤醒了山灵
玉容丰姿
高歌对唱
溪流老屋的禅风
可曾
带在身旁

李发模

扔了又捡起来（组诗）

说

你别说
我没说

可以说了
说啥呀

你听那鹦鹉
哦

学着说吧
我牙根疼

问土地

（一）

你新生的主人呢？
出外打工去了

你在养活谁？开发商
屋里的财产呢？空巢老人

下一代谁养？我也很担心

（二）

还叫土地吧？不！
已更名化肥、农药、除草剂……

想问什么还产于自然
小猪儿见我，怕我抓去注射
催长素……

（三）

那么多的人，需要那么多的坟
现在是骨灰盒
做木盒的树，也是我长出来的呀

那该怎么办
我问你们哩，人类

草　民

一场火烧，草又长出来
一场雪压，草还长出来
一阵刀斧，草再长出来

请问绿遍天涯的诀窍

贴近土地，向往天空
爱没荒凉

找自己

你找谁？自己
是掉落的字？还是药片
都是

字在书上，药在医院
那不是我！为什么
那是大家的

你在丢了西瓜捡芝麻
不！年过70还活着
我要找回丢失的珍惜

缩 写

天喊"出发"，地说"到了"
时间开门："请进"

谁来了？甜蜜问芬芳
藤牵朵儿去篱外
选择远方

在灵魂的"旧址"，几声童趣
回答"知了"

试 问

状态问情况，正常吗
它在忙

过程问追求，非常吗
情感在使眼色

看见一目了然
明确失语
解释找到理解，但是有毒

时常没意义，正常有何为？
为何回答，状态
在问情况

再 问

（一）

很久很久以前，是谁带来的？
出乎意料吧！
永远永远之后，已到门前
找人算账来了

情感推理智，放开我
真相回应，它没出门

（二）

嘘！谁让你动口？
虚！你的口呢？

嗯，他又动口了
恩，你没口吗？

为酒神诗神联姻的红娘

出身名门望族的茅台帅哥
享誉世界三大名酒之列
曾荣获巴拿马万国博览会金奖

诗歌女神身世不凡
先祖是华夏诗歌之父屈原
楚辞唐诗宋词元曲是她的故乡

早就听说李发模当红娘
酒神和诗神联姻
《国酒诗刊》伴随浓郁的酱香问世

毕福堂

毕福堂，男，山西屯留人。曾在天安门国旗班、新华社警卫连服役。后回地方。先后在山西电视台、山西省文联《火花》编辑部工作。做过杂志社诗歌编辑、编辑部主任、副主编、主编等职务。出版过《摇篮梦》《露珠之光》等诗集。2018年获首届丝绸之路（西班牙）国际诗歌艺术金奖。

老家上党盆地（组诗）

老家的土地

老家的土地
有个好听的名字——
上党盆地
这里的山脉 丘岭 仁慈 宽厚
你给他一分的善 他回你十分的好
正常年份 上天降几场雨
秋来玉米 谷子 大豆 高粱
总要撑圆了农人的粮囤
而遇上旱灾 历史上从未绝收过
没有大的惊喜 也不至于让你失望之极

那些颗粒不甚饱满
像干瘪的乳房
却也不会让家家的炊烟枯竭
在田间 在地头 少雨板结的缝隙中
营养不良的土豆 红薯 萝卜 瓜果
总比汗珠要大得多

板山的红叶

板山的红叶
和血的颜色是一样的

一片 两片 千片 万片
一滴 两滴 千滴 万滴

在红日照遍了的东方
在千山万壑 铁壁铜墙的太行山上

总是在深秋绚烂怒放
这个丰收的季节 叫十月

哦 一簇簇 一丛丛
层林尽染的 仰望的形状和色彩
和心最像

天气越来越凉了

一连几场秋雨
天气越来越凉了
嶷神岭林荫小路两旁的野花渐次枯萎
大片大片庄禾的叶子开始变黄
大雁即将南去
乡河里游泳的人们已不见踪影
用不了多久

冬季还会来临　再往前
下雪　结冰　更是不可避免
甚至呼啸的白毛风搅得天地寒彻
也是正常不过的事情

该来临的　该经历的
都是过眼云烟
大雪再厚　总是踩在脚下的
数九寒天
寒不过薄薄一层鸭绒衣

晚来天欲雪　不能出门了
就邀三五好友围着红泥小火炉
喝着老家自酿的酒
聊天　忆旧
一盅　一盅
人间寒冷消遁

2021年10月10日于故乡

匡文留

女，当代著名诗人。满族，生于北京，长于大西北。中国作家协会会员，甘肃省作家协会第三、四届理事，甘肃人民广播电台主任编辑、记者。获中国新诗百年百位最具实力诗人奖，首届唐刚诗歌奖终身荣誉奖。在全国200多家报刊发表诗作3000多首，作品被收入百余种选集并介绍到国外。出版诗集《爱的河》《女性的沙漠》，长篇纪实作品《少女隐情》《我爱北京》《我爱我的祖国》《我爱中国共产党》等30部专集。

多次获全国及省级文学奖，简介与创作收入国内外近百部权威性辞书。

匡文留的诗（九首）

每一粒泥土都是一个生命

生命无地无处不在
生命无时无刻不在
关于生命的主题　世世代代
屹立于地球之上

生命包蕴着生命
生命蔓延着生命
生命的子宫
谁说不是一轮太阳呢
是生命的泉眼　喷薄荡漾出
流霞与云霓　雨露和四季
江河湖海澎湃的血液
重峦叠嶂的骨骼和躯体

生命是一丝一缕的呼吸
是一点一滴的跃动
是呻吟或音乐
是仰天长啸或凝神屏息
是爱情和欲望的
高天厚土　也是一间
烟火味浓郁的小屋

一个人是多么渺小啊
正如一小粒泥土
而生命的荡气回肠
将和谐与尊贵
同等分量地赋予我们

泥土啊 你就是我们的父亲母亲
是我们嫡亲的兄弟姐妹和儿女
是溪流 庄院 鸡鸣狗吠
呛人的旱烟和红辣椒黄玉米

当我注目一粒泥土
当我与一粒泥土心有灵犀
当我构思一粒泥土
泥土的睿智与机灵 浓情与爱恋
便光芒般浇铸我的手指
我指尖的琴弦成为你的语言
生命流向生命
生命汇入生命

泥土啊 你站立起来
以人的品格和思想
站立起来
一粒泥土一粒泥土凝聚而成的灵魂
怎不让我们的生命
温暖并落泪呢

敦煌新石窟的诞生

他是敦煌的守护神
是一位丈夫 一位父亲
先是妻子和儿子 继而
是儿子和他的追随者
接过他一生一世彪炳的神灯

神灯之光 神髓的心脏
汲取一千六百多年
斗转星移 风云跌宕
汲取炊烟也汲取尸骨
汲取七百三十五座窟壁上

黝黑的光芒

一尊尊菩萨的眼眸
因此有了语言
散花天女的舞袖 伎乐天的琵琶
因此活色生香
春暖了五万稀世的织绣与经卷

鸣沙山 三危山 九层楼
于老迈中继续老迈
灵与肉的繁衍和薪传
是吹绿苍莽的唯一秘诀
"继续敦煌"——就让敦煌
继续吧
一个全新的石窟 巍巍然于
党河北岸黄褐色断崖之上

二十三年 长也长短也短
母亲随父亲去了天国洞窟
强劲大手掌 掘得出大块澄板土
却掩不住满头霜雪
神灯之光啊 你照耀着
三百多米的新洞窟石径
二十多洞新石窟
就是炯炯有神的眼睛
穿透厚重史册与今日阳光 捧出一个
年轻魅力的新敦煌

戴红缨帽的赛恩佳

祁连山有个更诱人的名字：天山
是天际所有白云
全都飘落人间
还是跌宕绵亘的雪峰

腾云驾雾直上九霄
有一种纯粹的洁白与坚守
在这里已不分彼此

可是白云牵手雪峰滚滚倾泻
赋予这里如此众多生灵
尾巴和尾巴捉起迷藏
耳朵和耳朵喁喁絮语
圆鼓鼓白生生的细毛羊
娇憨了疏勒河石羊河
蓝莹莹倒影

细毛羊是祁连山的孩子
细毛羊的故乡叫肃南
戴红缨帽的赛恩佳
是细毛羊部落的女酋长
绿葱葱绸袍簪满白云
鞭梢儿马靴儿一路脆响
祁连雪峰天女散花 红璎珞琴弦
弹响裕固族民谣

"叶尔兰安"是草原的精灵
赛恩佳的歌儿
唱给哥哥索嘎勒听
看你疾驰的四个轮子
载飞祁连的风物
又载回远方祝福
红缨帽映亮了白云雪峰
雪水河呢喃涟漪
淌蜜汁的悄悄话嘤嘤嗡嗡

丹霞梨园口

是不是大地血管爆裂

如此浓艳的热血泼洒到这里
是不是祁连山最坚强的筋骨
全都壮士般屹立在这里

是不是毕加索与达利
从这里掳走了画布和色彩
是不是罗丹与米开朗琪罗
席卷了这里的肢体和魂魄

恍若骆驼铜铃摇响
裕固族男人的羊皮烟袋
大帐前夜巡的长戟
狂舞谁的披风
有云鬓绣裙回眸一望
铁血白沙
旋起千里边塞石滚月明

最真实的是群雕栩栩如生
钢枪与榴弹嗞嗞冒烟
西路军战士的血肉之躯
铸就不老的祁连山
曾经的炮火硝烟
犹如穹隆深处一万双眼眸
犹如所有庄重无语的
泥土与砂粒

我已熔锻于钢打铁铸的黄昏
又融渗进升腾的漫天朝霞
巨大泪珠以醇酒的虔诚 点亮
你们回家的路

此时我的瞳仁金光熠耀
九十八头白牦牛追逐细毛羊
麦田起伏秧歌的黄绸

轻啭开镰前的喜悦
女人们银手镯奶香四溢
满登登糌粑等着你

最后的一叶

生存与年代
有着相互吮吸和润泽
相互雕琢和磨砺的神性

这个薄如一片纸的女性
无声的吟诵
正贯穿我耳膜
支颐含笑　灵睿透过眼镜
我心的海洋上演起潮汐

何其年轻啊女诗人
你叶子的绿　恰如春的炽恋
叫这张黑白照片
闪回为电影镜头

那个白衫蓝裙
手捧冯至《十四行诗集》的少女
温婉中挺拔出定力
写满笔记本的字迹
旋亮先生的眼瞳　一句
"写下去，这里面有诗"
叫一簇青春绿叶
注定葳蕤成九叶

你的《怅怅》曾弥漫于
西南联大的檐草和曲径
你《冬日午后》的沉思或欣悦
依然弹拨着《寂寞》的琴弦

你绝不会"自火的痛苦里"
"求得最后的安息"
你的生命就是诗歌
"是一条滚滚的河流"啊

照片上支颐含笑的郑敏
你洞穿了百年星移斗转
彻悟与哲思　寥廓与驰骋
"永远走不完自己的路"
永远"带着希望往前走"

最后的叶子已然飘落
饱吮了诗歌琼浆的虬根
正汩汩喷薄蓊郁……

山坳的马兰花在欢唱

大山的境界
除了雄踞的坚守与沉默
还有林木和花草的
话语与歌声

小小花瓣朴拙得
犹如山野女子
沁汗的鼻翼或坚挺的耳郭
马兰花马兰花
以原汁原味的模样和血液
叫万里太行襟拥着
众多众多贴心贴肺的小棉袄

星星盏盏簪满山野
纯亮亮的青蓝黄白啊
也曾眼眸泣血
"大扫荡"的枪刺与焚烧

零落了枝叶
却也坚忍了虬根

当驰荡春风吻红身体和脸颊
小小花瓣张开了红唇
山野孩子们　攀岩砍柴的手掌
成了电子琴架子鼓的密友
喊山吆牛攉羊的喉咙　漫出来
雨滴　白雪　月光和朝霞

山野孩子一路欢唱着
从山坳唱到长城内外
唱到北京　唱到鸟巢
一曲最动情的《奥林匹克颂》
让世界一整夜热泪涟涟

山野孩子的音乐妈妈
永远的"马兰后人"
你以跑过赤道五圈的倾情
锻造出马兰花的歌
一颗心终究化作花瓣

以世界最高海拔的名义

放眼怅寥廓
南望滚滚祁连奔白驼　北望
焉支山壑绝崖险折鹰翅
暴雪狂风石头大如斗
铸铁般呻吟着
粉身碎骨　而后
脱胎换骨

砂砾漫天漫地　亿万斯年
呼啸出海浪与火焰

是我们热恋着的马蹄嘚嘚
将檐雨和烛光　鉴凿进
每一寸五脏六腑

红柳们扭动起姊妹的腰肢
茇茇草们明眸炯炯
是雪粒儿霜珠儿暗递心曲
她们血里肉里仰慕的英雄
骠骑将军霍去病　刀戟和铠甲
深陷汉长城
哪一段残垣的骨髓
汗血马两千年以远的嘶鸣
依然在军马场撼天动地
壮士豪情

世界最具历史的军马场
又以世界最高海拔的名义
擎起高铁客运站　这就是家啊
你们姿态挺拔
将中国的高铁蓝
夯实在这里　屹立在这里

红柳枝　茇茇草　骆驼刺
乃至漫天漫地的砂砾
将仰慕英雄的目光
投向你们　是你们诞生出这里
最新的春天

有一个遥远的地方

喜马拉雅雪峰腰缠云朵
云朵们手牵手
舞袖描出一座座石泥小屋
烟火和青稞

撒成一大片南坡坡
出村的山垭口 一口气甩出
九曲十八弯 雕刻成峰巅之上
通往外面世界的神话
比天梯更加惊险

这个遥远的地方
有个很中国的名字：陈塘
高旋的鹰翅
只能栖于村口的老树枝桠
咱夏尔巴人的笑脸和谣曲
正沿着九曲十八弯来来回回
驮去背篓里的牦牛毛与糌粑
驮回芳香的课本和新裤褂

一挂挂玉米棒熠金屋檐
也金晃晃着中尼边境
界碑上鲜红的"中国"
就是大雪峰夏尔巴人的太阳

几辈辈盘旋不出天坑
坑底崖坡散落人家
苦焦而顽硬
男人手臂就是钢錾重锤
腰缠绳藤
便驮起白云
在绝壁险岩骨肉里抠路
下庄人的骨肉
就得硬过巫山

七年热汗鲜血
为滚滚大江添了故事
当挂壁公路九曲十八弯
跑过日月星辰 天坑底人家
大脚板踩上白云
飞翔高过了鹰翅

山凿一尺宽一尺
下庄人绿水青山
将日子镌刻成箴言

凿崖的人

巫山有秘境 好个"巫"字
占尽了天机
崖壁间深洞里长出白云
古今中外独一

白云直腾九霄
又缭绕出大三峡 小三峡
小小三峡
船哥儿竹篙轻荡长调 珍珠
盈满神女峰眼睛

白云驮上鹰翅

文　榕

香港人，曾获两岸四地华语诗歌高峰论坛华语优秀诗篇奖、2020年女性诗歌创作优异奖、第三届中国散文诗天马奖、首届创造杯散文诗双年奖、中国当代诗歌贡献奖等奖项。作品被收入中、小学语文教材等。出版诗集《轻飞的月光》、散文诗集《比春天更远的地方》等。现任香港散文诗学会副会长、香港女作家协会副主席兼秘书长、香港诗人协会理事等职。

文榕的诗（六首）

向着太阳升起的地方

起床了 太阳从我的心间升起
大地 拥抱你
向东 太阳从地平线升起

昨夜梦里 哪个小姑娘在哭
为了生活中的阴暗
寂寞和失意交替撞击
她说 生活不是你们说的动听的小夜曲

我们多么知道这些 小姑娘
星星会落泪 小草也很迷茫 很脆弱
但每日早晨 向东 再向东
太阳会在那里 太阳总在那里
它多么想和你一起升起

往前走 别哭 看不见太阳的时候
它正在地球的另一个地方光芒万丈
它将永远照耀你的失意 你的苦难
恒久 温暖 炽热
只要你的心在那里 与它一起
我们就一同升华 在地球的每个角落

所以笑吧 让我们一起迎接
太阳的来临 一起唱歌 一起欢欣
黑暗和泪水都随它蒸发 消失
白日牧马 夜晚安眠 在原野 在城市
只要你笑 在脸上 在心里

别忘了 我们还有祖国 还有人民
敞开你的心 向东 再向东

向着太阳升起的地方
与我们的祖国合一
与我们的人民合一
太阳 太阳 必将托起我们全新的惊喜

我如何能穿透绿叶的亮光

我如何能穿透绿叶的亮光
把手印在遥远的指纹上
把晨曦的一抹影子
轻轻地嵌在胸口

我如何能穿透绿叶的亮光
越过开满桃花的小路
在每一滴雨水中飘洒
深入大地的伤口

彷佛时光回声里落叶的面庞
不透露一些春的消息
水缓缓流向天空
云彩瞬息改变了内容

我要的只是一瓣思念
迎向远方花朵的笑容
我如何能穿透绿叶的亮光
唤醒过去未来崭新的颂唱

寻梦园

梦的色彩总是出其不意
袭来温热的橙黄翠绿
天风扫过鲜活水面
乡愁是一抹淡淡思念

骆驼因循远方的跋涉
牵引寻梦的赤子心
山峦激情沉稳地呼唤
生长乔木芬芳的颜容

清晨黄昏若有诗篇
洒上微红的相思语言
歌声消隐在山之背后
沉淀下最初的馥郁甘甜

人在旅程心绪飘扬
映照出季节的鼓舞欢畅
何处由来归于何处
他乡悄悄化作故土

山后的青山渐渐隐没
尘世家园灿然眩目
依依往事汇入自然
当下的仁足天远地阔

或　许

当爱在千山万水中蜿蜒
我尚未能确定它的所在
你已在薄雾的草丛中寻觅
花香注视四季辗转的模样
这季我们心田盛开哪朵芬芳？

香醇或许不仅是酒的暗语
或许还有心间的那缕颤音
你的步履快了些　并不一定去踏春
冬的明媚倾倒在万壑枝头

鸟雀在山中嗓声啼叫

或许了悟到光阴的柔情
我不愿在石阶上刻下碑文
或许是顺从了你的匠心

从清溪的水库走向天池
路途或许过于遥远
中途的瀑布或许是出口
你有几经起伏的善意
最美的时辰相遇最美的风景
通向永远如石烂和碎花的歌音

那树繁花

你沁人心脾的白像风一样掠过我
让我夜夜在寝室思念你轻灵的庄严
第一次看见你盛开了所有的华美
满树都是奔涌的美好

明日将再次上山与你的沉默对语……
想象月亮升起时你随风飘落的影子
这旷日废时的凝视如鸿蒙初启
不必深究风的低叹

黄昏，我们的身影背对夕阳

这金色从西方洒下来像她的眼神，
覆盖了黑暗的视界。
远方和近处的山影永恒起伏不息，
透迤着一生的豪情。

我不想走，亦不想留下，
自她金色的目光中。
黄昏，我们的身影背对夕阳，
我忽然握住了她的心跳，

时高时低，时明时暗，
是我们儿时的奔跑和嬉笑。

我能否摘朵金百合送你？
你和我一起读彩色的诗，
你的视野没有边界。

缤纷瞳仁投来各种撞击和想象，
谁的前半生花开绚烂如梦她没看到，
而我多想让她瞥见，由此打开世界
之门。
　　不以回廊深处那人的意志为转移，
却在她柔软的掌心融化。

你就是她，她就是你，
　　我说桃花开了，李花开了，在金色
的夕阳中，杏花也开了，
　　她说昔时，说来日，说常人不会被
金色的光线灼伤。
　　所有的光影提前抵达今生，
　　因回廊深处那人清晰又浑浊的双目，
孩提时代我们被迫扭曲的呼吸。

徐启文

徐启文新作选（八首）

大榕树，生命的契娘

老枝插种
大榕树
生命的契娘
游子立志契你

远去过埠飘洋
你落地生根
浸染着珠江的润泽
依水而长
你让我铭记
心中的契娘

撑开大伞
大榕树
生命的契娘
海边的风雨
岁月的沧桑
你固守脚下这片土地
演绎期盼
演绎郁苍
就为我漂泊回来
看一眼你陶染着春天的绿装

参天耸立
大榕树
生命的契娘
顽强的躯干
像一座丰碑
青绿茂密的叶掌
与湛蓝的天空映衬
温声细语
地老天荒
遥遥的海天相望

大榕树
生命的契娘
苍劲挺拔
侠骨柔肠
连着穗城的根脉

连着子孙的灵魂
年年都在遐想
思念着
我放鹞嬉笑的脸庞

大榕树
生命的契娘
气盖云天
细水流长
那鞠躬尽瘁的身姿
成了心灵栖息的地方
就算老得身躯残破生洞
也要让我看到你
心的气昂

大榕树
生命的契娘
黛绿的生命倒映在珠江
仿佛天空湛蓝之境
落入我的眼
我归来沉醉
徜徉　再徜徉
因为您是我
最爱的母娘

故乡的埠头

水乡游子的心
有一个竹篙点开艇子的
渡口
那是在心底里
筑牢了的
故乡的埠头

踏上小小驳艇
搭上嘟嘟火轮船
上县街下省城
过海飘洋闯遍全球
半生风浪半生风凉
半生饱食半生浊酒
不管时光有多少甘苦
细细咀嚼
不管大海有多少漩流
难抵涯岸
流浪的心
皆可聆听你的呼叫
故乡的埠头
始终是人生路上
走向世界的码头

啊！故乡的埠头
清波浣衣 红桃绿柳
渔舟唱晚 百鸟归巢
埠头流水悠悠过千舟
一生躬耕一生劳作
一生持家一生慈爱
不管光阴有多少苦涩
慢慢打磨
不管生活有多少旋涡
巧于运筹
守望的心
都可触摸远方飘荡的心音
故乡的埠头
始终是送我上路的
您深情的眼球

故乡的埠头
而今藏进了影集

漂泊游子的心
却有一个珍存集子里的
父亲在埠头
闪光的明眸

读您，我的母亲

读您
我读出了一首民间童谣
低微而简朴
却又珍藏着
多少崇高和奥妙
让我进入了
那甜蜜的梦乡
难以言喻的
古老的"外婆桥"
读您
我读出了一棵大榕树
土气而粗实
却又蕴含着
多少大度和慈祥
让我回味了
那供上饭酒叩首三下
不可言宣的
"契娘"生命的信仰

读您
我读出了一朵南瓜花
不招摇，少入诗
却又储存着
多少纯情和佳话
让我咀嚼了
那饥荒岁月的南瓜饭
难以忘怀的

您的顺口溜《种南瓜》

读您
我读出了一盏煤油灯
豆大的火苗
却又亮闪着
一颗燃烧的心
让我明白了
您提灯带我去拜谒孔圣人
记忆犹新的
听塾师读《三字经》

读您
我读出了一艘"花尾渡"
华丽而悠然
却又装载着
多少思绪和惆怅
让我顿悟了
路在何方。您领我去埠头
刻骨铭心的
我搭上了往省城的画舫

开平碉楼，林立乡野的归魂

一座座
剑戟森森
美奂美轮
仿如叠影幻象的碉楼
笔直地直插云霄
回眸四周绿色的田畴

我分明看见你
是一座百年乱世的墩堡
乌黑的窗口

吹响抵御匪患的号角
透亮的射孔
依然留着对希望的坚守

我分明看见你
是一艘颠沛流离的帆船
斑驳的壁画
残存着"猪仔"卖身的血渍
褪色的雕塑
遗留着过埠华工的泪垢

我分明看见你
是一只重洋传书的飞鸿
骑楼的云纹
集聚了万里淘金的织梦
塔楼的彩绘
凝结着世纪"银信"的追求

我分明看见你
是一幅荣华富贵的画卷
西式宫廷的精构
述说着一方水土多么丰厚
"混搭"层楼的装饰
印证了岭南民间多少高手

我分明看见你
是一个中华民族凝聚的碑志
金山赚钱
让心中的雄伟俯瞰乡野
起屋买田
让乡愁的巍峨光耀千秋

我曾久住开平
与心有所归的碉楼

劈头
邂逅
我读懂了
侨乡那不算遥远的一段生死拼斗

惊蛰红杜鹃

你是
惊蛰生发的杜鹃鸟
积聚了多少的生机和渴望
"布谷！布谷！"
泣血苦啼
我读懂了
你的精血
遂成了
漫山遍野的姹紫嫣红
追求自由的狂野奔放

你是
朴实美丽的山姑娘
蕴含着多少的纯色和芬芳
"花中此物是西施"
燃烧如火，洁白如雪
我读懂了
你的心语
遂成了
情爱友爱的文明绣球
跨越千年的歌吟诗行

你是
烈士鲜血染成的英雄花
聚集了多少的悲壮和梦想
"岭上开遍哟映山红"
气势磅礴，英姿飒爽

我读懂了
你的英魂
遂成了
唤醒民众的一声惊雷
荡气回肠的自强辉煌

立夏凤凰花

笔记本夹一朵鲜红五瓣的花
伴随建设者的我走遍海角天涯
"生如夏花之烂漫"
宛若耳畔响起一个名人的佳话

啊！怒放的凤凰花
像一片火烧火燎的红霞
只等召唤，义无反顾
在桃花凋谢百花衰落的五月开花

无畏骄阳酷暑的折腾
无惧狂风暴雨的侵袭
英姿飒飒，气宇轩昂
深情地注视我为新生共和国走天下

花心像五角星，花蕊像斧头
仿佛那红五月的光辉和力量
穿越百年的时光隧道
让我踏着父辈昂然前行的步伐

一团熊熊火焰，一支灼灼火把
好像那激情燃烧岁月的梦想和希冀
凝聚了人生的一场奋斗
让我在铁锤的敲击中目睹火花

一只美丽凤凰，一只天降丹鸟

宛如那涅槃重生日子的煎熬和痛苦
聚焦了生命的一场燃烧
让我在熊炉的考验中达到升华

啊！怒放的凤凰花
你如一面高扬的鲜红旗帜
一朵朵，一簇簇，一团团
让我青年时充盈着自强不息的夏

立秋银杏树

难忘文人墨客时闯荡天下的岁月
我把与金黄色银杏树的合影存档
萧瑟与丰熟，悲愁与喜悦
我怎样阅读立秋——你的模样

古老的银杏树高大挺拔
春夏的叶子那样青绿嫩黄
像一把撑开的翠绒大伞
密密匝匝的树叶遮天蔽阳

秋风渐凉，多少树种枯黄
银杏树却换上了火红的盛装
阳光辉映，全身透亮
我仿佛来到一个金碧辉煌的殿堂

浪迹天涯的身影不会感到孤独
风雨跋涉的歌声不会感到绝望
采撷山野的心灵不会感到寂寞
叶枯水竭的土地不会感到彷徨

银杏叶在生命的最后一刻
像金色蝴蝶飞舞在秋色的风光
本是生命的终结

却给地面铺上金毯成最美丽的辉煌

在那纵横交错的树枝上
结满一颗颗黄色珍珠般的银杏果
一个果实累累的季节
因为你懂得默默地奉献和报偿

"满地翻黄银杏叶
忽惊天地告成功"
我想起一个古代诗人的名句
我壮年时明白了轮回的秋被染成了
金黄

立冬赏梅

摆脱冬寒的侵拢
摆脱风霜的凌欺
摆脱冷寂的凄惶
唯独心灵里
难摆脱你的孤傲影子

咽尽严霜悄悄地开
吞尽凝露纯纯的白
尝尽凄风暗暗的香
阅尽波涛幽幽的姿
熬尽冰天铁骨的枝

无声却有声
无时却有时
无色却有色
无奇却瑰奇
无叶却高枝

最喜溪流清澈不浊

最喜山野荒僻不弃
最喜雾纱虽虚不幻
最喜花影浅淡不迷
最喜人称香雪非雪

走出了石室森林的挤迫
走出了车马喧嚣的困惑
走出了岁暮天寒的纳闷
唯独晚年的目光里
走不出你的清妙天机

罗德远

罗德远，笔名远翔，籍贯四川泸州，现居广州增城。中国作家协会会员，国家二级作家。民间诗刊《打工诗人》发起、创办者之一。在《诗刊》《星星》《诗选刊》《诗歌月刊》《扬子江诗刊》《中国诗歌》《北京文学》《作品》《广州文艺》《文学报》《工人日报》等发表作品120万字。作品入选《中国当代诗库》等十余种文学选本及学生课外读本，并荣获各类奖项。有诗作被翻译成德文、意大利文等。出版诗集《在岁月的风中行走》《黑蚂蚁》等6部。

在生活的低处（组诗）

我从未与生活为敌

天空何其高远
大地足够辽阔
一缕来自乡村的风

一只彷徨的黑蚂蚁
我的天真
从未与生活为敌
也从未被打败

作为流动的风，必须奔跑
作为觅食的黑蚂蚁，只能蜗行
我从未与生活为敌
只是为了绕到生活的背后
将其拦腰抱住
直至目睹：
大地已被我踩在脚下
天空其实一直在原处

在生活的低处

脚印纤细　一路寻觅
一只黑蚂蚁　一千万只黑蚂蚁
搬运粮食与光阴
笨拙坚韧
我泥土下躁动的蚯蚓兄弟
锲而不舍　为梦想打洞
浑身浊泥
可是撞击命运迸溅的泪滴

在生活的低处
一群鲜花远离课堂
一个初出家门乡村女孩的惊慌和未来
被广州火车站窥见
在生活的低处
到处是努力向上的姿势：
一缕乡村的炊烟　钻出泥土的小草
城市奔走的少年　悬在大厦半空的
"蜘蛛"

在生活的低处
大片卑微的青春赤足在泥泞的大地
成群结队的根坚持自己的歌唱呐喊

高处是少许人的天堂和街道
整洁明亮　霓虹灼艳
偶尔俯首
拣垃圾汉子弯曲的身躯
城市下水道深处的暗影
更低的低处是压低的目光里
闪光的春

向每位擦肩而过者颔首致意或与之相拥

走着走着　将迎面拂来的微风当作
天空的低唱　或许我们本就是植物
获得天空大地恩赐
目光向阳　呼吸清露
笃信头顶有云朵飘逸
脚下有溪流潺潺奔涌

怀揣月色　收藏每一声鸟鸣
喂肥一路上瘦弱的理想
多少兄弟或姐妹
被潦倒与欲望击倒
岁月的旅程　计算出终点
却兜兜转转 仍在原点
多少兄弟姐妹
暗夜里坚持擎一支
暖意的烛火
执着与命运对坐

继续上路　渐阔的琴声浇灌沿途
鲜活的绿意　沿途打听失散的童音

以行吟演绎生命朴素的归程
倾听每一株草的孤寂或失意
向每位擦肩而过者颔首致意或
与之相拥
阳光或风雨开出一束花
吐露一缕芬芳

我爱着……

（一）

我爱着衣衫褴褛的自己
我爱着洁如春雪的自己
当灵魂抖落一身的雪花
我目睹内心的纯白

（二）

我的脸谱不大
双手刚好掩住
你厌弃的 可能是我
你热爱的 不一定是我
当脸谱与内心互为修正
他们彼此一定怜惜、相拥……

寻找远去的家园

从雪落的村庄走出来
我是一个迷失的孩子
当广告雪片般砌起城市的稻魂
何处可见
汲水的陶罐 潮湿的鸟语
此刻我只能
用心灵虚拟祖籍的方向
通过掌纹这张亲情的地图
寻找远去的家园

阅读外乡的风 掌心的墒情
多想怀抱根 怀抱家园 从容浪迹
哪怕坠向深渊或一片贫瘠的土壤
现在我用静且远且深的目光
灌注血泪的诗行
寻找心中的老井与太阳

而深井缄默有如酒藏于草庐
老槐树也让我避开你摇曳的想象吧
古井积蕴的性灵和岁月的禅悟
一万种植物在土地上的成长
让我有了生命的骨质血汁
哪里有苍凉中寂静的潮湿
哪里有秋叶化为尘泥的入土之色
哪里就是我灵魂的归航……

外省打工妹

在南方 平常的日子
总会邂逅一些外省打工妹
她们含笑的眼神 芬芳的生命
让流浪岁月春天了许多
那些漂泊的清晨与黄昏
外省打工妹像一群远方来的鸟
排成美好的队列 漫步大街
或者进入工厂流水线栖息
生动的情景 令我感动

外省打工妹 清纯的山泉
因为潮湿的梦 汇入南方河
也曾随波逐流 更会急流勇进
柔弱的双肩撑起生命的风帆
更多时候
外省打工妹笑靥如花

思念青枝绿叶 只开在
沉默孤寂的夜晚
在南方 墨守成规
我和外省打工妹保持一定距离
再次谈到她们的美好

外省的打工妹 你好
在你们的眼里 我也是外省人
漂泊岁月 谁和长在诗中的你们
朝夕缠绵 想起你们
就想起我纯朴乡村的妹妹
长长的辫子 清洁的笑容
似一支优美如花的竹笛
灿烂悠扬我漂泊的灵魂

项兆斌

为诗人画像（组诗）

贺敬之的声音

贺敬之的声音
是黄河长江连天波涛汹涌
是神州万里江山动画卷云
是千年长城昂首龙腾
为什么弥足珍贵
因为它满载着共和国的光荣
因为它烙着时代轮辙的印痕

谁说贺敬之的声音沉没了
三山五岳始终回响着——
《放声歌唱》《十月颂歌》
《十月颂歌》《放声歌唱》
江湖河海始终回响着——

《南泥湾》《回延安》
《回延安》《南泥湾》
风雨雷电始终回响着——
《三门峡歌》《桂林山水歌》
《桂林山水歌》《三门峡歌》
中华儿女心中始终回响着——
《白毛女》《雷锋之歌》
《雷锋之歌》《白毛女》
……

如果说贺敬之的声音沉没了
是因为它浸入了华夏每寸土地

"摄影师"卞之琳

——读《断章》

你站在石桥看风景，
看风景的人在楼上看你，
垂荫装饰了你的窗子，
你正好对着远处摄影，
记下了小桥、流水、红男绿女，
……摄影佳作传世间，
《断章》就是作品名，
是谁摄影不按快门不用相机，
啊！
诗人卞之琳！

女神柯岩

生前未能会面，
"化泥"前飞到您身边，
平静入睡的女神格外慈祥，
我泪眼中是贺老和他的另一半。

前年送我10卷《柯岩选集》，
今年又赠《当代中国散文选》。
五十有多的文学五色石（注），
竟是一巾帼柔弱之手提炼！

你是孩子们心中的"小迷糊"阿姨，
你是迷途羊羔心中的企盼，
你是亿万群众的代言人，
你是远航者心中的港湾。

当假丑恶邪神把天捅破，
是谁用真善美的文学五色石补天？
就像当年共工、祝融把天捅破，
炼就五色石补天的女神一般！

注：柯岩生前60多年共创作各种形
式文学作品50余部。

晓　雪

——致杨文翰

推窗，扑面而来的
是雪
画春纸的白
冬夜无染
才会姹紫嫣红
百花丛漫飞彩蝶

窗外，亮得晃眼的
是雪
我心中的白
泼墨无痕
才有凝脂飞燕
春公主长驻心阙

洪花湖植树

——野曼三到惠州

2008年8月18日下午，出席第十二届
国际诗人笔会的120名国际诗人，由创会
主席诗翁野曼领头到广东惠州红花湖景
区植树。

你抱来树苗
我挖着树坑
九旬野曼携120双植树成诗的手
咏颂着"东江神韵"

青年野曼和东江纵队
早前曾在此种下换代的"解放林"
15年前老年野曼和犁青等
又在此植下"国际诗会"的破冰林

待"东江神韵"大树参天
林立出特色的"惠州诗城"
邀东坡及朝云驾鹤回省
中外诗星西湖把酒吟古今

一首首婉约的美诗
感动海内外爱美的眼睛
一首首豪放的丽词
醉倒普天下的山水风云

注：1949年10月15日，解放军东江
纵队第一支队解放惠州城，时青年野曼
属东江纵队第一支队成员。

星星的仆人

——《星星》诗刊创始人、首任

主编白航

当年风儿播下一粒花种
而今知名花未名花遍山歌舞
却不知哪株是花神

奔腾汹涌的长江大河
无数次地挫折 无数次地迂回
奔向大海的脚步却从未停息

半世纪前的一位勇者
当他把诗空种与了《星星》
从此便成了《星星》的仆人

两栖诗人聂索

你是诗国的一只蝴蝶
一侧羽翅缀有旧诗的经典
一侧羽翅绘着新诗的范章
格律美和自由美相映增辉
人们称羡的两栖诗星！

你是云岭的一只凤鸟
一边羽翅佩戴优秀教师的奖章
一边羽翅张挂著名诗人的奖状
育人与化人相得益彰
人们敬仰的灵魂工程师！

你是天穹的一只海燕
一支翅膀播放讴歌真善美的颂歌
一支翅膀遍悬惩治假丑恶的令箭

扬善与斗恶相辅相成
人们称赞的缪斯卫士！

注：聂索曾被评为全国优秀教师。

王晓波

王晓波，中国作家协会会员、中山市诗歌学会主席、中山市文联主席团成员、《香山诗刊》主编。著有诗集《骑着月亮飞行》《雨殇》《银色的月光下》等5部；曾获《人民日报》作品奖、广东省有为文学奖、中山市优秀精神文明产品奖等奖项；有作品载于《人民文学》《诗刊》《中国作家》《青年文摘》《诗选刊》等刊物。

大湾区日常生活（组诗）

岐江河

岐江河，不舍昼夜，在我一生
最为重要的时光中穿梭
一粒灯火，稳住了倾斜的河面
元宵浓浓的夜色中，左岸江面
一束束烟火，冲天，腾飞而去
收留了无数陶醉与留恋的目光

岐江问水，中山市的母亲河
永恒的河流，沉醉，一方净土
沉淀，一块干净的人世间

岐江河，奔流出海

越是向前，越是欢腾
大海的风声涛声，与它心有灵犀
对于时间的眷恋，如一块沉香
一念来，一念去
一念为之成永恒

孙文公园

我喜欢她闹市里的静谧和绿茵
我喜欢前山，城市中轴线上
矗立的城市坐标，巨型孙中山塑像
我喜欢后山，漫山遍野的杜鹃花
还有不避游人的雀鸟
不遮视野的城市美景

你问我，节假日
喜欢去哪儿游玩
我说喜爱到孙文公园散步
我喜欢她，色彩缤纷的四季
烦恼时，可细数
地上散落的松果
开心时，可放开双腿
在盘山小路上欢跑
回家时，可抽一片白云
系在阳台随风飘扬

我喜欢孙文公园
如你再大惊小怪
下班后，到山上散步时
我定会随手抓一把鸟鸣
送给身处闹市的你
让你能够迅速安静

粤剧片段

看她一摇三摆，半遮脸
云袖轻飘舞台中央
时而低吟时而高歌，字正腔圆
走上广州荔枝湾大戏台
唱着流传七个多世纪的粤语曲调
是谁的卿卿，又是谁的我我

台下，你用手机拍摄录下
台上的某段南国红豆片段

白木香沉香

在时间之外
在历史的深渊
白木香，凝香而沉
岭南香山五桂飘香

从彼岸至今
岁月悠悠
已整整870年
仿佛又是在昨天
昨天，虽不可留
却余韵绵长
留下你的芳踪
并不是伸手
不可及的缥缈
白木香，香木成林
古香山，香飘十里
你的芳香
惠泽一方
中山，沉香之乡
因你而悠久

在青烟袅绕的阜峰塔
在梵烟飘绕的西山寺
一壶茶、一抚琴
一炉香、一缕烟
母亲一样的白木香
孕育一方的香脂
产自人间的青睐
芬芳，已整整870年
仍翘着昔日的晶莹

白木香沉香
永恒，刹那
咏奉献的香
为生命痛快的伤
刹那，永恒

秋日，香山灼灼其华

——致诗人贺绫声、步缘

霜降已过，想此时澳门
灼灼其华荷花
已是莲蓬初傲
珠海诗人步缘微信说
澳门诗人贺绫声将借道珠海
与他步涉一城勒杜鹃烂漫的珠海
到访铁城，与我把盏
论诗，说铁城菊花
高雅耐寒，此花开尽更无花
大湾区中山、珠海和澳门
山水相依，民俗相同
脉络相连，旧称香山
此间无边秋日景色，胜春光
三种花开，独自有一般美好

道不尽的画意诗情
此时香山，多有识花人
每一朵菊花正在丛中露出笑面

紫马岭

秋天要做的事情
譬如到郊外
譬如到湖畔
譬如到我们中山的紫马岭
悠闲地，近望，远眺
可爱的南方秋色

秋天是散漫和开心
譬如变成蓝天的风筝
与流云为伴，漫无目的
自由自在地游戏
无拘无束的一瞬间
你的欢笑，变成
我微信里的一朵笑脸

秋天要做的事情
除了秋收的喜悦
除了自由自在
若有所思的开心
譬如还有……

中山，春风中悄然绽放

当鹅毛大雪的北国
穿着棉袄，堆着雪人
雪橇在苍茫中飞驰
早春三月的中山
山岗田野，已蹦跳出

五颜六色的春花

山水美，自然美，人文美

有着860多年历史

文化名城宜居中山

在春风中悄然绽放

一场孕育春意的寒雨走后

山低水近的花鸟城

绣满了朵朵白云

鸟声滑过城市的天空

天更蓝，更辽阔

当太阳跳上树梢

紫马岭鸟语花香枝头闹

阳光中，大街小巷露出笑脸

攀越围墙的爆竹花笑容可掬

倔强的西山寺红棉笑逐颜开

漫山遍野的杜鹃

映红了孙文公园

岐江河，泛起了

开心的涟漪

那闪烁的波光

那流动的清风

那是我们钟爱一生的幸福

刘清涌

刘清涌，广东揭阳人，韶关教育学院原院长，中文系教授，广东中学语文教学研究会原副会长，著名语文教育专家。20世纪七八十年代曾发表大量诗歌、歌词，其作词的歌曲曾广为传唱。有著述多种。

生命田野（组诗）

生命田野

春天的田野

是一张铺往天边的温床

隆隆春雷滚过

生命吱吱骚动，哔剥作响

睁看第一眼世界

呼吸第一口空气

千万个生命在叫喊

万紫千红

生命之花盛开绽放

夏天的田野

是一曲响彻云霄的交响乐

阵阵暴风雨掠过

生命在奔突伸延呼啸疯长

各自奏响自己的乐章

蓬勃，华丽，悠扬，欢畅

夏天的田野

生命在狂欢

生命在高唱

秋天的田野

是一幅色彩斑斓的浮凸油画

遍遍金阳染过

金灿灿，红火火，殷紫紫，油亮亮

生命成熟了

结实，充盈，丰腴，饱满

秋天的田野

生命在张扬

生命的盛展

冬天的田野
寂静，荒凉，落寞
偶尔一两声鸟儿的啼叫
田野更空旷更静寂
生命哪里去了
冻成一个个的秘笈
各自珍藏着自己生命的密码
来年
又在那田野闹腾喧嚣

小 溪

童年在海边
只知那来往涨退的壮阔的潮汐
长大居山区
方见那长流跌宕的小溪

我喜欢小溪

那一往无前的涓涓淙淙潺潺的小溪
那流晶溅玉喷银溢翠的小溪
鱼欢鸟跃，水草青青

那小溪啊
没日没夜不知疲倦地只管流淌
无意间
流淌了岁月
连缀了河山

终于，有一天
那长流的小溪汇进了浩瀚的大海
发现自己，竟也成了
——那来往涨退的壮阔的潮汐

衣服的风景

一身称身得体整洁的衣服
对人
是一种礼貌一种尊重
对己
是一种洁身一种自爱
远古
人类披着树叶兽皮从动物群中走了
出来
近代
人类穿着体面的衣服走进时尚走进
文明
穿吧，衣服
西装革履
穿出了一种身份
夹克T恤
穿出了一身潇洒
唐装短裙
穿出了异样性格
旗袍泳衣
穿出了一身美丽
高科技的剪裁
新布料的选用
心有多美
衣服就有多丽
穿吧，衣服
男女老幼
春夏秋冬
五光十色的衣服
穿酷了人类
装点了世界
公园马路机场学校……
处处有衣着漂亮的人群
处处是风景

丹霞，丹霞

感谢当年那位年轻的地质学家
九十年前，他从美国归来
才华横溢，意气风发
他登临这片奇特的山川
触目眼前的巨石峰峦
座座霞光异彩，丹砂红艳
迅即对这一岩层进行考察描述
丹霞夹明月
华星出其间（注1）
一时诗兴勃发
逐将这种岩层命名为丹霞层
丹霞，丹霞
地质学家与奇特地貌相遇的产儿
诗与科学碰撞迸发的火花

丹霞，丹霞
你自有你的来世今生
儿时你是一湾碧波浩荡的湖水
少时你长成了一片辽阔丰茂的盆地
壮年，造山运动成全了你
你涨红了脸轰隆隆地摇身巨变
做无比雄大的崛起
风的刀，雨的剑
时间的精雕细琢
你出落成丹崖赤壁奇峰巨石险寨古
庙的神秘壮丽宏大的一群
僧帽峰长老峰宝珠峰
海螺峰姐妹峰茶壶峰……
峰峰有灵度
阳元石阴元石锦石韶石……
石石显率真
巴寨书房寨五马寨

金龙山寨乱石滩寨……
寨寨出奇险
别传寺灵树寺仙居观锦石岩寺……
寺寺现神明
间有老树飞泉山门曲径摩崖碑刻珍
禽异兽名兰奇卉翔龙碧湖潋滟锦江……
奇光异彩，起伏连绵
方圆三百里
朝晖夕照
丹霞，丹霞
你雾霭缭绕云蒸霞蔚气象万千
红灿灿的群峰若隐若现
曼妙非凡
你又幻化成了人间仙境
别有天地

丹霞，丹霞
而今
你已成为地质学的耀眼标签
成为景区的亮丽名片
你是诗人诗情喷发的泉眼
你是游客猎奇探胜的无限遐思
丹霞，丹霞
我们还是要感谢当年那位年轻的地
质学家
他的名字叫冯景兰（注2）

注1：出自曹丕的《丹霞蔽日行》诗。
注2：冯景兰（1898—1976），河
南唐河人，中国科学院院士，地质教育
家，地貌学家。

刘西英

刘西英，男，山东省昌乐县人。现居延安，曾任延安日报副刊部主任。作品散见于《诗刊》《解放军文艺》《诗选刊》《星星》等。曾获《诗选刊》年度优秀诗人奖，《延河》最受读者欢迎奖诗歌类一等奖，第二届"中国十佳当代潜力诗人"奖。

对草原的另一种解读

在没有草的季节看草原

我不知道
北方的夏天发育得迟
它的美
整整比南方迟了一季
所以，五月时节
在康巴诺尔看草原时
我没有看到绿绿的草
也没有看到与草原有关的
一些想象

一望无际的草原
这时还是一望无际的荒凉
纵使策马扬鞭
也只能放牧自己的思想

但是
在没有草的季节看草原
我从一群羊的眼里
看到了牧羊人的忧伤
于是巴不得将自己对草原的

所有向往
都顷刻变成一地草场
让所有的牛羊把我吃光
然后变得膘肥体壮

对草原的另一种解读

什么都长的地方，一定长草
什么都不长的地方，可能长草

长草的地方
小了叫荒地，大了叫草原

荒地遭人嫌弃
草原被人赞美

它给人的启示是
地，要么不荒，要么大荒

小荒是小风景
大荒是大气象

就像人
小坏可能是流氓
大坏可能成帝王

看草原
不是看草，而是看气象

就像读历史
不是读篇章，而是看兴亡

没有平坦，不显突兀
没有狡黠，不显坦荡

一望无际不是无边
而是你看得还不够远

家乡的山桃花

那一大片一大片盛开的山桃花
曾是母亲最关注的
别看她不识字，每年春天
她却能凭着自己的感觉
在一片纸上准确地标出它们的位置

这是母亲独创的地图
也是夏天采摘时
我们参照的图纸
母亲不知道什么是导航
但靠它引路，我们从未闪失

那是一些困难的日子
家里一年的零用
差不多全靠大山的恩赐
体弱的母亲因为上不了山
所以总是显得特别着急

一年一度烂漫的山桃花
曾带给我们无限的欢喜
母亲通过山桃花预知年景
在年复一年的期盼中
用指头掰完了所有贫穷的日子

母亲去世后
我们把她埋在了山下
希望她仍能看到年年的花事
但是因为没有了母亲的指引
我们却再也找不到丰收的位置

悟 禅

也许是草木把世界理解成了草木
所以才成为草木
也许是江河把世界理解成了江河
所以才成为江河

也许是星星把世界理解成了星星
所以才成为星星
也许是云朵把世界理解成了云朵
所以才成为云朵

还有山川，还有日月
还有高尚，还有卑劣

我没有强者理解得那么强
也没有弱者理解得那么弱
我是把世界理解成了不止我一个
所以才有了我
并且有了这世上的一切

世界很强大，我们很弱小

一片林，足以淹没一棵树
一片绿，足以淹没一棵草

一些繁华，足以淹没一点萧条
一些欢乐，足以淹没一点烦恼

一堆乱象，足以淹没一些真相
一地是非，足以淹没一些公道

世界很精彩，我们很单调
世界很强大，我们很弱小

银 河

吕杰汉

一米阳光（外二首）

揣在怀中，留住花的芬芳
胸膛里起伏着缕缕明媚

一米阳光直抵心灵
缤纷了整个世界，丰盈而灿烂
日子里曾经拥有的那份炽热
荡起心中甜蜜的涟漪

枕着玫瑰的缠绵，默默守望
空间和距离正在缩短
珍惜一段情缘，种下深深眷恋
染满红晕的叶子陶醉地依偎
彩蝶翩舞飞进梦中的花丛

温暖和绚丽，陪伴所有过往
串起记忆洒落片片花瓣
铺一路如初的芳香

追逐一只蜻蜓

随透明的翅翼颤动
尽情地追逐，划动弧线优雅
微风中弥漫夏日的芬芳

曼舞低飞，在美丽中穿行
贴近所有敞开的花瓣
拥有晨露珍珠般的晶莹

鼓起的眼睛，把繁复的世界
看得如此简单真切
浮光掠影中，领略云雾变幻
洒脱成宁静恬淡
相信风雨过后总会天晴

月色中寻觅梦境
轻点盈盈水面亲吻彩虹
无数次梢头悬停静立
心中漾起圈圈涟漪，时光里斑斓

摇曳的树枝

追随季节，在风中摇曳
让时光自由地穿梭
风景里多了几分动感与迷离

抖落一地枯黄的往事
舞动霞影，朝着远方眺望
把一片片明媚的春
挂在树梢之上

陶醉于生命的颜色
在枝杈的颤动中不停伸展
尽情地描画，寥寥数笔
便勾勒出天地的轮廓
构成唯美的画面

曾新友

曾新友，广东岭南诗社副社长、清远诗社社长、广东中华诗词学会常务理事、中华诗词学会会员、中国诗歌学会会员、广东省作家协会会员。在《诗刊》《文艺报》《工人日报》《中华诗词》《中华辞赋》、《世界日报》（菲律宾）等国内外数十家报刊上发表千余首诗歌。多次在国内、国外获奖。个人诗集《花飘逸一段诗的梦》荣获新时代·鲁迅诗歌奖"十大热点诗集奖"；2016年至今主编了13部诗歌集和诗歌评论集，均由出版社出版。其创作成果被录入《中国当代诗人词典》《广东文艺家大典》和《清远当代文学史》等书中。被评为"2021年度全国十佳诗人"。

果壳里的心思裂开（组诗）

童年时光

握起现在的手掌
回首
向童年擂上可爱的一拳

在曾经干瘪的粮仓里
饱满必将生长硕果的希翼
人总在精神支柱上挺直
心坐在希望的秋千上荡来荡去

我在牧鹅的绿草地上
五弟送来与我分享的两个难得的糍粑
叠起诱人的玄机

小的放在上面伸手给我
大的放在下面摆着开心的游戏

煤油灯下
大哥不怕蚊子
看着诗书入迷
我故意捣乱用短促吼声背后偷袭
多次吓他一跳他也不发脾气

锅里的饭
煮得虽然不够填饱肚子
后面收工回家吃的
总能自然多享受二两米

童年花色的生活
在如今打着饱嗝的日子里
依然嵌着一串串甜蜜的记忆

阶　梯

节制与节操的规矩
对比实用的间距
纵横相依　进退有据

把生活的长度升为高度
开阔质量的通途

荡秋千

巴结大树的粗枝
用绳索绑实一种心思
从嘈杂的都市回归故乡
看不到一些虚假的面具
荡起童趣的记忆

奇遇少年的自己
融洽笑闹过的快意
收缩城门闭合已久的心理距离

田园的野趣
依旧放养合乐的传奇

就不告诉你

大约过了冬季
下了第一场春雨
刚要冒出的新绿
抱着一个秘密
藏着你想猜测的欣喜
有些行动胜过无数言语
就是有一句本能的心里话
憋着也不告诉你

春秋轮转

细碎的时光
如飘零的花瓣
春把色彩锐减

饱吸养分的种子
结满故事
如夜里收缩的翅膀
为实现下一个梦想
潜藏力量

一股新的思绪爆发
解开勒着生命的捆绑
阳光的毛发 镀亮
土肥林深的叶片

果壳里的心思裂开
再生发畅想
重新蓬勃生机的快感

曾经的目光都是前行的力量

　　——与老师、同学回蓝屏中学有感

初秋的季节挂满收获
未到蓝屏中学 记忆已复活
有趣的往事一集集连播
过片的地方都是愉悦在闪烁

曾经折叠的暖风
夹起活力的底色
老师提起知识的灯笼
解开童稚未知的谜团
开耕的犁铧 翻出意趣的诗行
梦的前沿 植根内心的花园
生活的热量
为我们镶上多彩的花边
剧情的上演 ——
雏鸟长出了翅膀
花朵飘出了果香
思想 上紧的发条
摆动快乐的钟表
从底层的努力
面朝任何目标
都是积极向上的骄傲

背负青少年的符号
就是不敢让岁月休眠
时间的装订线

连接我们的足迹
都在跑赢自己的昨天

席展岁月的和风
打开库存的密码
值得振奋年龄
有美好的情结在心里落脚
活跃脑细胞

昨天尽管很好
依旧朝着明天
扯着美好向往的衣角奔跑

岁月的浓度　窖藏的佳酿
学生盼老师的心飞得那么快
哈哈
老师的脚印来得这么晚
中学的旧址已是幼儿园
邻近的新校址建筑更上层楼的希望
看看　依旧是催征前行的鼓点

看 雨

土抱紧了雨的蹦跳
雨消遣了无根的烦恼
聆听的幼苗
诱发根的思考
狂喜的叶片
舒展着懒腰
拱出花朵笑成的微妙

水

面对世态一种刻骨的冷
把灵魂坚硬成冰
剔透与晶莹浮现纯净的初心

遇到升温的热情
甚至用翻滚　用沸腾
升华体能
悄然蒸发成仰望的彩云
最终潜入小溪　融入大洋
浪漫日子　温润心情

半夜的惊喜

雕刻着诗句
抬头望星系
月中望你
链接生活的情趣
一种沉迷
置放在共同的对话框里
回望花期
心里的春季
酿造一场滋润的雨
洒不完的情丝
让鲜花逃过奥妙　也躲不过甜蜜
明晰沉淀的记忆
把流浪的忧伤　冲去海底

一轮旭日　照亮江河
泛起欣喜的涟漪

林 萧

林萧，男，80后青年诗人，中国诗歌学会会员，广东省作家协会会员。作品散见《诗刊》《文艺报》《星星》《诗歌月刊》《诗潮》《青年作家》《散文诗》等报刊，入选《2019中国年度优秀诗歌选》《2020年中国新诗排行榜》等选本，著有诗集《红尘之外》《朋友别哭》，评论集《评心而论》等，获冰心儿童文学奖、第二届雁翼诗歌奖等奖项。

最初的美好（组诗）

最初的美好

在林中漫步
不惊扰一朵花的开放
慢下来，我们相互对视
心中的涟漪归于无痕

两只蝴蝶 一只蜜蜂
只为花香而来。全然
忽略了我们的存在

用手指了指头顶
起风了，阳光消失
我们脸上的花还在
静静地开

江南雪

从遥远的地方
我听到了故乡
雪落的声音

雪下起来的时候
飘着白发的村庄
发出一声轻微的呻吟

乳白的炊烟
雪白的屋顶
融化成一种纯粹的白

雪落在江南的肩上
十二支洞箫依次吹响
桨声在窗前的河里渐渐凝固

写到了雪

窗外白了
我写到了雪

诗歌也呈现出
一片雪白

我写到了雪
窗外越来越白

然后渐渐地
黯淡下去

墨尔本的秋天

深秋想起墨尔本
有关墨尔本的词
源源不断地
涌进我的梦境
墨尔本的秋天
很美的意境
看葡萄藤轻轻地滑落
到处是浓郁的奶香
弹奏乡村音乐的歌手
已经换上了崭新的服装

墨尔本再见了
明年秋天的墨尔本
我们再来相会
回家的路上我才想起
实际上我并没去过
墨尔本，墨尔本
墨尔本，墨尔本
怎么会出现在我的诗里

与雪有关

（一）

眼前的雪比远处的雪落得快
眼前的雪飘在地上
等待远处的雪
一起洁白

（二）

雪球落在雪地里
留下一些
白色的伤痕

（三）

总想起那个飘雪的夜晚
我们静静坐着
看窗旁的雪花簌簌落下
有白色的音乐缓缓升起

窗台的植物

我更愿意把它们
比喻成我的亲人
从春天到秋天
一两株植物枯黄消失
正如一两个亲人离去，不说再见

我更愿意在这样的时刻
端一盆清凉透明的水
一勺勺喂养它们，直到发出叹息
直到夕阳投下冗长的身影
这炽热的光也让我瞬间眩晕

我更爱这样的午后，风翻过书页
窗台荒芜的盆里有野草正在发育
我用手抚摸石榴的果，也抚摸野草
的茎

公园的花

每隔一段时间，公园的花
会被重新替换一次
那些开得正欢的花
突然间离开泥土，抛向空中
最后在园林车的烟尘中走失

母亲做园林工的两年里

不时将被抛弃的花带回家
像收留一群无家可归的孩子
花瓣的香气在风中闪烁
像是对她羞涩的回馈

我想在预约口罩的同时
预约一个健康的春天
无须姹紫嫣红，以及
过多形容词和动词的点缀
有阳光和爱人的拥抱就好

笔架山

动笔之前，先摆好姿势
大自然是一位画家，泼墨写意
一千座山是手中的画笔
随意挥动，云卷云舒皆入景

月光记

为了迎接你的到来
周庄的水里，早已
埋下九十九道月光

千谷溪流淌的不是水，是梦
旋转桥将彩虹引入山间
竹林将时光织成绿色隧道
每一棵树都张开绿唇，吐露芬芳

乳白色的月光
从水底升起
沿桥墩向屋顶蔓延
流淌进红衣女子的闺房

一千座山铸成一支巨笔
横架在天空之侧，默默地
等待你的到来。千年之约
只为一幅鬼斧神工的画卷

月光的手指，昙花一现
梳理过周庄的发香
最终停留在你的眉梢

预约一个春天

疫情发生时
我在忙着预约口罩
从线上到线下
从冬天到春天
从来没有什么事物
让我如此关注、焦虑
这个春节的氛围远不如
一只口罩带给家人的安慰

今夜，你尽管做梦
只需翻过月光的背面
就能回到故乡

如果可以

杨青云

写给诗人的诗（八题）

——知名诗人系列

毛泽东

一颗不落的太阳在天安门广场
得到一个永久的安息
一个永久的伟大心脏
从此定格在世界人民心中

贺敬之

画中的漓江照我影子的桂林山水 水
出画中画

歌中歌 水接着水中画的神姿仙态 情
一样深

梦一样美 山一样绿的胸怀 祖国笑容
这样美

这样诗化着桂林山水 神姿仙态 帆
影回声

此情此景的心都在漓江春水中 对你
的爱百年沉醉

对你的青春不老 招呼刘三姐从天上
回来 指点锦绣

挥洒彩笔 要唱新歌随我来 要写桂
林也随我

千姿百态的独秀奇峰 在我的眺望中
升高

诗人与桂林的相望 洞开的双目没有
泪水

谁的骨头敲打着大地山水

漓江的胸脯下起伏呼啸的力量 他们
灿烂的笑容

梦一样美 情一样深

郭沫若

海已经安眠了 只看见白茫茫一片幽
光听不出丝毫的

涛声 远望怎么那样高超雄浑清寥

无数的明月圆睁着他们 《中国知名
诗人系列》

十里松原的无数古松一直沉默着 诗
人笔下的

海 安眠漫长的夜晚和一条花蛇爬过
晚风阔叶的手掌

爬过海的安眠 都听到一种声音 海
浪沙滩破碎的

声音 在目睹一首诗的圆寂和一颗诗
的太阳重生

丘树宏

出身低微 标准农民
官职也不高 比七品芝麻官大一点
《广东建设文化大省断想》
在《羊城晚报》发表后引发"思想
洼地"

"一个文人官员的心路历程"

骨子里充满着诗意中山或中山地域
文化

以"诗写人生路"为题 在《中山日
报》连载

诗人精神的命运 呈现了民族的方方
面面

诗人诗章中传达声音的突出例子是
一支笔把社科经济文学连在一起
另一支将农民文人官员兼诗人并举
把文化大省人类良知的化身
"我"即众生，众生即"思想洼地"
在渐渐注下权威部分的诗外或诗内
首先要从"诗外"出发
进而实现诗外与诗内一同迸发的广
东现象
获得新诗百年重新定位的正气和正义

康　桥

抱起《黄河》就不忍心再放下
生怕这一放下她的黄河就会瘦没了
身骨
就会随波逐流让黄河一天天流走她
灵魂的歌唱　躺在诗人的怀抱里
才会看清多年黄河流淌的黄河浪体
内携带的
泥土是黄金的灯盏　没有光就不是诗
歌诞生的受难
以及受难的黄河浪　没有火花就勿论
灵魂深处的
母亲骨髓一天天从我们心上流走
一天天从我们诗歌中消失
黄河　我要取出你体内的泥土
像取出黄金

唐德亮·之一

岁月的天籁以风的形式在群山的胸
脯上
刻下一行行披着彩绸的《苍野》

让芳草的气息淹没《南方的橄榄
树》踪迹
飞旋于森林之上的《心路漫漫》
给山民的灵魂加冕　从最初的《山寨》
滑向你与我参加广东省首届诗歌节的
不期而遇　在心的悬崖溅起诗歌光明的
钟声　向着铺满朝阳的诗之火光深处
奔走
站在城下的我遥望清远　揣着流浪的
心情
蓊郁的诗歌之林　仿佛又响起一万年
前的阵阵松涛
像无数扬起的声声召唤着生命的内部
爆出裂焰的虔诚　一如这欢乐的天使
因你的栽培呵护　痛苦和漂泊都不再
可怕

唐德亮·之二

一组《鲁迅先生》　歌赞中华民族最
可珍贵的珍宝
在软骨病泛滥的社会闪耀着诗的神
性光芒
一种比钢铁还硬的物质总是强硬着
"清远"这个普通的词
令我日夜向往　山的雾岚山的清新呼
吸　山野上的
鲜花　牵引着我渐渐长高　审美的视
线找到一片彩色天空　飘起
诗歌的形而上　缤纷的色彩承受着美
丽如画的
清远　会不会让你像诗歌一样飘起来
然后慢慢刻下一行行
象形的文字　一幅幅斑驳深邃的图案

我以青春的余脉守着

　　诗歌　守着清远像诗歌一样是否意味着写作的激情义无反顾

　　醉心于真相与虚伪的博弈

　　在《苍野》恋着清远的丽山秀水　今夜我诗的城池空无一人　轻轻拉开门闩月光醉了

　　风儿醉了　忘掉自己就像忘掉清远是多么的难

柳冬妩

　　一个农民工进入东莞之后

　　产生了一部深刻的《中国"打工诗歌"研究》

　　这是一方从乡村到城市人群的精神胎记

　　诗人不是上帝　只是比较敏感地用诗的方式表达情绪

　　用诗附着大地的泥土　与柳冬妩的土一起称之为

　　受磁力感应的一个地方　向另一个地方移植青春

　　定位命运的东莞之城　作为工业时代的人们在异乡挣扎着

　　不屈命运抗争的《新莞人》神话

　　为社会转型的直接载体成为

　　一个时代的绝响

林志山

在水墨画里读新疆（组诗）

在水墨画里读新疆

当一轮红日照到窗口
好事的小鸟又一次把我的梦境唤醒
我在水墨画里读新疆

神游美丽的新疆
在西去阳关的古道旁，挥手
在杨柳青青的岸边，呐喊
在古楼兰的情结里，喃喃
用文脉支撑的画意
把新疆描述得如此，艳丽
当记忆的风漫过，黄沙
当生命的桅杆在荒漠中举起一片，神话
马奶子葡萄睁开水灵灵的眼睛
那动容的美丽和希冀
是不是一张纸一支笔在黎明中对水墨的幻想
当沙漠中的骆驼傣船一样
顺着流水把生命的源泉，寻找
唐永谦，你已活成了国画里的新疆

我曾经在李白的《关山月》里寻找新疆的影子
天山的明月生长在苍茫云海里
几万里长风从玉门关，吹过
这是历代征战的地方啊
从来就不见有人回来过
战士们望着边疆凄凉的景色

想起回家的路，便只有无边的愁颜
我又从高适的诗中寻找新疆

在胡天雪尽的地方，牧人骑着高大
的马匹饮水，归来
月明下的笛声，悠悠
从战士们的楼间，飘着
那些画中人的眼神里
流露出一种生活的美与渴望
那《凉夏》里的少女是多么的英姿
勃发
那从小店门前走过的妇人步伐，坚强
那些坐生屋前小憩的男女老少，是
何等的自信与悠闲

写生版上的青春磨去了老茧
踏破万顷黄沙，你拽着几百轮残月
走进梦乡
夕阳是红柳梢头的鲜花
你总是把它藏进匆匆的行装
沙枣是驼蹄边的勇士
干渴的白刺时时裂开嘴唇
为了艺术的苦旅
一滴水，便是一个美丽的生命

当月落星沉的时候
毛毡房亮起灯光的坚韧
你收起昨天的回忆与足迹
从干燥的手指上
勾勒出最美的画意
《行走》《街头》《琴声依然》，
《守望》《石榴红了》……
维吾尔族少女的烂漫青春及一个个
动人的生活场景
那是对高原人们的激情演绎

你从吴道子到历代人物画家的墨迹
从徐熙徐渭的文骨里寻找画的精气
三次援疆，让蓝天与伊犁河记下万
里路程
那对达布达尔的母子和帕米尔的雪
莲，在你笔下何等传神
你的画里有着新疆别样的风景
天山脚下，你把灵魂交给草原、森
林、高山和湖泊
像马一样勤劳地奔跑，像鹰一样猎
取意境
一朵云的心事在喉咙里反复地压
缩，琢磨
雪莲花冲破寒冷，从冬天的寂寞里
欢笑
那些满含眼神的隐语，掀开一个世
纪的艺术浪潮
墙上的钟摆每敲一下，祖国和岁月
的嘱咐就在你的心中生出色彩
你的思想在写生板上，熬成沧海桑田
你的双脚不停地敲击着这片西域的
土地
把陌生的泥土敲打出稔熟的花香
从千顷碧绿的巴音布鲁克草原
从伊犁河畔的冬天
你用线条连接起民族的情谊

你用智慧树撑起一片碧蓝的天空
水墨画里的新疆很轻又很重。

2019年8月2日

赏油画即兴

在吴震寰的画境里，我徜徉
那是艺术灵魂的故乡
我看见一个长满络腮胡子的男人用思想
绘及画出一片诗的天空与四季的春光

在古老书房，一枝月季花怒放青春
有几百首诗词围绕着月季歌与唱
一个天仙般的女人从画中走来
撒落的花瓣足够香透每一个木窗
在诗人这些意境深远的画里
带给人们的是视觉大餐
又是灵魂的渗透
好的文学家都是修复灵魂的人
有的人用文字，有的人用画中的思想

这个长满睿智胡子的诗人
是和我在宋庄侃人生与艺术的大匠
他把天使和猛兽拴在一块
让诗与思维的绳索去把每一个喜欢
绘画的人的心扉紧套
让你心灵的小鸟在他的意境里飞翔
他的画是一汪宁静的湖
可以洗涤每一个游子身上的尘埃
照出清粼粼的光泽
让蓝天白云在他的墨砚里徘徊
变化成古今色彩的屏帏
挡住的是那些庸俗的理念
放进的是清新的思维

绘画不是搬运工
它需要有亘古与创新

中国有多少在画人物画花鸟
可又有几人储备了几十万吨语言和
文学作为材料
有灵魂才有画的精气
有文脉才有画的宏伟
花不飞兮子不顾
花飞缘自美人故
画与美人携花行
通行万里可有足

读画中的女神
有着天然去雕粉的畅快淋漓
有着含羞凝媚见君皇的可人可心
雾蒙蒙其花，更娇
水灵灵其态，更美
刻画的美，是诗
是千锤百炼的佳句
如李白诗里的贵妃，牡丹为之动容
如王维诗里的西施，水仙为之逊色
如杜甫诗中的王嫱，大雁为之羞愧
如乐天诗内的貂蝉，明月无能媲美

用古诗一样的意境去创作
用独特的审美视角去把艺术天地开创
画里是文学的结晶
让思想的云霞在色彩里，飞扬
他是一个爱美的使臣
画笔不知有多少斑驳的生活要像玫
瑰花一样，绽放
三月的柳丝刚挥去春天的浓郁
六月的艳阳下，我再一次来到宋庄
火热的夏天依旧像玫瑰一样在他的
艺术思维里，燃烧
那是梵高与莫奈的心智在启迪一种

艺术的时空

人世间，总需要几颗新星将艺术的
殿堂，照亮

我在吴震寰的油画里，徜徉
当后现代和古典绘画都迷失了向前
吴震寰的旗帜是鲜明而永恒
他举的是古文学与现代色彩相结合
的大旗
在艺术经霜的红枫里
他的油画语境是一轮鲜红的太阳
智慧的色彩
从他长满词汇的思维里，流出

二〇一九年九月十一日

一夜雷雨，欢腾了沉睡的小溪
水的涨势，仿佛要狂奔金山寺
青蛙已化作一只义勇双全的白头翁
对着殷红的果实一遍遍，吟唱
白练一样的浓雾从山腰，飘过
此刻，苏东坡一样的豪情，响起

鸟们在弹奏人世的炎凉与雨后的新意
墙边的杂草丛，躲着一个执槌的鼓手
鼓点正伴着秋韵的逍遥
声声入耳
临近中秋的蝶梦，已离梁祝的故事
越来越远
蝴蝶们的上下翻飞
只不过是寻求一种暂时的生活话题
最近很想写一些歌词
花开的时候我就来看你
可三月的花朵只是秋天的颂词

花开了又谢，谢了又开，
花开的时候又是遥遥无期

把一片落叶看作是秋天的过客
人世间来来往往，观不尽风马雾狸
夹一把面条，如同夹起我如梦的韶华
嚼一嚼，总是酸甜苦辣皆齐
在贤良而寂静的桌椅边
诗句是生锈的瓦罐
我在等一个叫三藏的僧人
来揭开压在心上的咒器
只想沿着一条清澈的小河前行
让菖蒲草和鹅卵石铺满秋天的画壁
那么，我又可找到住在森林中的神仙
让他指给我《过客》的谜底

白云在河水里悠闲地徜徉
听说山上曾经是野兔出没的地方
我想为那个喜欢兔子的好友
用画笔留下秋天的回忆

愿生活里日日月圆花好

清晨，有一朵五色祥云
从你们的头上冉冉升起
溪水如一个流浪歌手的吟唱
高调的嗓门把我写作的灵感攘走
留给我的只有秃树枝上
那一声声穿过几千年古韵和山林的
神秘而又直白的鸟啼

2019年8月16日

温阜敏

温阜敏诗选（组诗）

渐行渐远的故乡

渐渐只是一个普通名词
故乡，黯淡在粤东的丘陵里

老乡亲都化作灰白的照片
山歌已随梅江河流逝
我的祖居围楼曾岌岌可危
出门的下一代丢失了乡音

如今，金柚蔓延到北江畔
消解了矫情的乡愁
驿路迷踪，记不得松口港
只因为呛过大洋浪

每季的柚子花开
都会分娩出顽强无比的亲情
越过高山大海
抚慰远方模糊的乡恋

柔情出自血脉的印记
我敏感的心，油然
思绪如老马回到檐下天井
无数次想象那片祖上的红土
正宗的客家口音悠悠，回荡
在缀生着围屋村落的山地

真的没有资格，谈论
那座称梅道松的老家
从父辈开始的移民，哦

葳蕤枝叶正盛开天涯

越来越远，退潮卷去
远望故乡的背影，下意识
喉咙哽咽热泪
无师自通的《老屋家》划过

暮色苍茫中
我攥紧余温最后的暖意

听管弦乐《楼台会》

款款而深情
浓郁的爱恋从明代
汩汩流来……

水袖牵起十八相送
冠翅摇落江南杏雨
书院遮蔽不住萌心
草桥结拜赴万松
少年情怀总是春

旋律透着些许伤感
再次掠过会稽鉴湖
如雨细穿梅坞
如风和上柳桥
缠绵音符里 闪回
踏过山阴道
一路黄酒茴香豆
那年我探访祝家村
上虞一池莲叶田田
托负思念的重荷
恍如隔世
寒蝉凄切后

雯那的花开蝶飞
我感到楼台会的
是无语凝噎的暖晴

会心越调意识流
女儿红酿熟时
钗头凤飞过沈园
乌篷船边鸳鸯游
爱的永恒
至死不渝的追随
体验一种如影随形

情愫随曲终平复
想象楼台飞下的蝴蝶
振翅远去
万里渺渺烟波

夜海光线

必须沉入海的黯黑里
浸淫通透的暗夜
才能感受那遥远微弱的光

一支火柴的亮点
或转瞬即逝的鱼藻静电
当然，还有时隐时现的星空

蹒跚的夜海醉醺醺
饕餮吞噬了一昼的光亮
电鳗水母偷偷眨起眼睛

那年，从红眼班机俯瞰
我只看到漆黑的大海
却听到夜航船灯火的声音

那年，乘螃蟹船深夜渡岛
倔强的灯塔闪烁
黑黝黝在利剑下碎裂分崩

貌似虚无笼罩的波涛间
偶尔的光搅乱无视的寂静
颠簸的尽头还是远方

还是那年夜色吞没归程
不再迷失不再彷徨
我，是夜海一缕光线

读懂夜海阔契海星
在无光处发光
明亮不绝，延续海岸线边

注：答友问一网名意思。

方 阵

王建明

王建明，广东南雄人，清远市工业和信息化局退休干部，有诗集一部问世，其语言论专著即将出版。

2019年10月18—20日，参加母校792班全体同学在广东汕头市南澳岛举行的纪念相识四十周年聚会活动，感慨同窗情深，作诗五首，总作《回归》——回归纯真的青少年时代。

——题记

回　归①（组诗）

一生情缘

天 水 风
交织着秋天的奏鸣
推拥着我们
牵着
四十年前的那一头
牵着
五十一个学名的那一头
踏颤
脚下的每一掬秋阳
去寻找
每一张脸孔
去偿还
永远也偿还不尽的
青春挂念
我们
总是没完没了地挂念
总是有着
彼此永无休止的
莫名的渴望
带着深奥的
永猜不透的心灵密码
深储了四十年
发酵得时光颠倒
仿佛
不是昨天的相识
命定了今天的缘分
而是今天的渴望
逆定了昨天的相遇
我们挂念着
——交缠着莫名的渴望

在岁月的艰辛与纷扰中
似曾放下
可秋风吹起的时候②
又到心头
把五十一个
揉成一个蚕茧般的
谜团一样的不解之结
这是命运之结
——我们
像先天痴玩般地
像前世窖藏以待似地
在四十年前
在那个和今天一样的晚秋
来到珠江岸边
我们
是乘着时代的阳光列车
从康庄大道走来
我们
是朝着新时代光明的前景
追着珠江新起的浪潮走去③
却一步一步地走向你
——一个一个的你
五十一个你
仿佛冥冥中注定：
一眼照面
一生牵缘
……
我们 敏感于秋季
像野生物一般
闻着秋风送来的
只属于五十一个的
生物特殊信息般的
心灵气味
逐秋而来

为着你刻印在心的
脸孔、声音和影子
忘情地向汇集地奔跑
——曾经
我们也这样忘情地
向着四面八方
奔跑了四十年呀
不知道身后
系着珠江岸边码头的绳头
满以为
离开了眼前的依恋
远离了一个一个的你
就会无牵无挂地
到达辉煌的彼岸
到如今 抬起头
却还在你的面前
命运
用怎样的魔咒
让我们
感受着前行的快乐
却昏然履蹈在
无痕的浑圆里
一同绕上
漫漫回归路
……
我们
逐秋而来
我们没有指南
只知道以秋为始点
朝着海朝着太阳
向东 向东
向着一个一个的你
哪知道 在一个
随机的风景里

蒙然撞在了北回归线上
——又滑进太阳的轨迹
不可逆转地踏行在
回归的浑圆天地
……

① 作者于1979年10月至1981年7月就读于广东省商业学校792班。学校坐落在广州珠江大桥西桥脚下珠江岸边的滘口，位于广佛路口，紧邻芳村区和佛山大沥镇，这里盛行鲜花种植，有大片花地，附近有叫"花地"的地方，也有很多自然生长的木棉。组诗中多有提到这些景物。

② 作者是在1979年10月去省商校报到认识全班同学的，此时正值秋天，所以，"秋风吹起的时候"最能撩动"心头"的同学情结。

③ 1979年是继1978年12月18—22日党中央召开决定实行改革开放国策的十一届三中全会的几天后到来的第一个新的年头，也就是改革开放的第一个年头，从这一年开始，祖国开始乘上"时代的阳光列车"，迈上"康庄大道"，"朝着新时代光明的前景"前进，而改革开放在广东深圳迈的步子最大，带出了珠江流域的广东一拨拨"新起的浪潮"。

相逢初见

在四十年凝成一刻的
漫漫等候中
在静默而焦灼的记事本上
每一个缺席
都是无比沉重的叹息

每一个签到

都是无比激悦的欢欣

就这样

在蔚蓝的海光中

你又来到我的面前

你收起了便便大腹

束起

一个精神焕发的身姿

分明是

珠江岸边的翩翩少年

你灿然一笑

冲破重重憔悴

分明是

木棉花下顾盼生姿的少女

点燃

一炬记忆的火焰

照亮

心头的流年

用四十年的风尘

解读谜一样的你

用四十年的流水

洗练精准的词汇

——男神

女神

在我心里

五十一个

哪怕命赴黄泉

你呀你

都是我心中不灭的太阳

——永远系在

南澳的回归线上

牵动

一生一世的回归！

风情南澳

来不及欢叫一声

就这样浑浑噩噩地

涌过南澳大桥

涌入 南澳的风

南澳的海 南澳的阳光

如同新生的婴儿

无知于天地

傻扭起

滘口阡陌上的青涩憨姿

傻泼起

珠江岸边的青春情话

搅活

一岛风情

……

那船 那网

那海 那沙滩

还有

那海平线 日出和云霞

涌入眼帘

像一万年之前一样

像一万年之后一样

不离不弃地相随相伴

交融着我们童趣相堆的身影

和着我们

融融相惜的韵律

构起南澳一道独特的

绚丽风景……

你与我

在欢聚的无边的快乐里

有时 我刻意

落在队伍的后面
像躲避初恋的目光一样地
像暗眼偷看相亲对象一样地
回避我的尴尬
让我 从从容容地
打量你的背影
打量
一个一个的你
我热爱着
——我热爱我自己
就不能不热爱你
因为
那一个一个的你
就是一个一个的我呀
在南澳
在汹涌的海蓝中
在宠溺的秋阳下
在肆意撩拨的秋风里
那是
一团一团的火焰
那是
滘口花地沃土上
凌乱斗艳的群芳
那是
珠江大桥的东方
浴波而升的朝日
那是
四月里珠江岸边
临风怒烧的木棉
——交织着梦一般的
理想的光辉与英雄的气概
我不知道
不知道呀
那是你还是我

哪一个是你
哪一个是我
我只知道
我挺着和你一样的英姿
你迈着和我一样的步伐
高唱凯歌
踏上玫瑰色的绚丽前程
我只知道
在宿命的荆途上
无论春风得意
还是浊酒潦倒
蹚过四十年风雨
蹚过人情冷暖
你
依然是那一个我
我
依然是那一个你
在尘世的寻觅中
循着四十年前
你与我共酿的
深埋于珠江江畔的
揉着男儿血性和少女芬芳的
那一缕酒香
来到这静静的
亘古不变的回归线上
一同回归
这饮之不尽的
魂牵梦萦的
我们心头的
这壶老酒……

致小银盒

你，苏同学，怀揣着珠江岸边那颗火红的心，穿过四十年光阴，送给我们这小小的银盒；那银色的书签，凝铸的，岂止是五十一颗心，更是一个时代，更是五十一片深沉的家国情怀。

——题记

好像是
用银婚的颜色
和银婚的材料
做成
这小小的方盒
盛下
五十一颗心
和四十年光阴
难道
你要比拟爱情
难道
你精诚所至
竟糊涂返童
不，不是的呀
谁能说
爱情之外　没有什么
能有爱情一样的
甚至胜过爱情的
美丽　纯洁
强烈　深沉
去问一问珠江的水
哪一朵浪花
没交融过
五十一个青春少年的雄心
去问一问滘口的路
哪一寸泥泞

没重叠过
五十一对咚咚脚步的激情
去问一问花地的花
哪一枝红艳
没聚拢过
五十一双如鹰如焰
如月如水的眼睛
甚至　甚至滘口之外
甚至四十年家国
广州　岭南　中华大地
从"小蛮腰"到东方明珠塔
从"鸟巢"到"天眼"
哪一处辉煌
不融汇着我们五十一个
以及无数"五十一个"
一代人的
青春、热血与智慧
……

我们　曾随着伟人的崛起
像当年扛着铁锤镰刀旗帜的
时代骄子冲进血与火一样地
冲进恢复的第一个考场
一同汇入共和国的第一次蜕进
我们　曾在那个春天般的冬天
和着改革的春风　一同完成
与国家抉择一样的人生抉择
我们　曾怀着这神圣的人生抉择
与共和国一同开启改革大潮中
第一个春光明媚的年头
——1979
是啊，1979年
我们
魂牵一世梦绕一生的

1979年呀！
循着共和国安排的
难于再选择的
命运之路
在故国苏醒的目光注视下
沿着南岭水脉
我们 五十一个
完成了没有仪式
却比仪式更隆重的
珠江交汇！
我们 五十一个
满怀澎湃的珠江大潮
踏着急涌的珠江潮头
身随着身 手牵着手
心拥着心 一同融入
时代新生的
玫瑰色的梦想
……

因此啊
我们 五十一个
是糅合在一起的
一个时代的缩影
是熔铸在一起的
时代中国的一枚徽章
是塑造在这小小盒子里的
交织着个人与时代悲喜的
这枚小小的银色书签
她 她呀——
好似出浴于爱情
却是
比爱情更加壮丽的
我们五十一颗心的
共同爱恋
她

如同国家勋章
映照出
四十年风雨中
我们的
以及神州大地
无数"五十一个"的
生命的光辉
与祖国的荣光！

心之故乡（组诗）

　　2021年10月29—31日，作者前往湛江金沙湾参加纪念同学毕业分别四十周年聚会，感慨同窗情深，作诗五首，表达同学互为精神寄托，如同找到旧时的心灵之光，总作《心之故乡》。

——题记

同　窗

曾经
在那一方窗口下
命运
把你我格定为"同窗"
从此
一颗崭新的太阳——
那颗照耀过
1921年7月23日的太阳
那颗照耀过
1949年10月1日的太阳
那颗照耀过
1978年12月18日的太阳
在那个崭新的秋天的
那个崭新的早晨
用第一道金光

扫过珠江的一拨拨新浪潮
透过滘口的一片片枝叶
携带花地的一缕缕清香
照进你我共同的窗口
点燃了
我们命运涅槃的熔炉
点开了
我们百年交融的新生
从此，我——
是一个
与你一同被窗前的红霞
融化过的我

是一个
与你一同被窗前的星月
照亮过的我

是一个
与你一同被窗前的清风
陶醉过的我

是一个
与你一同被窗前的絮语
淹没过的我

是一个
与你一同在窗前评论过
腈纶与花呢衣料优劣问题的我

是一个
与你一同在窗前怀过少年春梦
盯过女同学背影的我

是一个

与你一同在窗前聆听过"靡靡之
音"的我

是一个
与你一同在窗前一遍又一遍
醉唱《乌苏里船歌》的我

是一个
与你一同在窗前被校长批评过
关起宿舍门来学跳舞的我

是一个
与你一同在窗前争论过
资本主义与社会主义是非的我

是一个
与你一同在窗前讨论过国家前途命运
忧患重重却信心百倍的我
……

"同窗"
像老家门上的旧锁
永远，永远
把我锁在
你的影子里！

一方小小的窗口
一框温暖的影子
直框过四十年
直框到天涯海角
直框到天涯若比邻

如深深的海洋一般
你的影子

总是掀起朵朵浪花
时而涌向心间
以青春的名义和风采
将我时时定格在
昔日的姿彩中
把苍老的时间，捣成
少年出门远行的第一程
四十年，时光流逝
一趟又一趟
名誉、地位
一程又一程
痛苦、屈辱
一浪又一浪
激情、搏杀
流走了狂沙流走了眼泪
流走了迷雾流走了浮云
我简朴的足下，只留下
饱满如稻麦的颗颗粒粒
——同窗、你的影子
还有老家老屋的门上
那把锈迹斑斑的旧锁
……

心之故乡

人生，起始于故乡
但在岁月的河流中
人生的故乡
岂止是儿时的
那一方池塘，那一棵古树
那一口老井，那一片门前月
对于我
朦朦初启心字乍开
少年的心花开在哪里

故乡，就在哪里
而你，就是校园里
开放在我少年心之故乡的
那一枝永不零落的花朵
正如
像牛犊一样奔跑在
你牧童般的视野里的
那一个我
你的侠肝义胆
与我的羞涩怯懦
你的热烈奔放
与我的纯真率直
交织在一起
曾托起
那飞奔于校园
如同飞奔于故乡小河边的
梦一般的岁月
今天，我又想起了你
脸上掠过一丝
像你一样的习惯表情
仿佛在血缘之外
有一点非血DNA
在桎梏习性，让我停留在
囫囵模习的懵懂少年
老脸儿竟像开放的花朵
而真正的花朵
是你，开放在我心间
——平凡的你
哪怕是一棵小草
生在寂寞的草地上
哪怕是一片落叶
裹在泥泞的路边
哪怕是一丛蛛网
结在被人遗忘的老屋

你总会像花儿一样
开在我的生命中
在永不锈蚀的记忆里
如同发小一般的
你的影子，常常冷不丁地
点亮我心之一角
那油灯一样温馨和暖的光
点亮
我生命的原色
时时带我进入
明月朗照和朝日初霞的
心之故乡……

假如没有了你

"没有天哪有地，没有地哪有家，
没有家哪有你，没有你哪有我。"
　　　——别离时代的流行歌《酒干倘卖无》

四十年前离你而去的时候
那些泣血的呼唤
如杜鹃声声
回荡于耳畔八方
那不是对血缘与爱情的追寻
是天地人
丝丝入扣的情缘的觉醒
却搅不醒
我疾行驰骋的壮志少年
更打不动
我少年轻别离的心
心里，只死死地
捏住一纸报到介绍信
以及奋斗、梦想
和似乎伸手可触的

太阳、月亮和星星
在曙光与黎明间欢呼

如今，四十年过去
洗尽铅华，我发现
指尖上、衣帽间、血液里
满满是四十年前被你的
青春热血濡染过的色彩
在行囊空空之际
留下一个
纯真的我
在寂寥中
回味那泣血的声音：
"没有你哪有我"……

是啊
假如没有了你——

就没有
与你一起晨跑过滘口泥路的我
就没有
与你一起扒过校门铁栏的我

就没有
与你一起追赶过十九路车的我
就没有
与你一起下过校井捞过落井水桶的我

就没有
与你一起煮过潮汕肉汤的我
就没有
与你一起尝过客家辣椒的我

就没有

与你一起抢购过《政治经济学词
典》的我
　　就没有
　　与你一起争看过《第二次握手》的我

　　就没有
　　与你一起哼哼过《啊，喇叭裤》的我
　　就没有
　　与你一起穿过喇叭裤戴过麦克镜的我

　　就没有
　　与你一起捡拾过木棉花瓣的我
　　就没有
　　与你一起洗浴过珠江清波的我

　　就没有
　　与你在花地争论得面红耳赤的我
　　就没有
　　与你恼恼恨恨却一生扯不断关系的我
　　……

　　我啊
　　十七岁之前
　　是没有父母就没有我的我
　　十七岁之后
　　是罩在你我重重叠叠
　　唱着绿岛小夜曲奔向太阳岛
　　追着甜蜜事业的影子
　　走过人生所有日子的我
　　假如没有了你
　　就一定没有了
　　没有了——
　　索不尽滘口余梦
　　满载着你心之光影的我！

抱　枕

　　——献给792班并向均庭同学致敬

　　我从多情的均庭情怀
　　取回来一个抱枕①
　　我是跋山涉水来到你的面前
　　为了领取你苦苦浇铸的心愿
　　我跋涉了四十二年②
　　四十二年前
　　我踏着南岭水脉来到珠江岸边
　　会遇一群英雄少年
　　曙光新照，万物欣舒
　　而崭新的日子
　　埋着劫后余生的创痛
　　埋着人性炙烤的余伤
　　多少莫名的焦渴
　　裹缠着"思考的一代"
　　我在茫茫沙漠寻找新的甘泉
　　烈日烧烤赤背
　　焦渴使我昏死在沙漠边
　　醒来时却在金沙湾海岸
　　抬起头已在均庭兄足下
　　一个彩色的抱枕晃在我的眼前
　　像一个充盈的泉壶
　　心之泉
　　从壶里缓缓流出——
　　真情，真情
　　惊醒我梦游般的四十二年
　　……

　　莫非
　　你有先知先觉
　　那时的你

以一张平凡的脸
融合在五十一个学子中间
真不知道是从哪一天开始
你以一道静静的隐形之门
待在我们身边
收集我们的喜怒哀乐
收集我们的焦渴
点点滴滴，收入在
我们共同的模里范里
然后，你带一怀珠江水
迈着期盼的脚步
踏过茫茫尘世，呕心沥血
调整着浇铸的材料
用无限的热情
把五十一个召唤一处
一遍又一遍
演示我们的姿彩
演示心灵深处的奥秘——

我们乐我们闹
我们笑我们哭

我欣赏你的浪漫
你羡慕我的老成

我感叹你的儒雅
你心怀我的质朴

我讽刺你你挖苦我
你诅咒我我冷落你

我搜集你的笑料
你抖扬我的狼狈

我骂你个窝囊废
你数落我个白痴

我曾经的痛告诉你
你昨日的愁晓知我
我们相祝这一个富贵好运
我们牵挂那一个穷困潦倒
……

我们，五十一个
拆不散猜不透的一个团团
却在你均庭同学哲学般的笔下
写下奥数般的解答
——抱枕！
是的
我们抱过枕过
我们枕过抱过

我们抱过故国神州
冉冉升起的新的太阳
我们枕过高高堆起的
牵动共和国新生的
高考复习课本

我抱过人生第一次见到的火车
你枕过命运里初闻的轮渡汽笛

我抱过秋夜里
珠江岸边露珠闪耀的晶莹
你枕过暖冬里
花地深处鲜花隐开的声音

我抱过校园的木棉
你枕过珠江的浪花

我抱过古籍书店难得遇见的旧书
你枕过北京书店万人哄抢的典籍

我抱过滘口的鲜花
映照过来的你的婀娜倩影
你枕过大桥的列车
传送过去的我的青春脉响

我抱过你十八岁
情窦初开激情奔涌的约会
你枕过我几十年
胜如一百年的热血郎君！

我们抱过枕过
我们枕过抱过
一年又一年
二年又四十年
春夏秋冬寒来暑往
家国升沉爱恨情怨
抱走了时光枕尽了春华
抱不走的，是792
枕不尽的，还是792

那算盘的图案
那黑得发亮
整齐而错落的算珠子
任你算盘课一百分还是六十分
得数只有一个
那就是——792

那痴迷的心的图形
写意的、印象的
像透明的液体一样流变着
流变出

五十一颗心之彩液的
神圣的交融历史

幻化中的朦胧
千道万道的朦胧
掩不住五十一挺胸脯里
抠出的肉团子！

那心形的流线
像金沙湾的海岸线
流出柔和的回环的
永世纠缠不到头的名字
"792抱枕"——"抱枕792"
爱也好恨也罢
情也罢怨也好
——来吧
你要念叨我们的好
顺回来
便是"792抱枕"
——去吧
你要不认我们兄弟姐妹
逆出去
还是"抱枕792"

我们的抱枕
抱枕，我们的792
天在这里，地在这里
人在这里，心在这里
抱吧抱吧
抱就抱他个天翻地覆地久天长
枕吧枕吧
枕就枕他个江淮河汉万里红遍
不求光照万世
要铸真情人间！

注:

① 在聚会中，黄均庭同学为同学们每人制作了一个同款抱枕，上面有算盘加抽象彩画图案，象征同窗情深如人与抱枕之间紧紧拥抱一样紧密，有感于此，做此事纪念。

② "四十二年"，1979年10月至1981年7月，作者就读于广东省商业学校，"四十二年"是指从1979年同学认识时至2021年10月金沙网学聚会收到黄均庭同学的抱枕时已过了整整42年；这42年，是同学之间情感交融中不断进行"心灵跋涉"的过程，跋涉了42年，才得到了凝铸同学友情的"抱枕"。

再见了，同学

——告别心语

再见了，同学
当金沙湾卷起蔚蓝色的巨浪
高高扬起
五十一颗金光闪闪的赤子之心
把金沙湾的一草一木照耀一新
我，却像当年奔向那个未知的你时
站在故乡村头挥手告别父老兄弟一样
向你挥起沉重的手

挥不去你依依的目光
挥不去你深情的微笑

挥不去相见时
你瞒不住的泪眼
挥不去倾诉时

你搭在我身上深深的依恋

挥不去你刚从名利场抽身的疲惫
挥不去我投向你怀抱瞬间的喜泣

短短的相聚是滔天的巨澜
轻轻的话别是强忍的惊雷

把无边的絮叨洒满归程
把硬硬的朗笑塞满车室
终究盖不住呀
心灵一隅的酸软

此刻，我能告诉你什么
哦，我回到清远了，勿念
——推开房门
却一头栽入了荒野
像瞬间落难一般
我对着荒野喊
同学，你一定一定
一定要好好的，同学
早一日归来吧，同学
我——等——你

曾纪勇

摄影照片题诗（八首）

题摄影《渔舟唱晚》

江天拥抱
点燃朦胧的梦想
月光灯光为晚霞饯行

唱响金色的世界
捕获金色
倚靠标杆
畅想尽头的繁华

题摄影《依恋》

扑向热烈的鲜红
欣然品读春风的芳香
聆听绿芽的心声
从容，坚毅

题摄影《峰林听雨》

甘雨弹奏乾坤
山峰昂首迎接
竹林弯腰倾听
溪流曼舞

踩响古老的石拱桥
笑声穿越虚实的圆洞
融会大美的时空

题摄影《历史印记》

江边岩石像蜂窝
一洞洞铭记船工的竹篙情
一竿竿撑出洞的甘苦

江边岩石像音箱
永久播放
船工的风姿
竹篙的渴望

题摄影《撒网》

网不住清清的流水
捞不起醉江的白云
网住了江岸的辉煌
捞起了美美的心境

江，还是这条大江
船，还是这条小船
他，有了新网

题摄影《瑶寨人家》

背向沧桑
把标志顶得高高
在阳光下彰显心灵
沉思着
眺望着
笑看前方

题摄影《北江渔鹰》

茫茫中漂荡，守望
顺势地攀爬，展翅
默默地寻找目标
迸射出战斗的眼光

题摄影《大线鸡》

披着锦绣列好队
闪亮前行
回头看靓丽
增添昂首的自信
惊醒陈旧的地砖
烙下矫健的新印

潘一丹

山谷有风（组诗）

我的祖国

我的祖国，在一幅画里
画里画外，如此多娇
漠河以北，白雪压枝
林中黑熊出没，长白山人参深埋
像过冬的柴火，内心填满温暖

长城，秦皇汉武的风呼啸而过
崇山峻岭依旧巍峨
长江，从雪山走来
蕴育鱼米金黄，内心充满欢喜

江以南，杨柳枝条为舟，青山绿水
为桥
开拓天地于波涛怒海间
唐诗宋词任风雨吟唱
薄如蝉翼的女子折花遮面
温婉

海以南，礁岩是大海的故乡
散落的岛屿鸟语花香
鲸群翱翔在深蓝的梦里
风帆下的男人目光有神
刚健

我的祖国，在一幅画里
火一样的红色，钢一般的筋骨
上下五千年
我是您飘散的一缕墨

山谷有风

山谷之风，衔来鸟儿的欢呼
树之精灵栖息在云端
摘取挂在星辰的琥珀
可触摸的夏天与蝉鸣
在福字回流中
拓宽人与自然的疆域

斑鸠站在枝头讨论着如期而至的夏天
画眉追着风赶路
百鸟归巢赋予一座山最热闹的体会

树林与河流
并肩站在一起
紧紧依偎仿佛是季节的恋人
我想用一座山来填补思念
在山的怀抱中
稀罕那块贴满乡愁的泥巴

潘家洞的水木年华

当水面划过"潘家洞"字眼
凝固的时间立刻流动起来
刚枝，一如老朋友伸出温热的双手
树木与湖畔，渐渐露出真迹
一如收敛的生命，流淌着越来越多
的善行

雁群飞过的天空，朴素而蓝净
一棵树
可以在风中飞扬，也可以在水里安详
它们正构筑一种时间的海洋，那么
恬静

可以摆脱速度带来的耀眼光华
可以静静地聆听，时光的回响

豆地的艺术浪花

其实，我们之间隔着一场风
和一场未展开的对话
也许是一种穿透力，让你挣脱一些
束缚
去豆地水库慢慢体会

云朵，挣开天空的碧蓝，到湖中排
浪向前
撞击在岩石上
这阵势，也惊醒不了晾在竹竿上的鱼
它是睡着了，睡在高起来的蓝天里

它挂在空中的身体是整个湖水

我听见各种声音传来
变成一种鱼肚白的光芒

此刻，湖是落下的云
云是升起的水
湖是画中的湖
画是湖中的画

当小舟划过湖面
如桨之翼扇出的疾风与蓝色水波
在一行行白鹭间旋转
还有一起跳舞的水草
都是自然安放在这里的精灵

在湖面的曦光里

一群书法家摄影家画家诗人，辽阔
地疾飞
时间的水纹
把他们的青春逼出一道闪电
一种无法言说的的生命力
像是超脱自然的深刻

罗明鸿

思恋草原（外二首）

辽阔的草原，
我生长的地方，
童年记忆留在马背上。
四季变换的春绿和秋黄，
珍藏心中的梦想。
掠过草原的雪雨和风霜，
练就我的勇敢和坚强。
跨上无所畏惧的骏马，
让我奔向更远的远方。
啊……思恋草原，
清风浩荡。

美丽的草原，
我永远的家乡，
离开了你我无比惆怅。
多少夜晚你进入我梦乡，
为你张开思恋的翅膀。
那一副马鞍和一群牛羊，
马头琴声声悠扬。
那一碗烈酒和一腔豪情，
毡房炊烟是回家的方向。
啊……思恋草原，
天地宽广。

湾区 湾区

我在春天抬头看湾区，
南海潮涌，浩浩荡荡，
粤港澳兄弟姐妹肩并肩，
就像巍巍的巨轮在远航。

我在夏天抬头看湾区，
艳阳似火，激情飞扬，
粤港澳兄弟姐妹手挽手，
就像矫健的雄鹰在飞翔。

我在秋天抬头看湾区，
波澜壮阔，豪情万丈，
粤港澳兄弟姐妹心连心，
就像巍峨的群山在歌唱。

我在冬天抬头看湾区，
面向蔚蓝，乘风破浪，
粤港澳兄弟姐妹写诗篇，
坚定迈步在复兴大道上。

啊——奋进的大湾区，
听不尽滚滚涛声震天响。
啊——美丽的大湾区，
看不够阵阵波涛翻巨浪。

深圳，美丽的"双拥"城

（一）

看见了你
告别故乡参军到部队，
看见了你
摸爬滚打汗洒练兵场，
看见了你

披星戴月站岗在哨所，
看见了你
风雨兼程巡逻在路上。
看见了你
抢险救灾冲在第一线，
看见了你
英勇杀敌胸挂军功章，
看见了你
退伍返乡致富显身手，
看见你
乡村振兴登上光荣榜。

（二）

向前向前，永远不变的旋律，
为国为民，奉献岂止在战场。
深圳，一座国际大都市，
哪能没有你奋斗的脚印。
深圳，一座"双拥"模范城
哪能没有你奉献的诗行。
梧桐山巅，有你瞭望的身影；
红树湾畔，有你执勤的哨岗；
边防口岸，有你猎鹰般敏锐双眼；
大鹏海面，有你舰船在乘风破浪！
你用"深圳晚安"，
送走西下的明月，
又是你用刺刀尖——
挑起东升的第一轮太阳！

（三）

一日从军，终生入列军魂附体，
脱下戎装，老兵新传神采飞扬。
从政从商，人人都是骨干能手，
机关企业，处处都是军营战场。
深圳，看见了你的汗水泪滴；

深圳，见证了你的青春梦想；
深圳，有叙说不完的军人故事；
深圳，有描述不尽的军人形象。
血染的军旗，可敬的子弟兵，
请接受祖国人民致敬的目光！

（四）

新的世纪百年大变局，
战争硝烟不停在飘荡。
"使命在肩，首战用我"，
对祖国的承诺阵阵回响。
"请党放心，强国有我"，
人民军队永远忠于党！

我们和平不忘忧患，
我们发展不忘国防。
军民一家啊，
我们把"拥政爱民"颂扬。
鱼水情深啊，
我们把"拥军优属"传唱。
"双拥"，克敌制胜的法宝，
"双拥"，通往胜利的桥梁。
风雨硝烟，军民团结紧，
人民是靠山，军队打胜仗。
风平浪静，军民团结紧，
军队是长城，人民笑声扬！

万斌生

新诗二首

远方人生的诗情

都说诗和远方其实远方就是诗 有古
体近体格律诗和自由诗
还有令人惊落下巴的怪异变体

远方是人生的诗情 是童年在父母怀
抱中七彩斑斓的梦
是青年人朝气蓬勃的荷尔蒙
是中年人辛苦劳作不竭的原动力
是老年人恬静遥望的天边的晚霞和
夕阳

政治家的远方是金字塔顶端一览众
山小的豪迈
是平民百姓的丰衣足食后坐高铁坐
飞机看世界或在广场上轻歌曼舞
诗人的远方离不开诗
诗坛是百花园不是商场
战士的远方则是犯我中华者虽远必诛
用枪弹击碎狼的脑袋

啊啊 每个人都是远方的朋友恋人或
奴仆

奇妙的缘分

如果世界是连绵的青山我们就是山
中的一棵大树
或一株小草 小草和大树相逢多么难
得的缘分

如果世界是浩瀚的碧水
我们就是水的一滴
或一条鱼　鱼和水相逢相依多么幸运
的缘分

世界是貌远无际的灿烂星空
你和我是满天繁星中的一点
星空中有恒星行星还有黑洞
奇妙的缘分将大家紧紧牵系

也许世界是一本无比厚重的大书
你和我 只是书中一个词或一个字母
因为排列有序大书有了生命　除了天
缘谁能胜任这神秘的编辑

缘分使万物聚合让我们相遇
相遇是多么不易且莫说相知
五百年的擦肩而过三世回眸
才换来一次美丽的邂逅

颜值使人目迷　才华让人折腰　邂逅
有水的柔曼火的热烈
两颗心如小鹿在胸口乱撞
三个神圣的字喃喃溢出双唇

且莫将爱字轻易出口
甜言蜜语从来轻似羽毛
爱岂止是花前月下卿卿我我
更包含责任奉献宽容还有
患难相扶 以沫相濡

片面的爱只是情欲
完整的爱才是真正的爱
真爱大爱的人如凤毛麟角　假爱小爱

的人如恒河沙数

世界很大很大缘浅缘深
不能相濡以沫莫若相忘于江湖

唐禄生

新诗三首

卧　佛

您静静地躺着
仰卧在水晶棺
不言不语，不再听闻人间事端
但面容却依然慈祥
仿佛已经睡着了，是的
您太累，为人民操碎了心肝

那是一个特别的冬天，一八九三
一轮红日初出韶山
"向苍茫大地，谁主沉浮？"
"唤起工农千百万"
誓"教日月换新天"，"山花烂漫"
首倡农村包围城市
高喊枪杆子出政权
"十万工农下吉安"

从井岗山到娄山关
从雪山草原到延水河畔
血雨腥风，一南一北两条道路
红旗漫卷，步步艰险重重难关
窑洞里那一盏不熄的油灯
点亮了民族的峰火

千万儿郎激情武装抗战

西北坡发出一阵阵惊雷
横扫蒋军八百万
就在进军北平的路上
您还在告诫：这是进京赶考
全党同志务须警惕糖衣炮弹

百年积贫积弱的"东亚病夫"
勇敢地跨过鸭绿江
打得美帝人仰马翻
短短二三十年
"六亿神州尽舜尧"
长城内外歌声欢

"弹指一挥间"
南湖聚义英杰十三
只有您亲手建设的党
领导人民推翻了三座大山
"先修那个三峡大坝"
"高峡出平湖"
八万座水库八万座粮山
工业学大庆，两弹一星入云端
农业学大庆，沙滩盐碱，荒湖边关
全都变成米粮川

功勋耀日月啊，恩重如泰山
虽然睡卧经年
瞻仰您的人仍络绎不绝，挤满长安
男女老幼，不分民族
虔诚膜拜，救苦救难
有人妄言将您拉下神坛
可是，在人民群众心里
您躺着也是一座佛

毛泽东思想
一轮红日永不落山

2019年6月26日凌晨0：05分写于北京开往武昌的火车上，2022年3月24日修改。

雨中情

山中晨练
大雨滂沱
单衣湿透
冷得哆嗦

秋风催秋雨
少妇风姿绰约
撑伞匆匆赶路
雨水在她身周溅落

"能共一下伞吗？"
我开口试探
毕竟男女有别
陌路相逢，心中横亘一条河

"可以"盈盈一笑
美女的回答干脆利索
雨伞外，大雨倾盆
雨伞下，阵阵馨香如鲜花飘过

"雨伞送给您家
我家就住在山脚"
声音温柔，伞柄余留手温
她却以衣蒙头，模样俏丽洒脱
我撑开讨厌的雨幕

望着渐行渐远的倩影
双眼湿润，寒意顿消
心里泛滥一条河……

月　饼

上午，是我写作的时候
手机，忽然铃声急促
心中好不耐烦
是谁打扰了我
野马狂奔的文学思路

"喂，你的快递。"
"哪来的？"
"广州。"
心中一片迷茫
广州没有亲戚朋友
三步并作两步下楼
快递果然来自广州
借用阳光仔细一瞅
惊喜拌蜜糖涌上心头

哈，远在深圳的女儿
网上订购，厂家发售
迢迢千里，满满情愫
圆圆的月饼金九！

田　雨

自然与人（组诗）

河源恐龙蛋博物馆

时间遗忘一切
也收藏一切
它隐匿历史
又复活历史
让六千多万年前
一个个庞然大物
在河源　找到了
自己的故乡

巨龙啸嗷　横走荒原
声震寰宇
一只地球巨无霸
雄视一切
睥睨一切
征服一切
在怒放的鲜花
与蔓延的野火中
突不破　无边的迷墙
生命被风干
被凝固
被风化
留下一副副铮然骨架
一只只来不及诞生　呼喊
即已成石化的蛋

一个无声的符号
述说着遥远的一切

传说的毒菜地

一片平展展的田畴
绿油油的蔬菜诗意地绿着
绿艳欲滴 绿势蓬勃 喜人
人们不知道，它们
嫩绿的叶，青色的根茎
一个个圆滚滚的瓜，一串串可人的豆
绿的外衣 已被泥土中
潜藏的金属物质浸蚀

那是一间间工厂
倾泻的毒素 渗透这片乌黑发亮的土地
菜农们不知 或佯作不知
这么可爱的青菜 竟会身染铜毒沉疴
它们将被收割，采摘，一扎扎，一
车车

源源不断地运去菜市场，走进万户
千家
走上饭桌，被当作叶酸、叶绿素、
维生素、营养素、纤维素……
走进人们的舌尖、胃肠，被消化，
吸收，滋生一个个
难以驱赶的病毒

充满诗意的毒菜地 就这样
可爱地绿着，茂盛地生长着，
一茬茬，一月月，一季季，一年
年……

鸟 窝

我悔恨，我曾捣毁过一个鸟窝

那是鸟妈妈含辛茹苦
为儿女编织的乐园
每一根树枝，每一条稻草
都积聚着鸟妈妈的血汗
都寄托着鸟妈妈的欢乐

一只只小鸟从这里孕育
将混沌而坚硬的蛋壳啄破
从无知走向成熟
从稚嫩走向丰硕
终于成了蓝天的勇敢主人
它们的歌唱与舞姿
给大森林与我们带来多少欢乐

可这一切的美好希望
都被我的罪恶之手打碎

那一天，我用一根长长的竹竿
将鸟窝强横捣烂，将鸟蛋戳破
让小鸟坠地冻僵
让鸟妈妈无家可归
而我却自鸣得意
把鸟儿的痛苦当成自己的欢乐

从此，鸟儿再也不来这儿的树上筑巢
没有鸟儿的奏鸣与歌唱
大树和我都感到十分寂寞

我悔恨，我曾捣毁过一个鸟窝
毁灭了鸟儿一家的幸福与欢乐

我曾千百次呼唤：回来吧，小鸟！

那动听的鸟言，鸟语，鸟歌

可是只有凄清的山风

与我应和……

癌魔进村

癌魔进村的时候

没有脚步 没有声音 没有影子

穿透皮肤

在人身上安营扎寨

左啃右噬 打一场没有硝烟的战争

这些貌似强大的人

这些喝河水长大的人

就这样 被黑色的河

浇灭了熊熊的生命之火

温柔了几千年的河

为何竟狰狞起来

藏着那么多的杀人魔怪呢？

癌症村想着想着

不禁打了一个寒噤

危险的灰霾

覆盖天空

绞杀白云，朝霞，夕晖

吞没太阳，星星，月亮

用谎言包裹真实

用肮脏擦拭干净

让毒跑进肺腔

让魔潜入肌里

播下痛，喘，失眠

吐出痰，血，健康

绞干丰腴 剩下骨头

搂抱火，变身灰烬

躲在黑暗的小匣子

永远不见天日

谁的黑手撒下

这弥天罗网 让人

逃无可逃？

芬 芳（女诗人小辑）

庞小红

庞小红的诗（三首）

小区门口派发肉菜的小男孩

蓝白相间的宽大校服和他小小的身体

极不相称

午后一点半我走过去的时候

他正蹲在大门口的地上

认真帮小区居民查找那一袋袋

分拣好写上房号的青菜和肉类

有邻居和他聊天

这位九岁，疫情期间每天早上十点

守着一大堆青菜肉类到晚上七点的小男孩

他经常不知道怎么回答大人们的问题

只是默默的，不知所措地笑着

有时跑到大门口的栅栏边帮他妈妈

传递肉菜

很多时候，身边温暖的人和事物

被我们不经意间忽略
如同那刻，阳光打在小男孩蹲在地
上的小小身子
就像地里正在发芽的种子
风和时光在那刻都停了下来

在水口村看梨花

在水口村的小山坡上，她们热烈盛开
那铺天盖地、汹涌而来的白
让光线失去平衡
我仿佛落入一场雪

这些朴素谦卑的小小子民
她们簇拥而居，抱团取暖
她们长着同一张素脸
她们是刚刚在水口村桥底下卖萝卜
白菜的大婶
是我乡下既要种地还要带孙子的大
伯娘

正是这些素脸
朴素的干净的白
我看不到，生活里
不可言说的脏和累

曹角湾的秋天

刚进村口，遇见的大多是老人
他们就像这个季节的黄豆，花生，
玉米
随意散落在田野，路旁

村口旁的小池塘里

荷叶正在慢慢枯萎
留下好看的阴影
200亩蟹黄菊在地里盛开
这大地上真实的虚幻

路上推着平板车归家的大叔
挑着花生从我身边走过的大爷
在晒谷场上收稻谷的老年夫妻
这些秋天的果实
落满盛大的人间

刘序珍

这些年，我们听过的歌（组诗）

一曲战歌

——致献身于监狱抗疫工作的警察职工

战斗是我们的职责，这个春天
一场没有硝烟的战役悄然打响

高墙内，蓝色之盾
举起春天的誓言——
请战，请战，请战
我来，我来，我来
像细碎的花，次第铺开
令人荡气回肠

指挥部深谋远虑，掌控全局
隔离备勤养精蓄锐，整装待发
隔离执勤任务艰巨，日夜奋战
后勤保障坚强有力，春风拂面

每一颗星星的光芒
都是战斗的光芒
埋伏的，冲锋的，后援的警徽闪亮

至暗时刻，我们就是那星星
轰燃自己，照亮别人的路
我们甚至可以牺牲自己
引来我们共有的春天

从未如此像现在，渴盼归零
这个零，是我们圆满的爱

从未如此像现在，渴望翱翔
时刻准备着，与暴风雪搏击

我们坚信，春天就在前方守候
是的，一个刚诞生的、婴孩般的春天

警花之歌

——致广东省女子监狱援鄂抗疫的
30名女警

映山红在春天显出铿锵的性格
——温柔不是女人的代言词

当武汉变成人间的一道伤痕
她们请战，义不容辞
她们请誓，义无反顾
她们逆行，义薄云天

古有杨家女将战沙场
今有三十名抗疫警花
洁白的纸上留下鲜红指印

铮铮宣言回荡在飞来岭

听不见一声汽笛
看不见一个人影
仿佛世界末日即将来临
唯有三十颗热血沸腾的心
在一切都躲藏起来的时候
早已鞭挞着快马飞向武汉

一声——
亲爱的战友，我们来了
顿时化作春风细雨
滋润了憔悴的花容
干枯的阳光从噩梦中醒来
争先恐后向上生长

警力严重不足
方舱四面透风
防疫物资严重短缺
……

困难山一般压来
有的人害怕
有的人因思恋哭泣

然而你们的脚步却未曾退缩
这不仅仅是你们的使命
更因为你们的心中
充满一个永恒的词——爱

这里没有刀光剑影
也没有枪鸣弹啸
这是一场斗智斗勇的对峙
又是一场惊心动魄的较量

笨重、密封的防护服
是你们最亲密的保镖
涓涓汗水浇灌出更美的青春

当狂风暴雨掀去头上的雨棚
你们的背影巍然挺立
目光比哲学还坚定

武汉的夜晚天寒地冻
你们铁一样永保战力
又像一颗颗燃烧的心
温暖着一颗孤独的心

三十个日日夜夜
在一个又一个困难的熔炼中
你们脱胎换骨
成长为三十颗璀璨的星星

每一位监狱人民警察都仰望着你们
然而你们却低着头说——
这是每一位监狱人民警察应尽的职责

藏蓝色的天空
因为你们，显得更加圣洁和庄严

抗疫防暴队之歌

高举着一只拳头
心便沸腾了
我们是监狱抗疫防暴队队员
更是铜墙铁壁
像一支游击队
哪里需要，我们哪里出没
口罩、消毒剂、体温计、隔离衣

抗疫的四大法宝
我们的铠甲
是藏蓝的战袍

一次次，迎着阳光明媚和暴风雨
一次次，目送另一个自己

夜色暗淡，灯光晃眼
雕像般凝固的背影
像闪着光芒的利剑

东方既白
外来车辆和人员
不断带给我们好消息

更多的站岗
烧尽我们的骨骼
更多的凝视
逼退病魔的暮色

砍断黑夜的幕布
唯有平安驻心头
我们走在不断伸长的路上
驮来莲花般的晨光
治愈这个春天的伤口
褪去疤痕的春天比以往更加光彩照人
那些濡湿的语言
以及，目之能及的遍地繁华
就是我们，最响亮的回答

警徽之歌

又是一个春天
喜鹊少女般嬉戏

无主的桃花在描摹
粉红发亮的口唇
但这一切，仿佛又被一方
浅蓝的口罩薄凉地隔离

高墙内，五星红旗
把错误的时光正了又正
亲密的天使，擎起紧握的拳头
搭好一把通向云端的梯子

风雨中，正南门迎来一个个朝阳
一根根小小的棉签
恍如一家老少聚大院
挑起平安的日子
逢阴则阴，逢阳则阳
唯有绿码无星才叫人欣喜

总有一些误入歧途的人需要引领
牢记初心和使命
顽石也能淬炼成金
一次次封闭备勤、执勤
一次次骨肉分离、带病出征
舍小家，为大家
春天的勇气能让深渊颤抖

抛弃思念
一枚警徽的光芒威武又仁慈
我看到春天在高墙内
重新塑造灵魂

他们——种下别样的春华
而这些能够预见的秋实
将是那些果儿和花儿
必须做出的回答

叶春秀

我喜欢

我喜欢
在春天蒙蒙细雨中
漫步河堤
听丝丝雨落的声响
赏条条新柳的嫩绿
悄悄柔柔
都是爱的絮语
相思的愁绪……

我喜欢
在盛夏清爽的晨风中
独坐山间
细观每朵山花的绽放
静听每只小鸟的欢啼
娇娇婉婉
都是爱的抒情
柔美的诗句……

我喜欢
在金秋浓浓的果香中
伫立村口
拾几片枫叶入怀
望云空雁阵南翔
心心念念
都是浪漫的期许
青春的甜蜜……

我喜欢
在深冬飘雪的日子
踏雪寻梅

拍一帧丽景
留一串足迹
倚疏枝斜影
静等一树花开
等来春讯 也等来
你的消息……

汤惠群

在心灵的窗上画一个圈（组诗）

画一个圆
画一个圆月又大又满
屋子很静 很静
风从山上吹来花香
灰咚咚冷飕飕的时节
我有了自己的圆月

找到了又找不到
雾霾中你的脚印
踏着落花 归去
有什么临别话赠我
灰色天宇阴云重重

你走远了或许还能归还
我走近一棵树又一棵树
所有的躯干都与我一起抖瑟
泥泞的姜草路上
春天从这里出发
隔着夜色
在梧桐树下轻唱离愁

画一个圆

画一个圆月寄给迷途的恋人
晨露的风声敲响了希望的钟
你可知入夜是归期

月下情愫

在没有鲜花的季节里
我要折一朵红玫瑰给你
用我火热的执着做它的花瓣
用我鲜亮的祝福做它的花瓣

夜是多么的好 风轻轻吹
圆圆的月悄悄躲进了云层
夜凉如水的感觉
因你而欢悦

今夜的月色异常美丽
就像我 你靠着我
我屏住呼吸 每一根神经都清晰地
感受着你的温馨

我所有的空间都洋溢着你
所发出的缕缕幽香
夜是多么的好
因为有月老做证

写给天空

我柔弱的名字如草
草像睫毛 闪着晶莹的露珠
洁白洁白地看着你

九千种凄愁
九千种苦与痛

都在等候
我已陷入绵绵秋雨里
不忍离去又无以自拔
青丝欲断
歌声比雁泪还苍凉

哥哥 严冬已覆盖了亚细亚
疲倦的太阳正在沉落
你那暖烘烘的胸腔
可作我一生幸福的眠床？

你是我致命的忧伤

你是我致命的忧伤
愈是阳光灿烂的日子
愈是想念

许多年以前的爱情
我们错过同一场春雨
我怀着深不可测的心情
倾听 你在阳光下的声音

雨 已经过去
当等待 被时间拉长之后
我把万千情思吐出来
献给 蚕的舞蹈
献给 织机的歌唱
至于自己 变蛹 化蝶
亦在所不惜

你无须承诺什么
我亦无须奢求什么
上帝和耶稣都做不到
对于所有的日子

我只能百遍千遍地祈求
你是我的生命
你是我的灵魂

月光落在地上

夜风轻柔地叹息着
柔美的月光
亦如音乐轻轻飘零在水面上

这样的夜晚正好恋爱
很快很快地就是天亮
踏着这灿烂的月光

然而我们已不再一起漫游
消磨这幽深的夜晚
尽管两颗心仍旧爱着
尽管月光还那么灿烂

请听一句我别前的誓言吧
你是我的生命 我爱你
我会好好收起自己的感情 自己的向往
任凭它们在心灵深处
默默地升起 悄悄地沉落
像这柔美的月光
轻轻 轻轻降落在大地上

盼 归

萨克斯正奏着 "Go Home"
窗外一片漆黑一片寂静
几点秋雨 几许飓风
无声地飘

屋内一盏孤灯一个身影
一本唐诗
一杯淡茶
偎紧我取暖

霓虹灯下
有匆匆赶路的人
我没有诗也没有歌
耳边只有萨克斯的"Go Home"

诗歌深处

汩汩的血沸腾着
泪却早已风干了
再也无法表达
激动 还是痛

生命的驿站
只剩下秋与冬
渴望森森长夜
总有明亮的眼睛在窗台亮着

神与浪漫
都抛我于飞天之外
无法仰视 无法触及
神诗一般的意境

我该如何把细腻的心思掰碎
再掺合深深 深深的语言
向你倾诉 向你倾诉

独自走进夜里

我独自走进黑茫茫的夜里

为一种失落 为一种企盼
恍惚上一个世纪的油灯
静静地从心底涌来

凄迷的街头让人想起颓废的篱笆
以及旁边的一朵无名之花
有着夜的彷徨与忧郁
夜静静地老去

半阕词突兀而来 缀着李家姐姐的清婉
混合着一杯咖啡的苦涩与幽香
繁殖着漫天星子的落寞与孤零
自由与浪漫仿佛已经久远

我终于将于夜的尽头驻足
以相思女子的泪水守望朝阳的升起
钙质的声音沉默无声
相思的女子日夜写着词的下半阕

等你 千年万年

八月已背过身去
秋 款款而来
叶子静静老去

今夜有雨
季节的凄凉扑面而来
一千个春天也比不上一场
离别的秋雨忧郁

爱人 我沉重得再也走不动了
我在爱情的山坳下歇一歇
如果你不回来
我将化成雪雕
等你 千年万年

叶 子

故乡情（组诗）

五月是一首回娘家的歌

"五月五，是端午，背个竹箩入山
谷……"
　　乡村的五月被一首古老的歌谣拉开
了温情的序幕
　　从姥姥的姥姥甚至更早就开始
　　"耍五月"就是每个出嫁女儿回娘
家的特别日子

　　飘香的粽子忙着走家串巷
　　糯米、红豆、五花肉和粽叶混合的
香味
　　从婆家门口一直飘送到娘家的村口
　　两鬓渐白的母亲靠在村口的龙眼树
下等待、张望……

　　母亲是个女子无才便是德的山妹子
　　她不知道有一条河叫汨罗江
　　更不知道大诗人屈原和《离骚》
　　她牢记着五月初二那天，女儿回娘
家"耍五月"

　　不懂人意的骤雨也赶来凑个热闹
　　归家的心情和打湿的衣裳没有商量
的余地
　　粽子在竹篮里安静地等待着娘家升
起的炊烟
　　娘啊，不要着急，出嫁的女儿就快
到家门了

浩荡的牛群组成了一支即兴的仪仗队
　　温驯的家禽放声演唱一首欢快的歌曲
　　屋檐下安家的鸟儿在空中婀娜地翩
翩伴舞
　　连柴垛也加入这次粽子飘香的温情
聚会

　　不管女儿近在咫尺还是远嫁千里
　　在端午前夕五月初二那天
　　一定带上亲手包的粽子回娘家"耍
五月"
　　因为，有娘在的地方，才是家……

七月七的那场雨

相约了一年的那场雨
在期待和欢呼中如约而至
飘洒的雨水
是牛郎和织女相逢时激动的泪滴

壮瑶的女子
是七月香里盛开的玫瑰
她们盛装踏歌起舞的欢声
奏响了节日的主旋律

小伙子的表白
从零星的洒水开始
姑娘回应后是传情达意的戏水狂欢
爱情在一场来得及时的雨水里萌芽

唱吧跳吧泼吧
每一颗水珠
都是七夕节最真诚的嘉宾
每一张笑脸

都描绘着快乐幸福的画卷

一场七月七的雨水
就足以令吉水河沸腾
一次向往已久的约定
拨动了心弦里最美妙的音符

中秋夜，月光光

"月光光，照地堂……"
古老的歌谣在月亮还没露面的时候
接二连三地响遍村子的每个角落
在孩子们捉迷藏桂花飘香的院子里
在下雨天溅起调皮鬼欢笑的巷子里
在年迈的祖母日夜不离手的葵扇里……

歌谣还在传，还在响，可是……
村子的模样和儿时的小伙伴
还有那些用笑声串成的往事
都去哪儿了？
奶奶，你眼睛不好
你现在住的地方也有八月十五的月
光光吗？
中秋的月光是否过分的白呢
你看，月光把妈妈的头发
和爸爸的胡子都染得洁白透亮
秋风你也不要太过鼓劲吧
家门口的银杏沙沙地抗议
不要再让爸爸的腰弯下去……

奶奶的微笑一定藏在明亮的圆月里
偶尔躲闪的星星和提着灯笼的萤火虫
一会儿藏东，一会儿藏西
忠诚的旺旺一家子围着门口

再一次倾听由亲情和爱组成的
流传了一代又一代人的故事……

"月光光，照地堂……"
今夜，我再一次唱……

九月九

九月九的野菊花
色彩斑斓地开遍你出入的小路两旁
点缀着你无声的辛勤汗水和
日渐花白的头发
请来一缕秋风　带上野花的清香
来抚平你脸上渐深的皱纹

九月九的女儿红啊
封尘了多少个春秋
深藏多年父亲对儿女的期盼
在这个稻谷金黄飘香的丰收季节
你才用被岁月压弯的腰身
来开启这浓得化不开的酒

九月九的金色阳光
照亮了千里之外思乡游子的归家之路
九月九的皎洁月色
温暖了家门口一直陪伴父母的小狗
归来的儿女在家的银杏树下为母亲
捶捶背
和年迈的父亲喝一杯最香醇的水酒

梁甜甜

梁甜甜（笔名：良甜），中国作家协会会员，黑龙江省作家协会全委会委员，哈尔滨市作家协会常务理事。鲁迅文学院与北京师范大学联办作家班研究生。作品散见于《诗刊》《诗林》《诗潮》等报刊，有作品入选《2019中国新诗日历》《2018年中国新诗排行榜》，出版诗集《花信芳菲》等。曾获第十届哈尔滨天鹅文艺大奖等奖项。

黑土地与金色花

塞外边疆，冬季漫长
一些踌躇的注脚，考验着生灵
在平原黝黑的土地上，冰封的江河
留存着祖先的记忆
每一场风雪都在驱逐安宁
北国无尽的苍凉，要凭多少顽强才能抵挡
要凭多少毅力才能照亮

战火，焦土，北大荒
每一个词都是山河恸哭的模样
头顶红星的逆行者迎难而上
他们举起盘古的斧头，在混沌的篇章开天辟地
他们举起神农的镰刀，在缥缈的荒原披荆斩棘
生命被料峭的风，以及前行的脚步声唤醒

金灿灿的冰凌花

冲破冻土的冷峻与坚硬，冲破岁月的晦暗与贫瘠
在大兴安岭的脊背，在小兴安岭的心窝开出金色的花
这是一种锋利的花
它冲破冻土冷酷的遁甲，倔强地书写奇迹
这是一种浪漫的花
它枕着冰雪晶莹的羽翼，温柔地唤归春意

苍翠的松柏镌刻着抗联精神的遒劲
绿油油的山林铭记着北大荒精神的奋进
逆行者教会生命坚韧与忠诚，然后与冰凌花一同化作春泥
冰凌花教会土地慷慨与豁达，然后与积雪一同融化
黝黑的肌肤渐渐被阳光柔软，森林将更多的生机种下
如今，在这片广袤的黑土地
奇迹站在每一个春天的枝头歌唱
如今，在这片广袤的黑土地
雨后蕴藏着彩虹，以及生命的迸进

郝菊先

郝菊先，山西省作家协会会员，宁武县作协副主席，《汾源》季刊编审，《奔月诗文》纯文学季刊编委，《青年文学家》月刊理事，出版个人专著及合集共8本。

郝菊先的诗（组诗）

树之歌

风是三月的心事
吹过小城
一树绿芽的眼睛
一荇又一荇
在寻找太阳的时候变绿
当叶子张开每一个毛孔
吸呐世间的尘埃
树口吐清气
摇动团团绿荫

雨是九月的海
一场比一场凉过脚心
站在一滴水里
树的思绪向泥土伸入
蜿蜒成一派根系
向着地心生长

把向上的希望留给天空
留给风景
你是沙漠期盼的色彩
你是流水的堤岸
你是披星戴月的行者
你是我眼中的神采
一年年长高

风在季节里穿行
吹着冷暖
你是泥土的孩子
在秋黄时归来
你是弱者的肩膀
擎起一个人站立的姿势

你是我的远方
多年以来
我跌跌撞撞地走着
把诗行挺立在大地

当你眼含脱俗的美

你的心思那么细致精巧
像一丝花蕊
中午的阳光似乎太强烈
要绿荫来守护
雨似乎太潮湿
需要一把伞
雪花很美
也多了几分冰冷

如何能恰到好处
想了很多
疼了这么久
你终于明白
出头的鸟
会有猎枪瞄准

当你眼含脱俗的美
别忘了脚踏实地
平衡那山间的云雾

窗

静静的早晨
静静的城
静得有点寂寞和担忧
不能静的是跃跃欲试的翅膀
想要飞出疫情的魔爪

自由飞翔

窗户是通往光明的渡口
来来回回地望着
望见往日的车水马龙
望见不设防的谈天说地
望见你不戴口罩的笑脸落满阳光

在门口驻足
拿回社区送来的
白菜 苹果 黄瓜
拿回一天的放心

十月的风有点冷
但屋子是温热的
楼下喇叭里吆喝做核酸的声音是亲
切的
小小的白色棉签
像雪花一样
浮躁的心在那里安静下来

想着寒风里防疫的人
想着核酸
想着防护服
想着疫苗
想着动态清零的政策
想着一场场疫战
想着生命至上的宗旨
悬着的心生出点点愧疚

隔着窗遥望
隔着疫情看世界
中国大地上写着
个厚厚的"福"

一笔一画方正圆润
透着春光

金莲花茶

在高寒的故乡
一个普通的名字盛开在山坡
金灿灿的花朵是大地上长出的小太阳

采茶姑娘每天对着太阳歌唱
花海边上升起缕缕炊烟

我靠近你的芳香
你依然飘着阳光的味道
我欣赏你的美丽
你在一滴水中起舞

我倾听你薄如蝉翼的花瓣
在沸水中绽放出黄金的声响
我想认领你花瓣上的脉络
想触摸你的花蕊
听你讲述茶娘的故事
讲故乡开满美丽的金莲花

我穿越一杯水看你
一年又一年
看着故乡

天池之恋

绿色的波纹在水里摇动
摇着天上的白云
那是谁的纯色裙裾
飘过眼前

像一朵无瑕的花
路过夏天的时候
嫣然一笑
便是万紫千红

再一次回眸
已世隔三秋
隔着一声长叹
隔着万里云山
你的眼睛是两潭湖水
沉淀了风沙雨雪
更加清澈明亮

你的名字叫天池
你是离白云最近的水
是镶嵌在管涔山的绿色翡翠
你是天上之水
是大地之水
吐纳春夏秋冬
任风起云涌
任日月轮转
依然在我的心头碧波荡漾

刘 云

刘云的诗（组诗）

炊烟不再

一支曲子
横在岁月的河心
岸很遥远
一些风干了的音符

在颤抖的指尖下忧伤如水
你从岸边缓缓走过
相信前生就是这样逆流而上
秋霜说落就落
炊烟再也没有升起

劳 动

养猪养鸡养羊还养着一大帮孩子
母亲在时光的算盘里盘算着
哪只鸡下蛋 哪只羊下奶 哪个孩子
要交学费
瘦削的日子在母亲的耕耘中逐渐丰盈

对 弈

世事如棋
在你我的对弈中
我押上了最后一枚棋子
九天十地
赌今生之输赢

从最初的举棋不定
思量再三
到最后的落子不悔
结局却出乎你我所料
你退入了死胡同
我也陷入了困局

你不选择
你的不选择就是我的选择
幸福之路千万条

我选择了通往春天的这一条

雪是一句空话

雪伤过我的心
那是在南方无雪的季节
无数霜的岁月凝固成雪
飘着窗外的人生
一朵一朵
支撑落雪无情融雪也无声的梦
为爱也为恨
为温存也为别离
为千里迢迢的一双手
轻轻地抚过斑斓的渡口

歌者为谁，为生命与生命的相对无言
想哭想唱
想初时的宁静与淡泊
想为冬天里胜似十把火的梅
写在同一片天空下
同一场人生

张美艳

青春之歌(外二首)

青春是一首诗
挥洒浪漫情思的朦胧诗
留下青春影子的散文诗
青春是一道坎
迈过高考的独木桥
走向人生的分岔口
选择了不同的方向
发出不一样的生命之光
青春是一扇门
社会角色的转换

抵住五颜六色的诱惑
青春是一幅画
绘制人性真善美的生活百态
青春是一首歌
弹奏自尊自爱自强之歌

生活的重负压不弯青春的腰
挺起的脊梁
伴着觉醒的脚步
迈向成熟
才发现
每个人只是天空飘落的雨滴
用来滋润祖国的每一片土地

扶贫天使的眼睛

扶贫干部就像屹立在山谷里的
一棵棵碧绿的蓝莓树
迎着山风
簇拥在云雾缭绕的蓝谷园
当风吹雨打凋零了你的花蕊
你哭了
但你不愿离去
你拒绝城市繁华的诱惑
你扎根在这静美的大山深处
依然深沉地爱着这片贫瘠的土地
因为
这里有你放不下的乡土民情
这里有你牵挂的扶贫对象
你在这守望的栖息地
虔诚地坚守着
不忘初心
信念如故
你们审时度势

你们就地取材开发
终于
你们的坚守结硕果
感动了大自然的天使
蓝色天使的甘露滴落在了蓝莓谷
赐予你灵魂的伴侣
为你挂起一串一串蓝宝石
蓝宝石像天使的眼睛
天使的眼睛是蓝莓
深情地注视着你
闪烁着胜利的光芒
你们就是一群可爱的扶贫天使

在一起　在一起
我们齐心协力　共渡难关

洪水无情　人间有爱
有险情的地方
都有救援人员的身影
巡堤、固河坝、堵漏水点、抽排水
几千人冒雨不停歇装垒沙包
与洪水赛跑
连夜筑起长长的蓝色堤坝
阻挡了洪水的入侵
这份情铭记于英德人民心中
这份爱载入英德抗洪救灾史册

洪水无情　人间有爱

天河破洞　倾盆大雨
下了足足一个月
北江泄洪之水骄横而行
市区内集水成涝　河水倒灌

洪水真无情
来势汹汹
淹没了24个乡镇的村庄和农田
也淹没了回家的路
昨日还风光秀丽的江南
今日已一片汪洋
只留下文峰塔
镇在河中央

洪水无情　人间有爱
奋战在抗洪一线的勇士
穿梭在转移　搜救的现场
洪水面前我们不害怕
因为有党员　武警　消防　公安战士在

谭　子

白云和星星记住了他们（组诗）

我的兄弟姐妹

在疫情的阴霾里
他们战斗
医用隔离面罩
遮不住他们端庄的面容
和天使般的眼睛

风吹过向秀丽公园
驱散了志愿者的疲惫
没有厌烦和恐惧
只有奉献和爱
他们洁静的灵魂
让白天的阳光也躲闪
夜晚的星星也羞愧

这些妻子的丈夫
丈夫的妻子
儿女的父母
父母的儿女
啊 这么多可敬可爱的向秀丽
都是我的兄弟姐妹

在风暴中

疫情蔓延
初冬忧郁

幸好有你挺身而出
将自己置身于阴霾的广场
为众人揭去病毒的面纱

黑色的风暴一浪一浪
而你是一面旗帜
高高飘扬
也是一盏明灯
闪闪发光

终于
阳光穿过云层温暖万物
微风传来桂花的芳香

白云和星星记住了他们

三位航天员一飞冲天
那颗孤独的桂花树
终于听到了茉莉花开

摘星星的女人
在天宫长发猎猎

她和她的战友们
和星星一起度过了除夕夜
鲜红的春联
喜庆的春节
散开了身边的一朵朵白云

今天
英雄们踩着春风的肩膀拥抱鲜花
他们的勇敢被白云铭记
他们的浪漫被星星牵挂

你致力于打造一个世界

——记道德模范谭云

你致力于打造一个世界
为曾经的23名学生
和现在的11个孩子

你本来是一片云
却化作了一滴水
滋润学子们干渴的心田
清澈他们幼小的眼睛

你还是一盏灯
引领他们在泥泞里跋涉
淌过夜的黑暗
直至看到灿烂的晨曦

你又是一艘船
用你的手划起双桨
带他们渡过闭塞偏远
来到甜蜜成功的彼岸

长桌宴长寿宴

长桌盛宴
长寿盛宴
巴马九九重阳节

盘阳河边繁衍生息
单薄的男人不单薄
柔弱的女人不柔弱
他们有山的品质
他们有水的灵魂
神秘的歌声传唱千年
古老而青春
拥抱蓬勃的根须
爱戴仁慈的长者
把太阳和月亮赞美
把生灵和云雾歌唱

山变成了人的脊梁
水变成了人的血液
长桌宴长寿宴
有传说有酒香
有祝福有期盼

王亚琴

番薯的春天(外三首)

金秋时节
薯界选秀如期而至

珠圆玉润之类
拔头筹 披锦衣 入厅堂
被蒸煮煎炸 被大快朵颐

名利荣华 转瞬即逝

被遗弃在角落的丑番薯
艳羡过 失落过
渐渐沉默 平静

扛过梅雨季霉菌的侵蚀
心底蓄积已久的能量
终将爆发

薯苗儿倔强地绽放
向阳疯长
绿意蔓延了一方
天地

时　钟

圆圆的脸蛋
挂着三根奇妙的针
高矮胖瘦不同
行进速度不同

跑得最快的那根只在千钧一发时备
受关注
优哉游哉的那两根在寻常日子里占
尽风光

这极不匀称的家伙
却以恒久不变的频率酿出了最公平
的产品
静静地给予，慷慨无私
悄悄地溜走，毫不留情

有时是安然的陪伴

有时是沉重的醒悟

他的脚步却蹚出了
一条没有尽头的岁月长河

看 天

天空郁郁寡欢
又似蓄谋已久
蓦然它打开了蓝牙

窃喜自己竟是低头族中
那个不够虔诚的孩子
连接成功
仰望天空

同一时刻
左边蓝天白云
右边阴云蒙蒙
所谓风云变幻大概如此
泾渭分明得像被撕开
一层层剥去灰色伪装

伫立迷茫边缘
见证一次穿越
一次境界的跨越

破茧而出般
豁然开朗
蓝天清澈
白云明净
心如止水

天，还是天

母亲的手

我在发电机的轰鸣声中醒来
望着您在成排的发电机和配电柜中
穿梭，按电钮，开合电闸
仿佛天地都在您的操控之下
那铁做的家伙又怎能不乖顺呢？
难道您的手有魔法吗？

作为女汉子的您
双手如两把锉刀
您自称是天然搓澡巾
洗澡时我就像发电机的零件
被您搓洗得光洁明亮
上学后我才知道
这叫一丝不苟的职业病
感谢您给了我一个纯洁的童年

作为职场精英的您
很少抱我在怀里
总是一只大手抓起我夹在腋下
后来我才明白您的另一只手撑起了
半边天
感谢您给了我一个安稳的家

作为母亲的您
双手法力无边
在我眼里您定是超越了孙悟空的
七十二变

再普通不过的面粉和蔬菜
在您手中发生着各种物理变化和化
学变化
老妈千层饼，巧手炸茄夹

绝味酸豆角，王牌辣椒酱
您用创意和汗水酝酿美食
造就了我灵敏的味觉和挑剔的胃口

最便宜的花布和棉花
东拼西凑的旧毛线
在您手中扭动翻滚舞蹈
细细密密的针脚熬过了一夜又一夜
棉衣棉裤棉鞋
毛衣毛裤毛袜子
您把温暖埋在了我的心底
在失去您的寒冬里我得以慰藉

那些物资匮乏的岁月
并没有磨灭您对美的追求
您那粗糙的大手竟然变出绚烂的花朵
用铁棒烫卷的刘海
用熨斗压平的裤缝
用碎布头拼成的书包和蝴蝶结
您把美种在了我的眼里
从此我的世界只有美

虽然我从未见过您的纤纤玉手
虽然我最后一次抚摸您的大手时
您已无法回应我
但我知道您从未离开过我

袁长立词选

瑞鹧鸪·月夜思亲

寂寞南窗半敞开，盈盈桂魄挂天垓。羁客胸萦桑梓树，家园谁在菊花台？　相别忧愁绪满怀，相思勃郁泪流腮。但觉月辉增一缕，晓君远送目光来。

注：（1）该词，为《瑞鹧鸪》词牌第三体。（2）盈盈：形容仪态美好。（3）桂魄：月亮的别称。（4）勃郁：旺盛。

献仙桃·水乡清吟

天青空气未沾尘，壤沃芳茵乐逞春。渊沼溪河都是景，水乡环境很宜人。　洼涔逮蟹需灵性，滨畔垂竿有气氛。栉比画楼临水浒，风流小镇傍渔村。

注：（1）芳茵：茂美的草地。（2）渊沼：潭和塘。（3）洼涔：水坑。（4）垂竿：垂钓。

小重山·喜爱夜间敲诗

长夜萧寥人不闲，炼思尤活便、意绵绵。唐诗同等宋词妍，欣喜把、平仄苦研钻。　斟酌自无眠，常常持续到、五更天。丽辞佳句恁韶鲜，酣吟咏、陶醉这清欢。

注：（1）该词，为《小重山》词牌第三体。（2）炼思：指诗思。（3）活便：灵活。（4）研钻：犹钻研。（5）五更天：天将亮时。（6）韶鲜：美丽鲜明。（7）清欢：清雅恬适之乐。

淄博专栏

主编：张维青

祁国凯

闻网红淄博烧烤感吟

满城烟火气，烧烤蔚为观。
四海闻香至，三齐有味欢。
春风吹笑靥，明月照炉摊。
串起民生事，结成方寸丹。

王冀川

七律·赞淄博烧烤

齐鲁风行特色游，搭台烧烤拔头筹。
纹枰借此得先手，撸串因之上热搜。
善治相宜交口赞，佳肴不负慕名求。
民生百事寻常做，胜过空言吹破牛。

刘建华

淄博烧烤

烧烤燃淄博，浓情热抖音。
一城烟火气，温暖九州心。

刘璐昌

咏淄博烧烤

千年烧烤味今浓，四海五湖寻正宗。
高铁飞奔缘口福，真诚淄博大襟胸。

李全录

七绝·站在太行看淄博

淄博一夜烤出名，最炫山东好客风。
诚待宾朋八面火，爆红岂是两天功。

孙丽娟

山里红生态园吃烧烤

生态园中摆灶台，为餐美味慕名来。
花间畅饮添情趣，再写新诗有素材。

郭通海

题淄博烤串（新韵）

以串名天下，八方客若河。
乾隆如在世，定会下淄博。

顾修俊

进淄赶烤（通韵）

四海闻名技艺工，青葱白饼串珠红。
无烟火旺香飘远，带去淄博情意浓。

孙振全

赞故乡烧烤

久闻烧烤漫飘香，淄博春潮涌动忙。
客到吾乡谈业盛，人来异域赞荣昌。
情催炉火浊醪羡，梦断盘餐美味尝。
鲁菜发源天下晓，今朝撸串玉声扬。

杨升发

淄博烧烤赋

结阵连营不夜天，飞机专列客连绵。
围炉爱嗅草原味，对酒欣尝大海鲜。
旧友高谈宵有韵，新方美誉院无烟。
心脾深沁难忘却，笑约重来醉比肩。

王文良

行香子·淄博烧烤

烧烤盈香，专列通航。引来宾、喜聚黄桑。怡然结队，慕顾争尝。见火炉旺，肉鲜美，味深长。　　热情周到，店面排场。心舒畅、自得清狂。干杯撸串，无限风光。映客家欢，商家乐，国家昌。

淄川区诗词学会诗赞淄博烧烤（159首）

韩　霞

赞淄博烧烤（通韵）

烧烤火出圈，四时红透天。
缘何夸此景，盛世太平年。

车　云

淄博烧烤

自在意何深，山河跨越寻。
淄城烟火气，最得众人心。

孙宝明

山楂树下烧烤（通韵）

千亩山楂树，白花绿伞张。
笑颜围碳火，撸串满山香。

高书长

吃烤肉（通韵）

啤花入口芳，烤肉打馋肠。
梦想人生路，低头碳火旁。

李振雷

淄博烧烤

东西南北中，相聚古齐城。
只为来烧烤，艰辛万里行。

耿加臣

淄博烧烤（通韵）

家人宾客聚，串串万千席。
味美香中醉，佳肴梦里迷。

高书长

烧烤（通韵）

淄博烤肉香，远近客来尝。
串大公平价，卫生又健康。

蒲先和

淄博烧烤

寻常厨下物，烧烤出真香。
明月来相照，千杯夜未央。
千里乘车至，陶然愿已偿。
临行捎些个，莫忘敬高堂。

车献亮

排律·淄博烧烤

——淄博烧烤·千年传承(通韵)

齐鲁有真传，食材木炭燃。
神农三百代，华夏五千年。
王母得烧味，玉皇尝烤鲜。
香招云外客，美引洞中仙。
虫品形龙马，雀闻成凤鸾。
人人吃烤串，日日有炊烟。
崇拜新天地，和谐大自然。
八方寻古镇，千里涌淄川。

蒲风群

淄博烧烤

小饼撸鲜名尽扬，鲁淄烧烤口留香。
笑迎各地远来客，欢聚高歌礼义乡。

黄宽远

淄博烧烤（通韵）

无烟烧烤透天香，食者慕名来四方。
美酒佳肴留远客，情逐淄水话汤汤。

殷寿德

赞淄博烧烤（通韵）

淄博烧烤爆神州，馐馔真传古韵留。
撸串青葱卷酥饼，美食文化自千秋。

张淑燕

淄博烧烤出台新政有感

烧烤新题催达变，层层优策市间传。
淄州印象八方赞，同谱民生烟火篇。

赵玉霞

火了淄博烧烤（通韵）

名吃美誉九州飘，车载船装人似潮。
馋嘴好奇加雅兴，情酣不怕路途遥。

王克华

淄博美食烧烤（通韵）

火遍全国成亮点，围桌品串万人欢。
薄饼卷入口流水，好客美食名远传。

张希峰

激情撸串（通韵）

网红齐鲁追奇景，吃客缘来美味招。
肉串煽情炉火炙，酱葱小饼裹新潮。

邵其金

淄博烧烤赞（通韵）

淄博烧烤美名扬，食客源源挤满堂。
酒不醉人人自醉，已将此地作家乡。

袁 群

写在烧烤热之际

红尘谁不问三餐，悦胃悦心家国安。
串串流香无胫走，一城烟火一城欢。

陈勤孝

淄博烧烤

淄博烧烤誉山东，烟火人情格外浓。
小饼卷葱加肉串，带来经济照天红。

王会君

赞淄博烧烤

好客山东美誉扬，请来淄博赏风光。
亲朋餐会悠闲坐，烧烤相陪色味香。

张成海

淄博烧烤

淄博烧烤美名扬，四面八方来品尝。
火爆岂唯因烤串，周全服务热心肠。

张成前

淄博烧烤

木炭铁炉香味绕，淄博烤串春光好。
五湖四海友朋来，一簇星光黑夜少。

张学怀

烧烤（通韵）

　　三十年前赴吉林省海龙镇寻亲，初尝烧烤，不知何物。东北人曰自内蒙古传来，且须用牛油。今见淄博火遍，有感而发。

烧烤初尝在海龙，卅年火遍鲁中城。
肉鲜味美小葱嫩，天上人间共月明。

高存永

赞淄博烧烤（通韵）

放眼淄博炉火红，霓虹闪闪店兴隆。
举杯邀月宾朋饮，饼卷肉葱香味浓。

高书长

淄博烧烤传九州（通韵）

美味迎来千里客，串香送往四方人。
福星闪耀淄博地，明月光临齐鲁门。

高名春

赞淄博烧烤（通韵）

红炉肉串摆餐桌，朋友相约酒对酌。
淳朴招来天下客，淄博烧烤耀全国。

高素长

赞淄博烧烤（通韵）

薄烟缭绕漫天舞，香味扑鼻串串撸。
好客淄博迎远客，慕名品尝赞如初。

吴永春

赞淄博烧烤（通韵）

用料新鲜味特香，外酥里嫩色焦黄。
不曾入口流馋水，千里驱车来品尝。

贾雪梅

赞淄博烧烤（通韵）

串串金黄美又香，细嚼慢咽品时光。
诚实守信淄博味，火热出圈誉四方。

张训远

赞淄博烧烤（通韵）

霓虹溢彩明街巷，撸串饼酥烧烤香。
市井升腾烟火气，淄博好客美名扬。

刘其仁

记鼎盛烧烤（通韵）

淄博烧烤醉人夸，肉串羊排大对虾。
更有清新鲜素菜，宾朋畅品忘归家。

孙建红

淄博烧烤火了（通韵）

小店人多挤满堂，自烧自烤味飘香。
灵魂三件都齐备，对酒当歌共举觞。

吴贻明

赞淄博烧烤（通韵）

近城远客似疯狂，直奔淄博撸串忙。
只为一餐烟火味，披星排队不彷徨。

庞玉华

淄博烧烤火了（通韵）

淄博烧烤美名扬，远近嘉宾都品尝。
串串食材成色好，外焦里嫩齿留香。

蒲　广

赞淄博烧烤（通韵）

铁签摆列肉丁穿，炽旺小炉腾紫烟。
火上炰燔香四溢，佳肴伴酒胜情添。

张福德

晚间撸串（通韵）

闪烁灯光不夜天，冰轮高照乐翩跹。
帅哥美女围炉坐，豆腐肉蔬香嫩鲜。

孙德功

题淄博烧烤（古风）

网络掀起烧烤热，五湖四海皆来客。
众人围炉谈笑间，共食人间烟火色。

陈继房

山里红生态园的烧烤（通韵）

香风尽绽淄博爱，浪漫扎山更释怀。
美味非单城里有，山楂树下等君来。

孙树永

淄博烧烤（通韵）

大美淄博烟火气，小饼酱葱撸串儿。
营造招牌客入流，网红直播最有戏。

孙宝明

城中烧烤进山庄（通韵）

扎山坡上山楂树，簇簇洁白馨满乡。
游客喜闻烟火味，淄博烧烤进山庄。

曹永学

淄博烧烤（通韵）

袅袅炊烟烤串多，春芳万里醉淄博。
引来天下美食客，一路狂车一路歌。

陈继永

淄博烧烤（通韵）

缭绕轻烟食客忙，炉中碳火带熏香。
古城烧烤应时热，特色闻名播四方。

李振雷

淄博烧烤

炉火彤红映目光，牛羊猪肉串成行。
滋滋冒气飘佳味，料蘸青葱齿满香。

孟凡众

赞淄博烧烤（通韵）

何香竟引客涎流，千里不辞撸串求。
处处火红惊日月，淄博一味爆神州。

孟秋菊

咏淄博烧烤（通韵）

孜然香气漫空飘，小巷大街人若潮。
千里不辞寻美味，网红一夜爆云霄。

蒲　泽

淄博烧烤（通韵）

今春大事噪淄博，张店名城烧烤多。
知味寻香宾客到，约亲唤友坐一桌。

肖长富

淄博烧烤（通韵）

淄博烧烤起云烟，小火烘熏暖世间。
莫怨馨香招味蕾，难辞飨客昼宵婪。

于新民

火热烧烤赋诗情

淄城一举秀红名，烧烤商家忙不停。
主政高招赢世赞，助推餐饮旅游兴。

董占春

撸串闲寄（通韵）

好个清凉四月天，一街烟火大出圈。
窜红烧烤真淄味，千里驱车为解馋。

孟凡军

淄博撸串（通韵）

玉皇大帝早临朝，烤肉味香天上飘。
快探何方出圣火，淄博撸串势如潮。

曹金娟

淄博烧烤（通韵）

淄博烤串神州盛，海北天南游客尝。
架起红炉飘五味，烟熏火燎嫩鲜香。

孟　文

特色淄博（新韵）

天南地北皆来客，撸串淄博烧烤城。
味美香飘谁不醉，举杯同赞未虚行。

宋长灵

淄博烧烤（通韵）

炉火燎红烧烤园，高朋满座举杯欢。
品尝撸串独香味，盛赞淄博好客篇。

张明荣

红火淄博（通韵）

哪路神仙燃圣火，清明四月遍淄博。
美食醉引八方客，齐鲁公民唱赞歌。

赵永锋

淄博烧烤（通韵）

淄博烧烤独一味，豪爽包容炭火香。
齐鲁实诚风自有，热忱以待美名扬。

蒲先鹤

淄博烧烤（通韵）

一凳一桌一烤炉，一签一饼酒一壶。
满城塞北江南客，此味皆言天下无。

刘英本

淄博烧烤火出城（通韵）

烧烤灵魂三件套，淄博人气火出城。
八方游客来撸串，高铁专程齐地行。

张金霞

淄博烧烤（通韵）

撸串组团围炭炉，聊天谈笑话前途。
真材实料品滋味，火燎烟熏香嫩酥。

张杰华

淄博烧烤（通韵）

素荤串串溢燔香，食客源源自四方。
喜看黄桑烟火气，露餐美味醉仙乡。

李韵姝

烤中见真情（通韵）

串串滋香四溢飘，八方赶烤客如潮。
黄桑不负国人意，诚信迎宾誉自高。

孙传平

烧烤（通韵）

伏羲首创美食烧，麻叶泥巴野兔包。
串串今夕待宾客，蘑菇大蒜肉香飘。

咸玉娣

赞淄博烧烤（通韵）

围炉烤串兴勃勃，齐赞美食香且多。
笑脸相迎天下客，人间滋味在淄博。

史良太

淄博烧烤赞（通韵）

先闻肉串飘鲜味，后品青蔬满口香。
专列温情迎贵客，淄博烧烤美名扬。

丁乃玉

淄博烧烤热（通韵）

好客山东名远扬，淄博烧烤惠家邦。
南来北往皆吃货，少妇老翁争品尝。
免费的哥抢接站，贴心巡警护征航。
嘉宾撸串饱餐后，请到聊斋文化乡。

张良学

淄博烧烤赞（通韵）

天宫浩渺升祥瑞，雾气迷蒙宝殿欢。
烤肉烧鱼添蘸酱，端杯饮酒话悠闲。
但将壮志餐中定，怎奈时光指隙旋。
莫叹佳肴天上有，淄博放眼尽开颜。

王墨琴

淄博烧烤（通韵）

鲁中烤串兴天下，大美淄州锦上花。
四海扬帆登半岛，三山驶驾入吾家。
熙熙攘攘通衢窄，密密麻麻广场狭。
品罢依依程欲返，深情极目尽夕霞。

万　顺

淄博烧烤赞（通韵）

众客云集烧烤城，淄博菜系早出名。
三餐品类诚心上，四季商家厚意迎。
味正鲜鱼亲友爱，香浓小饼贵宾争。
游人赞赏齐都美，感叹般河孝水清。

孙振全

赞故乡烧烤

久闻烧烤漫飘香，淄博春潮涌动忙。
客到吾乡谈业盛，人来异域赞荣昌。
情催炉火浊醪羡，梦断盘餐美味尝。
鲁菜发源天下晓，今朝撸串誉声扬。

吕学玲

淄博烧烤热（通韵）

肉串小葱甜面酱，齐风齐味醉八方。
故都挥汗曾成雨，淄地飘香堪绕梁。
留客留情赢好运，善心善政谱新章。
千年一遇千年备，岂有一朝烟火昌。

崔其泉

淄博烧烤

花红柳绿正新妆，四月春风孝水旁。
炉架双层生暖意，肉连单串动心肠。
琼浆痛饮情难尽，金曲高歌乐未央。
烟火小城今又是，亲朋围坐话家常。

孙启根

淄博牧羊村烧烤（通韵）

淄博烧烤越千年，锦上添花万口传。
美味招来云外客，馨香醉倒洞中仙。
懿行嘉语高朋乐，厚意深情雅士欢。
喜看牧羊方寸地，五湖四海共骈阗。

张成坤

淄博烧烤（通韵）

香烟漫地醉醺天，诸路仙佛下界观。
车水马龙远客满，火炉肉片惹神馋。
重情学子昔别泪，厚道齐人再聚欢。
小串无心争甲榜，淄博烧烤笑苏川。

李振雷

淄博烧烤

亲朋围坐桌边旁，肉串横于炉火梁。
男女皆宜同桌做，叟童都爱两头忙。
小葱代表人豪放，面饼标明主善良。
世代传承谋俏境，千年烧烤誉他乡。

孙德冰

淄博烧烤

鲁味园中又一金，网红食客竞相寻。
重商不管陶朱事，利市全凭鸾凤音。
炉火漫熏淄博夜，园葱细卷异乡心。
今朝燔肉能留客，明日何须再抱琴。

白相村

淄博烧烤

淄博狂飙起烧烤，城郊街道异香飘。
摇旗学子组团至，品味来宾结队邀。
小饼卷葱乡俗妙，柴炉撸串性情骄。
人间烟火温馨事，樱下齐风新韵调。

张永柱

观张店八大局市场烧烤有感

一炉烟火热搜燎，鲁中春城人若潮。
美女如云添画景，豪车似锦靓豪骄。
谈天说地华灯下，赏咏漫游汉玉桥。
烧烤尝新赞张店，唱酬淄博在今朝。

张训远

淄博烧烤（通韵）

夜幕降临霓彩亮，小桌围坐烤炉忙。
烟升云雾腾腾起，火炙料滋阵阵香。
朋友应约来品味，同学聚首共持觞。
舌尖美馔留情谊，好客淄博誉四方。

孙建红

来淄博吃烧烤（通韵）

四月海棠花放香，春光明媚醉八方。
飞车窗外斜阳望，惦记晚餐撸串忙。
电话预约烧烤店，孜然情愫润心肠。
灵魂三样增食欲，携手亲朋共举觞。

戴继业

烧烤卖红山东

黄桑自古风光美，觅了景深多亦星。
花色春清真像画，艳湖悦赏似仙灵。
游人念着更时味，今日卖疯红烤亭。
观者拥持都想买，串羊已是醉山岭。

许永兴

淄博烧烤题二

烤势蔓延西复东，山光水影入其中。
三张煎饼农家梦，一碟椿芽岭上风。
铸铁茶壶待人道，舒筋艾叶养生功。
莘莘学子回眸处，撩起乡愁根脉通。

李绪芬

金点子（通韵）

风和日丽景清明，不负时光宜早行。
门路广开新创意，集思妙计惠民生。
淄博烧烤名声震，大店小摊宾客迎。
炉火红红飘美味，炊烟袅袅醉春风。

赵　芳

淄博烧烤（通韵）

火焰熊熊不夜天，齐都撸串漫情圈。
青葱小饼农家味，啤酒肥牛满嘴鲜。
十里长街无空地，丹炉市井胜神仙。
何香竟引宾朋至，烧烤淄博盛宴传。

宋世广

观淄博烧烤有感（通韵）

美食串串动馋心，火烤烟熏滋味真。
千里奔来为上客，万人齐聚做嘉宾。
举头且看人如海，放眼细观烟胜云。
酒伴欢歌方尽兴，但留瑞气满乾坤。

刘东军

打卡地（通韵）

疫后时期烟火稀，民生大事育良机。
扶持赓续高台建，助力传承品质提。
美味佳肴邀贵客，深情厚意待萍识。
舌尖文化集人脉，烧烤淄博遐迩迷。

杨升发

淄博烧烤赋

结阵连营不夜天，飞机专列客连绵。
围炉爱嗅草原味，对酒欣尝大海鲜。
旧友高谈宵有韵，新方美誉院无烟。
心脾深沁难忘却，笑约重来醉比肩。

吕允强

淄博烧烤甲天下（通韵）

风飘美味玉门关，微信传声朋友圈。
千里何妨有专列，片时即可甘餐。
街摊坐满通宵客，炉火香生不夜天。
或是灶王多眷顾，赐福齐地盛华筵。

孙承博

赞淄博政府推烧烤扩旅游（通韵）

淄博烧烤名声大，政令支持民赞扬。
不管他城烟禁逸，却施我地火炉泱。
热情待客凭诚信，服务监督工作忙。
质好量足鲜味美，广迎宾众悦欣尝。

张爱丽

美食在淄博（通韵）

齐鲁城乡起烤烟，牛羊猪肉串钢签。
组团千里来仙地，结伴八方到宝川。
上下同心皆为客，东西顺路少提钱。
山东好客闻天下，长驻淄博不想还。

王连强

赞淄博——网红烧烤店停业三天保命要紧的告示（古风）

烧烤火了一月多，员工昼夜在忙活。
弄炉穿串调香味，约座安席送数拨。
食客痴心千里觅，网红热泪十指托。
黄金难买钢铁汉，停业蓄精再炙灼。

孙　勇

火焰御厨（古风）

色香味美店家忙，人间餐厨盘古长。
淄店烤烧做奉献，一烧一味诱宫皇。
人如洪水比江长，车似窝蜂客聚堂。
大将派兵来护卫，御厨淄店美名扬。

邢诗民

小烧烤有淄味（古风）

齐风泱泱沐新裁，淄水幽幽费客猜。
小炉紫烟烤百味，一夜香冲遍云台。
德厚厚待四海客，水善善纳八方才。
最美人间烟火气，一诺真情醉客怀。
博山琉璃昆仑瓷，周村烧饼丝绸街。
临淄车马蹴鞠始，淄川鬼谷话聊斋。
沂源樱桃高青瓜，鱼香藕脆去桓台。
小城春深藏不住，淄博温馨待客来。

车麟生

淄博烧烤（古风）

烧烧烤烤庶民餐，引动全国打卡圈。
政府谋划长战略，携来倔起谱新篇。

韩志强

淄博特色烧烤（古风）

夜幕降临霓灯闪，炉火通红照人脸。
猪牛羊肉品种全，还有生蚝大海鲜。

新鲜蔬菜连成串，小葱单饼甜酱蘸。
政府宣传央视看，专列开到火车站。

李其逊

淄博烧烤店（古风）

远看烟雾燎绕，近闻香气飘飘。
过往行人止步，车水马龙如潮。
小饼佐料齐全，美酒撸串备好。
进店风度翩翩，出门东歪西倒。

车献亮

如梦令·烤红淄博（通韵）

齐鲁扬名烤串。塞北江南传遍。
专列进淄博，网友嘉宾赴宴。缭乱，缭
乱，客满五区三县。

车春德

如梦令·咏淄博烧烤（通韵）

特色名吃烧烤，美味余香舌绕。
厨艺越千年，巧制家乡佐料。火爆，火
爆，齐鲁美食楚翘。

孙同金

如梦令·淄博烧烤（通韵）

烧烤淄博都赞，红了孝河双岸。
炙肉借和风，香漫五区三县。撸串，撸
串，带旺列车群店。

李仲兰

卜算子·传淄博烧烤吸引大批学子回访

小饼卷香葱，撸串名声沸。求学曾同拜鲁儒，共饮淄河水。　千里梦还乡，两处乡愁系。烧烤香熏不夜城，烟火人情味。

王克华

浣溪沙·咏淄博烧烤
（通韵·龙谱）

好客美食天下名，烧烤红火聚高朋。乡村城镇蔚成风。　馆舍楼阁迎曼舞，民居棚院起歌声。品尝淄味到三更。

齐秀美

清平乐（龙谱定格）

春风解缆，花气翻红槛，爆火小城谁品鉴，各路方家沦陷。　谁言众口蛮刁，且看手段高超，烟火人间串串，由他淄味来调。

张明荣

清平乐·红火淄博（通韵）

阳光灿烂，华夏皆红遍。网友淄博吃烤串，跋涉行程几万。　淄博饭店人拥，万家烧店兴隆。如火如荼震撼，金晶大道红通。

车献亮

清平乐·美食淄博（通韵）

淄博撸串，华夏皆红遍。各种食材燃木炭，味美肴香大赞。　天庭洞里神仙，江南海北夷蛮。千里来尝烤肉，八方聚品烧煎。

杨广旭

鹧鸪天·淄博烧烤
（龙谱词林正韵）

柳绿花开四月中，凤凰展翅觅梧桐。仁心招至良才客，佳政催红烤串风。　炉火旺，肉香浓，一壶清酒醉蒙眬。歌声阵阵冲霄去，便引诗情到碧穹。

孙启惠

鹧鸪天·淄博烧烤（通韵）

烧烤家家日日春，品尝亲入牧羊村。午间接待八方客，月下迎来满院人。　　传网上，上新闻，淄博市长亦登门。一流服务名千里，味美价廉情更真。

史玉玲

鹧鸪天·烧烤有寄（通韵）

一味清欢远地寻，厚德乐道长精神。香滋是夜香滋月，座有春风座有邻。　　流金地，牧羊村，往来感念动尘心。围炉不羡珍馐美，烟火回归才最真。

岳崇刚

鹧鸪天·淄博烧烤赞

淄博人家炉火红，满城美味荡春风。迎来远客尝鲜味，接待嘉宾寻正宗。　　云网播，地天通，江南海北喜相逢。商机拉动财经链，好客山东情谊浓。

翟旭英

鹧鸪天·淄博烧烤誉满大江南北（通韵）

管仲经商盛春秋，淄博烧烤誉神州。酱葱撸串卷煎饼，美馔香凝灯火留。　　高朋坐，大儒优，青齐文化尽风流。泱泱古韵招贤客，礼待嘉宾未不周。

陈　忠

蝶恋花·烧烤赞

何处溢香飘远际。炉火熏烟，烧烤佳肴美。游客奔淄多惬意，宾朋满座尝庖脍。　　里嫩外酥真好味，辣酱青葱，小饼稍烘焙。相聚兰交樽俎备，衔杯玉醑谁言醉。

曹世民

一剪梅·烧烤吟

炉火熏烟萃彩光，烧烤千家，十里街廊。焦黄油亮味咸鲜，辣酱椒盐，饕口馋肠。　　逸兴踏春撸串尝，胸胆开张，唇齿留香。齐山孝水候高朋，喜聚兰交，酬酢琼浆。

田永利

鹧鸪天·淄博烧烤（通韵）

星灿月皎云淡飘，炭红烟紫市声嚣。杌扎桌案街边摆，肉串鲜蔬架上操。 圆小饼，绿葱苗，淄博烧烤乐逍遥。国民经济开新貌，城镇繁荣亮大招。

张宗宏

鹧鸪天·淄博烧烤

癸卯芳春清谷天。黄桑烧烤传人间。大葱蘸酱卷圆饼，肴菜香椒味道全。 寻酒店，去淄川。牛郎织女向沂源。学宫稷下寻车马，吃住颜神乐不还。

车胜新

一剪梅·情迷淄博烧烤
（龙谱通韵）

臻选牛羊味道鲜，蘸酱香葱，卷作一团。狂喝撸串好哇塞，魅力淄博，烟火人间。 对月临风笑语欢，熙攘嘈杂，地北天南。八方来客兴陶然，虽莫神仙，胜似神仙。

张 勇

浪淘沙令·火热淄博（通韵）

齐鲁夜狂欢，爱在身边，淄博古韵正阑珊。诚待笑迎天下客，相聚结缘。炉火架中燃，香透心田。载歌载舞唱国安。撸串街头接地气，同乐人间。

张学忠

浪淘沙令·淄博烧烤（通韵）

古韵谱新章，烤肉飘香，大江南北客登堂。古老淄博今火遍，四面八方。排队一行行，情侣成双，垂涎三尺口难藏。围作一圈炉火旺，岁月长长。

张明慷

临江仙·淄博烧烤

烧烤灵魂三件套，温情淄博红圈。围炉撸串趁当前。大江南北，千里奔来餐。 齐鲁笑声传处处，万人相聚狂欢。云开雾散见晴天。国人拍手赞，执政为民安。

车胜新

行香子·快乐烧烤

（龙谱通韵）

烧烤香鲜，名噪尘寰。火炉旺、环保无烟。刀切万缕，上裹孜然。卷入薄饼，加调料，口流涎。　鸡鸭鱼肉，肥瘦相连。赞佳品、快意舌尖。临风对月，把盏狂欢。举杯难舍，孝河岸，赛神仙。

韩京城

【双调·潘妃曲】淄川烧烤

撸串儿香、荤和素，古邑名厨做。滋味殊，肉类鱼虾配青蔬。忒舒服，下酒常光顾。

李文丽

【双调·潘妃曲】淄博吃烧烤

（通韵）

挂肚牵肠钟其魅，辗转无能寐。凡事推，专列飞驰竞相随。（问君）为了谁？烧烤淄博味！

张福德

【黄中宫·节节高】淄博烧烤

（通韵）

火星直冒，炭炉光照。当前焙烤，淄博火爆。肉辣香，鱼鲜嫩，任点挑，饭饱拿兜（还）打包。

岳崇刚

【中吕·朝天子】淄博烧烤惊了王母驾

好香，好香，香味来何巷？惹得王母又开腔，此物啥模样？哪吒回详，小炉火旺，肉鲜烧烤香。换装，换装，摆驾淄博逛。

吕允强

【中吕·山坡羊】吃烧烤

（通韵）

淄博火爆，全球走俏，只因味美实诚料。火轻燎，肉香飘。细尝妙处天知道，直感平生难忘了。来，真不孬，回，人醉了。

李韵姝

【中吕·山坡羊】赞政府助力淄博烧烤（通韵）

鱿鱼圈要，炸鸡翅要，再加小饼和调料。味香飘，客如潮，淄博专列直通道，免费公交随意跑。吃，足兴了；玩，足兴了。

孙丽娟

【中吕·山坡羊】淄博烧烤

牛羊猪肉，不肥不瘦，撸成串串柴炉扣。抹麻油，撒生抽。外焦里嫩鲜香透，美食淄博调众口。吃，早下手，买，送挚友。

国洪琨

【中吕·山坡羊】淄博烧烤城

淄博味道，霎时火爆，南来北往相约到。肉香飘，酒香飘，烤炉小饼加调料，美味无双皆道好。来，尽兴了；归，满意了。

翟丕万

越调·小桃红

出圈烧烤誉风传，惹得他乡羡。外埠来淄有专线。肉葱鲜，公平交易无坑骗。感烟火气，享人情味，快乐赛神仙。

颜景美

【双调·凌波仙】撸串香

长方炉火映天光，肉串烤来实在香。半城山色洪山店，请君来、细品尝。主厨师、手艺当行，（品种）多花样，（美味）保健康。（掌柜的原是）含笑一姑娘。

蒲惠

【中吕·普天乐】淄博烧烤赞（通韵）

小（饼）折叠，调（料）均蘸。卷葱撸串，味道真鲜。实在人，良心现。火爆全国争来看，上航班、高铁接连。好吃好玩，南腔北调，喜地欢天。

蒲忠堂

【中吕·十二月过尧民歌】

淄博烧烤（通韵）

荧屏显眼，网络频传。红星乱
（紫）烟，炉火（映）红天。烧烤爆棚
开特线，佳味骤飘万里川。（过）八方
游客乐无边，靓妹跑厨往来欢。鸡胗羊
肉撒孜然，小饼香菇海中鲜。烧餐。初
尝解解馋，再顾依依恋。

李和胜

好客淄博等你来

哎……远方的朋友哎……
好客淄博等你来，等你来。
等你来，等你来，
烧烤摊前留下来。
自斟自饮自料理，
小饼撸串好实在。
吃起来，嗨起来，
高歌一曲震天外。
融融的炉火浓浓的情，
烟火人气暖心怀！

山楂树下品烧烤
——甘泉"山里红"生态园品烧烤

赵玉霞

浣溪沙·甘泉山里红生态园品烧烤

谷雨扎山花正芳，山楂树下烤摊
忙。欢声笑语满山岗。　　撸串品鲜
尝美味，游山赏景诵诗章。情浓谁似
这边厢？

孙宝明

山楂树下烧烤（通韵）

千亩山楂树，白花绿伞张。
笑颜围炭火，撸串满山香。

吕学玲

甘泉村山楂树下吃烧烤

花开似雪逸芬芳，烟火人间树下忙。
疑是桃源宴宾客，甘泉水好漾春光。

古木古泉素有名，如今赶烤趁东风。
山高水好人淳厚，树下何如醉早莺。

许永兴

甘泉村烧烤

善谋善断借东风，支起炉头山里红。
肉串甘蓝新会合，大葱面饼总相融。
引来佳丽寻芳草，激起骚人诵彩虹。
莫道云深村落小，登高望远是豪雄。

翟丕万

山里红生态园

千亩楂园青翠滴，素花万朵蝶纷飞。
芳丛袅袅肉香溢，撸串聊天忘落晖。

袁　群

山里红生态园

一帘芳影一帘柔，万点婆娑韵漫丘。
风拂恍如回旧梦，山楂树下起乡愁。

白相村

山里红烧烤

烟火串香撩碧空，围炉小饼卷青葱。
乡村烧烤寻真味，钟爱甘泉山里红。

张希峰

山里红生态园（通韵）

甘泉相聚乐田园，曲径层台隐碧山。
撸串肉鲜葱小饼，芳醇互敬话诗缘。

蒲先和

甘泉山里红生态园小饮

山乡十里酒旗风，绿树阴中炉火红。
花落衣襟权作令，三盅甫尽又三盅。

入肚三杯兴转狂，天高海阔热衷肠。
好风吹拂人陶醉，半是花香半酒香。

兴高不觉醉颜酡，面对青山好放歌。
一曲铿锵情不尽，掌声一似笑声多。

孙德冰

题家乡甘泉山里红生态庄园
（通韵）

山作屏风地作席，千顷果树正花期。
春天留尾三分色，乡土迎宾千磴梯。
对酒偏生太白意，围炉共话武陵诗。
苍苍古柏浓荫下，翁媪谁家才放鸡。

陈继永

贺甘泉村山里红生态园开业

五一花开白一片，树下烧烤撸串串。
缭绕轻烟食客忙，欢歌笑语冲霄汉。

孙桂霞

山里红烧烤（通韵）

谁引东风向此中，山楂树下烤炉红。
蛱蝶知味早陶醉，不恋花间恋大葱。

孙同金

玉楼春·游山里红生态园有寄

观花万亩山楂树，花下野餐开首步。弯弯石径绕东西，浑似孔明八阵布。　帐篷座座遮风露，小憩犹如仙景住。山高林茂远皇都，借酒诌成春晓赋。

曹永学

山里红生态园（通韵）

瓣落风吹像雪花，楂林帐下唱祥和。
一炉烤串情难尽，山里红时莫忘约。

孙树永

贺山里红生态园（通韵）

万亩山楂花瓣飞，八方游客竞相随。
南坡烧烤排成宴，胜过琼林浑忘归。

孙宝明

贺甘泉山里红生态园烧烤开业（通韵）

扎山脚下添新景，生态庄园自不同。
烧烤林中围树坐，欢歌笑语论西东。

张永柱

山里红烧烤有感（平水韵）

树下火炉生紫烟，烤猪烤鸭烤河鲜。
千年古柏名齐鲁，泉水源头有洞天。

丁乃玉

山里红烧烤

山里红名生态园，酸楂叶茂白花繁。
酒香同与菜香溢，游客由衷说赞言。

孙丽娟

【正宫·叨叨令】甘泉山里红生态园烧烤

　　林荫柴灶炊烟荡，盘中撸串鲜香放。青葱白饼沾甜酱，黄瓜野菜炒河蚌。吃好了也么哥，吃好了也么哥，甘泉从此名声涨。

王维坤

【双调·庆东原】山里红生态园烧烤（通韵）

　　烤炉旺，烤肉香，独家调料加葱酱。饼烧嫩黄，涎垂漫长，腹鼓夸张。花雪树间飘，笑语云中荡。

孙　勇

山里红园开业大吉

　　扎山脚下添一行，烧烤酒美百花香。白云绿叶客如仙，红园开业大吉祥。

孙同金

渔歌子·山楂树下（通韵）

　　满目琼花蔽长天，轻拨小火串频翻。葱蘸酱，肉祛膻。美食美景味双鲜。

孙德功

山里红开业

　　扎山脚下花胜开，游人树下笑开怀。撸串饼卷葱沾酱，我与亲朋天天来。

左　刚

扎山烧烤吟怀

　　意寄炉红串嫩黄，山楂树下酒飘香。真诚善待远来客，味道甘泉誉四方。

孙德冰

题家乡甘泉山里红生态庄园（通韵）

　　胜日家乡喜事多，翩翩蝴蝶舞南坡。赏花合赏山楂树，乘兴当吟敕勒歌。三社聚来齐助力，八方"赶烤"共登科。今朝淄味添新景，寻得清欢伴绿娑。

孙树恒

山里红生态园开业大吉

　　蓼河源泉生态园，花间树下烤肉串。淄博网红漫谷峪，鞭炮齐鸣振山川。

阎祖刚

淄博烧烤

炉小生香远，欣来赶烤流。
商民亲手作，政府用心谋。
串串存佳惠，家家奉最优。
齐人烟火气，澹荡溢神州。

车胜新

醉题不夜城（通韵）

钢签烤串蘸孜然，摆驾驱车为解馋。
辣酱香葱羊肉嫩，红炉小饼美食鲜。
临风对月迎佳客，把盏狂欢共晚餐。
最喜一城烟火气，黄桑雅聚醉舌尖。

施 彤

水调歌头·雪夜啖淄博烧烤

朔季酷寒夜，香脍齿生津。桐荫避
疠偎暖，推盏恍初晨。齐鲁妙馐声外，
焰烤油滋肥贝，酪酊劝三巡。烛映异乡
客，月沐品章人。 韶光迫，梅盈谢，
草复茵。古都馨忆、鲜郁沁腑味弥珍。
最喜精烹颠炒，欲满口舌艺巧，茶酒递
斟频。再会笃谊咏，姹紫杏坛春。

张成前

淄博烧烤

木炭铁炉香味绕，淄博烧烤春风好。
五湖四海友朋到，一簇星光黑夜少。

赵 芳

淄博烧烤（通韵）

火焰熊熊不夜天，齐都撸串漫情圈。
青葱小饼农家味，啤酒肥牛满嘴鲜。
十里长街无空地，丹炉市井胜神仙。
何香竟引宾朋至，烧烤淄博盛宴传。

海良好

淄博烧烤

爆红网络起何由，烧烤浓情扬九州。
济济市民传暖意，莘莘学子报恩酬。
仲尼仁义当赓续，永叔宽慈亦久留。
和煦春风吹大地，中华美德万人讴。

孙建红

淄博烧烤

四月山东名气振，淄博撸串响八方。
牧羊村里寻真味，八大局中共举筋。
烤肉烤鱼朋友爱，香葱香饼贵宾尝。
灵魂三样增食欲，酒过三巡唱老乡。

高存永

咏淄博烧烤（通韵）

淄博烧烤甲天下，品质优良群口夸。
烟火人间添好运，祥云仙境展芳华。
牧羊村里人潮涌，八大局中头筹拔。
孝水悠悠迎远客，财源广进万千家。

吴贻明

淄博赶烤小议

淄博大地现祥光，火烤烟熏撸串香。
谁把消息传域外，动车小轿赴黄桑。

淄博撸串热全城，天地良心主政明。
盛世更须烟火味，双赢背后是民情。

张训远

赞淄博烧烤

夜幕降临霓彩亮，小桌围坐烤炉忙。
烟升云雾腾腾起，火炙料滋阵阵香。
朋友应约来撸串，同学聚首共持觞。
舌尖美味留情谊，好客淄博誉四方。

贾雪梅

赞淄博烧烤

串串金黄美又香，细嚼慢咽品时光。
诚实守信淄博味，火热出圈誉四方。

吴永春

淄博烧烤（通韵）

世事从来因果缘，牧羊村里道丰年。
天南地北来淄烤，里嫩外酥出味鲜。
手眼相随观炭火，小葱卷饼蘸孜然。
淄博大爱八方客，齐鲁人和百姓安。

高素长

赞淄博烧烤

烟熏火燎几春秋，今日扬名满九州。
烧烤引来天下客，赢得赞誉美名留。

高庆丰

进淄赶烤

撸串出圈中外传，千山跨越奔淄园。
真诚感动八方客，绝胜名城仙景观。

李其逊

杨寨赶烤场

浮屠冷落几百年，忽睹中外游客瞻。
不是虔诚降香火，专奔烧烤来解馋。

吕学玲

淄博甘泉村山楂树下吃烧烤

花开似雪逸芬芳，烟火人间树下忙。
疑是桃源宴宾客，甘泉水好漾春光。

庞玉华

赞淄博烧烤

淄博烧烤美名扬，远近嘉宾都品尝。
串串食材成色好，外焦里嫩齿留香。

张福德

故地重游（通韵）

染疫太担惊，隔离齐鲁行。
三餐吃烤肉，待我似亲朋。
心念仁义事，脑浮感激情。
疫除游故地，烧烤九州名。
车密排队列，警岗保交通。
增开高铁次，客稠旺航空。
居民礼让宾，政府韬略明。
喜迎八方客，价稳显真诚。
欢聚齐鲁地，游览有仙景。
桓台马踏湖，临淄兵马俑。
丝调古埠多，狐妖脚斋城。
樵岭溶洞幽，琉璃集大成。
餐饮具特色，撸串卷小饼。
烘尽海洋鲜，焙全精肉红。
把酒叙相聚，对茶话重逢。
心满意足赞，事实求是评。
下回还做客，再到鲁中行。

吕允强

情结（通韵）

天下美食何岂少？淄博烧烤中头标。
小炉款待八方客，大道迎来四海潮。
莫是昔时情未了，不妨今日友相邀。
如同游子回家看，真爱重温梦里招。

聂　俊

感　动

去岁疫魔狂，隔离且疗伤。
北地有慈举，鲁人犹善良。
曾把玫瑰赠，满城尽留香。
学子聚赶烤，复恋旧时光。
真情换真意，自古美德扬。
但觉心感慰，淄博若故乡。

孟凡众

赞淄博烧烤（通韵）

何香竟引客涎流？千里不辞撸串求。
处处火红惊日月，淄博一味爆神州。

郝 丽

七律·进淄赶烤

良辰欲出喜风和，已许江湖炙烤多。
结友晴岚微弄色，还家老笔暗生波。
杯羹齿颊须谁在，一饭腰围奈我何。
独上清凉淄爽气，文章不惧偶婆娑。

张成坤

七律（通韵）·赞淄博烧烤

香烟曼舞九重天，玉帝差神下界观。
小巷大街游客满，青炉红肉灶君馋。
感恩学子昔别恋，怀善齐人今聚欢。
最是一城风景好，半缘烧烤半缘贤。

聂振山

淄博烧烤赋

天开雅粹，地蕴昌明。乃成大邑，是为淄城。尔其北枕黄河，收平畴之广袤；南连沂蒙，倚峻岭之翠屏。有潍河做东邻，借风筝之长梦；趵泉城为西户，听趵突之美声。乃太公开国之都，历史悠久；是丝路发轫之地，商贸峥嵘。文化多元，底蕴丰厚；风景秀丽，民俗纯清。

至乃探文化之渊源，慨餐饮之丰富。骋怀追远矣！古有易牙以善炊，惟厨界之祖师；膳祖而名扬，乃餐业之杰女。忆前而贤繁，闻后而履固。花样以多，色香而聚。米煎饼，八宝饭，香飘九天而缤纷；豆腐箱，小酥锅，味尝百姓以荤素。大锅满满以煎，小锅腾腾而煮。益叹哉！烧饼甘脆，久溯汉唐；美誉遐闻，名震寰宇。诚招八方之嘉宾，信凭千秋之食谱。汤汤淄水，伴烟火以漫燃；巍巍鲁山，昭神州而仰慕。

洎夫览古胜以开怀，觅美味于当前。炉火正红，耀苍穹而焕亮；云烟高绕，环胜地而缠绵。纵横之紫陌，烂漫之峰峦。臻选牛羊之精华，刀切万缕；轻纳长短之玉棒，穿成奇观。举一串嫩脂，经火烤而味溢；蘸一撮调料，随微风而香旋。若是复抹清油，听炉中滋滋作响；遂将块垒，从腹底窦窦销然。感怀不唯口福，慰心可比参禅。且若酱蘸小葱，嵌入薄饼；肉加调料，卷作一团。慢慢品来，实可令人荡腑；往往离去，常教梦中流涎。至乃左手举杯，临风对月；右手把串，邀友对欢。虽非神仙而胜似神仙也。

于是高铁驰，飞机降。携子带妻，扶老拄杖。三五成群，七八同向。出草原之漠野，乘翼南飞；别江南之水乡，扬帆北上。益闻夫渔夫辞东海，汇成车流；牧民下高原，穿越峰嶂。济济乎云集一城，祁祁然声高丈。岂不开眼界，释胸怀；品佳肴，叹盛况。燕来可语，经年屡见韶颜；云去留声，斯邑汇成大象。月明寒夜，何惧山水之遥；幸会鲁中，为看炉火之旺。或黄河之岸，鲁山之巅；或商城之街，齐国之壤。既寻豪华店，小帐篷；亦欢绿水边，青纱帐。人间烟火，灼灼其华；玉影佳人，茫茫其望。既桃花艳遇春色，面之映红；复草木欣逢夏炎，汗之飞浪。手举香串，若入仙乡；炉映痴心，岂不时尚。

嗟夫！钟灵毓秀，地载风流。念改革一路闯关，生机勃勃；感开放八面来瑞，信步悠悠。奏盛世之弦，拨新兴之符；构文化新局，谋经济之优。壮圣地之焕新，启烧烤之业；辟美食之新路，开文旅之畴。豪杰俊才，倾丹心以谋划；志士翘楚，描蓝图而追求。施政布德，致力旅游。高瞻远瞩，惠民之大业；政策多举，壮政之方遒。

壮哉！缵承有道，创新与进。此烧烤所以驰有名，传而迅，皆因政以有为，民而有信。故矣暇豫以彰，胜游而震。成神州向往之雄俊也。

李葆国

题万名大学生赴淄博之约

何事倾城动，全民侍炭忙。
回家有约定，烤串没商量。
疫遁诚无尽。隔离情未伤。
人间烟火气，世代总流芳。

李健生

淄博烧烤

淄博名声火遍天，街头烧烤礼仪先。
价廉物美接游客，厚道周全待众贤。

各地支招蔬菜送，万邦体验异乡传。
文明故里新风起，齐鲁官民榜样巅。

V青

一百年续

——进淄赶烤

一百年前，
农村包围城市，
百万工农奋起，
实现了民族的意志。

三十年时智慧传承，
淄博人民曾经展翅，
城市包围农村，
创出了面积第一市。

后疫情的一通鼓，
串穿出燎原之势，
进淄赶烤的学子，
抒发了一腔热赤。

千年前曾经辉煌，
全球最大都市，
最早出现农业百科，
无愧于这种底气。

疫情隔离的大学生，
吃住超过亲生子，
相约反哺拳拳之心，
谱写了一章大故事。

知道烧烤真滋味吗？
圣人美德永远铭志，
赶烤成功恩德宏扬，
表明了一义可立世。

使劲儿地烤，
情比炭火热赤，
交通商旅食宿共进，
烧烤包围最大城市。

刘素军

水调歌头·进淄赶烤

赶烤品淄味，搭伙紧追风。挈孙将

妇同去，寻趣乐无穷。烤处人潮如海，街巷摩肩接踵，千里扎堆逢。百串一朝品，特产括囊中。　　逛古城，访八局，觅仙踪。南腔北调，谈今评古兴冲冲。不管阴晴圆缺，遑论穷通成败，时势造英雄。灯火阑珊处，炉火正情浓。

杜荣升

中青社组团淄博赶烤

淄博尝烧烤，利群兴业先。
商家讲诚信，政府虑周全。
肉味迷夫子，民风惠少年。
学宫寻稷下，海岱大楼传。

诗国论坛

主编：叶春秀

塑魂壮骨、凝心励志的诗歌经典

——读《贺敬之诗新选》

韩彦军

《贺敬之诗新选》（以下简称《新选》）由长江文艺出版社出版了。分两册，上册《放声歌唱》，下册《极目长河》。该书的出版，对贺敬之研究者和热心读者来说，对社会主义诗坛来说，是一件值得庆贺的事情。

1. 这是反映作者经典的读本

新时期以来，山东文艺出版社、人民文学出版社先后出版过《贺敬之诗选》，有关出版社还出版过精选，但都是新诗；实际上自1976年以来，贺敬之在繁忙的工作之余又创作了大量新古体诗佳作，并且奠定了新古体诗的诗坛地位。因此，读贺诗，是包括其新诗和新古体诗的。2005年作家出版社出版的《贺敬之文集》虽有新古体诗卷（卷二），但显而易见的是，不可能收录贺敬之后来的新古体诗作；2015年中国书籍出版社出版的新古体诗选（增补本）《心船歌集》截止到2013年；《新选》则收录到2015年，更收录了重要作品《游黄山感怀》。另外，贺敬之的经典歌词（广义的诗）也被收录其中。因此，可以说《新选》是贺敬之新诗、歌词、新古体诗经典第一次以选本的形式集中亮相。

2. 这是名家精心编选的读本

作为长期在诗刊社工作且后来任该社常务副主编的丁国成，编辑、推出了不可计数的名家名作、新人新作，对我国新诗的发展繁荣做出了重要贡献，是享有盛誉的诗坛巨擘。长期的阅、审、评、选，形成了其独到独特的审美胸怀、审美视野、审美理念、审美态度和审美风格，更何况在编选过程中又多次征询贺敬之本人的意见。有一例可窥一斑，比如，新诗《回延安》中的"脑畔"，网上或个别版本写成了"脑畔"。按我们正常的理解，"脑畔"是可以的。那么，到底该用哪个呢？为此，丁国成专门查阅《辞海》《现汉》《辞源》等工具书关于"畔""畔"的注释，并写信和登门拜访向贺敬之求证。贺敬之解释道："'畔'是在窑洞上头。窑洞靠山，洞上还有路。从上往下。《回延安》已选入语文课本，就不（改）动了。"原来，"畔"是具有地域性特点的用字。这让笔者既感受到前辈文学家的严谨，又了解了新知识。

3. 这是作者亲自审定的读本

丁国成编选后，送给贺敬之进行了审定。贺敬之在耄耋之年不顾视力、精力的局限，仍逐篇、逐句、逐字进行审定，并对篇目进行增删。特别值得注意的是，贺敬之对诗作中的个别字词做了改动，这对了解其心路历程无疑具有重要意义。比如，新诗《三门峡——梳妆台》中的"史书万卷脚下踩""喝令李白改诗句"，分别改成了"史书万卷久等待""要请李白改诗句"。这一改动，用丁国成的话说是"见出对传统的态度"。笔者则认为"脚下踩""喝令"体现出了时代特征和青年人的昂扬气概,而"久等待""要请"则反映了贺敬之洞察社会人生后的辩证,它们并没有优劣、高下之分。"文革"中,贺敬之被"四人帮"下放到"首钢"监督劳动,在该厂工作的青年诗人王德祥常常不避风险访谈,两人因此成了忘年交。2005年,贺敬之有新古体诗《赠诗人王德祥》:"每忆钢城初识君,劫中来访诉知音。历年君作如传炬,情燃不息大我心。"如今,诗中的"劫"改成了"难",强度弱化了。丁国成认为,"一字之改,涉及对'文革'评价";笔者认为,这是贺敬之对自己遭遇磨难的淡化和释然,是真正的共产党员心灵越发纯粹、胸怀愈加豁达的体现。

4.这是"名论"加"新注"的读本

关于"名论",主要在下册。书中收录了《〈贺敬之诗书集〉自序》《〈贺敬之诗书二集〉自序》,序中,作者谈了自己对新古体诗的看法,是具有诗坛划时代意义的新古体诗宣言书。同时,本书还收录了吴奔星、贾漫、丁正梁、易行、高昌等对其新古体诗的研究成果。这些响亮的名字,或是享誉评论界的资深教授,或是驰骋文学界的著名作家,或是德高望重的编辑家,或是著名刊物的主编,他们对贺敬之新古体诗艺术特色的鉴赏分析,无疑对广大读者领略贺敬之的崇高境界和高超诗艺具有很强的启示意义,从而佐证了贺敬之"新古体诗擎旗手"的作用和地位。另外,《新选》中,编选者、编辑在贺诗原注的基础上,又增加了若干新注;这

些新注的增加,对读者更好地理解贺敬之新古体诗同样具有重要作用。

以上是对《新选》的粗浅看法。

作为百年新诗史中与郭沫若、艾青分别被誉为三代诗群中三座巍峨高峰的贺敬之,作为歌词大家的贺敬之,作为奠定新古体诗诗坛地位的贺敬之,读、研、选,是无论如何也不能绕过的。百年诗歌史,进而扩展到中国诗歌史,如果少了贺诗,是会失色很多的。因此笔者相信,《新选》的出版一定会受到广大读者喜爱的。

那么,如何评价贺诗呢?下面,笔者借此机会谈一下肤浅认识。

一、共产党员的赤子心声

贺敬之的全部诗作,无不与时代风云、人民福祉、民族命运、社会主义前途密切相关,彰显了一位真正共产党员始终不渝的初心使命。他的赤子心声表现在对光明的追求、对党的忠诚、对祖国的热爱、对人民的炽情和对社会主义的坚信上。

贺敬之1924年11月生于山东峄县贺窑村(今属枣庄市峄城区)一个贫苦农民家庭,上小学时就受到进步老师的影响。

1938年台儿庄大战后,贺敬之与三个同伴搭火车到湖北、四川寻找母校,家中的困境和流亡中目睹国民党统治下、日寇铁蹄下同胞哀鸿遍野的惨象,激发了他抗日救亡的热情和斗志。找到母校后,他与进步同学一起创办《五丁》壁报,并开始创作。"五丁"是何意?《新选》下册《咏广元·四》有"五丁开道励新世"句,对照"原注:

据史载与民间传说，秦时蜀王遣勇士'五丁'劈山开道，北与秦通"，就明白了。

1939年，贺敬之在成都《朔风》上发表了处女诗作《北方的子孙》，用稚嫩纯粹的诗句反映了旧社会中苦难的生活，表现了一个北方子孙的倔强与坚韧。

1940年4月，贺敬之与三名同学离开梓潼徒步跋涉四十天到达西安八路军办事处——七贤庄，后随徐特立等奔赴延安，于当年7月到达。他在《跃进》组诗中描写了自己的兴奋："是不倦的/大草原上的野马；/是有耐性的/沙漠上的骆驼。//我们/四个/——在西北的路上，/弥天的大风沙里。/山，那么陡！/——翻过！//风沙/扬起我们的笑，/扬起/我们的歌！"

在延安，贺敬之感受到了党的温暖，心灵沐浴着党的阳光，大口吸吮着党的乳汁。"太阳从我们头上升起，/太阳晒着我们。//像小麦，/我们生长/在五月的田野。/我们是小麦，/我们是太阳的孩子。/我们流汗，/发着太阳味，/工作，/在小麦色的愉快里。/歌唱！/歌唱/在每个早晨和晚上。"看来《生活》得很好。这让他更坚定了自己的选择，他在《雪，覆盖着大地向上蒸腾的温热》一诗中告诉世人："我走着，/我想着！/我的母亲！/我的祖国！/我终于，/看清了，/太阳从哪边出来！/花朵/是在哪里开！"

1941年2月23日，是贺敬之一生中值得纪念的日子，刚16周岁的他光荣地加入了中国共产党。

作为贫苦农民出身的贺敬之，自然与农民结下了不解情缘，农民的苦难忧愁着他的心灵，农民的幸福喜悦着他的心灵。新诗集《乡村的夜》、新诗《笑》等，是他"与人民同呼吸共命运"的见证。

新中国成立后，他在《放声歌唱》中向党表白："啊，我知道：/我们共和国的道路/并不是/一马平川，面前，/还有望不断的/千沟万壑，/头上，/还会有/不测的/风雨……/迎接我的啊/还有无数/新的/考验，/而灰尘/和毒菌/还会向我/偷袭。/但是，我亲爱的党啊！/请你相信——/你曾经/怎样地/带领我/走过来的，我仍会/怎样地/跟随你/走向/前去！"并这样表达对祖国的热爱："九百六十万/平方公里的/江山河海呵，/我爱你的/每一尺/每一寸！/三千六百五十个/日日夜夜啊，/我爱你的/每一秒/每一分！"（《十年颂歌》）他曾这样表达对党和祖国的感情——"我的/鲜红的生命/写在这/鲜红旗帜的/皱褶里。/祖国啊，你给我/无比光荣的名字：/'公——民'，/党啊，你给我/至高无上的称号：/'同——志'！/我的工作：/为祖国/劳动和歌唱，/我的誓词：/'为共产主义/奋斗/到底！'（《放声歌唱》）1964年，他在《雷锋之歌》中再次表达对祖国、对革命、对党、对社会主义的忠贞："让我一千次选择：/是你，/还是你啊/——中国！/让我一万次寻找：/是你，/只有你啊/——革命！/生，一千回，/生在/中国母亲的/怀抱里，/活，一万年，/活在/伟大毛泽东的/事业中！"

新时期以来，随着资产阶级自由化泛滥、共产主义运动处于低潮，特别是苏东剧变后，一时间"怀疑论""终结论""告别论"甚嚣尘上。在这种形势下，他忧虑党的前途，忧虑祖国的命运，借《富春江散歌》《怀海涅》《咏南湖船》等诗作，以古鉴今，表达忧虑，警告世人。在新安江北岸乌龙山这个宋江投降军与方腊起义军激战的地方，他联系历史实际表明态度，敲响警钟："方腊碧血腾碧浪，梁山易帜后何如？"（《富春江散歌·二三》）即使这样，仍抱着坚定信念，唱出"百世千劫仍是我，赤心赤旗赤县民"（《归后值生日忆此行两见转轮藏》）、"谁悲失前路，长流终向东"（《咏黄果树大瀑布》）、"无恙江山系众我，昂首春江第一楼"（《富春江散歌·七》）、"一滴敢报江海信，百折再看高潮来"（《富春江散歌·二六》）的时代最强音！

进入21世纪，面对百年未有之大变局，贺敬之"诗拙性如故，不效西潮鼙。还写鲁关险，唯愿好龙真。程门风雪远，同君登马门"（《访平顶山》）。2002年是马年，作为坚定的马克思主义者，贺敬之在寄给著名歌曲《马儿啊你慢些走》作者李鉴尧的诗中这样写道："几经画山辨真马，感同翠湖鉴尧心。一曲'马儿慢慢走'，今逢马年倍思君。"他对信仰马克思主义的著名作家贾漫说："今逢马年更思马，人日怀人总是君。"2007年，贺敬之受邀回故乡台儿庄，创作《台儿庄散歌》十二首，他提醒："尚有几多忧患在，'河殇'改色声势狂"，"嘱儿高楼勿高枕，莫让'忘川'进咱庄"。2008年贺敬之访问河北迁安市"老马识途"遗址，他联系国内外形势，"漫思齐桓遭迷谷，有马异心奔异途"。并提醒"'老马识途'先识马，谁传管仲鉴马书？"河南嵩县境内白云山有酷似伟人毛泽东的卧像，卧像旁边有裸露岩体天然构成的"公心"二字。2009年，作为毛泽东思想哺育下成长起来的文艺家，贺敬之《登白云山述怀》："中华顶天立，世代念毛公。千山想身影，万水思面容。"他"观字思如瀑，检点忆平生"，是毛泽东思想"扶我初学步，导我晚霞行"，如今"西天风暴起，五洲望日升"，不禁"壮我老兵怀，听唤继长征"，因为"路遥信必达"，所以"心驰向大同"。2014年，贺敬之借《游黄山感怀》："神游黄山境，真见迎客松。问我何方来？万里思征程。延水育年少，今成九旬翁。百惭一自豪，未负始信峰。宝塔山下路，同道携壮行。云海任变幻，天都继攀登。"时隔五年，《感怀》与《述怀》表达的思想一致——所感、所爱、所信、所坚、所行。

由上可知，贺敬之心灼灼、虑深深、情殷殷、信磐磐。

贺敬之的赤子心声分几个阶段：少年时代的诗作凸显了对光明的渴望；到延安后的抒情诗作体现了焕发新生命的喜悦——《并没有冬天》，反映旧社会农村悲惨生活的叙事诗集《乡村的夜》表达了对黑暗统治的愤恨与对人民深沉的爱；新中国"十七年"的新诗在歌颂"激情燃烧的岁月"中有清醒和忧患；新时期以来的新古体诗作则是清醒、坚信、忧患并重。

中国共产党是一个善于自我革命的

政党。党的十八大以来，中国特色社会主义进入新时代，实现了由站起来、富起来到强起来的伟大飞跃。一场新冠疫情，再次证明"党啊——/我们祖国的/青春/和光荣，/党啊——/我们社会主义事业的/信心/和力量！……"因为"党，/正挥汗如雨！/工作着——/在共和国大厦的/建筑架上！"（《放声歌唱》）今天，让笔者向党和祖国深情道白："祖国啊——/我们的母亲！/党啊——/母亲的心！"（《十年颂歌》）

二、社会主义的镗鞳之音

贺敬之的诗作是社会主义诗坛的黄钟大吕——正音、大音、强音，具有穿透历史时空的永恒魅力和精神动力！

1. 贺敬之的诗有摄人魂魄的力量

贺敬之"少年时代（1941年）曾用笨拙的诗句记录过""对旧中国农村的悲惨生活的回忆"，这就是包括收录于本书的《五婶子的末路》《夏嫂子》《儿子是在落雪天走的》《小兰姑娘》《小全的爹在夜里》等十几首诗作的合集——《乡村的夜》。这些诗作，基本上以叙述为主，不添加作者的观点，只让读者在阅读中自己去体会。然而巧妙的情节设计、生动准确而又质朴的语言却征服了笔者，读着心里痛得好像在滴血。例如，被地主打死丈夫的《夏嫂子》为抚养两个年幼的孩子，在夏天的中午迫不得已去"偷"高粱叶子，不料被地主家"看青的"发现后强暴；强暴的结果，也就是诗的最后三节，诗人是这样写的：

太阳呵，在天空偷偷地奔跑，奔跑……/霎时间，满天涌上了揭不开的黑云！/雷公敲响他的锤头和钻子了，/雷母撒开了耀眼的火线，/天河滚翻了，/暴雷雨来到了这无边的土地……//在风里，雨里，/庄头上两个小孩从倒塌的小屋里爬出来，/哭着，叫着，/要他们的娘回去……//在风里，雨里，/放牛的孩子从地里失神地跑回来，/说碰见一个披头散发的女鬼，/哭着，叫着，/不知道奔向哪里……

天上的云巫、雨婆、雷公、电母不知是为夏嫂子打抱不平还是被恶势力吓怕了，反正是"发怒"了；后两节的描写更是不动声色地表达了作者的愤怒。也许这就是言外之意吧。

2. 贺敬之的诗有塑造灵魂的力量

"羊羔羔吃奶眼望着妈，/小米饭养活我长大。//东山的糜子西山的谷，/肩膀上的红旗手中的书。//手把手儿教会了我，/母亲打发我们过黄河……"是延安给了贺敬之新生，直到现在，他仍以"延安人""老延安"为荣。《回延安》让笔者认知了一颗懂得感恩的心灵。

"呵，/'我'，/是谁？/我呵，/在哪里？/……一望无际的海洋，/海洋里的/一个小小的水滴，/一望无际的田野，/田野里的/一颗小小的谷粒……"《放声歌唱》让笔者感受到了一颗谦逊的心灵。这种谦逊，贺敬之一直保持到现在。

"人，/应该/怎样生？/路，/应该/怎样行？……""什么是/真正的/幸福啊？/什么是/青春的/生命？"《雷锋之歌》中这永恒的灵魂之问，是每一个人都应面对也必须面对、都应思考也必须思考的问题，面对和思考的结果，应该是像雷锋那样，"把有限的生命投入到无限的为人民服务中去"，"把这大写的/'人'字——/写向那/万里长空！……"

"结群基一我，众我成大群。主、客二体合，个、群互为存。天运此正轨，人运亦同轮。"《游石林》教会笔者懂得个人与集体的辩证关系，激发了集体主义精神，强化了集体主义意识。

"解枷非解甲，归田岂归天？南山歌南泥，马鸣自跨鞍。"巧用谐音的《戏赠某同志罢某官》让笔者领略到一位真正共产党员奋斗终生、奉献终生和生命不息、奋斗不止的高尚情怀。

"几番沉海底，万古立不移。岱宗自挥毫，顶天写真诗。"《登岱顶赞泰山》让笔者不由自主地去追求那顶天立地的人生境界。

"青松红日对我望，齐报骨坚心透明。""我有归魂飞迷魂，清江一滴是我身。新安坝下静夜游，江灯知我万里心。"《日观峰上》《富春江散歌》中的诗句更让笔者追求做一个脱离低级趣味的人、一个纯粹的人、一个透明的人……

3. 贺敬之的诗有激发斗志的力量

"啊，给你——/我们心中的/熊熊烈火；/啊，给你——/我们血管里/燃烧的岩浆；/给你——/我们生命的/滚滚黄河；/给你——我们青春的/浩浩长江……"（《放声歌唱》）"千层浪啊，/万层浪！/六万万个浪头/汇成这/惊天的海洋！/啊，浪在涌，/潮在涨！/高千丈，/高万丈！……""千里风啊，/万里风！/六万万匹战马/一起/撒开了缰绳！"（《东风万里——歌八大第二次会议》）读着这样的诗句，身上的血管在膨胀，血液在奔腾，胸中不由自主地就产生了豪情与激情。

"玩火者！/住——手！/侵略者！/滚开！/滚开！/滚——开！"（《地中海呵，我们心中的海》）这是何等的威严、何等的果敢、何等的决绝！这真是壮中国人骨气，长中国人志气，增中国人浩气！习近平总书记要求我们"务必敢于斗争、善于斗争"，贺敬之就是这样的人，他不管在什么时候，处于什么地方，面对什么对象，都敢于斗争且善于斗争。

新时期以来，贺敬之创作了大量新古体诗作，人生虽入暮年，但激情依然如火，始终保持着革命者的乐观奋斗精神。

1982年，58岁的贺敬之在党的十二大后《谒黄陵》，虽然"战士白发生"，但他"不问挂甲树，但听征马鸣"，看到"指南车又发"，不禁又"心逐万里程"。这真是"倒转花甲为甲花"，"征程跟步又出发"（《东盛乡老人节联欢》）呀。

1986年，62岁的贺敬之有《南粤行》，在了解到以前垃圾成堆、异常贫穷的桂山岛，在党的十一届三中全会后经济发展呈现腾飞趋势、成为广东省两个文明建设先进单位时，禁不住"情蘸南海如泼墨，写我百年两腾飞"了。真是大写意的神来之笔。

1989年"六四"风波过后，贺敬之访山海关老龙头，面对波涛滚滚的渤海，面对屹立千载的城楼，他发出了这样的感慨："千劫河未殇，万代城不朽。猛志越山海，伟哉老龙头！"

1992年苏东剧变后，他的心情是沉重的，甚至是滴血的，但没有消极悲观，依然"信无移，/步无歇；/信河清有日，/归燕终报捷"。实践是检验真理的唯一标准，时间给了世人一个明确答案。

读贺敬之新世纪的诗作，笔者依然能感受到骨气、志气、浩气、豪气、锐气，精力、动力、魄力、毅力、魅力。这大概是每一位真正的革命者诗人所具有的特质吧。

三、引领风骚的经典之作

贺敬之是天才诗人。在中国诗坛上，贺敬之的诗少而精，这不仅体现在新诗上，也体现在新古体诗上。《贺敬之文集》收入新诗67首、歌词44首（不含《白毛女》中的唱词16首），当然这不是其新诗的全部；而其新古体诗的全部也不过300多首。然而，就是这些为数不多的诗作，却在艺术上取得了巨大成功，可以说开一代诗风、凌时代绝顶、领几代风骚。

在这里，主要谈一下贺敬之的诗体贡献，包括以下方面。

一是"俗为雅用"信天游。以《回延安》《桂林山水歌》《西去列车的窗口》为代表。其中，《回》诗情感真挚，语言

自然，表达了作者对延安的赤子之情。"心口呀莫要这么厉害地跳，/灰尘呀莫把我眼睛挡住了……//手抓黄土我不放，/紧紧儿贴在心窝上。/……几回回梦里回延安，/双手搂定宝塔山//千声万声呼唤你，/——母亲延安就在这里！"读着这些质朴亲切的诗句，笔者也不禁被感化了。《桂》诗修辞丰沛，真幻颉颃，让人沉浸于一种妙不可言的语境之中。"云中的神啊，雾中的仙，/神姿仙态桂林的山。//情一样深啊，梦一样美，/如情似梦漓江的水。"一开头，笔者就被这样的诗句征服了。桂林山水甲天下，那么《桂林山水歌》同样"甲天下"，让人产生强烈的作为中国人的自豪感。《西》诗深刻地表现了时代主题，该诗思虑深沉深刻，语句庄重舒缓，给人一种宏阔高远的典雅感觉。为什么会这样呢？请看："在九曲黄河的上游，/在西去列车的窗口……//是大西北一个平静的夏夜，/是高原上月在中天的时候。//一站站灯火扑来，像流萤飞走，/一重重山岭闪过，似浪涛奔流……""呵，祖国的万里江山！……/呵，革命的滚滚洪流！……//一路上，扬旗起落——/苏州……郑州……兰州……//一路上，倾心交谈——/人生……革命……战斗……"这样的诗句，虽然也是两行一节，但不属于《回》《桂》诗中的每节一韵，全诗押的是通韵，即中华新韵中的"尤"韵；同时，"尤"韵属于暗韵。另外，虽然都有排比和对偶，但句式也是不同的。这就形成了《西》诗低缓、稳健的风格。

二是"洋为中用"楼梯诗。据了

解，楼梯诗好像起源于德国的赫尔德林（1770—1843），但我国诗人好像是从苏联马雅可夫斯基那里学习来的。不管源于德国也好，还是引自苏联也好，关键是如何使用，贺敬之在这方面做出了示范，树立了典范。无论《放声歌唱》《十年颂歌》，还是《雷锋之歌》《"八一"之歌》，贺敬之都立足汉语言实际，用传统的修辞手法实现了中国化。如《放声歌唱》中的诗句：

无边的大海波涛汹涌……
啊，无边的
大海
波涛
汹涌——
生活的浪花在滚滚沸腾……
啊，生活的
浪花
在滚滚
沸腾！

……春风。
　　　　　秋雨。
晨雾。
夕阳。……

五月——
　　　　麦浪。
八月——
　　　　　海浪。
桃花——
　　　南方。
雪花——
　　　　北方。……

以上诗句，景象阔大，语言优美，节奏分明，对仗（偶）加排比，形成美句、妙句，成为经典名句。它们虽然形式属于楼梯式，但符合中国人的审美心理、审美习惯和阅读心理、阅读习惯，这就是具有中国作风、中国气派的诗作。什么是创造？这就是创造，是极具启发意义的诗创造。

另外，贺敬之在楼梯体诗中又做了变体——凸凹体，《雷锋之歌》即是。阅读贺敬之的新诗，笔者发现楼梯体诗作情感奔放外放，凸凹体却丰沛而内敛，这大概是形式反作用的原因吧。

还有，在新时期，贺敬之又把楼梯体引进了新古体诗中，创作了名作《咏南湖船》。同样是楼梯体诗作，笔者阅读发现，新诗在奔放中有悠扬之感，新古体诗在奔放中却有铿锵之感，这大概是新诗主要用散文句式、而新古体诗则主要用古诗词曲句式的缘故吧。

三是"古为今用"新格律。以《三门峡——梳妆台》和《回答今日的世界——读王杰日记》为代表。《三》诗是完全用三、五、七言创作的杰作，阅读有"硬语盘空""乱石崩云"的铿锵感，自然生发一种豪迈和激情。《回答》诗则是散文句式，然而诗句短促急迫，给人一种坚决果断、斩钉截铁、不可阻挡的气势。试读："这样写，/这样写——/我们的日记，/要这样写。""写我们/壮丽的红旗，/写我们/伟大的事业。//用我们/整个的生命，/用我们/全部的热血。//生——/这样写，/死——这样写。""面对/万里的烽烟，/回答/今日的世界！//革命——/决不后退！/斗争——/决不停歇！""红旗——/决不会倒下！/火炬——/决不会熄灭！""写：天空/不会塌陷！/写：地球/不会毁灭！//写：把帝国主义强盗，/彻底埋葬！/写：对修正主义叛徒，/进行最后判决！//写啊：世界人民/最后胜利！/写啊：全地球/遍地花开季节……"整首诗儿乎全是短句，修辞手法用了排比与对偶，却形成了一种"谁敢横刀立马，唯我彭大将军"的气势。

需要说明的是，随着新古体诗地位的确立，按照贺敬之对新古体诗的理解，笔者认为《三》诗也可纳入新古体诗的范畴。另外，创作于同一时期的《中流砥柱》应当看作楼梯体新古体诗。

当然，格律新诗不仅仅指贺敬之所开创的这种，应是多种多样的。有的专家把贺体信天游也纳入格律新诗一类，笔者也无意见，但感觉有些界线不清了。

四是"严为宽用"新古体。何为新古体诗？结合贺敬之、丁正梁等的阐释，笔者一言概括之，就是用现代汉语创作的具有时代内容的古风风格的古体诗；也可这样理解：运用现代汉语、不按照严律（即近体格律）创作的具有时代内容的古体诗。需要说明的是，因为近体诗是中国古诗的最高形式，所以近体诗出现以后，诗人再写古风类的诗作时会不由自主地受到严律不同程度的影响，与近体诗出现前的古体诗有所不同了。

那么，贺敬之"严为宽用"的新古体诗在艺术上有哪些特点呢？笔者发现，有李白的豪迈飘逸，如《饮兰陵酒》："太白何处访？兰陵入醉乡。我来千年后，与君共此觞。崎岖忆蜀道，风涛说夜郎。时殊酒味似，慷慨赋新章。"有杜甫的沉郁顿挫，如《富春江散歌·二四》："问何如？观何如？泪如注，心如烛。我思河山旧图画，我念山河新画图。"这简直是屈原的长歌当哭了。有刘禹锡的民歌风味，如《阳朔风景》："东郎西郎江边望，大姑小姑秋波长。望穿青峰成明月，诗仙卓笔写月光。"有苏东坡的禅意理趣，如《游崂山》："黄山尽美恐非真，山川各异似才人。崂山逊君云如海，君无崂山海上云。"当然，之所以会这样，既说明他"转易多师为吾师"的虚心态度，也与作诗时所处的环境、自己的心境有关。

贺敬之的新古体诗主要有以下几类：一是七言（占绝大部分），二是五言，三是四言，四是杂言（长诗《怀海涅》），五是楼梯体杂言（长诗《咏南湖船》），六是规律性杂言（长诗《访黛眉山龙潭大峡谷》）。

以上几类诗作，前三类属于解放体（即不按照近体格律创作）的四、五、七言诗，杂言长诗《怀海涅》则融入了词曲元素，如"举目八万里风云，回首二百年岁月"，"望红旗落处忆举时，往事又重阅"，"导洪流，警覆辙——自有人心、诗心坚胜铁！""余也何幸，与诸君同诵先辈华章，再学赋新阕"。《咏南湖船》则是融合了词曲元素的楼梯体新古体诗，如最后部分：

哦，
无须问我——

鬓侵雪、

　　　岁几何？

料相知——

不计余年

　　　此心如昨。

今来几度逢队日，

此情俱与少年说。

紧挽臂，

登船同看：

电光闪处当年舵；

烟雨楼上——

听万里涛声，

共唱

　　　心船歌。

　　2009年贺敬之创作的《访黛眉山龙潭大峡谷》在诗体上又进行了创新。全诗32句，由两个三言、一个七言交替出现，又有信天游体的两句一韵；最后升华句则变成了九言。摘录如下：

　　黄河边，黛眉山，黛眉一展现奇观。洛阳境，此山中，谁启天设神仙宫？神瀑布，神峡谷，天公在此藏天书。

　　历苦难，留诗篇，"三吏""三别"至今传。《新安吏》，今非昔，新安新人著新诗。

　　三门开，梳妆台，黛眉新装我又来。悲喜泪，扶天碑，民心齐天望腾飞。访龙潭，辨真颜，要看红色龙腾上九天！

通过有规律的交替轮回，把峡谷美景、诗人心愿完美地体现了出来。

　　贺敬之的齐言新古体诗，特别是四句、八句的五言、七言诗（其实也包括齐言的长诗），明显带有律诗（近体诗）味道。这是为什么呢？王力在《诗词格律》中说："古绝和律绝的界限并不是十分清楚的，因为在律诗兴起了以后，即使写古绝，也不可能完全不受律句的影响。"

　　关于新古体诗，有一种情况需要指出：当前，有不少古体诗作者不了解格律诗（近体诗）要求（或许无心去了解），误以为只要是四句、八句的古体诗就是格律诗（近体诗），于是乎，就把自己"创作"的四句、八句古体诗标上"五律·××""七律·××"或"五言律绝·××""七言律绝·××"了，令人哭笑不得。

　　五是"他为我用"剧情诗。前面归纳的四个方面指的是新中国成立后贺敬之的诗作。其实，这之前他也创作了许多新诗佳作。

　　笔者曾著文《痛得滴血的诗句》对贺敬之早期叙事诗《乡村的夜》进行了艺术鉴赏，笔者惊叹年仅17岁的贺敬之天才的叙事能力。夏嫂子、小兰姑娘、提着红灯笼的青年、"黑鼻子"八叔、小全的爹等，给笔者留下了深刻的印象。

　　1942年毛泽东在延安文艺座谈会上，号召广大文艺工作者"走出小'鲁艺'，走向大'鲁艺'"。贺敬之走进了人民大众，虚心向民间艺人学习，向当地各种艺术形式学习，创作了不少歌词和秧歌剧，如歌词《贺龙》《朱德歌》《毛泽东之歌》《南泥湾》《七枝花》《翻身道情》等，秧歌剧《拖辫子》《栽树》《瞎子算命》等，更是主笔了大型秧歌剧《周子山》和民族新歌剧的奠基之作《白毛女》。因此，评书、快板、相声、剧作场景等元素自然而然就融入了他的诗作中。

《送参军》是属于信天游体的说理诗，作品以"妻子"的名义鼓励丈夫去参军，运用传统的比兴手法和当地农村语言，写得生动活泼，入情入理，比如：

咱麦地里没有那扎扎草，/你不当那样的"草鸡毛"。//咱家麦地里没有那蒲萝蔓，/我不当拉尾巴的把你缠。//年轻的男人当了"草鸡毛"，/羞不羞来臊不臊？//年轻的媳妇落了拉尾巴的名，/大伙的言语一阵风。

《搂草鸡毛》是描写解放区各村青年开展参军竞赛的诗作。此诗像新闻特写，描写了参军竞赛的几个场景（或曰剧情），语言却是三言、五言、七言和散文句子汇成的快板，如：

打锣鼓，放鞭炮，/火花钻天好热闹！/张庄街上人挤满，/喇叭筒叫喊闪开了道——/四面锣，八面鼓，/四杆大旗迎风飘，/八个英雄马上坐，/十字披红面带笑。/手

挽缰绳挺起胸，/连叫"乡亲们您听着：/参军打老蒋，/咱们把名报！"/"翻身的人们志气高，/咱张庄的小伙子可没落了草鸡毛！"

《笑》是描写翻身农民喜悦心情的诗作。阅读全诗，又有单口相声或曰快板的感觉。里面既有翻身农民张老好与其他翻身农民对话的场景（主要是张老好自己在"表演"），也有与以前欺压在自己头上的地主的对话，还有与自己妻子、孙子的对话，可谓场景一串串，颇有戏剧性。如：

这不是你吗？/你放羊的刘大采；/还有你呀，/当"善友"的孙二嫂；/你，老明——咱农会主席；/你，三成——咱贫民代表；/……

老婆子，/我笑的是你呀！/小心点，/别叫热气熏坏了眼，/别叫灶里的火苗烧坏了你那衣裳角！

……呃，巧！/可怎么，"说着曹操，/曹操就到？"//啊，那不是刘三爷吗？/怎么狐皮风帽也不要了？/羊羔马褂也不罩了？/出门也不吩咐老好把车套了？//"咳……好子叔……/您别……别逗笑……"//呸！我吐你一口！/你也会"叔"长"叔"短啦？/你改了你那老调啦？/怎

么？还想不想叫我给你/磕头下跪，/端屎捧尿？还想不想再逼我去卖亲生女，/再逼我三尺麻绳去上吊？//——告诉你吧，/不行啦！/变了天啦！//你的那"荣华富贵"过去了，/这人们的"光明世界"来到了！

快板耶？小品耶？相声耶？……虽然界限不明显，但艺术性极强。

对贺敬之诗体创造与贡献的归纳分析，给笔者这样一个启示——如何"化"的问题，即：古诗现代化（时代化）、新诗民族化、俗诗典雅化（指脱离低级趣味）、雅诗通俗化（雅俗共赏）、诗作个性化的问题。

贺敬之新中国成立以前的新诗以叙事诗为主，主要是现实主义；新中国成立后，则以政治抒情诗为主，采用的是现实主义与浪漫主义相结合的方法。即使新时期以来创作的新古体诗，也很少描写，主要是借景抒情、言志、明理。

为什么贺敬之会创造新诗和新古体诗的经典？笔者以为，贺敬之有胸怀天下的初心（大时空观，大历史观），所以能"荡胸生层云"；贺敬之有视通万里的眼光，所以能"造化钟神秀"；贺敬之有融汇万方的天赋，所以能"一览众山小"。他叙事诗情节出人意料的巧妙，他抒情诗充沛的思想感情，他夸张、对偶、比喻、排比、通感、顺拈等手法相互叠加的琳琅满目，他天女散花

般意象的摇曳生辉：在他诗的花园里竞相争艳，在他诗的大海里千帆竞扬，在他诗的森林里竞相峥嵘……读他的诗，在享受艺术美的同时，能净化和升华心灵，能激发动力和活力，能产生浩气和锐气，能坚定信心和信念……

在文章结束之前，请让笔者重新温习前面未提到的贺敬之的经典诗句：

"看/五千年的/白发，/几万里的/皱纹，/一夜东风/全吹尽！"（《东风万里——歌八大二次会议》）夸张含着对偶、对比，形象多么鲜明，喜悦蕴藏其中。

"东风！/红旗！/朝霞似锦……/大道！/青天！/鲜花如云……"（《十年颂歌》）对偶式的描写，色彩多么绚丽。诗一开头，特写式的诗句就吸引了笔者。

"马头高举，/向东方/滚滚红日，/马尾横扫/西天/残云落霞！/吓慌了/资本主义世界的/'古道——西风——/瘦马'，/惊乱了/大西洋岸边的/'枯藤——老树——昏鸦'。"（《十年颂歌》）古典曲句在对仗的散文句式中被镶嵌、改造得多么天衣无缝，比喻得多么巧妙、贴切。

"父老心中根千尺，春风到处说柳青。"（《皇甫村怀柳青·一》）巧夺天工的镶嵌中，请认清这可是长篇巨著《创业史》的作者柳青前辈哟。仅此一句，柳青前辈应含笑九泉："足矣……"当前，党中央不是号召写新时代的创业史吗？这真是"春风到处说柳青"。

"浩浩洞庭催来着，岳阳楼上待新辞。"（《过洞庭湖·登岳阳楼》）

李白"且就洞庭赊月色，将船买酒白云边"的仙气飘飘，孟浩然"气蒸云梦泽，波撼岳阳城"、杜甫"吴楚东南坼，乾坤日夜浮"的吞吐大荒，可谓写洞庭的巅峰之作；而范仲淹"先天下之忧而忧，后天下之乐而乐"的精神更让历代仁人志士共鸣。后人想超越，何其难矣。然而，这难不倒贺敬之，他轻松地解决了这个难题。"催来者"，"待后人"，把"难题"推给了其他人和后人，可谓言有尽而意无穷，给笔者留下了丰富的想象空间。

"唯愿二杰愁写尽，从今鲁歌无隐忧。"（《故乡行·应大明湖索题》）诗中的"二杰"是指李清照和辛弃疾。李清照经历过宋王朝南渡的兵荒马乱，她的舴艋舟载不动许多愁；辛弃疾投奔南宋小王朝后不被信任而忧心如焚。我们唯愿他们把忧愁写尽，事实上呢？"千载未绝动地忧"……

"谁诵鲁诗唤合影，春山恒美贵横眉"，"家山自重立天柱，笑延四海飞来峰"，"窗开万厦须两手，挽此云水净埃尘"（《富春江散歌》）。"恒美"源自"横眉"，"横眉"才能"恒美"，谐音的妙用阐明了一个真理。若让人尊重，须本人自重，如此才能赢得真正的朋友；国亦如此。只有坚持精神文明与物质文明并重，安装好拒腐防变的"窗纱"，才能既呼吸新鲜空气，又避免苍蝇蚊子进来。

"七十二峰朝天柱，曾闻一峰独说不。我登武当看倔峰，背身昂首云横处。"（《登武当山》）赋法的运用，独立人格彰显于此。

"百年人民文学史，君在亿万民心中。"（《致魏巍同志·一》）称赞的是魏巍前辈，然而《白毛女》《南泥湾》《回延安》《雷锋之歌》等，就被亿万人民所喜爱传颂啊，诗人就是亿万人民所喜爱敬重的人啊。

"深采民间源泉水，酿出诗中茅台来。"（《题茅台诗会二章·二》）"民间源泉水"就是"以人民为中心"，就是人民的火热生活、生动实践、创新创造。只有扎根人民，践行"四力"要求，才能酿出文艺作品的茅台来。

"唯循正道是大道，百念台庄走康庄！"（《台儿庄散歌·十一》）"正道"即马克思主义思想、马克思主义中国化时代化思想引领下的中国特色社会主义道路。我们一定要深刻领会"两个确立"的重要意义，主动增强"四个意识"、坚定"四个自信"、做到"两个维护"，在"中国梦"的康庄大道上阔步前行！

…………

当前，全国各族人民正在党的二十大精神指引下，在建设现代化社会主义强国的伟大征程上踔厉奋发、勇毅前行，尤其需要贺敬之这样的塑魂、壮骨、凝心、励志的黄钟大吕之作。

百读不厌是贺诗。学习这座高峰，研究这座高峰，是笔者终生的主要课题之一。

祝贺《贺敬之诗新选》出版。

最后，笔者再一次《放声歌唱》：

"把笔/变成/千丈长虹,/好描绘/我们时代的/多彩的面容,/让万声雷鸣/在胸中滚动,/好唱出/赞美祖国的/心声!"

2022年12月22日

作者简介:韩彦军,男,中原龙都人。河南省作协会员,濮阳市作协副主席,濮阳市文学评论学会会长,中国萧军研究会华语红色诗歌促进委员会副会长。出版新诗集《背包是我家》《龙乡放歌》、文艺评论专著《贺敬之诗文艺术摭论》,其中《贺敬之诗文艺术摭论》被河南省作协推荐参加第八届鲁迅文学奖评选;另创作新诗集《月儿撩起云的纱》《依然为你抒情》、新古体诗集《龙都短歌》。

托物言志 情深意远

——读石祥新作《娘的心》

杨志学

这是一首言之有"物"的诗。

这是一首托"物"言志的诗。

这也是一首触"物"生情的诗。

"物"是这首诗的基础和立足点。

"物"是这首诗的触发点和力量之源。

是的,没有这"物",一切都无从谈起。这"物"是什么?是一个母亲手工缝制的针线包。它看似普普通通的,不起眼。在那个年代,有多少这样的针线包!它似乎又是不普通的和熠熠生辉的,因为上面绣上了三个红色的字"娘的心"。

这"物",被一个儿子一路走来,一路携带,一路珍藏。如今,作为弥足珍贵的物证,它存放在博物馆里,存在于许多人读到过的一本书里。

这"物",如今被许多人都看到了,也被一个有心的独具慧眼的诗人写进了诗里。

这个曾经凝望周总理办公室的灯光的诗人,这个遥望并咏唱十五的月亮的诗人,这个无数次仰望星空的军旅诗人,如今把目光投放到一只绣着"娘的心"的针线包上,从心里迸发出一首新的乐章。

诗是什么?诗是一种还原。还原到"物"的初始,还原到那个年代。这"物",被诗人久久凝望。凝望中,看到"物"的光芒。"物"的光芒源于物自身。

诗是什么?诗是赋比兴,是一唱三叹,是从一绣到六绣的铺排递进,是仿若陕北民歌的传承与创新,是黄土高原般朴实刚劲的文字,是诗人的联想与思考,奉献给读者和这个时代。

附：石祥的诗《娘的心》

一缕脉脉含情的红丝线，
一根熠熠生辉的绣花针。
一方土布缝制的"针线包"，
绣上一片娘的心！
第一针不知从何处绣，
第一线不懂往哪里引。
针尖儿在鬓角抹了又抹，
线头儿用嘴唇吻了又吻。
到广阔天地里去锻炼，
"知青"系着娘的心。
一腔血乳"中国红"，
情多深啊爱多深！
一绣延安土窑洞，
方格子窗棂月牙儿门。
红色堡垒《论持久战》，
铜墙铁壁是人民。
二绣山丹丹开花红艳艳，
牧羊人头戴白毛巾。
羊鞭子甩响《东方红》，
信天游唱出日一轮。
三绣南泥湾花儿香，
大生产开荒土变金。
飞犁走耙 纺车子转，
丰衣足食天地新。
四绣那延安十三年，
难忘父老众乡亲！
最后一碗米 最后一尺布
拥军支前齐上阵。
五绣那金区怀故人，
同人民大众同呼吸共命运。
毛岸英留苏回国不当官，
领袖的儿子下田学耕耘。
六绣那风展红旗美如画，

革命前辈登上天安门。
西去列车的窗口接"地气"，
新农村自有后来人。
啊！走什么路？做什么人？
"针线包"紧贴儿女的身。
我是谁？依靠谁？为了谁？
娘的心就是人民的心！

作者简介：杨志学，笔名杨墅。先后毕业于郑州大学、北京师范大学和首都师范大学。文学博士。编审。中国作家协会会员。历任解放军外语学院副教授、《诗刊》编辑部主任、中国诗歌网负责人等。现任中国作家出版集团文学与出版管理部主任。著有《诗歌：研究与品鉴》《诗歌传播研究》《在祖国大地上浪漫地行走》《山顶上的雪》《心有灵犀》《谁能留住时光》等。主编诗集《朗诵中国》《中国年度优秀诗歌》等20多部。曾应邀担任鲁迅文学奖和其他重要诗歌奖项的评委。诗歌作品获《上海文学》奖等奖项。曾受中国作家协会委派，任中国诗人代表团团长出访塞尔维亚。

石祥"词话"一闻

呼岩鸾

古代依词牌作词的人称词人。词，即古代歌词，曲已失不传。评论词人、词作、词源以及记述词坛见闻的著作称"词话"，宋词大兴后于宋代元代始出现，历代皆有，著名的有《白雨斋词话》《人间词话》等。

《炎黄春秋》杂志2018年第12期，发表兹爱民、刘文韬作《军旅音乐家傅庚辰和他的红色旋律》一文，内中附记著名军旅歌词诗人王石祥四十五年前往事一件。现代歌词诗人相当于古代词人，此一往事当是现代"词话"的极有意味之资料。

著名军旅作曲家傅庚辰曾任解放军艺术学院院长与中国音乐家协会主席，曾作曲创作了《雷锋，我们的战友》《毛主席的话儿记心上》《红星照我去战斗》《映山红》《红星歌》等传唱于中国亿万民众口中心中的佳作。

1973年10月，傅庚辰为电影《闪闪的红星》的主题歌《红星歌》谱曲，对歌词不满意，请写词的两位剧作家改写后，仍不满意。剧作家谦逊表示不擅写歌词，于是傅康辰请著名军旅歌词诗人邬大为、魏宝贵另写。

文中记道：

很快，傅庚辰拿到了歌词："红星闪闪放光彩，红星灿灿暖胸怀，红星是咱工农的心，党的光辉照万代……"他看完后很激动，说："这个歌词行！"这时，他背后传来一个声音："还应该加上两句。"他扭头一看，原来是词作家，后来写出《十五的月亮》的王石祥："这歌词写得好，但还应加上'跟着毛主席，跟着共产党'吧。"大家点头称是，主题曲的歌词就这样定稿了。

好歌词催生了傅庚辰的灵感，《红星歌》的曲子很快就写出来了，优美、

流畅、雄壮，通过电影中潘冬子的嘴唱出去，脍炙人口。

这一则词话很有意思，和古代词话一样让人看到了歌词诗人的口吻话风，很是亲切感人。

这一则词话，还有歌词艺术的某种诗学意义，值得探究。

歌词是用于配曲演唱的特殊体例的诗，和一般抒情诗、叙事诗、哲理诗不同，词句应更精练凝聚，贴近唇腭，直入心灵，不避耳熟能详的金句名言，号召力强的标语口号，一入歌词就成了感染力强的诗句。石祥深谙作词之道，给《红星歌》奉献的"这两句"，确是画龙点睛，使全部歌词有了方向感与归属感。

现代习称的"标语口号"，实为格式语言：仪式语、成语、谚语，典故语、经典著作语句……得当用于歌词给歌词增颜色，用于诗歌给诗歌提升境界。自古如是。

格式语在歌词中是多么庄严、肃穆、情深。《诗经》三百零五篇全部是先民歌词。

《诗经·风·黍离》："彼黍离离，彼黍之苗。行迈靡靡，中心摇摇……"

《诗经·雅·文王有声》："镐京辟雍，自西而东，自南而北，无思不服。皇王烝哉！"

《诗经·颂·我将》："我将我享，维羊维牛，维天共右之。"

格式语在诗歌中是多么玄美、别致、神秘，名家之作或民间诗作都显异境。

杜甫《杜鹃》："西川有杜鹃，东

川无杜鹃。涪万无杜鹃，云安有杜鹃。我昔游锦城，结庐锦水边……"《三绝句》："前年渝州杀刺史，今年开州杀刺史……"

乐府《江南》："鱼戏莲叶东，鱼戏莲叶西，鱼戏莲叶南，鱼戏莲叶北。"

石祥是优秀的歌词诗人，一曲《十五的月亮》只要天有夜晚就永不坠落。石祥在语言上来个华丽转身，就是优秀的抒情诗人，一首《周总理办公室的灯光》，照耀中国人民千秋万代。

2022年1月26日
深圳仿佛寀

作者简介：呼岩鸾，自由著述人，著名诗人、文学评论家。著有《四季流放》《飘翎无坠》《呼岩鸾世纪末诗选》《碎片》《金沙粒》《呼岩鸾新世纪诗选》《世说新诗》等多部诗文集。

野性地繁衍生命的旗语

——读王志清诗选《心如古铜》

赵福君

在香港全球散文诗大赛颁奖会上，获奖者接过奖杯奖证后都与颁奖者握着手转过身来，让摄像、照相师拍摄一下再下去。可是有一个领奖者上台来接过奖品就快步走下主席台去了。主持人叫等，可他头也没回地说"不照不照"，令在场者愕然诧然。他就是与我在颁奖会期间同住一室的王志清。我俩几乎天天彻夜长谈。现在，我读着他的诗选《心如古铜》。身边电视正演着精彩的《贞观长歌》，外面不时有鞭炮爆响，但都没有转移我的注意力。志清的诗，比年味更浓，比连续剧更有魅力。真的，诗选中的每一首都吸住我的眼球，抓住我的灵府，让我无法放开。我让他深情倾诉着"天地之心"的独白所撼动，借用志清的诗句形容王志清的诗，就是"野性地繁衍生命的旗语"。

这本《心如古铜》由四卷组成，第一卷"还乡之旅"、第四卷"啼血之音"是新诗，第二卷"漂流之囚"、第三卷"邂逅之缘"为散文诗，也有"赋"和"独幕诗剧"（笔者命名）。通读全书给我的最深感受是凝重雄沉，深郁冷峻。这是志清诗的风格，亦如其人一样。

"那一片菜花地"令人唏嘘

古有"月上柳稍头，人约黄昏后"，"小轩窗，自梳妆，相对无言，惟有泪千行"，写男女爱情生前身后，已足够感人。志清却在前人已经定格的意境之中又翻出新的意象，那一片令他思念的油菜花地："你悄悄地走了/让我好找好找/心如缺失的空寂/也许找你只有在这个时候/油菜花开时节//你悄悄地走了/让我好想好想/独饮孤寂如毒药苦汁/什么暗示也没有/我只能寻你在油菜花地//……真的好想你/能够想你也是我的福气/日积日盛的思念/打湿了我的四季/但愿思念如虹联系我你/我们的约会/最终还是那方永远的花地/那一年一度的不生不灭里。"这首只有八节的诗歌，洋溢着他对故去妻子的思念，刻骨铭心，绵绵无尽。在这首诗后有段附记："乃瑜在日记中写道：'野趣更易抚慰心性，牵惹人对于遥远、清纯时代的回忆。'乃瑜不喜欢大红大紫，最让她动心的，则是那些幽雅的'勿望我'，清淡的'含羞草'，或者是朴素而灿烂的菜花。她在病重临走前，还要我带她去看菜花。"因此这一片菜花地成了志清魂牵梦绕之地，他到这里寻找、倾诉、徘徊、回忆、呼唤……这里承载着他的哀伤、痛苦、思念和梦幻。在当今社会，有如此真挚深沉恒久的夫妻情感的，能有几人。岂不闻民谣已将"死老婆"作为时尚"四大喜"之一。相比之下，志清的生生死死伉俪深情多么可贵可赞，动人心弦。

不只这一首，整个第四卷里的十首诗都是对"先走"的爱妻的啼血之思。"受伤的你/蜷曲着坚强的身骨/蜷曲成一尊不甘沉沦的小岛/抗击死神恣肆而疯狂的摆布"（《受伤的风景》）；"我们选择了厮守/选择了灵魂相拥的享受/情感在折磨里提纯至真/生命在惊悸中繁衍不朽"（《我们选择了厮守》）；"我的琴弦断了/……哪里还有高山流水的倾听"（《我的琴弦断了》）；"归而来兮！曰归兮曰归！/纸船明烛兮，魂下翠微。/乃瑜来归兮乃瑜来归！"（《归而来兮辞》）……全是真纯情感的倾诉，读之令人潸然，比最擅长写悼亡赋的潘岳、悼亡诗的元稹还要情词哀切。

志清在此书的自序中说，诗"是生命的写作，是真情投入，是生命最深处的秘密和轨迹的神圣展示"。其实，所有的抒情文字，都应该是性情文字，古今中外的第一等的文字都该是性情文字。波德莱尔在谈到《巴黎的忧郁》的创作初衷时说："正谐和于心灵的激情，梦幻的波涛和良心的惊厥。"（《给阿尔塞纳·胡塞》）波德莱尔的这种美学主张，也揭示了诗的情感特性。诗歌的本质是对生命的体认，不管是言志，还是缘情，第一位的是至性真情。至性真情是志清诗的基本特征，也是他的诗能感动人的关键。

"挑战遗弃"创新意

矗立长江边山峰上的神女，古往今来被多少文人墨客歌吟，有咏其坚贞，有咏其痴情，有咏其不幸……舒婷以"与其在悬崖上展览千年/不如趴在爱人肩头痛哭一晚"，成为新时期女性爱情观的典型。志清在感叹"至贞至洁至矜至娇者的悲剧"之后，却另辟新意："朝朝有云兮暮暮有雨/任它云云兮任它雨雨/取势凌空，本来就没有想着要躲避雨雨云云//把自己站成孤僻的石峰，挑战遗弃。"一个敢与命运抗争，自强自尊，顶天立地的女杰横空出世！由此赋予神女以前无古人的魂魄和形象。无怪诗歌理论家张彦加说此诗"其人文精神的探索达到了相当深度"。

王摩诘的红豆，千古传颂的"愿君多采撷，此物最相思"，到志清笔下却是"红豆不堪撷"。因为，"心血，失意地渗出，点点滴滴，滴成朱裳黑喙的红豆，如一些超微型的太阳，坠落于唐朝的黄昏"（《红豆不堪撷》）。立于长城之上，一般人自然思接千载，感慨万千，志清却"如摊冷于哑音千古的琴弦上之一哑音"（《摊冷于长城之上》）……这本诗选的作品，大多是山水诗，或者是类似山水诗的记游。志清"以尽可能具体的'象'，来表现最不容易具象的'意'；以尽可能少的'象'，来表现尽可能多的'意'"，重视诗歌的思想性。其实，文字之美和性情之真皆源起于思想之深刻与新锐，优秀的作品之所以优秀，是因为有深刻新颖的主旨即思想。没有创新思想的作品，或者思想平淡、浅薄的作品，必然是平庸的，如同没有灵魂的躯壳。志清非常注重思想新异性的探究，而不能容忍当下"削平崇高、拒绝深度"的"后现代"，亦是他性情使然。在如今很多没有思想含量和重量的作品铺天盖地地流行的时候，能读到志清的有创意的诗，是很感欣慰的。

"灵魂也长出了尖齿"

志清诗歌语言的最大特点就是陌生化变异。诗选第一卷的《悼猛犸》末节吟哦道："我站在现实的土壤上/反倒有过好几回梦/你破坏了我的宁静/让我的灵魂也长出了尖齿。""灵魂"是无形的，是看不见摸不着的，这里却让它长出了"尖齿"，语言的比喻新颖而奇特，形象具体地描绘出猛犸对其思想灵魂产生的新奇而尖锐的冲击和震撼。这样的语言对读者也是很有磁力的。T. E. 休姆说："诗歌永远是语言的先驱，语言的发展过程就是吸收新的比喻的过程。"（《语言及风格笔记》）这是至理名言。诗歌不仅需要真率的性情，深刻新颖的思想，也更需要艺术形象的语言。文学是语言的艺术，诗歌是文学象牙之塔的顶尖，诗歌的语言因而要更艺术，更新颖，更有先驱性。诗歌不能像小说、戏剧那样以扣人心弦的情节取胜，只能以语言营造的意境引人入胜。诗歌的无穷魅力主要来自于语言的魅力。这种魅力的要求，使诗歌语言永远处于不断的发展创新之中。

作为教授兼诗人，志清深谙此道，因此他特别重视和追求语言的新、奇、特，即语言的陌生化变异，使语言具有不同于散文的陌生、反常、疏离，也就是语言非自动化惯性的效果。如：他说"历史 就是新生和死亡的轮回/就是不断地把新生毁灭给新生看"（《轩辕古柏行》）；"华清池死了/如大唐废弃了的无辜之樽/……出浴了的罗曼史/却活得永久的滋润"（《华清池死了》）；"我只能沉着如一朵苦恋，等待攀上幸运枝头的幸运"（《自泛香雪海》）；"只轻轻一戳，历史便溃疡成好难愈合的滴血伤口"（《冥思于茫茫

《白水》）；"枕水长桥曲曲如历史的愁肠。蠡湖有着硕大的胃蠕动，反刍万世兴替"（《迷蒙蠡园》）；"月色如忧思濡染"（《瘦美的魅力》）；"季节如我一样迷失了自己，一味地以盛夏的狂热，野性地繁衍生命的旗语"（《初识西双版纳》）；"雄迈霸悍的一代天骄惶惶如一株肃穆的哑树"（《走向泰山》）；"庐山以朦胧诗的形态，泊我想象的方舟"（《雾旅庐山》）；"目光从巫峡飞流直下，在'屈原故里'肃穆地涟漪……楚国阴皱皱的黄昏，谗言被发育成'腥臊并御'的灰蟒，繁衍出洗刷不绝的腥臊"（《秭归歌哭》）；"目光如游鱼，被禅坐的白帝城钓上高处"（《遥想李青莲》）；"如一尾压扁了的现代鱼，出现在聚流着历史忧郁目光的浣花溪"（《泊怨的草堂》）；"拂衣辞世喧，于秦岭的最精彩部分'家'了起来，高蹈成似陶潜而非陶潜的模样……水瘦如心脉泠泠不绝，远山依然是煮沸了的起伏"（《归之无归》）；"有那么多贫血的嗟吁，春秋小鲁也便愈是羸弱了"（《夫子之望》）……这在诗选中真是比比皆是。秦兆基先生对志清的变异语言特别感兴趣，认为这是其作品中所以"意象丰盈而幻生众象"的主要原因，并且将其语言变异的形式归纳为"逻辑逆反、超常组合、化熟为奇、化静为动、戏剧性场面的演化"五种。还有不少评论家对其语言的变异化也大为赞赏。

语言的变异化，也如一柄双刃剑一样，在增加诗歌语言魅力的同时，也造成了与广大读者难以"沟通"的障碍。所以我个人认为应当注意使用有"度"，不能为变异而变异，不能使语言晦涩难懂。而如"日出江花红胜火，春来江水绿如蓝""窗前明月光，疑是地上霜"等等，不但语言如"清水出芙蓉，天然去雕饰"，而且意境优美，容易为人们所接受。如果说志清的诗歌有什么不足的话，也许这就是不足了，算是白璧微瑕吧。希望志清君能更上层楼，早日走出生命的阴影，将其才情、才华、才识、才气更充分发挥出来，生长出更多更好的"繁衍生命的旗语"。

作者简介：赵福君，笔名福音，中文教授，中国作家协会会员，中国秘书科学联盟副主席，华语红色诗歌促进会副会长，辽宁省写作学会副会长、省诗词学会专家委员会专家，铁岭市写作学会会长兼作家协会顾问。已于《人民日报》《中外文摘》《诗刊》《世界诗人》等发表诗文1800余篇，出版著作45部。曾获中国作协《中国作家》特等奖、辽宁省文学奖、首届中国高校诗歌大奖赛教师组第一名、百年百位最具实力诗人等奖项。

跌宕婉转 意蕴丰富

——拜读李骏虎先生《母系氏家》

解贞玲

李骏虎先生是民盟中央委员，山西省政协常委，中国作家协会会员，山西省作家协会副主席，全国青联委员，山西省青年联合会副主席，也是国内文学界一名深具实力的70后作家。他勤奋多产，创作体裁多样。已出版有长篇小说《奋斗期的爱情》《中国战场之共赴国难》《众生之路》《浮云》、中短篇小说集《李骏虎小说选》《前面就是麦季》、随笔集《比南方更南》、散文集《李骏虎文化散文——受伤的文明》《纸上阳光》、评论集《经典的背景》、诗集《冰河纪》等。曾荣获第四届山西新世纪文学奖、第五届鲁迅文学奖、2007—2009年度赵树理文学奖。有缘与骏虎先生相识，也拜读过骏虎先生的许多作品。近来有幸读到骏虎先生新著《母系氏家》（北岳文艺出版社2016年6月第1版）一书，感觉内蕴上丰沛厚实，艺术上精雕细刻，集思想、情感、思索、感慨于一体，冷观人世万象，笑谈苦乐人生。其作品语言洗练，文采飞扬，称得上是近年来长篇小说领域里的一个重要收获。有太多的话语想要表达，竟不知从何说起。为小说写评，向非易事；为《母系氏家》作评，更是颇费踌躇。该书洋洋近30万言，时间跨度逾半个世纪。其中春秋笔意，微言宏旨，非了解这段历史的人，难得个中三

昧。我虽自揣谢陋，不擅作评，但合上小说感触良多。大汗淋漓的酷暑天阅读骏虎先生的小说，心里反倒感觉有几分清凉之意。现借自少许评说，以就教方家。

一个作家写长篇小说，需要才情、学问、勤奋、机遇，更需要一种"衣带渐宽终不悔，为伊消得人憔悴"的敬业精神。骏虎先生一直把文学当生命，觉得文学创作是生命中最快乐的事，写作可净化心灵，而不单纯是一种工作。在如今这个喧嚣的时代，静下心来去埋头创作，构筑自己的一方世界，是需要特别的能耐、特殊的定力的。骏虎先生正值韶华，怀揣梦想，明灯做伴，典籍为枕，德才兼备，勇攀高峰。他的成功在于扎实地不懈寻找，不迷醉于表面虚华，始终初心不泯。他走向乡土采风，潜心研究文学创作，独具匠心地将多种写作技巧润化于自己的长篇小说中。正是由于潜心创作，不问东西，骏虎先生才能写出《母系氏家》这样具有历史纵深感、又具有精神丰厚度的小说力作来。

《母系氏家》是一部具有鲜明艺术风格的小说，是地域风格和叙述风格的有机统一。小说终归是世相之书，在尘情中昭示人性，混沌中窥见灵魂，于荣枯无常之境，发现时代的本相与生活的本真。在这一小说集中，骏虎先生可以说是将世情洞察入微，将人物刻画入木，又以其犀利的笔刻、隐喻性的嘲讽及啼笑般的反转等手法，将情节构述得跌宕婉转，让小说阅读感极强的同时

又不失文学性和艺术性。小说《母系氏家》有一种淡淡的忧伤在弥漫，有一种淡淡的诗意在流淌。他心中有日月星辰、天下风云，还有许多目光炯炯的明眼人看不到的美丽与丑恶。小说善于在幽微之外、病态现象之中，发现生活中积极向上的道德力量，善于发现日常生活掩盖下的灵魂秘密。他始终保持对人性、爱与社会的信仰，呼唤人性中那些美好的东西，这是新时期文学非常重要的维度。小说以南无村为背景，描绘了众多乡村女性的生动形象，她们内心的辗转、跌宕和进退失据都得到细腻呈现。骏虎先生对笔下的生活与人物不掩恶，不虚美，不拔高，不贬低，换言之，既没有回避人生的污秽，也没有否定人性的美好。表明即使在商品经济大潮面前，在纷纭复杂的社会现实与人际关系面前，尽管有着某种几乎令人气绝的不堪和不齿，但在主流人物身上体现出的，依然是向上的、温暖的和善意的精神特质。骏虎先生的文学语言非常有魅力，有地域特色，幽默率性而富有感染力，语言与笔下人物紧密结合，展现了对文学既简单又唯美甚至不乏浪漫的一种理解。全书视角新颖独特，构思精巧周密，内容丰盈饱满，素材地气充沛，笔触细致生动，引人入胜。作者将情、理、趣融于一体，充分运用小说的文体特点或展示犀利深沉，或显露真情婉约，或呈现幽默生动，或表达冷静凝重，使读者在轻松短暂的阅读中，会心一笑，催人惊醒，促人感怀，令人欣喜，也让人深思。

骏虎先生的小说富于百态人生的具象描写，无处不体现质朴的人格力量，心理解析善于升华至对人生、爱恨的思考。他的作品，清晰袒露对现实的良苦用心。小说中的人物关系十分复杂。它是以谱系形式出现的，以家族形式出现的。也就是说，那种血缘关系是维系这些人物的纽带。在人物塑造上，该书避免了脸谱化的倾向，注重个性化的塑造和时代感的贴近，特别是三位主要角色：母亲兰英、儿媳红芳、女儿秀娟。《母系氏家》这一家两代三个女人，合演了一出好戏。好在哪儿？好在乡野气息浓烈，好在各自个性鲜明，却都踏着时代的节奏。

先说兰英。说兰英就想到潘金莲。潘金莲被嫁外号"三寸丁谷树皮"的武大郎，那是在封建社会；兰英就不同了，她的故事是随着新中国的成立开始的，并且都发生在人民公社的生产队里。她"长得并不是十分俊俏，只是胸高腰细腿长，发髻浓密乌黑，脸蛋子像粉团"，自我感觉挺好；却因为"家是富农成分"，她爹娘为让她"攀上军婚"，"就没太计较女婿的长相，由着媒婆摆布"，连面都没让她见上就将她许嫁矮子七星。可怜兰英，直到婚后第二天早上，"生米做成了熟饭"，才发现"那人个子不及那双脚板子长"，"做闺女多少年来对如意郎君的憧憬瞬间成了泡影，叫了一声苦：'妈呀，怎么是个武大郎！'"由矮子七星想到武大郎，痛不欲生的兰英自然也会想到潘金莲的苦命，可她决不会重蹈潘金莲的覆辙，她就是要自己掌握自己的命运。她居然可以"一辈子不下地干活"；而她基于精心选择的偷情，倒也有几分"主人翁"的架势。说到偷情，人多不齿，然而在兰英这儿，虽然谈不上"理直气壮"，却也是"毅然决然"，"一意孤行"。看她怎么为自己做主："身子是自个儿的，自个儿不能把自个儿的身子糟践了，好肉不能让狗吃了，要让人吃，让像模像样的人吃，让自己甘愿让吃的人吃，那人必得是人里面的尖子，这样自个儿心里才熨帖，才会觉得没有白活一世。"在她看来，女人一辈子，嫁人算一半，生娃娃算一半。她算了嫁人，又算生娃娃的事："只要把生什么样的娃娃，生什么人的种把握在自己手里，就把握了后半生，就不愁扬眉吐气的那一天，不愁翻不过身来的那一天。"如此"深思熟虑"，潘金莲岂能望其项背。而且她是谋定而后动，虽然多少费了些周折，倒也是一偷一个准。头一遭，偷成了公社"唇红齿白"的秘书，就那么一次，生了秀娟。可"那个书生不懂风情"，"也不像个能生出个带把儿的来"，她又借助支书老婆金菊——十足当代版的王婆——勾搭上了"身大力不亏"的土匪长盛，"用了足足五年的工夫"，"生下了福元，儿女双全了，都是好品种！"兰英如愿以偿，可惜美中不足。"文革"期间，"自己好过的两个男人，一个是干部，一个是特务，这不是冤家路窄是什么？老天爷让他们在台上一个批斗另一个，让自己和两个娃在台下看，还要喊口号，这是惩罚自己造的孽啊"；问题是事情到这儿还不算了，台上那位"梁主任"刚走，支书逼长盛交待他搞过的破鞋，而长盛看到兰英拉着秀娟要走，竟然"鬼叫一起：'啊——那不是走了？'"兰英逃回家里，尾随追来的"红卫兵'咚咚'地踢门"。幸亏"矮子七星手里握着一把瓦刀，凶神恶煞地站在房顶上"，"突然间大吼一声，像鹞子扑鸡，从天而降"，逐走了红卫兵，摔断了自己的腿；"怕再有人来抓兰英，也不去看病，每天坐在大门口的椅子上，手握瓦刀，像个门神"，"耽搁了治疗，一辈子成了跛子"。经此一事，兰英终于良心发现，发现自己"真小看矮子了"，免不了心生愧疚；却"把长盛恨了，一恨就恨了二十多年"。兰英顿悟：原来自己的命是与这个"矮子"男人紧紧联系在一起的，而之前的那几场风花雪月的爱情到头来只是一场噩梦。这样的思考很接地气，也很有人情味。而红芳和秀娟的故事，亦因之而张本。

再说红芳。说到红芳就觉造化弄人，因为无论从哪方面说，红芳与兰英都难有共同语言，一个登场于改革开放时期的阳光开朗、憎爱分明乃至忍辱负重的好媳妇，偏偏摊上一个品德不端、心术不正的刁蛮婆婆，这日子怎么过啊。还在和福元搞对象时，就因为来勤了一点，打扮得时髦了一点，兰英便"有宿怨"；嫁来之后，总"不见动静"，兰英更是三天两头指桑骂槐。好在红芳"是个没多少心计的人"，"觉得没必要计较，看到婆婆也恨不起来，依然热热脆脆地"喊"妈"。"生娃娃是两个人的事，还不知道是谁的毛病呢！"背着红芳，秀娟"脱口"说了句公道话，立马遭到兰英呵斥："再胡说把你的嘴撕了！"红芳受了多少委屈，面对兰英的责难，她先是坦承自己落下了盆腔炎，还将"福元平时不注意卫生"的隐私和盘托出。但无论她如何隐忍，都不能改变兰英的刻薄。那天，"两口子正忙活着给小四轮加水，准备出车。兰英逼着跛子捉住一只老母鸡要杀，把母鸡踢了一脚又一脚，嘴里骂：'叫你不下蛋，叫你不下蛋，吃得肥肥壮壮，光招公鸡踩，踩不出个屁来。我要是你啊，早飞进茅坑里淹死了。'"红芳忍无可忍，吵着要福元分家，兰英竟逼着福元把红芳往死里打，要不是七星举起一把铁锹往福元背上"啪"地一拍，真不知红芳要被打成啥样。后来，红芳知道了兰英的丑事，还知道兰英最怕说"青霉素"。可是，红芳不揭短，她极有限度地抗争，大多是"腹诽"，或者厌恶地吐口唾沫，最厉害的也就是长盛来了便"在巷子里骂野狗野猫"；试着说了一次"青霉素"，"就看见兰英躺在地下，像个死人"，善良的红芳，竟然"吓得浑身僵硬"，福元又给她"一顿好打"，临了她却"自己爬起来，一跛一跛去做饭"。没有阳光也灿烂，给点阳光更灿烂。那天天色已晚，挣了几十块钱的她"带着糟糕的

心情"回到家里，"跛子先开口了，像个妈一样唠叨了一句：'红芳，以后回来早点，别让一家人为你操心。'"于是，"红芳像个气球，被扎了一下，一下子就笑了，话又多起来"。她怪"自己肚子不争气"，主动抓药吃，"药里有很多晒干的爬虫，看上去很恶心，苦中发甜，味道很怪，但红芳不换气就喝下去了，感到一股暖流直入丹田，把五脏六腑、七经八脉该通畅的地方都通畅了，脸色也红润起来"。而且，这一喝就是十多年，"每天喝的药比吃的饭还多"。而兰英，其实早就知道不孕的原因在福元身上，她一方面叮嘱福元"这事千万不要告诉红芳"，"你爸和你姐也别让知道"；一方面"替儿子在媳妇面前矮了半截，也想找她交交心，说说自己的过去，启发启发她，到底碍着婆媳关系，有些话没法子出口，心里多少有些愤恨红芳傻，不开窍"。没有小孩怎么办？红芳到三十四五，主动"向福元提出抱养一个娃娃"。后来要抱养了，代出住院费之外，人家又追加两千元营养费，福元让红芳表态，红芳还在自责，"快快地说：'行，谁让我不会生呢，迟早还不都得这样？'"孩子抱回家，一家人欢天喜地办了满月。红芳的心，就在"为了将来给娃一个干净的家"；她留心教育，而且"幼吾幼以及人之幼"，想到"咱村应该有个幼儿园"。"季孙之忧，不在颛臾，而在萧墙之内"；红芳却相反，真正冲击她强大思想防线的，不是来自兰英，而是来自海峰媳妇彩霞。这个眉飞色舞谈一年

"自己可以盖起一座大院子"的"花蝴蝶"，其"经验之谈"确曾让红芳"晕头涨脑"甚至"少见地失眠"；然而"福元不是海峰"，红芳也绝不会成为彩霞。"想到江江是抱养的，又联想到秀娟来：一个牺惶人，可又那么刚强志气"，于是，"天不亮，红芳就爬起来，去河边找秀娟"。她"撩开大步走着，她不能替彩霞保守秘密了，她要把这事情告诉一个人，否则就得憋出病来"，而秀娟，当然会帮她拭掉眼里的沙子。心无芥蒂，光明磊落，这就是红芳；她是一面镜子，与兰英适成鲜明的对照；她又是一支润滑剂，兰英那样刁蛮，抱养时还在背地里称她"二杆子"，后来有了感情，居然在她拿瓢喝水时含着怜爱之情，当面说她是"生水袄子"。从中似乎可见作家对笔下主人公不无偏爱的成分，但作家并未一味地强化红芳人性闪光的色彩和气质，也写到了她性格中逆来顺受、软弱懵懂的一面。这使人物形象塑造得更为独特而丰满，有着更深刻的现实根据，也更符合人物性格的发展逻辑。

　　最后说秀娟。说到秀娟就不由一声长叹。秀娟的故事，在一、二卷只是零星的穿插；即在第三卷，也难言浓墨重彩。然其涉及面之广、涉及人之多、事之杂，以至内蕴之丰富深刻，却远非兰英、红芳可比。爱情是人类永恒的话题，但是要想把爱情写得不俗挺难的，伟大的爱情小说往往超出爱情本身。骏虎先生笔下的爱情微妙，复杂，丰富。

秀娟是《母系氏家》诸多故事中最重要的环节，在其矢志不嫁；她表面上似一团死水，实际却深藏着情感的骇浪。对于兰英而言，死不肯嫁的她，"像一块好在脸上的疤，好看是不好看，疼是肯定不疼了"。而这疤的成因，根子就在兰英身上。"死鬼作乐"，偏被秀娟撞见；"受惊过度"，心理障碍难愈。即使长成了大姑娘，被北京知青程和平视为意中人，"他的心第一次乱了"，她却"不多说话，只是静静地对他笑"；"鬼使神差"被和平"伸出手臂把那柔软的身体抱在了怀里"，她先是"吃了一惊"，"兰英出来"竟吓得她"脸色煞白"。事实上，南无村里的秀娟与和平，固然存在相爱的可能，却总被间接联系造成的误会主导，几无面对面直接沟通。起初，是福元的几次搅和，误使和平"被莫须有的幸福冲昏了头脑"，竟将招工指标"让给了其他知青"，"打定主意要留下来，跟农村'丁洁琼'发展他们纯洁美好的爱情"；其后，和平猎兔误杀老会计被判有期徒刑16年，入狱前想见秀娟一面或得秀娟一信，竟因兰英"翻脸"而不成，而秀娟，则"打定了主意一辈子不嫁，要老在家里真的当'姑子'"。红芳问福元："你说他们俩会不会偷偷地好过，咱姐一直在等这个人？"福元骂红芳："神经！"其实，红芳的猜测很有道理，只是所谓"偷偷地好过"，就是那一"抱"而已；而所谓的"一直在等"，怕纯属精神寄托吧？"曾经沧海难为水，除却巫山不是云"啊，试想，有了和平那一抱，还有什么男子入得了秀娟的法眼？理解秀娟，对于"秀娟是自己的亲生"始终抱有幻想的跛子老汉，还"曾偷偷摸摸地去双锁家里问过程和平的去向"。而就秀娟本人而言，和平的激情确曾让这"心如止水的人也泛起了涟漪"，然而，"那个在自己的心湖里投下石子的人已经从自己的世界里消失了"，于是，"她那善良的心性就不由她一天里不想他好几回，以至于魂梦里竟然到了他曾经的住处"——磨坊院，"秀娟每每路过磨坊院，都忍不住要朝里面望一眼"。这是刻骨铭心的牵挂，也是具体行动的动力。和平入狱几年后，秀娟"曾经暗地里让双锁给程和平捎过一件毛衣"，但"双锁没能打听到程和平的去处，他善意地把老姑娘的那件毛衣藏了起来，告诉她已经托人送进去了。往后，秀娟每年秋天都会托双锁给程和平'捎'件新毛衣"。这样的细节是独特得让人意外的，表现出秀娟对和平最质朴、纯粹和真挚的情感。她想分家单过，要求双锁让她搬进磨坊院，说："搬到那里，我这心里就安然了。"搬进之后，"秀娟不再为他打毛衣，她早起早睡，安然地享受着一年又一年的平静生活"：她还焚香供奉心里的神仙，一个没把儿的破茶碗里"盛着大半碗细沙，沙里戳着数不清的烧剩的香火头儿"，"求个心里安然"。这种无尽的思念和深情的缅怀，正如中唐诗人元稹所说："惟将终夜长开眼，报答平生未展眉。"而她的日思夜想，竟至魂魄入梦，精神契合——程和平竟一径

来到她的梦中，提醒她把大门上的锁头换了。于是，"她给他宽心：'不用换了，有人想用这里办厂子哩，我觉得这是好事情，你觉得行吗？'"她很快答应了连喜的要求，搬出磨坊院，让村里兴办纸箱厂。当此之际，"对于她来说，这个世界就是南无村，南无村就是整个世界，南无村的人就是世界上所有的人，南无村的事就是世界上所有的事"。当然，她也向连喜提出了要求，就是厂里招工，"有几个人你一定要招上"，"就是莲和彩霞，宾宾的媳妇艳艳，还有天天黑了到荷花家唱歌的那几个婆娘"——莲，为儿子结婚借钱四处碰壁，刚在她这儿顺利地借走了五千元钱；彩霞，曾引诱红芳去城里"搓澡"赚快钱；艳艳的丈夫宾宾伙同强来偷过她的钱，现在成了寡妇；"到荷花家唱歌的那几个婆娘"，现在的日子过得可怜巴巴——秀娟，这个已经做好了成为农村"五保户"准备的普通农村妇女，在出让自己的精神寄托之所时来为这些人说话，这使得秀娟身上体现出一种精神境界的高度来。物欲高涨的时代珍惜的是精神。实难想象，不是一己私情升华成了人间大爱，怎会有如此言行、如此胸襟！可以说，正是秀娟，凭她饱经沧桑形成的主见，将整个小说的情节有力地推向高潮。优秀的小说基础一定是直面现实困境和现实真实的，而且要写普通人物，它是让人向上、向善、向美、向前的，能够带给我们一种推动性的力量，进而满足大众的正义感和幸福感。这或许是我从《母系氏家》所读出

的丰富意蕴。

总而言之，这部小说取材独到，人物独特，犀利深沉，真情婉约，文字洗练，可谓言有尽而意无穷，尽显小说文体的魅力。以一种返璞归真的思维和笔力，刻画出《母系氏家》中两代三个女人的形象，兰英蛮横得近乎专制，却也多少体现出当家做主的意识——虽然近乎畸形；红芳的包容，往往全无心计而似乎丧失原则，却是经济超常发展时期团结奋斗的题中应有之义；秀娟的博爱、真情，深深扎根于社会底层，继往开来，昭示着时代的新风，显示出无限的生机。"三个女人一台戏"，唱出了中国农村的过去、现在和未来；而未来，肯定是美好的。毫无疑问，这是一部好小说。为什么呢？因为从来没有人把农村女人写得如此到位，刻骨，呼之欲出。

骏虎先生创作中不仅有大量的长中短篇小说问世，还有笔力不俗的散文作品广为人知。作家书写的是过去，面向的却是今天。在今天，作家怎么面对时代，怎么理解现实？骏虎先生以自己的创作和世界观，给出了一个独特的解答，字里行间传递出一种向真向善的美好情怀，蕴藏着也解说着国人特有的世道人心、家国情怀，这正是这部作品的真正价值之所在，这大概就是罕见的文学魅力。

感奋之余，聊作小诗一首，以表吾对骏虎先生的由衷仰慕，也是拙文之结语：

拜读李骏虎先生《母系氏家》感赋

母系氏家旧梦多，纷繁人性尽消磨。
悲催岁月堪回首，质朴田园好放歌。
展卷真情观世象，闭窗风雨满江河。
从来写作非儿戏，抱负一怀诗意过。

2019年7月

作者简介：解贞玲，毕业于山西财经大学，研修于清华大学，中国作家协会会员，中国诗书画研究会研究员，中国散文学会理事，山西省散文学会副秘书长，山西省女作家协会副秘书长，第六届全国"冰心散文理论奖"得主。出版有《解贞玲诗书选萃》、诗集《清风斋咏怀》、散文集《悠悠千古情》、文艺评论集《贞玲文集》、文学评论集《皖文集》《解贞玲文学评论选》等10余部著作。

永恒的记忆

——读赵新贵《秦地记》

张明霞

读了赵新贵的《秦地记》，让我更深地理会到德国思想家雅斯贝尔斯这段精辟的论述："从历史中我们可以看到自己，就好像站在时间的一点，惊奇地注视着过去和未来。对过去我们看得越清晰，未来发展的可能性就愈多。"

这就是说，一个人，一个城市，一个民族，一个国家都是有记忆的，如若缺乏记忆，是没有前途的，毫无希望的。

赵新贵在《秦地记》后记中写到："秦城是中国第一个帝都，历史悠久，文化底蕴深厚，帝王气势永存不衰。我在这里生活了三十多年，见证了秦都社会、经济、文化长足发展和迅速变革，也亲历了一些惊心动魄的是非曲折，内心时常难以平静。"因之，《秦地记》的出笼，让读者从中感知到这个从文三十年的文化人的文化良知和文化自觉，更为他强烈的责任心和无畏的文学精神而感慨。

秦地，是中国首个帝都，秦汉11个王朝之京畿，大秦兴于此，亦亡于此，曾演绎多少雄壮、凄悲的历史话剧。是中华文明重要的发祥地之一，是中国历史重要的组成部分。因而，对秦地的记忆，也是对中国社会记忆不可缺少的重要内容。但是，历经千载，而今寻古赏今，既要从事对秦地记忆的抢救，又要寻觅展示现今变迁风貌，让人知古赏今，这的确是一个复杂多元、高深艰辛的文字工程。因为，人们的经历不同，理念不同，认知不同，视角不同，可能引发非议。然而，赵新贵却毅然决然承揽了这个高大而复杂的命题。

《秦地记》纵观古今，厚今薄古，采用虚实交织的艺术手法，展现秦地千年的历史演变、七十年的巨变。作者从中国四大名城之一的清渭楼入景，从20世纪50年代末15名大学毕业生在此吟诗抒怀入题：

"咸阳宫殿无尺瓦，直抵南山是禾稼。"

"山巅冠阙总成尘，清渭东流无昼夜。"

"群峙山峻秀，长流渭水雄。"

"三秦多胜迹，一望眼难空。"

正是这些流传千古的诗情画意，震撼着他们的心灵，调动起他们的神情。以他们所学，分别被分配到教育文化、文博考古、公安政法、国企商贸、机关事业不同的岗位。

《秦地记》37章，分篇追述了这些学才分赴秦地后的生命轨迹、心路历程。

有的在政治风浪中直言不讳，身陷囹圄，甚至被迫"自杀"身亡；有的经不起美色诱惑，知法犯法，闯下"杀人杀妻"惊天大祸；有的从事文保工作，却近水楼台，匿藏、倒卖贵重文物；有的依仗职权，贪腐堕落；有的终生坚守校园，立身育人，奋笔疾书，终修正果；更有才华横溢，胆魄超群者，几十年间，把自己沉淀在秦地的肌体里，与秦人同呼吸共命运，用智慧、汗水、脚步绘制着秦地艰辛、波澜的变迁史。

学习文物考古专业的黎史，出任新组建的文物旅游局局长兼党委书记后，充分发挥所学专业知识，组织考古专家完成开发修建汉景帝墓、唐懿德太子墓、上官婉儿墓后，又集中力量，对秦始皇陪葬墓侧边的兵马俑坑进行发掘。汉兵马俑展馆的展出，让这个深藏了千年、面积15000多平方米、有大约6000多个陶俑的兵阵面世，惊艳寰宇，成为世界罕见的考古文物发现。他陪同参观的法国总统希思，给他竖起大拇指称赞：这真是世界第八大奇迹呀！秦兵马俑的展出，向世人展示"秦王扫六合"的虎气雄风，随后挖掘、修缮的秦二世胡亥陵墓，这座大秦历史博物馆，又加深人们对大秦十多年"覆舟之鉴"的思考。

就职在秦城人民医院的田少炬，名副其实，就像一把熊熊燃烧的火炬。他敬业职守，但又独思故行，勇于创新，从救死扶伤走向对生命保健的研发。他不辞劳苦，率领团队跋涉在白雪皑皑的秦岭巅峰，寻找中药材；四处筹措资金，创建保健研究所，终于研制出"369神奇裹肚""369神奇护膝""369神奇坐垫""369神奇马夹""369神奇保健衣"等十多种覆盖人体全部部位的医药保健品。投放市场后，疯抢火买，风靡全国，走出国门，甚至到了一品难求。从而引发秦城数十个保健品厂一哄而上，秦城变成了"神城"，保健品进了秦城"七大支柱产业"行列。田少炬赚得盆满钵满，也踊跃贡献社会，积极善捐帮贫，获得一片赞誉。

从事商贸工作的宋旺财，在商贸行业游刃有余，名声大噪。在改发的浪潮中，走上了市房地产开发公司经理的位子，与上级委任的党委书记、老同学朱时政搭帮，两人志同道合，齐心协

力、大胆创新，在秦城中心建起了18层的"摘月楼"，吸引了人们的眼球，拓宽了三十年间秦人眼里"一条街道一座楼，一个公园一只猴"的视野。随之，他们组建起鲁班集团公司，连续开发建起数座高楼大厦，不但解决了万名职工的求职和"饭碗"之难，也为古城的崛起奠定了坚实的基础。进入20世纪的80年代中，秦城新建彩色电视机厂，引进国外生产线。宋旺财被委以重任，承担起秦城彩色电视机厂的基础设施建设。他以独特的管理模式，严格流程，对玻璃分厂、平板阴罩厂、荧光粉厂、机械动力分厂、整装分厂等逐个项目跟踪检查。短期内，这个年产160万套的彩色电视机生产线上马投产之后，又协助、支持市上建起了电子管厂、偏转厂、包装箱厂，使咸阳又一个"支柱产业"挺立起来。进入21世纪初，市委、市政府推出"退二进三"战略，将第二产业退出市中心，重点发展第三产业。宋旺财被任命为筹备"纺织工业园区"委员会党组书记兼委员会主任。这是秦地千年进程中的一个大工程、棘手活。老厂区的拆迁、新园区农户的拆迁、资金短缺，是摆在他面前的"三大难"。思想超脱、脚步超前的宋旺财，没有被"三难"困倒，他依据"聚集进园，组建集团，产业升级，立体多元"的宗旨，坚持"规划指导，基础先行，融资支持，招商促进，体制创新"，用三年时间，在秦城西区建成一座东西长5公里、南北宽8公里、占地20平方公里的纺织工业园区，让在企改风浪中"公改私"的厂子

在此安营扎寨，保住了咸阳的首个支柱产业。纺织工业园区建成，形成纺纱、织布、漂染、服装家纺、产业纺织品、新型纺织服装、商贸物流等体系完整的产业链，促进了秦城纺织工业的壮大发展，吸收从业人员10多万，实现总产值700多亿元，税收60亿元。

从法律系毕业的马红郡，才华横溢，在行政岗位上顺风顺水，先后走上县长、市长、市委书记、副省长职位。一生未婚，注重功业。20世纪90年代中上任市长后，积极实施落实扩建咸阳湖规划，争得国家支持，聚集民力，用三年时间，将咸阳湖打造成西北最大的人工湖，东西全长15.56公里，水面宽500至700米，水面1.08万亩，水域面积超过杭州西湖，秦人堪称咸阳"西湖"，二期工程的"金滩"，是秦人眼里的"马尔代夫"。随之，又在咸阳湖中央架起了古渡廊桥，全长750米，宽15米，廊桥设上中下三层，中层有"三阁"——秦风阁、天籁阁、润心阁，有人各享其乐；登上三层，穿行南北，放眼四周，数十里的咸阳湖生态景区让你醉迷梦绕，从横桥到细柳营三条路桥上大车小轿穿梭不息，铁路、高速线上列车头尾相交；北眺，蓝天白云中从容起落翱翔的银鹰，飞往五洲四洋。一派新世纪的美景风貌，定格在中华的大版图上。

《秦地记》把这些文化人和秦人们齐心协力创造的丰功伟业记录在册，必将成为秦地70年变迁的真实影像，成为历史永恒的记忆。

新时代呼唤诗歌体裁多样化

赵安民

新时代，新征程，呼唤诗歌创作的新高峰。当前，我们国家的社会面貌日新月异，各个领域取得了巨大的成就，社会文化领域也是激情澎湃。现实生活给诗歌创作注入了新活力，也提出了新要求。在我看来，诗歌体裁的多样化，是其中的一个重要要求。

我国数千年的诗歌遗产十分丰厚。大量的诗歌作品不仅题材丰富多样，而且体裁方面也是非常多样，唐宋后出现诸体并行的局面。早期上古歌谣，二言体如"断竹，续竹；飞土，逐宍"（载《吴越春秋》），三言者如《尚书·皋陶谟》所载："乃歌曰：股肱喜哉，元首起哉，百工熙哉！……乃赓载歌曰：元首明哉，股肱良哉，庶事康哉！"（转引自鲁迅《汉文学史纲要》，鲁迅认为："去其助字，实止三言，与后之汤之《盘铭》曰'苟日新，日日新，又日新'同式。"）《诗经》则是西周至春秋数百年四言体集大成的总汇。战国出现杂言的楚辞体，汉魏六朝有五言为主的乐府体（也有杂言体），东汉有七言的柏梁体，晋代陶渊明有五言古体和介于诗与赋之间的辞赋体，南齐有七言的永明体为格律诗的滥觞，唐代近体、古体多样并行（近体以齐言的五言、七言为主，少量六言；广义古体不仅有齐言为主的五古七古，还有自由奔放的杂言或齐言歌行体等），唐五代宋有词牌多样的词体（词也有少数齐言如《浣溪沙》

等），元曲在词的基础上独创新体，明清诗词沿用以前格律诗词为主兼及其他体裁而没有明显新体生成。近百年来则有打破既有一切旧体格律的自由诗新体，当然还有注重格律的新诗。综上所述，古今诗歌体裁，格律最严者无疑是唐初前后形成的近体格律诗和唐宋词、元曲（词和曲，一个牌子往往有多种体式，其格律严格固定度弱于格律诗），而格律最宽松者无疑是新体自由诗。由此看来，在格律最严的格律诗（以及词、曲）和最宽松的新体自由诗之间，还有多种诗歌体裁先后出现，后来同期并行使用，留下大量丰富多彩的诗歌遗产。也由此看出，几千年诗歌发展，体裁辈出，多姿多彩，各种体裁对于表达表现各种题材内容是各得其宜、各展其长，而不能简单地判定谁优谁劣。

如果诗歌刊物只按照既有的某些格律来决定刊登的作品，则战国无法发表诗经体以外的楚辞，汉魏无法发表乐府体之外的五言古风和曹操《短歌行》之类的四言诗，晋代无法发表陶渊明的《归去来兮辞》，唐代无法发表李白的《将进酒》等杂言歌行体……如果我辈不突破固守单一格律的狭隘格局，则当代诗词欲步明清后尘而不能，遑论追步唐宋，更无法超唐迈宋。明清诗词相比唐宋之前成绩平平，我认为其中一个重要原因在于，其局限于唐宋以来已经成熟规范的格律之中，为狭隘的格律格局束缚所致。而与其相反，唐代诗歌之所以成就历代诗歌顶峰的地位，正是其海纳百川、不拘一格、纵情歌唱的结果。

有鉴于此，我们的诗歌出版工作，特别是诗歌刊物，应多开垦广袤园地来刊登上述各代创新作品，鼓励多样化体裁或者突破常规的新体裁的创作，应当意识到当代诗坛的屈原、曹操、陶渊明、李白等诗艺参天大树，要靠我们开垦的肥沃土壤来培植和造就。

在当前社会生活丰富多彩、文化艺术多元并美的新时代，我们应当一方面不要局限于格律诗（以及词、曲）和新体自由诗两个大的体裁方面，而是要同时广泛利用两极中间各种优秀的诗歌体裁遗产，另一方面在已有体裁基础上进行诗歌体裁的大胆创新创造。这种创造无外两个方面：创造全新的体裁，或者对既有体裁的改造，包括既有体裁的组合运用。只有这样，才能全面有效地记录历史、歌咏时代，也才能充分发挥诗人即创作主体个性表达的多样化，以充分满足广大诗歌受众阅读趣味的多样化。只有诗歌体裁的百花竞放，才能带来诗歌作品的万种风情，才能全面有效地反映新时代的新气象。

不仅格律诗词要"求正容变"，其他体裁也必须要"求正容变"。要以古人之规矩开自己之生面，让中华先贤创造的独特的汉字精灵在旧体格律诗与新体自由诗之间纵横驰骋，用丰富多样的诗歌体裁来记录日新月异的新时代、歌咏丰富多彩的新生活。天意君须会，时代要好诗，而要不拘一格纵情歌唱，一任澎湃激情自由奔放，就必须充分利用几千年积累的中华诗歌传统，广泛采用曾经创造大量优秀作品的各种体裁、体式，并大胆创造新的体裁、体式进行创作，只有这样才能迎接当代中华诗歌新高峰的到来。

（该文转自《文艺报》2021年7月16日）

悼念《诗国》赞助者、红学家陈景河

　　《诗国》赞助者陈景河因新冠病毒感染，2022年12月31日不幸病逝于长春。陈景河1966年毕业于吉林大学中文系，中国作家协会会员，历任吉林省延边作协副主席，吉林省作协理事、专业作家，中国红楼梦学会理事，吉林省红楼梦学会会长兼秘书长。文学创作一级。著有长篇小说《仙缘风情录》，中短篇小说集《五峰楼的传闻》《异婚奇缘》，红学论集《红楼梦讲评》《红楼梦与长白山》《红楼梦与长白山文化》，长篇纪实文学《东北虎出山》《中国智慧海中的明珠》《走出柳条边》等。《"黑闯王"轶事》荣获1981年吉林省优秀小说奖，论文《红楼梦与长白山》荣获1990—1992年吉林省社科优秀论文一等奖，《走出柳条边》荣获1999—2000年吉林省长白山优秀图书一等奖。

　　同窗薛赐夫挽联写道："学者探大荒山解《红楼梦》独辟蹊径红学新宠惊撼红学界；作家饮延边水抒家乡情一鸣惊人吉大学子策励吉大人。"丁国成亦有挽联："同窗四载，情意终生，人称巴掌大；说却多重，红学创见，世赞贡献丰。"吉大学别5年，景河因病留学1年，曾任班长，待人亲热，喜与学友勾肩搭背、轻击一掌，获号"陈大巴掌"。2014年与其女儿陈晖慷慨赞助丁国成等主编《诗国》（新五卷至十二卷署名社长陈波），还为中国诗歌健康发展出资出力，献计献策，令人铭记肺腑，无法忘怀。

丁国成

2023.7.10

《诗国》征稿、征订启事

由中国社会主义文艺学会主管，诗国工作委员会编，贺敬之任总顾问，丁国成、旭宇、刘向鸿、易行等任主任。现已复刊，公开出版，面向海内外征稿、征订。

《诗国》独具特色：深入诗词发展前景研究，团结各路诗人，整合三个诗坛，坚持新体诗民族化、旧体诗现代化、新古体诗艺术化。诚请各种风格、流派、文艺观点的诗人论家赐稿支持！

本社对来稿作品保留修改的权利，对所刊发的诗文享有全媒体出版物专有出版权，若有异议请事先声明。来稿作品应保证无著作权属纠纷，如若违反，文责自负。

电子稿请发：

新诗邮箱：shiguojikan@163.com

古体邮箱：345472294@qq.com

编辑部地址：北京市东城区东四八条52号2层2034室《中华诗词》杂志社

邮政编码：100007

联系人：武立胜

联系电话：13691553303

诗国工作委员会地址：北京市西城区百万庄中里甲6号楼6门501号

邮政编码：100037

联系人：张维青

联系电话：18580688888

发行部地址： 河北省秦皇岛市开发区东海道6号维青集团

邮政编码：066000

联系人：李老师

联系邮箱：shiguoshe@126.com

联系电话：0335-8888833

当代科技诗词选

赵安民 王国钦 选编

师之题

诗阁

诗国工作委员会 编

新第十八卷 总第四十三卷

二〇二三·下卷

中国书籍出版社 China Book Press

图书在版编目（CIP）数据

诗国.下卷，当代科技诗词选／赵安民，王国钦选
编.－－北京：中国书籍出版社，2023.7
　ISBN 978-7-5068-9515-6

　Ⅰ.①诗… Ⅱ.①赵…②王… Ⅲ.①诗集-中国-
当代　Ⅳ.①I227

中国国家版本馆CIP数据核字（2023）第139457号

诗国.下卷，当代科技诗词选

赵安民　王国钦　选编

责任编辑	宋　然　盛　洁	
责任印制	孙马飞　马　芝	
封面设计	李筱昕	
出版发行	中国书籍出版社	
地　　址	北京市丰台区三路居路97号（邮编：100073）	
电　　话	（010）52257143（总编室）　　（010）52257140（发行部）	
电子邮箱	eo@chinabp.com.cn	
经　　销	全国新华书店	
印　　刷	三河市京兰印务有限公司	
开　　本	787毫米×1092毫米　1/16	
字　　数	647千字	
印　　张	35.5	
版　　次	2023年8月第1版	
印　　次	2023年8月第1次印刷	
书　　号	ISBN 978-7-5068-9515-6	
定　　价	78.00元（上下卷）	

《诗国》编委会

前　言

《空间与时间》是杨振宁先生1978年7月21日赴西藏拉萨途中，飞越那木桌巴尔瓦山时创作的一首七言诗：

> 玲珑晶莹态万千，雪铸峻岭冰刻川。
> 皑皑逼目无边际，深邃凝静亿万年。
> 尘寰动荡二百代，云水风雷变幻急。
> 若问那山未来事，物竞天存争朝夕。

飞机在高空飞行，俯瞰雪山皑皑无边无际，激发科学家的诗意情怀，用中华民族最优雅的表达情感形式写下自己的时空感慨。诗句有对自然和社会的描写，触景生情，表达了对大美无言大自然，特别是对祖国大好河山的热爱，对人类社会风云际会，特别是对祖国建设日新月异腾飞奋进的参与意识。让我们读诗句而感受到这位科学家似乎要用自己的科学研究的无穷力量来强大祖国、造福人类的壮志豪情；卒章显志，赋诗言志，借向大山的发问与作答，表达了要争朝夕的伟大志向。诗人命诗名为"空间与时间"而写就诗作，系一位富有深厚中华传统文化修养而又兼具红色革命豪情的诗人科学家，用精粹的汉语古体诗句表达了自己富于浪漫诗意的时空意识与家国情怀。

科学技术与诗歌艺术是人类最有代表性的两种典型文明成果，都是人类智慧的最精华要素的结晶。诗歌是语言艺术的精华，强于形象思维；科技是人类智慧的创造，强于抽象思维；诗歌感性形象的联想想象遇见科学理性抽象的逻辑思考，二者互相激发，相得益彰，碰撞出璀璨火花。

我国著名教育学家蔡元培特别重视美育（艺术教育），就是基于美育可以激发人的创造性的认识。爱因斯坦说："没有早期音乐教育，干什么事我都会一事无成。"中外许多著名的科学家都有较好的艺术修养，比如钱学森、袁隆平都爱好并善于拉小提琴，都是音乐修养水平很高的。伟人毛泽东说要用文房四宝打败国民党四大家族而结果如期所愿，其实这完全归功于书法艺术审美修养对于人的形象思维与创造力的激发，毛笔让汉字诗文在尺幅纸张上的纵横驰骋，让人思接千载，视通万里，与指挥千军万马在千万里江山上的御敌周旋，谁说没有异曲同工之妙？中国诗词书法艺术的美学修养功能，为激发中国人的科学文化创造力发挥了巨大的作用，对此课题应当加以进一步的研究。

2022年似乎注定是中国科技诗词的一个新纪元年。

中华诗词学会科技与文创诗词工作委员会于2022年6月18日在中国美术馆举行成立典礼，这是首次成立全国性组织来推动科技诗词事业发展。科创诗词工委在成立仪式上展示了临时征选的颂赞新时代科技成果的50首诗词《科技颂》、礼赞新中国科技成果的50首诗词《科技赞》两幅彩色印制手卷，并启动了全国"中华科技颂"诗词短视频大赛。以此为契机，我们选编这一本以题咏新时代科技成果和人物为重点，兼及新中国成立以来我国科技成果和人物的弘扬科学精神、记录科技发展的《当代科技诗词选》。希望这本科技诗词集的出版发行，激发人们关注当代诗词文化，关注科技发展，学习弘扬科学精神；通过科技诗词这一主题性诗词和现实题材诗词的创作传播，发挥诗词服务科技、记录时代的功能，以科技诗词书写照见大时代，激发读者的"奋斗共情"和"情感共鸣"，为奋进新征程凝心聚力。

周文彰会长在科创诗词工委成立典礼上讲话指出："古人从诗词题材上创作出写景诗（最具代表性的是山水田园诗）、咏物诗、咏史诗、咏怀诗、羁旅诗、边塞诗……科技诗从古到今都有人涉足，但作为一个成气候的诗词题材门类，有待于我们去努力。希望科创诗词工委抓住国家高度重视科技创新的大势和机遇，不断推出反映科技进步的优秀诗词作品。"《当代科技诗词选》的出版发行，无疑对科技诗词成为"一个成气候的诗词题材门类"迈出了努力的重要一步。中华民族阔步新时代新征程，科技发展日新月异，文化事业百花齐放，中华诗词作为文化百花园里最鲜艳的奇葩，随着中华文化复兴而焕发出鲜活旺盛的生命力，大力推进科技诗词发展正当其时。我们科创诗词工委的工作任务是"诗写科技、艺兼文创、情入万家"，科技既是诗词写作的重要题材，也是诗词传播的先进手段，科创诗词工委盼望得到诗词界、科技界、文创界的支持，发挥我们的优势，既要做好科技诗词创作传播工作，也要同时兼顾运用科技赋能诗词发展的工作；要在中华诗词学会的领导下，团结协调全国诗词、科技、文创为主的各方面力量，为发展科技诗词事业作出应有贡献。

法国作家福楼拜说："科学与艺术，两者在山脚下分手，在山顶上汇合。"愿科学技术与诗歌艺术相会于中华民族优秀文化复兴的山顶之上，这座山就是矗立于深厚雄伟中华文化莽莽高原上之新时代文化艺术新高峰。中国文艺新高峰拔地而起、科学技术与诗词艺术汇合山顶之日，即是宣告中华民族复兴梦想实现之时。为此，我们期待，我们奋进。

赵安民（师之）

2022.9.18

目　录

第二篇　科技成果

第三篇　科技综合

附　录

诗国 当代科技诗词选

卷首
特邀作品

江城子·贺青藏铁路开工

马　凯

苍穹极目湛蓝空。簇白云，日喷红。三喜临门，两地庆开工。祈盼千年今愿了，天路上，架钢龙。

但知艰险万千重。跨奔洪，越巅峰。露宿风餐，傲立笑冰封。公主有灵当洒泪，新世纪，尽英雄。

注：①三喜临门，2001 年 6 月 29 日，青藏铁路格尔木至拉萨段开工，正值中国共产党成立 80 周年前夕、西藏和平解放五十周年及中央第四次西藏工作座谈会刚刚闭幕之际。

②两地庆开工，青藏铁路开工庆典在青海格尔木和西藏拉萨同时举行。

③公主，这里指文成公主。

相见欢·贺我国首次载人航天飞船发射成功

马　凯

云腾龙载神舟，太空游。翘首举国同仰，喜眉头。

世代愿，十年剑，一朝酬。待到红旗插月，更风流。

注：①神舟，2003 年 10 月 15 日上午 9 时许，我国首次载人航天飞船神舟五号发射成功。飞船绕地球十四圈后于 16 日上午 6 时 23 分安全返回地面，使我国成为继美国和苏联之后第三个有能力将航天员送上太空的国家。作者从发射现场乘飞机返京途中作此诗。

②十年剑，1992 年 9 月中央批准立项载人航天工程，至发射成功，历时十一年。

相见欢·贺神舟七号发射成功

马　凯

东风又送神舟，探天游。小小寰球尽览，乐悠悠。

出舱走，握星手，舞旗酬。从此中华足印，太空留。

注：①贺神舟七号发射成功，北京时间 2008 年 9 月 25 日 21 时 10 分 4 秒，我国第三个载人航天器神舟七号飞船发射升空，9 月 27 日 16 时 30 分，宇航员翟志刚出舱作业，实现了中国历史上第一次太空漫步，使中国成为第三个有能力把人类送上太空漫步的国家。

江城子·为"嫦娥"携"玉兔"成功登月而作

马　凯

四千年矣梦魂牵，望人间，盼团圆。玉兔嫦娥，今夜已无眠。金甲天车轻步落，双双见，泪洗颜。

风火六轮走虹湾，携银蟾，探奇观。桂树花开，倩影美频传。最是亲人相对问：何年月，故乡还？

东风第一枝·参观珠海国际航展

马　凯

四海人潮，八方铁鸟，一声展翅呼啸。轻燕猛虎翻腾，挟雷御龙缭绕。七颜长袖，穿顶上，伴芭蕾跳。震耳咔嚓竞抓拍，朋友手机刷爆。

三剑客、扬眉比俏。歼十B、令人醉倒。彩虹小试锋芒，威龙披雾出鞘。蓝天盛宴，最堪慰、俺中国造。但知否，心病犹存，何日可听捷报？

注：①三剑客，中国航空三大机型：大运-20、大客C919、水陆两栖AG600。

②歼十B，首次亮相的装有矢量发动机的中国第四代歼-10的改进型战斗机。

③彩虹，中国航天科技集团研制的无人机系列。

④威龙，歼-20的代号，我国中航工业成飞公司自主研制的新一代隐身战机。

⑤心病犹存，我国航空工业的"心脏病"依旧存在，发动机仍是短板。

赞陈氏级

杨振宁

天衣岂无缝，匠心剪接成。

浑然归一体，广邃妙绝伦。

造化爱几何，四力纤维能。

千古寸心事，欧高黎嘉陈。

注："陈氏"指世界著名数学家陈省身，被誉为"整体微分几何之父"；中国科学院首批外籍院士。1984 年至 1992 年任天津南开数学研究所所长，1992 年起为名誉所长。2004 年 12 月 3 日逝世，享年 93 岁。1944 年，陈省身教授在普林斯顿高等研究院发表了一篇论文，把微分几何和拓扑学引入了新境界，并据此推导出纤维丛理论中的陈氏级观念，构思十分美妙。近代物理学研究的自然界的"力"有四种：核力、电磁力、弱力和引力，这四种"力"和它们的能都是规范场，规范场的方程式是物理学家从 19 世纪的电磁学方程推演出来的，这些方程式和数学家的纤维丛观念有着密切的联系。1974 年，当杨先生发现了这些方程式与陈氏级的关系后，叹为观止，特以诗抒怀。

陈省身先生悼诗二首

叶嘉莹敬悼在甲申孟冬大雪之节

叶嘉莹

（一）

噩耗惊传痛我心，津门忽报巨星沉。

犹记月前蒙厚贶，华堂锦瑟动高吟。

（二）

先生长我十三龄，曾许论诗获眼青。

此去精魂通宇宙，一星遥认耀苍冥。

注：①十月廿一日南开大学文学院为我举办八十寿庆暨词与词学会议，陈先生曾亲临祝贺，并亲笔书写赠诗一首，有"锦瑟无端八十弦"之句。②先生虽为数学家，而雅好诗文。八十年代中，曾与夫人共临中文系教室听我讲授诗词。近日，天文界曾以先生之名为一小行星命名。

神舟九号升空

沈　鹏

脚下珠峰南海洋，神州巨臂托新航。

逍遥一箭转昏晓，踊跃三军射九阳。

威胁妄言鸦雀噪，韬谋武略路途长。

盘宫击壤欣吾土，落地齐亲拥故乡。

卜算子·中华科技颂

周文彰

航母辟波行，北斗当空照。惊起蛟龙逐浪高，更有东风啸。

梦筑国家强，科技瞄前哨。敢上巅峰摘火球，耀我光华道。

注：词中相关词语指我国高科技标志北斗卫星、蛟龙号潜水器、东风洲际导弹。

北斗卫星赞（通韵）

周文彰

自幼识得北斗星，夜深如墨也分明。
而今穹顶添新阵，胜过银河百万兵。

第一篇
科技人物

痛悼"两弹一星"之父钱学森学长

学长甫去，北京地区突降大雪。

李栋恒

满天雨雪满天悲，世人皆哀英哲萎。

史为奇功添异彩，国缘伟绩展雄姿。

星垂弹啸思无尽，志继星传业永随。

此去三山应笑慰，神州今已海桑移。

敬中国航天奠基人钱学森

程少虹

高薪仍拒外夷留，家国厝怀根未丢。

填缺荒芜新著意，归来白手紧筹谋。

竭诚不使虚名误，振铎乃为清德修。

两弹一星从此后，便教寰宇敬神州。

赞著名数学家华罗庚先生

求　阙

宗师伯乐识天才，数学雄文具别裁。

千古权纲盘剑下，九章游子窍门开。

卑微残客清华聘，意气流光伟业来。

远涉重洋增智慧，丹心报国不徘徊。

注：史载，只有初中学历的天才华罗庚，曾发表数学论文宣战权威。清华泰斗熊庆来导师慧眼识珠，破格聘华罗庚为助教。

杨振宁百岁华诞

李之柔

有翁如画更如诗，君子乾乾似旧时。

振策春秋乘海月，宁心物理润兰芝。

苏幕遮·科学巨匠杨振宁

蔡春强

问青天，穷秘奥。喜向星河，河汉驰兰棹。盘古开天依缈缈。浩宇苍穹，场粒玄其妙。

论宏微，颠旧道。宇称新知，更把新航导。求索孜孜神不老，日月同光，祖国情深抱。

参观郭永怀事迹陈列馆有感

李栋恒

我为神州骄有加，忠魂火鉴美无瑕。

爱倾祖国心迷业，才转乾坤血化霞。

耿耿赤诚皆奉献，巍巍高格更升华。

丽天长赖良材挂，青史永开昭世花。

注：郭永怀，中国"两弹一星"功勋科学家。新中国成立之后，他毅然离美回国，为中国"两弹一星"发展做出了突出贡献。1968年12月5日，在自西北基地乘机向北京呈最新试验数据过程中飞机失事，以身许国。他和助手相拥着保护数据资料，均被烧焦，但胸前的资料得以完好保存。郭永怀被授予烈士称号。

邓稼先歌

周啸天

炎黄子孙奔八亿，不蒸馒头争口气。

罗布泊中放炮仗，要陪美苏玩博戏。

不赋新婚无家别，夫执高节妻何谓。

不羡同门振六翮，甘向人前埋名字。

一生边幅哪得修，三餐草草不知味。

七六五四三二一，泰华压顶当此际。

蘑菇云腾起戈壁，丰泽园里夜不寐。

周公开颜一扬眉，杨子发书双落泪。

唯恐失算机微间，岁月荒诞人无畏。

潘多拉开伞不开，百夫穷追欲掘地。

神农尝草莫予毒，干将铸剑及身试。

一物在掌国得安，翻教英年时倒计。

公乎公乎如山倒，人百其身哪可替。

号外病危同时发，天下方知国有士。

门前宾客折屐来，室内妻儿暗垂涕。

两弹元勋荐以血，名编军帖古如是。

天长地久真无恨，人生做一大事已。

悼邓稼先院士

邓恩平

戈壁无羌笛，边陲有祸端。

扶危匡国运，归籍隐征鞍。

无畏捐生死，安能议窄宽。

功勋应含笑，两弹挽狂澜。

水调歌头·袁隆平、吴孟超两位院士一路走好

王玉明

一瞬双星陨，归隐做神仙。泽被华夏功伟，青史纪千年。大爱无疆亘古，心系黎民疾苦，康健抑饥寒。妙手疗肝胆，恩惠满人间。

抬泪眼，送公去，祝安眠。稻花香里，寰宇丰产梦应圆。垄上挥镰国士，灯下执刀天使，文武竟双全。江海关山月，天地共婵娟。

悼"水稻之父"袁隆平

张桂兴

少年志趣问农耕，风雨春秋垄上行。
选种田间时守望，培芽温室待新生。
翻成稻海千层浪，铸就天边一颗星。
今日功勋乘鹤去，长沙泪雨哭隆平。

中国水稻专家袁隆平

王献力

踏过山程并水程，湖湘风雨作蓑翁。
一犁布谷怜春老，两腿泥巴惜稻青。
社稷不堪空灶釜，丹心何悔济苍生，
蓦闻公去留遗语，百姓粮仓尚待丰。

钱三强

姚作磊

萋萋草色入丘茔，后土长呵不死名。

一剑磨成忧去国，五星乐起喜同行。

破空两弹掳魔胆，抱定三峰捧日情。

信是元勋归未远，至今碑石两相鸣。

李四光

张清宇

赤县夸奇俊，黄冈出异才。

声名垂绝学，雨露润灵台。

大地玄机暗，斯人慧眼开。

长教钦仰者，魂魄唤归来。

过张爱萍将军故居

一星追两弹，百折奋千回。

怒掷巡天剑，惊听动地雷。

正环豺虎伺，不道栋梁摧。

泫涕谁吊唁，秋宵风雨来。

第一篇 科技人物

21

于　敏

钟振振

氢弹开基万里沙，沉名荒漠献韶华。

千秋不朽胡杨树，百曲同歌边塞笳。

飞速竞超三大国，强光独放一雄花。

中华自有穿杨箭，可镇虎狼安万家。

注："飞速"句指原子弹爆炸到氢弹爆炸，美国用了七年多，苏联用了四年半，而中国只用了两年零两个月，这是一个让全世界为之震惊的速度。

赞共和国勋章获得者孙家栋(中华新韵)

文成俊

其 一

意在航天耀五星，常将壮志写苍穹。

共鸣金曲寰瀛醉，起舞嫦娥月殿萌。

北斗升空擦喜泪，中国抗侮有缨绳。

孙翁九秩犹伏枥，新箭飞来续远征。

其 二

谁为天外挂星人，孙老谦和笑意真。

曲奏五音钟吕妙，斗悬四海路途新。

伟翁睿语甘霖润，领袖功章美誉深。

九秩童颜心尚壮，再巡碧落探风云。

注：曲奏句，喻我东方红卫星；斗悬句，喻我北斗导航系统。伟翁句，喻其当年在莫斯科大学接受伟人名言教诲"世界是你们的"。风云句，喻孙家栋曾主持设计风云二号气象卫星。

风入松·咏南仁东

李君莉

默然无语望苍穹，谁比目光雄。一生浪漫为求索，大窝凼、万籁于胸。宇宙太空召唤，梦光照亮成功。

千方百计解难中，瑰丽照情浓，自行建造观天眼。路漫漫、修远无穷。燃尽人生痴爱，化为星座当空。

咏国家最高科学技术奖获奖者屠呦呦

陈旭东

中西完合璧，岁月竞吟哦。

失败三千遍，深研四秩多。

仁心攻苦疾，妙手夺高科。

滴滴悬壶液，犹闻橘井歌。

注：屠呦呦，中共党员，药学家。现为中国中医科学院首席科学家，终身研究员兼首席研究员，青蒿素研究开发中心主任、博士生导师，共和国勋章获得者。2015年10月，因获得诺贝尔生理学或医学奖，成为首获科学类诺贝尔奖的中国人。2017年1月9日获2016年国家最高科学技术奖。2018年12月18日，党中央、国务院授予屠呦呦同志改革先锋称号，颁授改革先锋奖章。2019年5月，入选福布斯中国科技50女性榜单。2020年3月入选《时代周刊》100位最具影响力女性人物榜。2020年，中国中医科学院与上海中医药大学开设九年制本博连读中医学"屠呦呦班"。

如梦令·赞屠呦呦

赵安民

屠呦呦自言，当年参考葛洪《肘后备急方》青蒿"绞汁"服治疟的记载后提取青蒿素获得成功。

身与小虫争斗，寒热往来难受。为患数千年，切盼大医相救。研究，研究，衣带渐宽人瘦。

山上葛仙神授，山下女医颔首。穿越数千年，食野之蒿依旧。成就，成就，要在五行参透。

咏科学家屠呦呦

温贵君

八旬方露面，越老越精神。
欲识青蒿素，须逢慧眼人。
千锤情不假，万凿梦成真。
济世凭良药，悬壶遍地春。

感咏吴孟超院士

王国钦

有星尊号孟超吴，医者仁心好大夫。

寿享高龄彰盛德，术成大业耀明珠。

主刀病退倾肝胆，妙手春回匹画图。

医患双关黎庶事，羡君情意满冰壶。

注：①吴孟超，"中国肝胆外科之父"，1991 年当选中国科学院院士，2005 年获国家最高科学技术奖。2012 年 2 月，当选感动中国 2011 年度人物。

②2011 年 5 月，中国中科院国家天文台将 17606 号小行星命名为"吴孟超星"。

③2021 年，吴孟超 99 岁仙逝。

满庭芳·赞香山科学461会议敬赠
吴孟超院士、张伯礼院士

郑伟达

互补中西，扬长避短，杏林共谱华章。革新求变，大智创奇方。敢破陈规旧例，融今古，救死医伤。传佳绩，名家志士，聚首话安康。

台前钦二老，吴张联袂，阵势超强。看童颜鹤发，心系炎黄。更有新生继起，传衣钵，源远流长。鸿图展，降妖伏虎，为国永争光。

彭士禄院士赞

余德浩

烈士遗孤历万难，留苏归国保江山。
痴心研制核潜艇，建站令挥大亚湾。
澎湃浪潮追理想，坚强意志破难关。
心中常念百家姓，功业永存天地间。

注：彭士禄，核动力专家，中国工程院院士，革命烈士彭湃之子，中国第一任核潜艇总设计师，被誉为"中国核潜艇之父"。

咏黄旭华

陈美慧

铁肩担大任，核艇露锋芒。

积弱犹知耻，振兴焉可忘。

乐于民奉献，骄在国荣光。

凭此重型器，方能促富强。

咏程开甲

张　鹏

胸怀大志展经纶，仰止吴江不世人。

望重添来山气象，德高挑起国精神。

移时戈壁荒凉月，回首黄沙寂寞春。

两弹一星真合赞，领先科技破迷津！

咏曾庆存

来　红

遥感时空驭卫星，雷喧雨骤不须惊。

任由天地云图变，但得山川日月明。

誓踏珠峰追一梦，尽除灾害慰平生。

万千气象掌中握，四季风涛肩上擎。

致敬疾控专家侯云德院士（通韵）

王黎静

博士仁德励后昆，仙台机理立功勋。

制成干扰灭毒素，奠定基因药物群。

非典新冠亲奋战，病魔防控尽操心。

悬壶济世为黎庶，泽惠中华赤子魂。

赞杨利伟

刘鸿岐

胸怀十亿志，万丈问天情。

坐椅乾坤驾，登舱玉宇行。

巡河访明月，落地降长虹。

千载圆一梦，神州赢太平。

注：2003年10月15日，中国航天员杨利伟驾神舟五号遨游太空，于16日6时许在内蒙古安全返回着陆。开创了中国人航天新纪元。

贺神舟十二号飞船升空致航天英雄聂海胜

张桂兴

题记：2005 年到航天城慰问航天员，得知聂海胜即将出征，共饮壮行酒……

海胜即将游太空，壮行同饮气豪雄。

曾经二访星和月，今又三临站与宫。

探索长天知奥妙，科研生物问苍穹。

今朝屈子当能慰，指看山河披彩虹。

神舟十二号飞天感赋

张小豪

逐梦曾经望太空，神仙不度九霄风。

因嫌地僻偷灵药，欲问天高上紫宫。

遍摘琼花飞赤县，且留盛曲闹苍穹。

拼将学海安黎庶，换取江山万代红。

【南黄钟·啄木儿】神舟十二归航赏宇宙员
看地球升起照而作

吴凯春

银盘大，温玉轻，大地深蓝手上擎。月魂枕畔九十旬，铁袍袖里三千顷。当年守桂沉香馨，今朝登顶沉幽暝，只有金乌最热情。

临江仙·王亚平太空弹奏古琴并序（通韵）

王改正

神舟十三号三位航天员在春意盎然，姹紫嫣红的春天安全返回。王亚平元宵良夜在空间站弹奏古琴，《茉莉花》的旋律永远荡漾在中华儿女的心头。筑梦长空，看我神舟游玉宇。英雄今日返回时，感慨泪沾衣。琴声响彻瑶池外，十四亿人心澎湃。亚平一曲越千年，明月照人寰。乃为之歌曰：

玉宇长天万里，神舟载我英雄。亚平琴韵动瑶空。嫦娥来伴舞，情满广寒宫。

回望寰球一点，百年世事峥嵘。狼烟瘟疫未消停。家国无限好，齐唱大江东。

为乘神舟十四号二上太空的女航天员刘洋拟言

师　之

神舟载我渡河汉，仰望星空儿倚楼。

银汉迢迢何处岸？妈妈奋楫击中流。

《梦天》李贺登明月，《天问》灵均任楚囚。

接踵空间寻驿站，地球村小不须愁。

注：2012年6月，33岁的刘洋乘神舟九号载人飞船飞上太空，是我国第一位飞上太空的女航天员。2022年6月，我国神舟十四号载人飞行任务启动，已成为两个孩子妈妈的刘洋时隔10年再次出征太空。

"神十三"巡天归航致敬王亚平

王国钦

霄壤传来故事新，亚平与咱是宗亲。

羽翮灵鹊云为伴，影幻神舟月做邻。

琼宇课徒御风者，瑶庭信步摘星人。

巡天壮举千秋事，美酒飘香敬女神。

注：① 2013 年 6 月 20 日上午 10 时，第一次执行太空任务的女航天员王亚平，以了解失重条件下物体运动的特点、液体的表面张力作用，加深对质量、重量以及牛顿定律等基本物理概念的理解等内容，在天宫一号进行在线授课和实验演示，并与地面中小学师生进行双向互动交流。本次科普教育活动，是中国利用载人航天活动普及航天知识的一次尝试，希望通过开展此类科普教育活动进一步激发广大中小学生对宇宙空间的向往、对学习科技知识的热情。女航天员王亚平，因此成为中国境内的第一位"太空老师"。

② "神十三"载人飞船返回舱，于 2022 年 4 月 16 日在东风着陆场预定区域成功着陆。航天员王亚平状态良好地出舱之际，神情骄傲地对女儿说："摘星星的妈妈回来啦。"因为当王亚平出发的时候，曾答应为五岁的女儿摘回一颗太空的星星。

鹧鸪天·咏航天员王亚平

朱继彪

最美妈妈天上行，娃儿地上数行程。母翔浩宇人神会，儿唱心歌天地听。

儿发问，母回声："妈妈给你摘星星。"摘来星斗传家宝，可照千秋万代明。

赞航天英雄王亚平

杜宗杰

铁血红颜上太空，一身豪气啸寰中。
堪凭宇宙展仪采，便自鸿途著伟功。
报国倾情向亲别，问天探秘与男同。
木兰纵是千秋唱，岂及今朝俊女雄。

国家最高科学技术奖特等奖获得者相里斌

陈　旭

造诣高深固国基，不凡学术作良师。

雄心已遂青云志，壮岁何惊白发丝。

驾驭东风扶紫气，归航北斗舞红旗。

嫦娥一号横空出，逐梦九州圆梦时。

注：国家最高科学技术奖特等奖获奖者相里斌系上海微小卫星工程中心主任。据观察者网查询，相里斌先后承担国家重大、重点项目20余项，研究主要集中在卫星成像等领域。他是新一代北斗导航卫星总指挥、"嫦娥一号"探月卫星有效载荷光学成像探测系统指挥，是国家高技术863计划航天领域首席科学家，2013年就因环境灾害监测卫星获得过科技进步二等奖。

赞国家科技进步特等奖获得者相里斌

李增山

莫拿神话笑炎黄，探月如今成日常。

北斗导航凭甚指，太空漫步赖谁量。

城池未克心流血，衣带渐宽头满霜。

光谱高端何以握，完臻卓越誓铿锵。

注：相里斌主要科研成果是光谱成像技术，2016 年获国家科技进步特等奖。其有誓言："追求卓越，至于完臻。"

咏钟南山

蔡瑞义（中国香港）

荆楚狼烟鼙鼓催，襟怀浩荡仰崔嵬。

曾歼非典呈英气，又战新冠祛疫灾。

千载华佗迎难至，一天花雨报春回。

寿登耄耋雄风在，柱立巍巍百丈台。

钟南山

斯静亚

险关两破未随风，犹感真言耄耋翁。

大疫匆匆添白发，初心耿耿许丹衷。

垂名国士无双誉，拨雾江城第一功。

铁胆泪眸堪醒世，依然华夏日曈曈。

致陈薇少将

韩倚云

又见高天落彩霞，丹心无刻不中华。

运筹人类千秋事，绽放江城二月花。

已令萨斯全敛迹，岂容病毒再抽芽。

将军坐镇龟蛇稳，应许声名伴女娲。

诗国·当代科技诗词选

38

陈　薇

韦树定

巾帼芳襟振义门，从戎彤管发鸿芬。

奇才有炜临床耀，矢志无私领命殷。

百战毒魔真国士，一麾特效女将军。

精研保得民安泰，淡看勋名似片云。

东风第一枝·致敬我国著名
火炸药学家王泽山先生

曹　华

国际前沿，神州重器，尖端技术知著。射程高远精研，密度提升驾驭。低膛压力，已实现、奇光飞炬。战必胜、沥血呕心，自信大旗高举。

功屡建、通络化淤。废弃物、另安新处。首将公害消除，确保性能稳固。浮夸昭戒，实在守、秒分休误。尽全力、不止登攀，事迹震惊环宇。

贺火药学专家王泽山教授获国家最高科技奖

杨文才

功成百炼九州尊，箭火直将河汉吞。
足印苍茫关塞雪，威惊没落帝王阍。
真元紫焰传思邈，妙道丹心铸国魂。
八秩犹怀嘶枥志，豪情一挪大乾坤！

贺王益民获国家科技奖

顾之川

2015 年 1 月 9 日，"国家电网智能电网创新工程"荣获 2014 年度国家科学技术进步奖，王益民受到习总书记接见。闻之欢忻，书以为贺。

新年新气象，帝京夜未央。

微信传佳讯，聚焦科技奖。

高层悉数到，惠风齐和畅。

勉励科学家，人民大会堂。

国电智能网，荣登光荣榜。

操盘王益民，荧屏得亮相。

习总亲握手，传递正能量。

人类大发展，科技神威壮。

中华古文明，源远且流长。

四大发明后，创新今更强。

时代弄潮儿，科海竞徜徉。

航母初试水，神十曾远航。

昔有电光火，今有智能网。

电网智能化，贡献世无双。

寄语后来人，后浪逐前浪。

实现华夏梦，泱泱华夏邦。

赞国家最高科技奖获得者赵忠贤

李增山

斗士领军天下知，钻研超导一生痴。

越洋只为酬桑梓，坐凳何愁添鬓丝。

高地欢欣攻占日，昏灯孤苦暑寒时。

壮心岂叹黄昏近，唯恐闲身许国迟。

注：赵忠贤主要科研成果是高温超导技术，2017 年 1 月 9 日获 2016 年国家最高科学技术奖。中国科技网曾以"四十年冷板凳坐出中国的超导强国"为题报道其事迹。

国家最高科技奖获得者、著名雷达与信号处理技术专家刘永坦院士

张少林

一

瑶华北国生，科技举长缨。

圆梦多拼搏，攻关勠力成。

创新雷达站，引领众精英。

空白当填补，初心续远征。

二

英伦就读学初成，海外归来宏愿生。

探测求新超视距，科研据实做先行。

人才奖掖无旁贷，项目攻关直面迎。

造诣全凭原动力，功深赢得奠基名。

西江月·国家最高科技奖获得者、著名防护工程学家
钱七虎院士赞

程宝庆

六十年来筑盾，三千里外横沙。青丝白发在天涯，宝剑深藏地下。

大业攸关国运，痴心岂顾私家。推功让奖质无瑕，甘为中华护驾。

注：2018 年十大科技新闻报道。

清华园访国家最高科技奖获得者、我国著名
核反应堆工程与核安全学家王大中院士

马旭升

款步临漪拾誉丰，池分秋色向阳红。

堆波幻起核能所，破茧安全后羿弓。

探勘神奇领衔帜，创新自主白头翁。

闻望夕照桃李约，一代风流王大中。

注：王大中曾任清华大学校长和校核能技术研究所所长，具高瞻远瞩战略思维和自主改革创新精神。他参与领导设计建造的 3 个核反应堆，见证了我国核能事业从起步、并跑到领跑世界的过程。他率先选定的模块式高温气冷堆研究课题被国际核能界公认为第四代先进核能技术的代表。2022 年 1 月 7 日，他和夫人高祖瑛教授捐资设立"王大中奖学金"，鼓励青年学子传承矢志报国精神、奋进成才。

西江月·呈王玉明院士并序（通韵）

王改正

欣喜赏读王玉明院士词《西江月·仲夏夜之梦》：郁郁山前繁树，幽幽天上疏星。半轮凉月半湖明，梦断长河耿耿。入世方期出世，今生空虑他生。红尘蛛网奈何情，谁会凭栏心境？玉明院士是当代科技名家，也是诗词名家。吟咏如晤，似见先生漫步荷塘月下，物我两忘，心净无尘。诵读几过，情驰向往。乃步韵歌而和之。不计浅拙，呈先生一笑，聊表景仰念念之情也。词曰：

家是吉林梨树，诗文科技双星。荷塘如玉月光明，映照幽怀清耿。

襟抱忧时济世，兴观雅静颐生。家国社稷最关情，都入禅心妙境。

贺王玉明院士荣膺光华工程科技奖

韩倚云

白发如青壮，工程再夺冠。

诗歌开异域，流体走尖端。

致善书长美，居高襟更宽。

后生多仰望，前路有标杆。

咏诗人科学家王玉明教授

王国钦

明玉蕴辉同美真，滋兰九畹善情亲。
诗书丽影星图远，水木清华景象新。
机械多情承厚德，工程会意卜嘉邻。
联珠缀玉鳌头占，仰望神州月一轮。

注：①王玉明，著名机械工程科学家，拜著名诗人叶嘉莹先生为师，并获赠赐字"蕴辉"。

②中华诗词学会高校诗词工作委员会公众号，由王玉明教授题词"九畹滋兰"，典出屈原《离骚》："余既滋兰之九畹兮，又树蕙之百亩。"

③诗书丽影，指王玉明教授诗词、书法、摄影、音乐等多种艺术专长；水木清华，王玉明教授1965年毕业于清华大学，现任清华大学机械工程系教授、汽车安全与节能国家重点实验室学术委员会主任。

④联珠缀玉，王玉明教授数十年在第一线从事重大装备高参数关键基础零部件特别是流体动压非接触式密封及其测控系统的研究开发，取得多项具有自主知识产权和国际先进水平的成果，先后获国家技术发明奖和国家科技进步奖4项（分别排名1、1、1、3）以及省部级科技奖15项等。

鹧鸪天·赞鞍钢工人发明家李超

林　峰

春到钢城日正东，鞍山昼夜火星浓。创新雨洗琉璃净，技改风回瑞锦红。

怀妙想，夺天工。潜心冷轧见丹衷。前贤足迹今犹在，更越云峰又几重。

注：冷轧，专业术语，一种炼钢技术。

天文学家张同杰题咏

王国钦

叩问苍穹我是谁？渺茫银汉放情追。

胸中境界方无尽，地外文明可有为。

粒子还初玄象拟，星群稽古庆云垂。

好奇哈勃通天眼，科学庄严仔细窥。

注：①张同杰，1968年生于山东，现为北京师范大学天文系教授、博士生导师。

②粒子还初，宇宙演化模拟研究。2013年，张同杰和同行于浩然用3万亿个粒子，模拟宇宙中微子、暗物质的分布和演化，成功还原了约137亿年的宇宙漫长演化进程。

③玄象，即日月星辰在苍穹自然形成的玄秘天象。

④哈勃，即哈勃太空望远镜，是以天文学家爱德温·哈勃为名，在地球轨道上并且围绕地球的太空空间望远镜，类型属于光学望远镜，于1990年4月24日在美国肯尼迪航天中心由"发现者"号航天飞机成功发射。

⑤天眼，500米口径球面射电望远镜，由中国科学院国家天文台主导，2011年3月25日建成于贵州省黔南布依族苗族自治州平塘县的喀斯特洼坑中。是目前世界上最大的单口径球面射电望远镜（FAST），被称作中国"天眼"。它可把中国空间测控能力由地球同步轨道延伸至太阳系外缘，将深空通讯数据下行速率提高100倍。

念奴娇·邓宏魁先生颂

为其用基因编辑干细胞治疗艾滋病而作

周胜辉

宏魁宏愿，解苍生忧苦，此身无愧。妙手仁心兼慧眼，自可悬壶忧世。学贯加州，令名北大，博雅施神技。细胞研究，望尘难及绝骑。

发现受体先机，基因编辑，反掌诛妖魅。白血艾滋皆可缚，造福万千兄妹。人堕修罗，必逢大德，天意通人意。不群风范，定能光耀青史。

歌唱航天员英雄群体

李栋恒

咦嘘唏！难亦险哉！古人昔日欲上天，妙想奇思竭其材。鹤羽凤背皆欲乘，飞天仙槎路未开。宋人万户更有甚，冲天未遂葬尘埃。今人宇航有壮志，粉身惨状亦多哀！君不见，华夏儿女多豪杰，勇闯天路无疑猜。魔鬼训练人不知，高速旋转骨肉歪。万千零件刻脑底，正确反应瞬间来。逃逸塔前人志忑，假作真时可能回？义无返顾为国誉，千难万险任安排！父母儿女皆脑后，只为中华畅忠怀。忘我练，夺头牌，超极限，任天裁。功夫不负苦行志，胜利喜悦挂欢腮。苦练频出应急智，无畏终上昆仑台。频繁往来霄壤近，太空行走游天街。人类千秋登天梦，健儿巾帼得圆谐。世人尽羡英雄美，可知征途几狼豺。航天儿女华夏萃，地唱天歌谁与侪？航天精神贯玉宇，激起中华百世才。

踏莎行·致敬中国航天人

闫志军

三代飞天，苍穹幕布。茫茫戈壁青春驻。豪情醉了酒泉风，航天追梦人无数。

两弹一星，先贤引路。九霄云外从容舞。神州儿女为和平，并肩携手开新步。

贺中国空间站航天员多次出舱

刘建锋

神州勇士任乘肩，慷慨从容赴九玄。
今见骄姿舱外步，又闻声影地间传。
信凭赤胆临空寂，素守兰心伴月圆。
探索无穷匡举世，功宗卓冠世铭镌。

第二篇
科技成果

第一台解放牌载重汽车

吴江涛

拭目长春晓色开，匠心镕铸九州才。

飞轮见证艰辛史，热泪高歌解放牌。

水调歌头·中国第一颗原子弹爆炸成功

闫俊峰

惊似日崩落，状若火烧天。红旗飞跃，核弹朝夕出深山。苏梅争当霸主，到处扬威耀武，问我屈谁边？举国铸长剑，谈笑立人间。

干戈止，文明续，五千年。穷兵自古身败，封锁只徒然。领袖翩翩风度，百姓铮铮铁骨，华夏尽欢颜。更喜和平后，沧海变桑田。

第一颗原子弹爆炸成功

张晓虹

轰然天地阵云黑，风烈霎时飙巨雷。

水不成纹沙似海，山分细粒石如灰。

腰身为此几番勒，梦语曾经九度催。

小小寰球同冷热，和平世界可重回？

鹧鸪天·第一颗氢弹爆炸成功

杨世玲

一阵春雷彻宇寰，茫茫戈壁显奇观。蘑云网朵腾空起，娇日成双载史篇。

集万思，过千磐，历时之短又当先。苍天不负炎黄志，如破楼兰捷报传。

喜观我国气象卫星发射成功

曾庆存

功成有志慰先贤，铁杵磨针二十年。

神箭高飞千里外，红星遥测五洲天。

东西南北观微细，晴雨风云在目前。

为报中华好儿女，要攻科技更精尖。

注：自 1969 年，周总理指示"我们也要放气象卫星"，今近二十年矣。余从 1970 年起参加该项工作。今有关方面记念前劳，邀余至发射现场。

浣溪沙·天问一号（通韵）

范诗银

从此眸穿几百天，北极新筑卜春寒。报声安好已明年。

大火吹云千丈冷，小球盈抱九分圆。呼樽邀醉共君言。

注：天问一号发射时间为 2020 年 7 月 23 日。

天宫一号上天

熊东遨

驭电驱雷一箭风，环球仰首看飞龙。

五千年史添新页：大写中华到太空。

庆春泽·天问一号首测火星

周清印

脱鞲神鹰，腾空瑞鹤，蘑菇云起琼州。试把千年，灵均之问详求。载人奔月寻常事，又扶摇、火海翱游。待明朝，金木探原，水土寻幽。

兹行碧落红尘外，问焉分冬夏，可有春秋？可有鱼虫，栖迟另类星球？漫漫半载巡天路，盼归来、望断人眸。最关情，何日凌霄，也筑高楼？

贺我国首枚火星探测器天问一号发射成功

何　江

昂首脱弦挥手辞，紫薇殿上看雄姿。

曾思飞纵玉皇马，也盼能临王母池。

混沌冥昭今往极，阴阳本变古难为。

度天自有轩辕尺，泉下欣舒屈子眉。

贺天舟一号发射并空中对接

胡　意

银河来去若舟轻，助力空间任意行。

能使飞船增万里，巧将探宇得双程。

新传神技穿针接，好学仙功举手迎。

二十余年磨一剑，航天飞跃世间惊。

注：穿针，空间交会对接是载人航天活动的三大基本技术之一。举手迎，手控交会对接和自动交会对接是空间交会对接系统的左右手。

天舟一号咏赞

焦广田

诸华亘古问天频，今世航天梦景真。

牛女绛河迎贵客，刚娥银阙待芳邻。

太空站里红旗灿，玉宇桥边健影新。

衣食无忧谁保障？天舟乃是运粮神！

注：天舟一号于 2017 年 4 月 20 日发射，4 月 22 日与天宫二号完成首次对接，于当年 9 月 22 日完成任务后进入大气层烧毁。天舟一号宣告了中国航天事业迈进"空间站时代"，对于实现中华民族的航天梦具有深远意义。

望海潮·天问一号首登火星抒怀

陈懋章

"嫦娥"探月，蟾宫如见，火星浩宇微斑。"长五"送飞，"融车"搭载，首登乌托平原。起落小山峦。又升太空号，宇宙飞船。纵览环球，"天和""天问"技前沿。

百年回首难言。叹衰颓国势，民族危艰。求索图存，披荆建党，抛头颅换人间。改革破篱藩。迈复兴大道，重上峰巅。弹指挥间百载，举世绝无先。

水调歌头·天宫二号升空

王浩之

碧落湛如洗，又挂一轮圆。东风城外空静，万象却无眠。总控部中传令，观礼台前凝目，快意满胸填。雷火霎时起，呼啸向高天。

别遥岑，穿银汉，对婵娟。探寻宇宙原委，何惜自身燃。解答屈平疑问，领略稼轩词句，我有发言权。来日倘相遇，岂肯让先贤。

定风波·国产航母下水

王天明

自古重洋勇者行，蛟龙入水引潮声。映日红旗天际远，舒卷，征途万朵浪花迎。

极目云横风起处，何惧？官兵铁骨已铮铮。一任惊涛如猛虎，航母，今于海上筑长城。

中国第一艘航空母舰服役有感

刘庆霖

破浪巡洋思建功，龙人一舰载春风。
防区拓向战争外，海岸延伸甲板中。
大地沉浮能主宰，长天上下敢称雄。
强军梦想如强国，为捍和平铸劲弓。

咏辽宁舰

黄宁辉

一揽苍茫万里遥，风光放眼尽多娇。

辞乡辜负中天月，入梦驱驰大海潮。

叱咤龙声山岳动，舒张鹏翼日星摇。

真堪托付安危事，戾气东南黯自消。

咏山东舰

丁建国

巨鳄出深宫，昂昂入水雄。

斗牛盈剑气，蓬鸟振唐风。

沿海浮些舰，陈兵折万弓。

困屯俱往矣，国运日昌隆。

贺我国第一艘国产航母山东舰服役

高景芳

航母盛装驶港湾，犁波劈浪振瀛寰。

旗擎碧宇中华色，舰逐惊涛四海斓。

大国安全疆可守，全球博弈事相关。

威严纵使睦邻羡，气蕴风云慑敌顽。

鹧鸪天

高景芳

入列双航已整装，国之重舰气轩昂。筑船由此越高点，靖海巡游探远洋。

从问世，即留芳，中华崛起不称王。自成定力神弓满，随赴维和斩猘狂。

【中吕·山坡羊】祝贺航母山东舰
服役逾两周年

李全英

大连水面，山东母舰，首艘国产偿心愿。到今天，看今天，穿台入海常操练。保国护疆威慑远。军，气势展；机，气势展。

航母福建舰下水

武立胜

新笛鸣浩宇，巨舰下深蓝。

还在十七日，休说甲午年。

感时情易忍，忆旧事难堪。

从此长挥舵，擒蛟向海渊。

注：1888 年 12 月 17 日北洋水师成立，1894 年 9 月 17 日在黄海海战中遭受重大损失，1895 年 4 月 17 日清政府被迫签订中日《马关条约》，2022 年 6 月 17 日中国第三艘航空母舰福建舰下水。

中国第一艘核潜艇入列

陈水清

潜身浪底创奇功，善战威名举世崇。

利剑手中能猎虎，长缨天上敢擒龙。

奋身何惧暗礁阻，昂首遥瞻旭日红。

闪烁军徽惊寇胆，海疆万里壮东风。

扬州慢·万米级无人潜水器完成海试

国印周

万米深潜，陈师水下，窥它布阵排兵。践多年梦想，与魔鬼争锋。任
多少风高浪险，几番测试，戴月披星。更抛开、高堂伫望，儿女柔情。

山欢海笑，看而今、愿遂功成。正吐气扬眉，豪情振奋，荡漾心旌。
敢让列强魑魅，丢魂魄、个个心惊。保山河明秀，黎民岁岁安宁。

西电东送

李殿仁

万里高原起作房，无穷宝藏已登场。

自从西电东征后，大业筹谋一线长。

水调歌头·南水北调入京

刘　征

共饮一江水，南北路三千。浩浩穿山越野，入我玉壶寒。挟得巫山云雨，掬取潇湘雪浪，花月露涓涓。窗外风回雪，香沁绿茶烟。

导洪水，迈先古，看今天。发愤人人皆禹，指掌引飞澜。自觉衰年再少，白发丝丝变黑，喜极欲狂癫。飞梦挽银汉，直下彩云端。

踏莎行·中国首次载人航天

卢象贤

壁画飞天，传奇奔月。一腔期待从头说。游仙今日已升空，沸腾多少炎黄血！

瑞鹤穿云，仙槎返阙。地球掀起寻亲热。天涯深处有知音，如今桂魄无圆缺。

满江红·神五飞船发射成功

王改正

十月骄阳，霄汉阔，霓虹霹雳。天阙远，神舟一跃，巡游玉宇。万象瑶池歌舞地，千年蜃海蓬瀛曲。梦成真，大笑复狂欢，泪如雨。

仙宫问，人间事；金风颂，炎黄喜。叹苍穹赛场，美盘俄踞。从此新添赤旗帜，星河注入祥和气。慨而慷，华夏正鹏程，丰碑立。

———————

注：神舟五号，简称"神五"，是我国发射的第一艘载人航天飞船，于2003年10月15日9时在酒泉卫星发射中心发射升空。

赞成功·长征五号成功发射

陶　然

倚天一剑，直上苍穹。纷飞青焰似青虹。赤阑飞架，横越深空。从今堪望，去雁来鸿。

色无异，天上云风。想征途漫漫无穷。广寒居处，北户星丛。待昌国运，赫日当中。

醉东风·"神六"升天喜赋

一三居主

一

火喷电急，身与雷光白。我是蓬莱骑凤客，欲探九霄春色。

倚天轻扣旋宫，来赊万里长风。便拟追云射日，更拉新月为弓。

二

长空一碧，疑入烟霞国。胯下长鲸生大翼，俯瞰苍茫八极。

蟾宫桂子流芳，瑶台壮士飞觞。经得九重寒热，换来万里清凉。

绛都春·为神舟七号书怀

杨叔子

敦煌壁画，是仙女绰约，飞天潇洒，舞带翩跹，反弹琵琶何牵挂！千年寻梦难休罢，科技力，环球惊讶，有人已是，登月行走，九天桥架。

奋跨，炎黄后裔，振雄烈，孰忍强权称霸？六度乘舟，多少风流兼佳话；深空还讯嫦娥嫁，更神气，伴星驭驾，苍穹漫步抒怀，宝无此价。

永遇乐·观神舟七号航天员太空行走

李栋恒

检阅繁星，探瞰明月，高览乡景。浩荡青冥，足音惊世，四海同欢庆。姮娥舞起，钧天乐奏，玉帝灵霄相请。千秋愿，得圆今日，飞天已非憧憬。

卅年巨变，陵迁瀛涸，忆昔犹如梦境。力转乾坤，送穷橄发，改革何神勇。迎归港澳，绝伦奥运，屡展国威强盛。云中路，星辉日耀，驾风疾骋。

嫦娥二号升天随想

林　峰

秋声镜彩满清廖，坐看嫦娥上碧霄。

凌斗气同山岳壮，摘星志与海天高。

照分千野沉疴散，光灿九重阴霭消。

何惧扶桑风火烈，月中唤得水如潮。

嫦娥三号登月

王改正

嫦娥今夜到蟾宫，舞动虹湾起彩虹。

探月初来千万里，巡天这是第一程。

丹心才俊摘星斗，盛世人民望太空。

绮梦瑶池迎玉兔，三姑娘美立头功。

注：嫦娥三号月球探测器于2013年12月2日在西昌卫星发射中心发射升空，12月13日晚上落月。玉兔，此次登月的月球车命名"玉兔"。三姑娘，嫦娥三号被大家亲切称为"三姑娘"。

嫦娥四号登月三章

钟振振

嫦娥篇

孤独婵娟寂寞秋，腊前不速客来游。

酒窝笑破天荒涕，好搭便车回地球。

吴刚篇

酒边星客说家常，绿色和平有宪章。

板斧元来使不得，小哥快递赠红娘。

注：《诗·豳风·伐柯》"伐柯如何？匪斧不克。取妻如何？匪媒不得。"

玉兔篇

久有迷离期扑朔，断无缱绻到荒凉。

通红两眼汪汪泪，今日他乡见老乡。

注：《木兰辞》"雄兔脚扑朔，雌兔眼迷离。"

过秦楼·嫦娥四号月背着落

刘能英

柳色凭栏，蓼香穿户，雁叫一声弦断。琼珠缓降，宝镜遥升，两地桂花零乱。如此对望千年，天上人间，用情何限。料仙居凤阙，嫦娥今日，应无幽怨。

君不见、入市风雷，抱城光电，倏忽绕来银箭。凉山送酒，热泪迎宾，舞袖未曾知倦。相劝邛都物丰，前事皆休，故乡重返。听西窗夜雨，共话河清海晏。

嫦娥五号返回遥想

叶宝林

绮梦缘来可变真，嫦娥奔月问前身。
谁燃日晷千年火，我取蟾光几两尘。
宇外围星开片地，空间辟苑种池春。
移家拟去银河畔，往返飞舟渡世人。

注：①日晷，日影，日光；蟾光，月亮；几两尘，嫦娥五号带回的月球样品。

②围星，未来地球向外星移民设想。

③空间辟苑，按照三步走计划，中国航天预期2022年前后可建成空间站。

嫦娥五号取回月壤

彭亮元

云程沃土带回家，不羡牛郎过鹊槎。

劳燕于今迎入对，往来地月话桑麻。

注：2020 年 12 月，嫦娥五号月球探测器成功返回，而这一次我国再次突破一个壮举，嫦娥五号带回了月球 2 公斤的月壤。

【中吕·山坡羊】悟空卫星成功发射

高 昌

惊雷嘹亮，长风回荡，金睛火眼腾霄上。问苍黄，探微茫，太空故事重开唱，大好神州新梦想。星，来送奖。天，如在掌。

注：2015 年 12 月 17 日 8 时 12 分，我国在酒泉卫星发射中心用长征二号丁运载火箭成功将暗物质粒子探测卫星"悟空"发射升空。它具有能量分辨率高、测量能量范围大和本底抑制能力强等优势，将中国的暗物质探测提升至新的水平。

咏悟空号暗物质探测卫星

蔡立初

花果山中谋大计，壮行高调上天庭。

白云作楫追明月，黑洞为标揽巨星。

火眼金睛察暗物，仙罗奇网捕幽灵。

重挥神铁镇妖孽，东土龙人又取经。

梦中问道量子科学

红　柳

谷口骑牛遇老聃，何门入妙问玄玄。

名分物类名非物，道问源头道是源。

世上千秋三纳米，心中一念几光年。

魂游两路天南北，量子纠缠对宇边。

注：量子通信卫星技术获2017年十大科技成果。以梦与老子问道的形式，反映量子纠缠理论。

题墨子号量子卫星

陈 镇

破雾乘风上碧天，重关渡尽借光年。

一朝千里传佳话，最动人心是纠缠。

神舟十一号与天宫二号对接

韩倚云

天宫交会荡悠悠，驻步空间得自由。

万古星球驱寂寞，数张清影显风流。

银河旧路频来往，青史新书待撰修。

我与诸君同奋袂，茫茫天宇更寻求。

注：2016 年 10 月，神舟十一号飞船与天宫二号自动交会对接，航天员景海鹏和陈冬顺利进入天宫二号实验舱。神舟十一号液压系统由韩倚云团队研发设计；天宫二号转台由韩倚云团队研发设计。

【中吕·山坡羊】祝贺天和空间站核心舱发射成功

魏　新

太空榕厦，九霄神话，天和发射惊天下。看中华，沐朝霞。创新发展三连跨，构建行宫乘风驾。歌，唱大雅。诗，颂大雅。

神舟十二号飞船发射成功

陈浩文

酒泉烟火碧空晴，奋翮横霄九宇惊。
云箭三贤观日出，神舟十二御风行。
悬如逆旅天街冷，抟似飞仙月窟明。
手摘星辰辉烛照，乘槎银汉问虚盈。

注：神舟十二号，简称"神十二"，为中国载人航天工程发射的第十二艘飞船，是空间站关键技术验证阶段第四次飞行任务，也是空间站阶段首次载人飞行任务。

望海潮·庆神舟十二号发射成功

叶英儿

行云流水，从容潇洒，三英再启航程。云汉梦圆，英姿飒爽，同夸老将新星。腾舞看雄鹰。太空展鹏翼，权霸魂惊。十二神舟，试看华夏发雄兵。

苍穹捷报功成。看中华崛起，气势峥嵘。莺舞燕歌，嫣红姹紫，霓虹不夜京城。天美驾长鲸。放眼观云海，遐迩闻名。独领航天技术，明日再长征。

【仙吕·醉中天】神舟十二号三名航天员 顺利进入天和核心舱

吴凯春

六幕苍龙现，七曜紫衣褰，气爽爽天和入九天。受用神宫殿，不枉炎黄祖田，今朝如愿，云阶直上瑶筵。

注：在神舟十二号载人飞船与天和核心舱成功实现自主快速交会对接后，航天员乘组从返回舱进入轨道舱。按程序完成各项准备后，先后开启节点舱舱门、核心舱舱门。北京时间2021年6月17日18时48分，航天员聂海胜、刘伯明、汤洪波先后进入天和核心舱，标志着中国人首次进入自己的空间站。后续，航天员乘组将按计划开展相关工作。

神舟十三号发射成功

杨逸明

惊叹飞船入太空，有人笑傲坐舱中。
起居舒缓飘飘舞，音讯迢遥息息通。
国力劲强能致极，世情严峻必争雄。
巡天未见神仙宅，已越三清最上宫。

神舟十三号胜利返航

杨逸明

蹑云穿月宿星辰，创史航天一页新。
舱可返回圆瑞梦，伞能舒展降红尘。
欢呼已达灵霄殿，庆贺同倾玉瓮春。
举世此时皆瞩目，中华三个谪仙人。

行香子·神舟十三号归来作

展放雄威，驱遣风雷。把红旗，玉宇高挥。舱中授课，世上传媒。更舀银河，收星斗，叩天扉。

去年腾起，今日飞回。对环球、吐气扬眉。丹心丹脸，银甲银盔。看吴刚下，嫦娥笑，共工随。

诗
国
·
当
代
科
技
诗
词
选
78

赞神舟十三号顺利回归

一举巡空百八天，今朝奏凯白云边。
霄开仓降欢春野，杰出人归庆酒泉。
敢问游河谁独步，当知入昴我先鞭。
嫦娥原是吾家女，来去穹苍本自然。

采桑子·壬寅端午假期观神舟十四号载人飞船发射成功喜赋

何小平

独醒人去江河咽，岁岁龙舟。今又神舟。唤起英魂壮九州。

携将《天问》追星月，情洒冰瓯。旗舞金瓯。一统长消万古愁。

注：北京时间2022年6月5日10时44分，搭载神舟十四号载人飞船的长征二号F遥十四运载火箭在酒泉卫星发射中心点火发射，约577秒后，神舟十四号载人飞船与火箭成功分离，进入预定轨道，飞行乘组状态良好，发射取得圆满成功。

贺神舟十四号宇宙飞船飞天

岳宣义

一飞就上九重天，玉帝嫦娥开笑颜。
勇士沉雄抒浩气，苍生喜悦叹神仙。
星辰大海寻别类，浩瀚深空扬锦帆。
抢占和平高地势，摘星揽月我争先。

中国天眼

张建业

巨目平塘为国忙，静观星际敞开量。

光年百亿已非远，梦想千年化日常。

仰对天宫览仙迹，低思宇外觅同乡。

二郎从此无忧虑，高枕逍遥自在长。

FAST发现多颗脉冲星

李志强

忧患元元贯始终，每将老眼对苍穹。

问天屈子恨兼恨，悟道佛陀空复空。

揽月昔年谋似梦，摘星今日势如虹。

黔山更喜法斯特，慧目潭光辨脉冲。

望海潮·寄南极中国长城站

沈家庄

云间鼍咽，波心鲨舞，销魂自古南溟。风裂怒涛，鲸催恶狼，雪川困锁霜晴。长舰举霓旌。有企鹅接待，海豹逢迎。莫道亲人信杳，天宇电波行。

探幽海底蓬瀛。揽奇虾异贝，锦艳霞明。满目宝珠，灿然焕彩，从容如数瑶瑛。玄秘已澄清。看擒龙妙手，复建"长城"。向晓惊雷过处，一笑大洋横。

水调歌头·引大入秦工程赞

周笃文

陇上都江堰，引大入秦川。壮伟有谁堪比，奇想更无前。凿破苍岩千仞，调得大通河水，横绝万山巅。一扫洪荒迹，战阵摆祁连。

辟财源，兴科技，广招贤。陇原儿女十万，敢教地天旋。挽得长虹天上，直捣龙宫地穴，万斛涌甘泉。瘠壤成天府，康乐万斯年。

浣溪沙·喜光纤安装到乡村

田　耕

恶水穷山客不留，花香果熟满枝头，不通讯息使人愁。

户户安装同享用，人人上网自搜求，平台筑就好增收。

参观引江济汉工程

江　岚

一笔横拖天地间，悠悠江汉喜相连。

长堤稳抱清流阔，巨闸高提白浪欢。

欣看鱼龙归掌握，更无水旱祸闾阎。

客来三楚秋方好，遥听人歌大有年。

题智能机器人小胖

崔爱琴

木甲伶人自古雄，今朝小胖有神功。

两三稚子心常乐，亿万真知腹不空。

唱曲音传千里外，投屏蝶舞百花中。

偃师对此犹兴叹，久未重来八骏风。

记我国首次实现人工合成淀粉

卢冷夫

创闻一出地天惊，空气何为粮食精？

碳氧瓶中能转化，科研田外可农耕。

古今景业从无限，多少神奇梦合成。

莫问自然谁设计，人间万物在平衡。

高　铁

黄　勇

飞龙呼啸赏风光，从此神州不觉长。

早起江南闻露馥，良宵塞北嗅花香。

刚由上海穿青海，便是襄阳入晋阳。

锦绣人间无限美，何须奔月入天堂。

中国数学家成功证明微分几何学两大核心猜想

姚崇实

一

一片精忠报国情，归来奋力舞长缨。

几何学内思维妙，大别山前岁月荣。

勇缚鲲鹏沧海澈，喜升星斗碧天明。

图形数字谱新曲，自信中华道路宏。

二

点线面中成乐章，无穷数字闪珠光。

五年辛苦燃如火，廿载猜疑化似霜。

又为神州争美誉，再朝前路立高樯。

炎黄自古多豪俊，笑指寰球意气扬。

注：中国科学技术大学教授陈秀雄、王兵在微分几何学领域取得重大突破，成功证明了"哈密尔顿 - 田"和"偏零阶估计"这两个国际数学界20多年悬而未决的核心猜想。他们的研究耗时5年，论文从投稿到2020年正式发表耗时6年。陈秀雄曾在美国宾夕法尼亚大学攻读博士和博士后，并获美国国家科学基金资助。王兵于美国威斯康星大学麦迪逊分校数学系博士毕业，曾任美国多所大学讲师、助理教授、副教授。

庚子闻李家洋院士团队于异源四倍体野生稻快速驯化获突破，喜甚，仅以小诗贺之

曹辛华

神农当代再逞能，驯稻偏偏驯野生。

百草遍尝千古后，此番应饱亿饥氓。

圆梦培苗身影瘦，调风顺雨肚皮撑。

李郎又领强兵将，驯得野花齐卖萌。

观收割机作业感赋

东去轩

银管冲霄一缕纤，隆隆排挞锦开缣。

千坪剃度非禅意，万籽乖伶入铁奁。

自古耕牛曾所倚，于今木柄不需拈。

他年再忆三秋事，博物宫中问老镰。

咏风力发电机

张明新

树干凌云花是轮，种于沙漠海之滨。

胸中火借东风势，点亮人间夜夜春。

咏电动汽车

张明新

昔结心魔今惬怀，新车载我骋香街。

早偿秀水明山梦，不驾蓝牌驾绿牌。

贺C919大型客机试飞成功

张明新

航空港上好风催，鹏翼欲扬先啸雷。

一道银光云外去，满身虹彩日边回。

剑磨岁月锋初试，梦种芬芳蕊已开。

起落五洲应有待，那时重举庆功杯。

金沙江溪洛渡水电站

钟振振

世界第三大水电站，国家"西电东送"骨干工程。在川滇之间，横断山东段。2014年建成投产。

宏图西展到南疆，横断山开新战场。

调集千峰国防绿，围追一匹野生黄。

金沙急勒狂奔水，铁坝严封曲拱墙。

导滞由来是长策，障洪如此亦良方。

漩涡能发清泠电，汗漫欲疗炮烙伤。

酒噀汉彝豪侠气，花噙滇蜀女儿香。

梦因嶍峨成缥缈，吟到澜沧便慨慷。

快向流云扫椽笔，大风挟与共飞扬。

注：大坝呈曲拱形，抗水压强度为最大。导滞，疏导积水。大禹治水之法为"疏川导滞"，见《国语》。障洪，大禹之父鲧治水之法为"障洪水"，见《礼记》。鲧用此法治水而失败。现代用此法建水电站，则变水害为水利。漩涡句，水力发电用涡轮发电机组，发电过程清洁无污染。汗漫，谓大气层。炮烙，商纣王酷刑，铜柱内置炭火，烤人至死。火力发电，烟囱似之，危害大气层。水电量增则火电可减，于保护大气层功莫大焉。"炮"读平声，音"袍"。水电站男女职工，汉彝两族居多，云南、四川籍居多。

赞硬X射线调制望远镜卫星"慧眼"

赵立吉

广阔无垠游宇宙，卫星慧眼引望千。

远程幻化苍茫地，精密纵横咫尺天。

惊觅银河玄镜里，竞探碧界浩云边。

今时造福人民愿，腾起中华技术先。

【仙吕·一半儿】横跨1700米武汉杨泗港
全悬空大桥

徐人健

一桥悬挂世人惊，一水长流月夜明，一梦筑成华夏兴。一江城，一半儿人文一半儿景。

清平乐·赞蓝鲸一号可燃冰试采成功

宋玉娟

神狐水暗，千米凭谁探。疑是蛟龙喷烈焰，南国红光一片。

潜波几过龙庭，海床底下寻冰。神秘能源在手，临渊争羡蓝鲸。

我国海域可燃冰试采成功礼赞

杜宗杰

能源寻广域，海底探新程。
数国多闻败，惟华首试成。
技襄宏伟业，歌压列强声。
驰骛复兴路，五洲扬我名。

陆域可燃冰试采成功

陈　镇

龙府深深深几层，分明王气自升腾。

心头一点星星火，于不能时看我能。

"京华号"盾构机

张存寿

庚子新秋爆异闻，土行孙也塑钢身。

腰粗百尺吞山鬼，体重千吨震地神。

刀似风雷锋不见，势如龙卷尾难寻。

口鼻眉眼镌国粹，动展忠颜静聚魂。

注：2020年9月27日，我国迄今研制的最大直径盾构机"京华号"在长沙下线，标志着我国超大直径盾构成套技术跻身世界前列。它的最大开挖直径可达16.07米，其总重量为4300吨，长度有150米。外形以忠勇义烈的红色脸谱为主题。

减兰·题深海一号储油平台

刘如姬

国之重器，直叩地心千五米。瀚海为途，驾浪盟鸥梦不孤。

超深时代，输送能源倾大爱。钢铁巨人，缔造传奇三十春。

注：2021 年 1 月 14 日，由我国自主研发建造的全球首座十万吨级深水半潜式生产储油平台——"深海一号"在山东烟台交付启航。

【正宫·醉太平】天河二号超级计算机
夺世界超算头名

李福祥

刘元卓频频拱手，程大位亮了清眸。天河二号获头筹，咸来敬酒。

超强算技如神授，超高算速如天佑，超难题海不须愁。龙的传人更牛！

注：天河二号超级计算机，由国防科技大学研制，以峰值每秒 5 亿亿次运算速度位居榜首，成为 2013 年全球最快超级计算机，是地质、气象、航天等行业的重要工具。刘元卓、程大位分别是东汉和明代珠算专家。

浣溪沙·实验发现量子反常霍尔效应

褚宝增

可令反常成正常，也缘国力渐增强。科学不只在西方。

电子将超魂梦快，管儿总似玉环凉。信息技术破天荒。

注：2013 年，中国科学院院士薛其坤带领由中科院物理研究所和清华大学物理系组成的实验团队发现量子反常霍尔效应，可在未来解决摩尔定律的瓶颈问题，有望克服目前计算机发热耗能等带来的一系列问题。它的发现或将带来下一次信息技术革命，为国家争夺了这场信息革命中的战略制高点。

赞中科院在国际上首次拍到氢键照片

果志京

微观世界探毫微，方寸耕耘揽月归。

细解自然无极像，科研氢键绽春辉。

注：中科院国家纳米科学中心科研员在国际上首次"拍"到氢键的"照片"，实现了氢键的实空间成像，为"氢键的本质"这一化学界争论了 80 多年的问题提供了直观证据。无极，中国古代认为宇宙万物的本原。

感赋我国科学家首次证实盐碱土能吸收二氧化碳

叶平安

忧患元元物态残，昆仑依旧矗云端。

烟尘排放平添热，土壤呼吸或吐寒。

魅影无人知去向，高才有志解疑团。

谁为碳汇真金主？莽莽无垠盐碱滩。

注：2013 年 11 月 27 日发布。中科院新疆生态与地理研究所科学家团队在世界上首次证实盐碱土对二氧化碳的真实吸收，为破解"碳黑洞"问题提供了新证据。这一国家 973 计划项目近日通过了科技部验收。这项研究在解决二氧化碳失汇问题的同时，开辟了全球碳循环新的研究方向，为进一步研究增加土壤碳库以换取工业二氧化碳减排做出了重要贡献，同时为应对全球气候变化和碳排放国际谈判提供了新依据。

证实盐碱土大量吸收二氧化碳

静 如

捧起万年盐碱土，心酸悲苦泪花流。
谁知净化新能量，可解地球千古忧。

注：2013 年十大科技新闻报道。

浣溪沙·发现甲烷直接转化办法

褚宝增

点铁成金梦已真，千番败后又重新。此间谁解大艰辛。

技术震惊学术界，俗人变做美人身。江山日月长精神。

注：2014 年，中科院大连化学物理研究所的包信和院士团队，在甲烷高效转化相关研究中获重大突破，成功实现了甲烷一步高效生产乙烯、芳烃和氢气等高值化学品。

实现体细胞重编程技术重大突破

李葆国

基础固然由控程，细胞转化密而精。

能将物象编成数，科学逾堪拯众生。

注：在该项研究中，邓宏魁教授课题组成功实现了胚外内胚层样细胞快速扩增与命运维持，这项研究无论是对于干细胞科研领域还是再生医学治疗领域的意义都是深远而重大的。

2014 年十大科技新闻报道。

首个人类早期胚胎DNA甲基化全景观图谱绘就

沈鉴宇

乔展珍图惊下巴，旁观精卵过家家。

遗传密码勤标记，早结珠胎少误差。

若得基因修缺陷，堪能俗草绽仙葩。

苍生从此承优育，学界高材赛女娲。

注：2014 年 7 月 23 日，北京大学第三医院生殖医学中心乔杰研究组与北京大学生命科学学院生物动态光学成像中心汤富酬研究组合作在国际知名期刊《自然》(*Nature*) 上在线发表题为 *The DNA methylation landscapes of human early embryos* 的研究成果，在国际上首次实现了对人类早期胚胎发育过程 DNA 甲基化调控机理的系统研究。

西江月·题武汉P4实验室

楚塞同云气概，江城伴鹤英雄。神区硅谷奥盲攻，高地织来新梦。

若问设施何用，穷追致病元凶。填平空白不能庸，生物安全鼎重。

注：2015年1月31日，中国科学院武汉国家生物安全实验室（武汉P4实验室）在武汉建成，标志着中国正式拥有了研究和利用烈性病原体的硬件条件。2015年十大科技新闻报道。

西江月·咏锶光钟

古往今来曰宙，积分累秒为年。生活建设并科研，须定时钟计算。

飞向沧溟荧惑，组装星月空间。毫厘精准不离偏，赖有锶光经管。

注：锶光钟全称为"锶原子光晶格钟"。中国计量科学研究院2005年研制，目前已经精确到35亿年误差＜1秒。

临江仙·题"高分辨率剪接体三维结构图"

倪化珺

亿万斯年存与灭，生灵未解赓传。谁参奥妙启新篇？先师途漫漫，后者意喧喧。

科技移山凭智力，凝眸电镜光环。米分十亿若清弦。西村五点九，君辨二三间。

注：题解——当代生命科学前沿课题，施一公教授团队"获得高分辨率剪接体三维结构图"；电镜，指冷冻电镜技术；埃，1 米长度的十亿分之一为 1 埃，国外精确度达到 5.9 埃，施的团队达到 2.7 埃。

2015 年十大科技新闻报道。

中国发现外尔费米子

爱 芹

宇宙洪荒多奥妙，尘埃米小界三千。

尺棰日日截其半，万世如斯未有完。

外尔先生期解破，中华赤子揽高端。

幽灵粒子弧形影，点亮微观一片天。

注：2015 年 7 月 20 日，中国科学院物理研究所发布消息，他们发现了具有"手性"的电子态——外尔费米子。这是国际上物理学研究的一项重要科学突破，对"拓扑电子学"和"量子计算机"等颠覆性技术的突破具有非常重要的意义。物理所表示，中国科学家的这一发现，从材料理论预言到实验观测都是独立完成。

2015 年十大科技新闻报道。

采桑子·2015年获得高分辨率
剪接体三维结构图有赞

爱 芹

心怀大志因追梦，砥砺攻关，敢试登天，直面三维探顶巅。

细胞微小谋刀剪，拼接图笺。窥破重玄，始获神机世界先。

注：2015年清华大学施一公研究团队剪接体的三维结构、RNA（核糖核酸）剪接的分子结构基础重大成果发布。这是科学家在世界上首次捕获真核细胞剪接体复合物的高分辨率空间三维结构，阐述了剪接体对前体信使RNA执行剪接的基本工作机理。

我国科学家领衔绘制全新人类图谱

梅 宇

但从自立始称尊，进化曾经风雨频。

图谱留存呈后世，基因延续继前尘。

九天慧赐精灵种，一谱真传华夏人。

挺脊乾坤扬毅魄，万年回首喜更新。

题五百米口径球面射电望远镜

董澍

簇立奇峰青玉海，飞来绝顶白银盘。

红移可识天涯远，黑洞何如地府宽。

星数浑同沙劫数，人叹岂似谷神叹。

仍因旧局开新局，更自疑端启善端。

注：2016 年 9 月 25 日，在贵州省黔南州平塘县克度镇金科村大窝凼喀斯特洼地，中国研发建造的全球最大反射面，最强灵敏度，全天候、高精度、主动态望远镜落成启动。

西江月·FAST望远镜启用

刘爱红

藏在大山深处，安然火眼金睛。万千尘粒万千星，去去来来身影。

那些赤心学子，一怀不尽深情。甘为家国献平生，绘作千秋风景。

大亚湾"实验测得最精确反应堆中微子能谱"有感

爆炸生微子，悠悠百亿年。

洋人曾小考，今日做精研。

震荡识增减，度量知变迁。

攀登在歧路，封锁已从前。

二

粒子曾无考，纵横天地间。

有心搜鬼迹，设计破玄关。

探得幽灵在，擒来白日还。

于今说封锁，未敢止登攀。

注：2016 年 2 月 13 日，大亚湾中微子实验测得了迄今为止最精确的反应堆中微子能谱。这一能谱与以前的理论预期存在两处偏差。相关结果发表在 2 月 12 日的《物理评论快报》上。

诗

国·当代科技诗词选

104

鹧鸪天·贺我国运-20新一代军用大型运输机列装部队

蔡大营

呼啸一声环宇惊，长天浩浩骞鲲鹏。纵横云外八千里，机动胸中百万兵。

欢重器，启新征。空疆劲旅志成城。任它强霸和鹰犬，天降神兵信打赢。

注：运-20，是中国自主研造的新一代军用大型运输机，代号鲲鹏。2013年1月26日首飞成功，2016年7月6日正式列装人民空军。该机填补了我国大型运输机空白，有效地提高我军的战略防御能力、战略打击能力、战略投送能力。

竹枝词·首只体细胞克隆猴诞生（三首）

徐胜利

克隆猴赞

五载艰辛愿得偿，克隆技术破天荒。

中华开启新时代，要为人民保健康。

孙强赞

进岛登山意若何，只因实验误差多。

九年长与猴为伴，技术前沿奏凯歌。

刘真赞

小岛幽居八九春，细胞移植勇开新。

勤钻苦练终成事，举世惊呼第一人。

注：2018 年 1 月 25 日，中国科学院宣布，世界首只体细胞克隆猴已在中国诞生，成果论文于北京时间当日凌晨在国际权威学术期刊《细胞》上以封面文章在线发表。中国科学院神经科学研究所孙强研究员率领以博士后刘真为主的团队，经过 5 年的不懈努力，成功克隆出两只食蟹猴"中中""华华"，这是世界首例通过体细胞克隆技术诞生的灵长类动物，对于构建非人灵长类动物模型、研究人类疾病等具有重要意义。中国科学院院长白春礼表示，该成果标志中国率先开启了以体细胞克隆猴作为实验动物模型的新时代，实现了我国在非人灵长类研究领域由国际并跑到领跑的转变。

我国人造出首个单染色体生物，致敬覃重军团队

姚泉名

织出单条染色体，真核细胞得新制。

酿酒酵母此联环，人类或可成上帝。

彭铿难敌细胞颓，采补阴阳骨仍灰。

人工已减端粒数，受寿永多理可推。

事功初缘敢猜想，驰心未许限罳网。

更须理性细筹谋，工匠精神足师仰。

沉思试验五年期，惊天创举寰宇奇。

人岂能安天付命，无限可能确无疑。

"超级显微镜"中国散裂中子源投入运行（三首）

徐栋梁

贺中国散裂中子源投入运行

百花园内蝶纷飞，中子源间莫问谁。

一鉴洞明微世界，炎黄十亿尽舒眉。

赞"超级显微镜"下的科学家们

大千世界总存疑，火眼从来格物知。

赤子不为中子弃，神龙自古探微奇。

欣闻中子源解决"卡脖子"问题

百载师夷以制夷，一重枷锁一重悲。

解开脖上含羞卡，试看雄鸡啄米时。

嫦娥四号首次实现人类月背软着陆礼赞（三首）

胡均华

一

一梦千秋屈子问，嫦娥四度探蟾宫。

仙人玉桂寻常见，今日寻幽后殿中。

二

追梦飞天势若虹，鹊桥中继迥途通。

欲窥桂殿真面貌，绕月嫦娥顾盼中。

三

圆梦天河春正浓，幽冥秘邃现真容。

心牵故里传消息，玉兔撷珍行色匆。

类脑芯片有"天机"

黄金辉

信息时代起烽烟，占位抢滩信息战。

信息战呈白热化，竞争焦点在芯片。

休言我国起步晚，商用芯片有短板。

弯道超车上顶峰，尖端领域声名显！

国际大刊名《自然》，中国论文占封面：

类脑芯片号"天机"，异构融合创新版。

当前芯片分学科，计算、神经两边站，

"天机"二者熔一炉，高能低耗精准算。

随之发布短视频，无人单车赢赞叹。

自掌平衡随判断，掉头加速过门槛。

遇到障碍绕弯行，追得向导满场转。

动态感知超级萌，类似人脑有灵感。

研究中心在清华，施路平挑千斤担。

联合协调七院系，交叉学科优势现。

计算机与神经学，异构网络模型建。

七年攻关步步难，夜以继日熬红眼。

寻求突破闯新路，研制二代三阶段。

时至二〇一九年，十大科技新闻第四件。

孵化公司号"灵汐"，欲将类脑科技传输遍。

为国争光凭实力，走在世界前列遂宏愿。

欲知类脑王中王，须将芯片认端详。

芯片本质半导体，集成电路共担当。

放大芯片麻麻密，晶体管道布上方。

一根引线连内外，电子设备之胸腔。

内中心脏即芯片，纳米晶管九回肠。

平方厘米指甲小，亿万晶管紧排行。

以往控电靠机器，以电控电半导体。

半导体由硅衬底，左右"源极"与"漏极"，

二极中有电能量，控制按钮名"栅极"，

加压栅极开通道，"电子时代"即开启。

电子器件芯片奇，千回百转路不迷。

智能手机银行卡，密码掌控免危机。

人人皆有身份证，内存芯片裹外衣。

完美载体神附体，超强根柢凤来仪。

常规芯片已称雄，类脑"天机"鱼化龙。

机能机警动如兔，机变机锋气若虹。

良机靠人非天赐，天机云锦秀寰中。

智能种收粮菜果，自动驾驶陆海空。

手术刀尖睁慧眼，太空舱外显灵通。

凡有类脑芯片赋能处，自然社会人类展新容！

注：2019 年十大科技新闻报道。我国开发出全球首款类脑芯片。

由中国科学家"首次验证远距离双场量子秘钥分发"带来的遐想

李世明

由来天地造化功，上古神谈始未穷。

掣电驭云何所恃？扶摇八极翼鲲鹏。

三十三天混元里，光丈深空无见底。

白驹过时转巨轮，陆压鸿钧惊不已。

忽报菩提引佛门，一花一叶蕴乾坤。

珠露虽微涵四象，尘沙渺极衍大成。

无穷无尽亦如此，至微至细到量子。

量子纠缠欲辨时，夸父腰间金钥匙。

逐日功成问有谁？量子分发探幽微。

二十余年坚一诺，苍颜鹤发报春晖。

迢递征途未敢忘，密钥分发论短长。

微观可控凝心血，一剑昆仑初试芒。

拔剑东方四望孤，汉家风范岂虚无？

西方末路烟消处，大国风华正在途。

位卑斗胆描青史，何妨墨蘸黄河水。

页页翻来血脉张，日月星辰皆量子。

量子遥相势未消，心心相映暮与朝。

凡夫欲与嫦娥约，密钥分身便是桥。

一桥如电亦如丝，八荒八极秒通时。

神兵幻化无穷尽，首战封神天下知。

中国科学家首次解析非洲猪瘟病毒结构

鲍海涛

读2019年10月18日《人民日报》,中国科学家解析出非洲猪瘟病毒精细三维结构,助力新型疫苗研发,欣然命笔。

一

非洲遥远苦愁多,百载神医孰奈何?

人患艾滋羞蹈舞,猪传瘟疫杳闻歌。

丛林有则狮为主,雨旱无情泪作河。

八戒欲除孙辈劫,钉耙徒弄水中波。

二

取经信息万千条,庆幸东方有舜尧。

解析三维凭巧手,分离四象搭金桥。

显微镜下原形露,结构图边羽扇摇。

往日西游成大话,求神不复纸来烧。

发现70倍太阳质量黑洞（古风三首）

余国民

仰望星空

金秋佳处在中秋，一轮明月悬苍穹。

人言月中有嫦娥，想见嫦娥影朦胧。

又言吴刚正伐桂，桂香缥缈已随风。

传说虽美人何在？毕竟无缘与之逢。

南斗已没北斗斜，月且从容星已寥。

只见银河流玉宇，未知何处是鹊桥。

阴阳晦明朝夕转，一篇《天问》撼九霄。

教科书上说黑洞，解秘星空愿非遥。

星星与黑洞

秋风春雨年复年，月圆月缺星光灿。

人生常怀百岁忧，星月由来最长远。

动辄便以光年计，宇宙空间太浩瀚。

恒星行星又流星，黑洞原为恒星伴。

黑洞引力无穷大，逃逸速度快于光。

时空领域不均匀，弯弯曲曲又深藏。

星际云团寻轨迹，相对论中觅良方。

万古难题终有解，人类智慧何其强。

发现新目标

天体运行有周期，探索星空无止境。

报道国家天文台，奋起攻关又获胜。

有镜望远观奇妙，名曰元人郭守敬。

发现特大新黑洞，提供巡天新途径。

黑洞照片已问世，宝女座中形椭圆。

距离地球应不近，超过五千万光年。

黑洞之中有黑洞，近期喜讯又频传。

精勤不倦砺远志，开创探天新纪元。

我国水陆两栖鲲龙飞机海上首飞成功

叶宝林

半面飞机半面船，张帆作羽问何仙。

鲲龙料是龙王子，入海翻能上九天。

注：水陆两栖飞机获列 2020 中国十大科技成果。

付巧妹揭开中国史前人群迁徙与族源之谜

周贤望

题记:付巧妹,女,1983年出生于江西共青城的中国科学家。主要从事古DNA研究,通过共同开发和延展应用创新的古DNA实验技术,从遗传学角度深入探索人类及其伴生物种的起源与演化历史,已经走在国际相关科研领域的前沿。

群居山洞与丛林,辗转冰河岁月深。

人类史前迁徙路,引来多少好奇心。

不知我从哪里来,安知我又是何人?

族源之谜终须解,人归何处要追寻。

田园洞里搜过往,白石崖中考遗存。

多项发现填空白,终极追问震古今。

尼安德特人已绝,却与今人曾混血。

丹尼索瓦人踪灭,古基因里留故辙。

今人古人有何干?基因片段证如铁。

现代人从哪里来?一支幸存众支折。

人类演化到如今,一切族群同根生。

多少物种已灭绝,唯有现代人独尊。

欲问人往何处去,世人皆知巧妹心。

界门纲目科属种,人与万物永依存。

减字木兰花·成功证明凯勒几何两大核心猜想

星　汉

一

核心猜想，敢向环球开口讲。一个方程，六十年来得证明。

终圆旧梦，数学幕墙能挖洞。研究攻坚，团队朝朝见碧天。

二

论文发表，中外专家都说好。吐气扬眉，解出方程壮国威。

巧寻途径，奥妙全藏非线性。后继高歌，且看微分与几何。

"祖冲之号""九章二号"量子计算原型机研制成功

柳　三

一

既管人间也管天，二维量子已超前。
自从数据编程后，满眼星辰信手牵。

二

量子前沿志不移，遥瞻神算祖冲之。
风云来去乾坤满，正是中华崛起时。

三

引得环球望北京，星云日月拥旗旌。

原型机外空间大，犹待英雄试一争。

注：2021 年十大科技新闻报道。

喜闻我国科学家寻找暗物质领先世界有吟

叶平安

一从炸裂宇寰生，负抱阴阳已失衡。

坐地当知原子重，仰空应有异能轻。

欧洋枉笑分区暗，锗器堪收掘洞明。

四载锦屏磨此剑，天文圣殿我峥嵘。

注：2010 年投入使用的中国锦屏地下实验室，专门为探测暗物质而建。垂直岩石覆盖达 2400 米，是国际上岩石覆盖最深的地下实验室。我国自主设计的实验仪器"高纯锗探测器"，是世界上单体质量最大的点电极高纯锗探测器原型，探测成果推翻了美国和意大利暗物质实验组，近年来宣称"已经探测到暗物质存在区域"的结论。

赞北斗卫星导航系统，赋三绝句

老　闷

封神榜上识神通，法宝争奇各逞雄。
那及太空悬北斗，卫星造福五洲中。

每依北斗望京华，系统新星举世夸。
多少行程不迷失，导航地角与天涯。

几十颗星造上天，一齐围地转圈圈。
神州人与神同步，不信中华梦不圆。

北斗卫星定位

周啸天

深隧穿山高架桥，九州名胜迭相招。
八达四通归定位，驾游若个不逍遥。

浣溪沙·北斗55号星

范诗银

送尔苍天第九层，光衔晕网一河星。不知君眼为谁青。

奔泪终究今夜洗，癫狂何又夙心生。"请跟我走"听分明。

贺北斗三号全球卫星导航系统正式开通

李文朝

北斗导航三号星，服务全球显奇灵。

独门绝技光华夏，五大神功炳汗青。

通信报文清且快，授时定位准加精。

领先国际为人类，命运共同康富宁。

注：北斗三号全球卫星导航系统（简称"北斗三号"）共由30颗卫星组成，分别为24颗中圆地球轨道卫星、3颗地球静止轨道卫星和3颗倾斜地球同步轨道卫星。该系统提供两种服务方式，即开放服务和授权服务。2020年6月23日，北斗三号最后一颗全球组网卫星在西昌卫星发射中心点火升空。7月31日上午，北斗三号全球卫星导航系统建成暨开通仪式在北京举行，习近平总书记出席仪式。2021年3月北斗三号系统正式开通以来，运行稳定，持续为全球用户提供优质服务，系统服务能力步入世界一流行列。

贺北斗三号卫星升空

李文朝

长征三甲又升腾，北斗导航同步行。

封锁图谋终破局，竞争执策赖更生。

全球定位时方准，咫尺成图经纬明。

布子棋盘成四气，收官定式看新星。

建军节前夕观北斗三号开通仪式喜赋

何小平

科技兴军作指南，国强何惧虎眈眈。

扬眉且喜东风五，霸气还看北斗三。

一箭穿云惊玉宇，双龙出海向深蓝。

金戈只为和平枕，崛起尤防饕餮贪。

注：2020 年 7 月 31 日，习近平总书记在人民大会堂庄严宣布：北斗三号全球卫星导航系统正式开通。这标志着北斗事业进入到全球服务新时代。开通以来，系统运行稳定，持续为全球用户提供优质服务，开启全球化、产业化新征程。东风五：即东风 -5 弹道导弹，是中国人民解放军火箭军装备的一型洲际弹道导弹，是中国威慑美国的主要战略武器，在 2019 年 10 月 1 日中华人民共和国成立 70 周年阅兵式上，作为战略核导弹武器受阅。双龙：双航母，辽宁舰、山东舰。

中华北极村夜观北斗七星兼咏北斗卫星导航系统

王国钦

仰望苍穹何处家，蓝霄大杓七星斜。

春秋四季明方向，经纬全球量海涯。

昨夜初心朝北斗，明朝使命系中华。

导航网格参微妙，万里同君品酒茶。

注：①北斗星俗称杓子星，由天枢、天璇、天玑、天权、玉衡、开阳、摇光等七星组成。在中华北极村，有"北斗七星桩"景点。

②颔联上句：古人根据北斗星初昏时斗柄所指的方向来决定季节——斗柄东指，天下皆春；斗柄南指，天下皆夏；斗柄西指，天下皆秋；斗柄北指，天下皆冬。

③颔联下句：我国已组建完成的北斗导航系统，是世界范围内继美国、俄罗斯、欧盟之后的又一个定位卫星导航系统，可在全球范围内全天候、全天时为各类用户提供高精度定位、导航、授时服务，已具备短报文通信能力，并与137个国家签订了相关合作协议。

④尾联上句的"导航网格"，指北斗导航圆形标志上的网格化地球，代表了我国卫星导航系统"开放兼容、服务全球"的文化内涵。

北斗导航系统建成放歌

宋彩霞

中国北斗是巨龙，中国北斗是高峰。

中国智慧是北斗，世界北斗全兼容。

名副其实多面手，定位系统连环扣。

独门绝技客青睐，一流北斗跨界走。

上天可揽九天霞，入河能捉小龙虾。

精密定点还定位，导航事业看中华。

地球静止三星朵，中圆轨道廿四颗。

同步轨道范式新，混合星座特色火。

集成设计真神奇，通信一旦失效时。

北斗短报可传递，国际搜救第一支。

自主建设新风采，北斗应用又海外。

造福人类至全球，多边合作新时代。

中国方案中国情，独树一帜世界行。

各国共享此成果，卫星圆梦任纵横。

注：2020 年 7 月 31 日北斗三号全球卫星导航系统建成暨开通仪式在人民大会堂举行。习近平总书记出席仪式，宣布北斗三号全球卫星导航系统正式开通。中国向全世界郑重宣告，中国自主建设、独立运行的全球卫星导航系统已全面建成，中国北斗自信开启高质量服务全球、造福人类的崭新篇章。

中华北斗歌

师 之

星河浩瀚星斗明，七星联袂导航程；
山川大海茫茫夜，北斗横天点亮灯；
古贤观天善总结，夜观北斗方向清。
人类纷纷太空走，神州智慧显身手；
航天科技大攻关，卫星组网称北斗；
昔日银河看仰天，今过银河惊回首。
通信报文云快递，导航测速授时启；
动态分米静厘米，精准定位谁能比？
新兴庞大产业链，军事民用和科技；
智能交通与农机，灾害监测输燃气；
大国重器护和平，领航人类共同体。

遥听顺风耳，遥望千里眼；

神话曾神往，如今全实现。

数据无遗算，恢恢天网张；

数字中国星，北斗照无疆。

宇宙任翱翔，科技翅膀长；

扶摇九万里，与君共此觞。

合作兮如兰，扬扬兮幽香；

采采兮佩之，共赢兮四方。

我欲举杯邀来吴刚与明月共饮，

且挥北斗挹酒浆来不厌多；

同倾北斗滔滔酹此银汉波；

共看嫦娥长袖起舞伴我朗吟高唱北斗歌。

第三篇
科技综合

鹧鸪天·赴兰州飞机中

章士钊

一瞬人如片叶浮。要从西北见神州。回头下望人寰处，乘兴堪为万里游。

云外日，陇边秋。金城依旧枕黄流。山如牛背偏多骨，田似鱼鳞不见畴。

水调歌头·天问

胡先骕

能聚是为质，质散乃为源。阴阳交互翕辟，即此衍坤乾。至大极于无外，至少入于无间，穷理竟茫然。未始作何状，搔首问苍天。

恒沙劫，千百万，计光年。宇宙兴光沤灭，遑问几桑田。宏观微观等量，凭我智珠在握，法界任探元。一念摄无有，弹指现华严。

观测日全食

张钰哲

春回大地海无边，卅载光阴弹指间。

南国欣逢旧游地，春城重见朗晴天。

畴人本已观乾象，游客仍能事科研。

二丸互掩神州暗，光明再放正途宽。

飞京参加中科院第四次学术委员大会

苏步青

退居二线复何为？腰脚犹轻任所之。

不上匡庐观日出，欲横东海附机飞。

天涯亲友应惊老，咫尺家山未赋归。

安得教鞭重在手，弦歌声里尽余晖。

水调歌头·太空世界

顾毓琇

东海几时有？赏雨问清秋。太平洋上飞渡，一霎太阳周。举首苍天无极，纵目琼云朵朵，日月任沉浮。浴日看奇景，新月悬如钩。

射卫星，窥地面，照月球。太空探索，人类于此建鸿猷。不必呼风唤雨，尽可腾云拨雾，控制若轻舟。大气千钧重，水调万丝柔。

宇宙的辩证

张伯声

万物合合成宇宙，宇宙分分成万物。

小变大合而为一，大变小一分为二。

分而不离离不分，分分合合合又分。

变化有道分经纬，亦分亦合随自然。

不同学说各有志，有同存异终必兴。

有错必纠合理争，有理不争万物空。

垂向水平不结合，天地学说不能通。

东方道理多辩论，缺乏对面无以行。

新天问

李国平

生命从何来？化学深化验其真。四种力语不清，统一场待智慧人。陨星落地狂尘起，遮天蔽日恐龙死。控制气候谁其首？灾难将出狂人手。自然平衡谁能容？无序易变人所钟。智力还从脑中来，不识人脑良可哀。细胞构成生物竟如何？癌症与此同枝柯。太阳能，光合作用因之生。类人猿焉能进化成为人？太阳系外太阳多。外天有否人类住？死亡若是不可必，时间奈何不重一？宇宙何生复何卒？

注：四种力指重力、电磁力、核力、弱力。

水调歌头·航天精神之歌

田　遨

中华千古梦，今日果登天。喜听英雄谈笑，天外报平安。往返太空轨道，六十二万公里，赛过大鹏抟。航天精神好，亿众为狂欢。

修月斧，闹天棒，探星船。更有飞天现实，激励共登攀。试把银河倒挽，化作普天霖雨，飘洒遍人间。我亦欲飞去，一览九霄宽。

念奴娇·紫金山天文台成立五十周年

王绶琯

石头城上，望钟山，几颗明珠璀璨。昔日余郎风韵在，错落司天庭院。眼底山河，梦中风雨，五十年光换。高朋齐集，相邀共探云汉。

还记百废初兴，张孙陈李，要把羲和挽。桃李满园春四溢，香遍沪昆京陕。张令遗章，郭公旧制，待见新篇撰。长空极目，江光山景无限。

玉交枝·科学与想象

吴硕贤

环形山脉，围绕圆坑地台。荒凉满目无生态，缺水气，失雾霾。

蟾宫桂殿连玉阶，吴刚玉兔姮娥泰。想象清光月魄，渲染传奇色彩。

画堂春·赞中国珠峰高程测量
登山队八人成功登顶(通韵)

田麦久

风疾岩峻踏坚冰，悬坡步步攀登。环球最是近天穹，峰簇云拥。

几度傲临绝顶，今番又测高程。更依北斗指航星，圣火寻踪。

鹧鸪天·今日中国

钟振振

十级风掀百丈涛，泰山一笑对喧嚣。舰巡岛链西沙远，网覆环球北斗高。

天可路，海能桥，动车掣电走惊飙。中华速度今何似？奔月船飞箭在霄。

赋得"诗词颂科技，礼赞新时代"三首

陈连科

（一）

龙吟虎啸韵铿锵，俊彩星驰大纛扬。

浩浩清流盈泮水，巍巍岳麓壮门墙。

春风骀荡衍文脉，粤海沧浪起凤凰。

翘首神州天独厚，万千杞梓正苍苍。

（二）

筚路崎岖不畏艰，披荆斩棘敢为先。

气吞四海惊心浪，势贯三山盖世篇。

硕彦披肝携杞梓，雏鹏放胆跃云天。

拼将十万掣鲸力，誓把旌旗浩宇悬。

（三）

多少仁人抛碧血，百年赢得万年基。

劈开天地惊雄鬼，扭转乾坤醒睡狮。

每闯太空修玉殿，屡穿广宇展英姿。

吾侪喜作甘棠颂，倾吐心中肝胆词。

踏莎行·易学与科学玄想

师　之

太极追寻，昆仑探测，茫茫宇宙能穿越？春风引力浪千层，冬云暗物寒无色。

头顶星空，心中道德，人间万象何由彻？三生万物化无穷，阴阳交泰恒分蘗。

注：2017 年 12 月 24 日，参加国际易学联合会邀请天体物理学家在北师大哲学院举行"引力波·暗物质"学术沙龙，赋此兴感。

引力波遥想

观音柳

石破天惊起浪波，涟漪几道意如何。

光经黑洞辉难见，彗扫苍穹尾慢拖。

火箭穿云逐夸父，神舟载梦问嫦娥。

初开宇宙知何力，轨道谁推日月磨。

注：所谓引力波，在物理学中被指时空弯曲中的涟漪，通过波的形式从辐射源向外传播，这种波以引力辐射的形式传输能量。爱因斯坦一个世纪以前，用相对论首次提出了引力波的预言。2019年中国首颗空间引力波探测技术试验卫星"太极一号"完成在轨测试实验，成功验证了引力波存在。国际上首次实现了射频离子和霍尔双模两种类型电微推技术的全部性能验证，研究成果有了新突破。

2021年12月，中国科大团队发现了婴儿宇宙处在高能物理的"沙漠"能区时，存在原初引力波共振的非线性理论现象。这个新结果可以为国际原初引力波探测实验建设提供重要科学目标。引力波是二十一世纪人类重大科技发现。

咏中科大量子攻关团队（通韵）

郭通海

探索无穷尽，奇峰万仞肩。

胸襟藏宇宙，睿智破谜团。

量子犹能驯，隐形方可牵。

单光穿世界，诡异演屏前。

光子赢天下，王国聚俊贤。

时空无止境，科幻梦陶然。

注：2015 年，中国科学技术大学潘建伟院士及其同事组成的研究小组，在国际上首次成功实现了多自由度量子体系的隐形传态。创造性地发展了多项新颖的多粒子多自由度的纠缠操纵技术，巧妙地设计了利用单光子非破坏测量技术实现自旋和轨道角动量多自由度贝尔态测量的新方案。

坐高铁有感（怀古二首）

钱志熙

（一）

一路缩来一路长，江山万里我身量。

神仙方术原如此，始信人间幻愿偿。

（二）

不是神驰身实驰，江湖魏阙共兹时。

始知假物存真理，荀学精深应再思。

乘京沪高铁南下有感（通韵）

麦　青

晨别京冀下平川，三月春阳送旧寒。

满目新苗追柳绿，清茶一盏到江南。

【南黄钟·啄木儿】题宇航员空中看地球升起照片

吴凯春

银盘大，温玉轻，大地深蓝手上擎。月魂枕畔九十旬，铁袍袖里三千顷。当年守桂沉香馨，今朝登顶沉幽暝，只有金乌最热情。

【正宫·醉太平】赞南海蛟龙解放军护卫舰

孙树发

官兵抖擞，机舰航游，国之重器护神州，虎威士起。

铁军队伍先锋授，南疆领海红旗绣，蛟龙潜水放歌讴。长安大谋。

核潜艇咏叹

刘庆霖

以水埋身在大洋，下潜姿势带幽光。

轻眠不进港湾浅，散步曾量海底长。

核子鱼雷岂患虎，国家龙杖只防狼。

未愁黑夜独行远，自有爱绳通曜乡。

【正宫·醉太平】赞防疫机器人

骆琳玲

穿行赛场，检测长廊，送餐清扫恁般忙，身兼数岗。

大厅消杀能移障，宿区导步堪轻放，超标警示避心慌。功高入榜。

机器人触觉识别实验致谢盲人志愿者

倚　云

苍天从未设盲区，休说聪明休说愚。

无色彩时通智慧，有心境处感欢愉。

浮华删却周遭静，浅薄终教万象无。

我与诸君同探索，前程何惧路崎岖。

致辽宁舰女兵战友（新韵）

高立元

重洋苍莽起长城，不让须眉浪上行。

万顷波涛犁岁月，四时风雨励人生。

舰为战友深深爱，海是家乡脉脉情。

绿色年华蓝色梦，青春无悔嫁辽宁。

赞陈薇团队研发冠毒疫苗成功

陈廷佑

决胜萨斯知大名，非洲驱瘴救苍生。

中枢挥剑指荆楚，丹室攻关奋甲兵。

莫谓疫苗惟盾橹，敢伸臂膊请云樱。

扶倾挽倒谁担得，国有雄师复有卿。

玉女摇仙佩·摘星

魏凤洲

银河望断，冀盼神舟，稚女痴痴思母。紫宙天波，频传遥语，许诺摘星三数。半载离情苦。羡云随月伴，太空家墅。可知否、今朝快乐，生日歌谣六岁欢度？倾心血缘亲，碧宇人间，翩跹漫舞。

须借广寒桂酒，祭洒千秋，约会嫦娥移步。俯瞰红尘，萤光灯火，觅得乡愁何处？总把娇娃顾。且偷换、玩偶瞒欺蟾兔。更巧取、瑶琴百谱，童声诵唱，教弹贤庑。归航路。东风焕发英雄树。

临江仙·科技壮行囊

宋延萍

深海沟中探秘，重霄舱外摩星。百行发展国安宁。回眸成历史，迈步忆曾经。

致富攻坚圆梦，高科确保温馨。担当双百济苍生。前瞻花烂漫，羽檄壮行程。

科技礼赞

陈相飞

筑梦中华豪气壮，复兴大业共担当。
上天入地寻常见，流马木牛昼夜忙。
亘古神魔传志怪，于今科技著真章。
蛟龙出海波澜阔，稻下乘凉金谷香。

国家最高科技奖

郑福太

雁门日暖九州荣，函谷天开道至明。

回望塞途心一贯，来寻春色路千程。

今朝振羽冲云嶂，异日登峰展旆旌。

世有英才三阵列，雄关百二待鸿征。

满庭芳·赞科技兴邦

毛得江

航母巡洋，嫦娥揽月，屡闻喜事重重。潮头勇立，击浪自从容。百业拿云赶日，兴科技、改革腾龙。朝前去，征程再续，潜海驭长空。

初心登胜境，臻圆国梦，散尽烟烽。但见得，河山画卷无穷。此际豪情激越，皆交付、绿酒杯中。佳期待，人民幸福，大纛更燃红。

临江仙·题地质科学家

刘能英

地震时移无定处，几回绝地奔跑，几回扭背与伤腰。几回灯影下，挑战到通宵。

也有妻儿兼父母，也曾思念难熬，不曾放弃不曾抛。沙丘风借力，峰顶树新高。

参观电脑芯片生产车间

胡迎建

设计都归程序中，结晶密缀幻迷宫。
得窥操作三机动，奇诧集成万路通。
光刻涂胶微有膜，存储传导细分工。
常开电脑观屏幕，此后当知芯片功。

注：这种芯片里边有二极管、MOS 管和三极管；工艺制作成基极和发射极连接起来以三极管的集电极作为二极管的形式。神奇在一张小小的芯片，光刻涂胶，密缀上万电路，用以存储传导。

己亥夏日参观西昌卫星发射现场

江　岚

乘雷驭电别神州，又向青天作壮游。

百尺高台送行处，苍山十万共凝眸。

闲咏手机（新声韵）

于建奎

五寸身长两寸宽，寻常样貌却非凡。

闲从帷幄闻天下，不过拈来弹指间。

赞科技兴农：抖音直销山桃

李建春

二妹又逢欢喜日，山坡如醉映桃红。

眼望一树寻常果，借得抖音便不同。

注：目前，各级党委政府，在乡镇搭建科技公益服务站，帮助指导乡村"营销服务"，"互联网＋农产品"出村进城已成为新常态。

砀山乡兄玩抖音

宋善岭

手机高举用情深，直播村前果树林。

梨满枝间多得意，瓜藏叶底待知音。

东风足使花如锦，春雨能教土化金。

面对镜头还笑说，穷根拔去好开心。

贺河北省诗词协会网络培训

姚崇实

网传风雅九州闻，丽句清词日日新。

家国情怀充宇宙，一声吟唱海天春。

注：为加快中华诗词与现代科技的融合发展，持续推进河北省诗词协会各地社团网络平台建设，有效推进《"十四五"时期中华诗词发展规划》"网络联动共享工程"的高效落实。河北省诗词协会于2022年3月26日、28日连续两次召开网站建设技术培训会。会议以腾讯会议的形式举行，第一次培训主题为"河北省中华诗词学会网站个人云服务培训"，第二次培训主题为"河北省中华诗词学会网站社团云服务培训"。

扬子石化

蒋光年

扬子江边石化城，创新大业若龙腾。

风情最爱黄昏后，日月同辉十万灯。

注：扬子石化以科技创新为抓手，多个项目领跑世界，已呈现出"日月同辉十万灯"的繁荣景象。

放歌最小直升机

罗　辉

金猴拔出一根毛，抛向云天试比高。

纤指遥牵蜂蝶舞，长城直面鬼狼嚎。

穷追世代千秋梦，砥砺人间万古刀。

穿透烟尘观大海，深蓝映日响奔涛。

华为格局

黄建成

幸有真儒挽大弓，嚣尘混沌辟鸿蒙。

卧薪暗使洪荒力，授剑诚然君子风。

卓识开源谋远策，虚怀着意事专攻。

凭高汲取宝书智，统领经营效泽东。

临江仙·武汉市科学技术馆

段　维

目测白云黄鹤，胸罗万象千奇。梅花一笛电光磁。蛟龙探海穴，玉兔舞虹霓。

直面美风欧雨，敢教桑换星移。海天大幕作传媒。刷新中国梦，重塑汉唐碑。

赞广州海洋地质调查局

廖佑浩

中华地质好儿郎，万里汹波显技长。
瀚海采冰惊世界，极洲科考傲同行。
深蓝勘测鸿图展，陆架详查硕果香。
笑对征途多险阻，同心砥砺任翱翔。

临江仙·中国天眼

邓雄勇

为探苍穹神秘事，辨清广袤流光。平塘射电世无双。中华天眼建，宇宙地罗张。

捕捉磁波搜影像，脉冲开启新航。外星生体觅端详。太空应望远，科学要雄强。

注：平塘，我国天眼建在贵州平塘县喀斯特洼坑。

【南吕·金字经】海域强军国梦圆

涂印平

航母巡洋舰，潜艇深海穿，华夏强军国梦圆。欣然，卫星北斗联，波涛碾，巨龙长着鞭。

2020年夏至日金边日食千载奇观

付筱羚

追日思夸父，云图幻百般。

中华迎夏至，日食动尘寰。

谱演兴科学，巡回望镜颜。

金边姝艳目，千载景重还。

清平乐·天问探火（新韵）

张学丰

苍穹浩瀚，目断云河璨。飞赴火星征漫漫，天问披霄决汉。

玉宇敢揽群星，千年梦指太清。龙跃乘云雾霁，神州如日方升！

中国空间站

黄建香

驭舟仁士入鸿天，万里晴空泛紫烟。

风度嘉音传宇宙，旆含丹景猎云川。

星池结屋青蔬绿，月邸通航绮梦圆。

寄语陶公绝今古，银河深处可耕田？

古风·柬嫦娥

卢象贤

闻我中国女，从来重归宁。

焉有若汝者，一别数千龄。

昨夜文昌县，海碧天亦青。

火箭呼啸起，送客来上庭。

安彼轨道器，一日数巡经。

放彼返回器，展示黄五星。

取彼广寒土，带回出阁厅。

奇迹有面貌，当为弹道型。

奇迹有颜色，应知裹红冰。

嫦娥速归来，随我下苍冥。

故乡春在望，春来花自馨。

故乡力已大，科技比药灵。

故乡多进步，步履不曾停。

寂寞如许久，岂可不详听。

航天圆梦

于隐墨

蜃海仙洲久探寻，烟虚流紫动尘心。

三星先觉辨真幻，万象幽参交古今。

拂鬓灵霞随日渺，比肩明月过云深。

青龙一振御无极，从教太虚聆汉音。

天工颂（新韵）

玉俞

天行北斗度婆娑，物外神舟更相和。

飞鸟层云惊万户，玉蟾环桂叹嫦娥。

人间百战存一梦，陇上孤征起九歌。

历尽千年精此术，今闻智巧粲星罗。

蝶恋花·航天

刘献琛

帝所清都浮宝殿，仙阙云衢，幻境千秋叹。河汉盈盈清且浅，浮槎万古谁曾见？

翔宇航天今已惯，华夏神舟，几度环球转。夕夕星桥牛女盼，嫦娥待了还乡愿。

载人航天工程

赵焱森

梦思奔月咏嫦娥，日日长怀一曲歌。
科技兴邦功在党，英才酬志品为模。
无边浩宇丹心照，多少难关奋力过。
遥望彩虹天际上，飞舟载客渡银河。

卜算子·咏三位航天员太空科考

田麦久

瀚宇又神舟，风火飞轮转。直上昆仑百万寻，携手三人伴。

安寓细研思，马尾朝天辫。闲雅星空信步行，再把亲朋唤。

行香子·太空讲课

徐人健

一课传奇，千载玄机。天宫站、几度施为。珠连双璧，冰释三围。看杯中水，手中术，眼中迷。

章章精典，声声惊喜。算而今、岁月轮回。巡天一梦，亘古相依。有远山高，巴山峭，凤山随。

赞神舟十三号太空课堂

荀德麟

万里遥空设课堂，天师何必鹤鸣张？

咳珠唾玉酥酥雨，浴日淘星滟滟光。

无极慧心开玉宇，外星灵物获甘棠。

童心多少春之梦，竞化苍穹火凤凰！

水调歌头·遨游太空后千年古莲重现

温贵君

相约普兰店，荷角正尖尖。千年种子重现，化作古莲园。指点红红火火，避让卿卿我我，一步一缠绵。蛙阵听喧闹，蝶影舞翩跹。

未曾想，游广宇，坐飞船。太空圆梦，终把心愿付尘寰。好个芙蓉仙子，醉了风流雅士，惹得故乡怜。缱绻云前月，荡漾水中天。

注：20 世纪初，在普兰店东郊发现了古莲子。2008 年普兰店 100 颗千年古莲子，随着神舟七号飞船踏入了浩瀚的宇宙之中，而后，千年古莲在故地发新芽并开出花朵，震惊世界。

观神舟十三号返回直播

白雨庐主

降落伞中开画屏，核心舱外喜相迎。

春风四月不如你，灿烂笑容镶北京。

观神舟十四号三名航天员核心舱工作

李建春

一箭升腾遨九霄，三英赴会竞天骄。

参差星映空间站，深浅霞流梦里谣。

仿佛凤凰追日落，依稀骐骥驾云飘。

我求生翼同舱渡，共架银河桥上桥。

注：2022年6月5日17时42分，神舟十四号成功对接于天和核心舱径向端口，三名航天员依次进入天和核心舱，按计划开展相关工作。

致敬北斗天团

黄石绿

星辰大海竞豪雄，廿六征程北斗功。

定位授时横四宇，天团织网到遥穹。

颂北斗卫星路

林逸亮

经纬纵横网，银河缥缈空。

云层先预警，轨迹可防风。

浩瀚窥天下，迷茫航海中。

神舟通异域，定位立奇功。

贺空间站——献给党的二十大

何云春

红霞紫气彩云间，翠染江山傲宇环。

雁阵凌空迎旭日，鲸群破浪起斑斓。

筹谋万事从长计，细划三分莫等闲。

纵贯神州龙脉在，高天眺览越雄关。

《航空航天诗史》编竣感赋

韩倚云

不赋登天难上难，但凭丰翼探高寒。

虚空境界通真理，失重时分见大观。

宇宙混成宽似盖，星球游荡小如丸。

好诗也借东风力，飞入云霄硬语盘。

《陈懋章自传》读后呈院士

倚　梅

汗水凝成字字金，先生踪迹见浮沉。

风云踏处经中外，道路开时壮古今。

万顷杏坛长远眺，高空明月漫追寻。

后生倍感叮咛重，仰望繁星到夜深。

《礼赞北斗诗集》出版志庆

赵安民

为喜迎二十大召开，由中国卫星导航定位协会组织征集选编礼赞新时代北斗精神的旧体诗词曲赋与新体诗歌的精装版诗集，2022年9月由中国书籍出版社出版发行。

北斗精神最可歌，众星联袂布天罗。

创新自主消人瘦，卓越追求答问多。

赋就群公精创作，书成三审细研磨。

神州故事添新卷，破浪银河起浩波。

注：北斗精神是中国航天人"自主创新，开放融合，万众一心，追求卓越"的新时代精神。答问，回答屈原《天问》之问。

念奴娇·读《时间的形状——相对论史话》（新韵）

王革华

大千世界，妙而奇，岂止云舒云卷。雨去风来多叵测，唯有光行一贯。空域收缩，时间膨胀，能质相交换。孪生孰老，宇船孰快孰慢。

举目穹海茫茫，星移斗转，天界何其远。何处幽幽寻引力，谁令时空弯转。黑洞白虫，倒流岁月，脑眼昏花乱。都由他去，且听交响弦管。

参观两弹城

东阿王

大路迢迢小路分，普通房舍树奇勋。
并肩将士能通力，聚首精英迥出群。
霹雳腾空追白日，蘑菇拔地裂红云。
深山远在无声处，石破天惊四海闻。

贺新凉·祁连山人工降雨

杨纪珂

白雪寒峰积。望祁连，冰川闪烁，铁山重叠。自古玉门关上路，难觅春风踪迹。但碛石愁堆戈壁。安得鲸喷泉万股，化黄沙千里平芜碧。新地貌，看今日。

红旗挥送冲霄翼。撒长空，碘银点核，冻云凝集。洒遍陇中阡陌土，叶叶枝枝露滴。喜牧草轻滋慢浥，绿水漫萦秦塞曲，倩东风度入江南色。时雨降，歌随笛。

满庭芳·贺我国成功发射定点通信卫星

祖保泉

拽火腾空，排云触月，看它天际停留。是谁遥控，霄汉便通邮。敢倩嫦娥按指，红灯闪，信号光柔。还听得，张王二老，万里说风流。

风流偏不说，穿山引水，凿海喷油；也不说村农，竞筑城楼；却说瓜乡哈密，瓜熟了，再话绸缪。真风趣，纵情谈笑，大业祝千秋！

再次发射澳星成功

曾光葵

前事无忘后事师，澳星喷薄疾雷嘶。

一丛火帚银霄扫，万吨力神金箭驰。

千辖衣冠瞻盛景，五洲音象耀雄姿。

九天增缀南箕座，电讯传真此宿奇。

金缕曲·黑洞之声遐想

潘　泓

来处无寒暑。那鸿蒙，泪珠溅起、悄然谁主。沉静池塘微澜漾，相惜相依相舞。不必问，粉身何苦。爱到难分成热烈，这般痴，直让神仙妒。从此后，长看顾。

尘寰已有倾听处。听那声，盟山誓海，耳边轻语。途远怜从光年计，仆仆风尘行旅。倏尔里，了忘今古。携得沿途无限事，向吾人、漫把幽思诉。吾感动，尔知否。

庚子疫期读《黄帝内经》二首

师 之

疫期居家，欣闻中医发挥巨大抗疫效用，取中国书店雕版刷印线装旧书阅读以增智启慧。

一

宣纸线装藏旧经，右翻竖阅点头轻。
上工未病循天道，燮理阴阳气血平。

二

华夏文明喜复兴，中医钥匙手中擎；
疾风劲草真经在，宝库门开举世惊。

注：《习近平致中国中医科学院成立60周年的贺信》："中医药学是中国古代科学的瑰宝，也是打开中华文明宝库的钥匙。"中医药是中华文化复兴的先行者。

浪淘沙·赞中医药传承发展

麦　青

辨证论阴阳，统领八纲。任督本草理圆方。千古人天合一体，济世扶伤。

九域敬岐黄，更续新章。百疴消散佑梓桑。大路前行今阔步，胜举同襄。

中国医学科学院北京协和医学院全功武汉

董　澍

大任任天谁敢死，上医医国自堪当。

常忧患者如亲者，急出渔阳赴汉阳。

照雪长衣班虎变，回春妙手药蛇襄。

立言收治应全早，垂范推行细实强。

不用凭空猜拐点，先着就地起方舱。

封城百姓多痊愈，返旆无人有损伤。

协力江风驱病毒，和衷梦雨布时芳。

悬壶奏凯晴川阁，济世驰援黑水洋。

注：2019 年 12 月 31 日至 2020 年 4 月 27 日，中国医学科学院北京协和医学院作为中国最高医学研究和教育机构，在前后的 118 天里，主要领导视"生命重于泰山"，身先士卒，分头率队，梯次驰援，累计达 233 人，全面参与并圆满完成国家卫生健康委员会专家组、国家援鄂抗疫医疗队、援鄂抗疫医疗检测队、疫情防控专项工作组等任务，实现了"多治愈，零感染"的目标。协和人以"不计报酬，不论死生"之气概，率先请战，向死求生，横刀背水，"誓与病人同进退"，最后收兵，续写了新的历史与光荣。

中国航天日

李金光

何时桂殿住神仙？墨子悟空齐问天。

鸡唱东方红广宇，龙翔凤舞玉衡前。

中国科技之光（七律四首）

萧宜美

东风航天城诗记

丰碑矗立不孤城，客自江南捎热情。

大漠冲腾千丈焰，苍穹悬绕万圆行。

一朝励志勤追月，几代倾怀敢探星。

天梦飞歌豪气阔，东风激荡又长征。

中国北斗

起步苍穹晚一程，任凭坎坷更前行，

银河闯客新张网，大地腾星古用名。

坦荡无形驱霸道，铿锵有义塑公平。

神波陪伴环球福，碧宇琼怀抒远情。

中国高铁

奋进征途当紧追，星霜荏苒显神威。

逢山钻洞千程亮，遇水穿桥万顷辉。

美景匆匆飘快闪，游人静静梦翔飞。

九州动脉张如网，地北天南一日归。

中国华为

有谁今日不知君，打压无常黑手浑。

四面人才收我爱，八方商友送其尊。

蓝天睿雀观云路，碧海精鸿闯浪门。

坎坷征程登顶步，自成一景耀乾坤。

科技赋能深圳行三首

黄丽新

赞深圳机场数字化转型

一屏一网一张图，一副容颜异万夫。

架构由来关发展，平台搭就辟通途。

注：深圳机场实现大安全一张网、大运控一张图、大服务一张脸、大管理一块屏。

参观华为东莞松山湖溪流背坡村

不是大观园里客，还同朝圣队中人。

风情异域诚堪恋，浩气中华弥足珍。

注：该村以欧洲经典建筑为蓝本打造12大组团研发办公楼。

拜访腾讯公司

智慧航空结胜缘，奔波竟日访群贤。

今朝定位居腾讯，消息诗传朋友圈。

白帝江陵皆已建高铁站

阿　袁

万民今日话云山，谈笑凌风越九关。

为报诗仙莫狂喜，今朝千里片时还。

注：九关，谓九重天门或九天之关。《楚辞·招魂》"魂兮归来，君无上天些。虎豹九关，啄害下人些。"

数字科技赋能跨界融合
当代诗词赓续诗国文脉

赵安民◎

2022年5月，中共中央办公厅、国务院办公厅印发《关于推进实施国家文化数字化战略的意见》，提出了我国实施国家文化数字化建设的战略目标、任务及要求。文化数字化，即以文化创意为核心，依托计算机、互联网、大数据等信息技术进行存贮、创作、生产、传播、交易和消费等。国家从顶层设计上规划文化数字化建设，是促进我国文化强国建设的里程碑。

中华诗词作为中华优秀传统文化的核心内容，在中华诗词研究院、中华诗词学会等机构的组织引导下，正紧跟新时代科技经济社会文化的发展步伐健步前行。6月18日，中华诗词学会在中国美术馆举办科技与文创诗词工作委员会成立仪式，并启动与抖音集团合作的为迎接党的二十大召开而举行的"中华科技颂"短视频大赛。这为中华传统诗词当代发展又建立了一个加油站，既提出了强化诗写科技的"科技诗词"内容题材新概念，又将利用数字科技促进当代诗词复兴推进到一个新阶段。

中华传统诗词文化，自五四新文化运动以来，从一度中滞沉寂，转而复苏，进而复兴，今天迎来了初步繁荣的可喜景象。特别是新时代以来诗词发展受到党和政府空前重视。习近平总书记多次强调，弘扬中华优秀传统文化，要处理好继承与创新的关系，要做好创造性转化和创新性发展工作。党的十九大报告把这一"双创"要求与"为人民服务、为社会主义服务"以及"百花齐放、百家争鸣"一起，确定为文化建设的重要方针。

一、诗词复兴的创造性转化

对中华优秀传统诗词文化的创造性转化与创新性发展，大体可以这样分析：当今对古代诗歌经典的研究、阐释、诵读、学习与运用，是"照着说"，是"盘活存量"，可以看作是对中华优秀传统诗词文化的创造性转化的工作；而当代诗词创作与研究、传播运用，则是"接着写"，是"扩大增量"，可以看作是对中华优秀传统诗词文化的创新性发展的工作。

习近平总书记说，学诗可以使"志高昂、情飞扬、人灵秀"。古代诗歌经典经历代传诵，融入血脉，化为基因，为中华民族高扬情志、钟灵毓秀；今天要求我们把古老诗词和当下生活结合，达到创造性转化的目的。"盘活存量"的创造性转化，对我国历代诗词精品进行诠释解读，从传统纸质图书出版，到电视网络新媒体传播，推动了一波又一波的诗词热潮。特别是古代经典诗词借助现代电视、网络传播媒介走向广大受众，丰富的文化视听节目演绎诗词经典，使诗词热持续升温，《中国诗词大会》《经典咏流传》《中华好诗词》等传播古诗词的电视文化节目，在社会上尤其是广大青少年中产生了巨大的诗词普及传播效能。这是当今对传统诗词复兴的创造性转化做得成功的佳例。

其他方面，如近年来，国家日益重视古诗词教育，中小学语文课本收古诗词数量明显增加。学校通过课堂教学和校园活动，以多种方式传承中华诗词文化。中华诗词学会组织成立高校诗词工作委员会，促进高校诗词教研工作。高校举办诗词创作教育与校园诗歌征集活动，全国性、地区性以及高校内活动，活跃繁盛。这些活动多得力于互联网科技优势的支持。这些都是对传统诗词文化盘活存量以丰富当代文化建设的工作，都是历史上不曾有过的具有创造性转化意义的新成果。

二、诗词复兴的创新性发展

诗词"扩大增量"的创新性发展，主要是推动当代诗词创作与传播。2011年成立的中华诗词研究院，对促进当代诗词发展发挥了积极的引导作用。如连续多年来组织专家开展现当代诗词研究，出版每年一卷的《中华诗词发展报告》；相继出版了"中华诗词研究丛刊""中华诗词普及丛书"《当代诗词名家作品精选》等。利用传统方式与新媒体结合，开展线上线下系列活动并出版相关诗词集，如《"毕业季·诗歌季"作品选》系引导高校校园诗词发展的结晶，《古今清明诗词选》《古今重阳诗词选》是引导节日文化回归的诗词成果。2021年为庆祝中国共产党成立100周年，国务院参事室安排以中央文史研究馆名义，由中华诗词研究院遴选一百年来诗歌（包括旧体诗词、新体诗歌和歌词），编成图文并茂的《放声歌唱：诗颂百年伟业》由中国书籍出版社出版发行，该书并入选中宣部"学习强国·好书推荐"进行展销。

全国性诗词机构中华诗词学会，组织当代诗词创作与传播活动付力颇多，如2021年为庆祝中国共产党成立100周年，中华诗词学会组织全国诗词名家分题创作，写出反映一百年来党史人物、事件、成就等的诗词，按时段汇编成大型政治抒情诗词集《百年诗颂》（460多首）。这是诗词创作"创新性发展"的可贵探索。

中国作协《诗刊》社自1957年创刊就一直坚持开办旧体诗专栏，近几年又有《中华辞赋》归其旗下，旧体诗赋比重大大加强。《诗刊》社近几年来融媒体建设取得显著发展，特别是强大的中国诗歌网归其麾下统筹发展，纸媒网络并驾，新诗旧体齐飞，国内国外广播，破圈跨界融通，新时代开启诗歌发展新征程。

全国性大型诗词征集评奖活动"诗词中国"传统诗词创作大赛，由中国出版集团中华书局发起，与中央电视台、人民网、中华诗词研究院、中华诗词学会、中国移动共同举办，举行大型颁奖典礼并出版获奖作品集。该活动两年一届，已举办五届。北京恭王府博物馆每年举办一次"海棠雅集"诗词创作活动，已举办十多年。

省市层面，如湖北省中华诗词学会近十年来联合地方政府成立聂绀弩诗词研究基金会，与中华诗词研究院、中华诗词学会联合组织海峡两岸诗词论坛等系列活动，并出版《海峡两岸诗词论坛文集》《当代诗词曲赋联选粹》《当代诗坛百家文库》《当代田园诗选粹》等系列出版物。又如浙江省规划全省大花园建设十大标志性项目之一的"诗路文化带发展规划"，2018年开始实施，全省着力打造浙东唐诗之路、大运河诗路、钱塘江诗路和瓯江山水诗路等文化带。这不仅是对古代诗歌文化的发掘利用，更有当代诗词的新内容为传统诗词"扩大增量"、踵事增华。

三、数字科技赋能诗词艺术，赓续诗国文脉

全国众多的诗词社团都有自己的微信群与公众号，手机自媒体是移动网络科技赋予诗词创作与传播的重要手段，为诗词唱和、诗词征集、信息发布提供了重要平台。中华诗词学会网站2008年开通，诗词腾飞插上了"两个翅膀"，一个是中华诗词杂志与通讯的纸媒翅膀，一个是中华诗词学会网的"电媒"翅膀。2021年网站再次改版更新，其功能实现发布和传播诗词信息、学习和创作诗词、办理诗词事务、存储诗人词家作品，成为全国诗词工作整体联动系统推进的平台。中华诗词研究院成立伊始就重视互联网的利用，不仅建立网站，在"中华诗词发展报告"等项目研究工作中，还联合搜韵网等公司的网络技术支持，进行相关信息的统计分析。"诗词中国"传统诗词创作大赛，中国移动公司予以网络技术支持，利用当今移动互联网的先进手段进行稿件征集与遴选。

这次中华诗词学会科技与文创诗词工作委员会启动的科技诗词短视频大赛，则联合抖音集团，不仅利用短视频新媒体增强当代诗词传播力，而且具有跨圈层赋能、扩大传播面的意义。科技诗词短视频的制作发布，通过抖音短视频传播，不但满足诗词界、科技界的核心受众的需求，而且激发手机视频大众，吸引圈外粉丝，使受众群发生"自来水"作用，推动潮涌出圈，通过短视频的二次创作打破圈层壁垒。由此体现网络时代参与式文化的特征，号召不同文化身份的受众，特别是激发更多年轻人关注当代诗词文化，关注科技发展，通过线上带动线下，通过当代诗词书写新时代重要题材内容的示范作用，对持续推动整个当代诗词领域的创作与传播起带动作用。

诗词不仅是文学艺术，也是文教文化，更是国学文脉。为了繁荣中国特色社会主义文艺，延续数千年诗国文脉，为中华民族当代与未来建立可持续发展的文化自信，新时代呼唤创作出记录时代、抒写人民、歌颂祖国、礼赞英雄的无愧于时代的优秀作品，创立新时代诗歌新高峰。这些目标的达成，都需要数字科技的支持。这次两办《关于推进实施国家文化数字化战略的意见》的发布，为数字科技赋能诗词艺术，赓续诗国文脉，提供了国家文化战略层面的指导与促进，适逢其时，得其所哉！

2022 年 7 月

作者赵安民（师之）系中国书籍出版社副总编辑，中华诗词学会常务理事兼科创诗词工委主任，北京诗词学会副会长，《中华辞赋》编委，上海大学诗词创作研究院特邀研究员，中国新闻出版研究院书画社社长。

诗词创作与科技文明

韩倚云 ◎

诗是文化的皇冠钻石，是最易接受、最能感人的文化珍品；民族的诗歌是民族文化的璀璨标志，是大诗人惠特曼所讲的"一个民族的最高凭证"。

国际上很多大科学家，尤其是有原创性的科学家，对文艺都有涉猎。如：印度的学者受Srinivasa Ramanujan和Harish Chandra的影响，喜欢数论和群表示论。日本近代数学的几位奠基者，包括高木贞治（Takagi）在内，家里都是精通荷兰学的学者，对荷兰文有很好的认识。他们的文笔流畅，甚至可以媲美文学家的作品。其实除了文艺能够陶冶性情以外，文艺创作与科学创作的方法实有共通的地方。

一、诗词是最精练的科学语言

用一句话概括诗词的特点，是什么？诗词是一种语言（文字）"模型"：以一种最精练的科学语言，用最美好的、最富于高品位情感的，从而又最富于能延拓内涵的语言来表达由"观"而生的人生感悟与人生哲理。诗，同语言的精、美、情不可分割。提到"最精练"三个字，精练到何种程度？精练到一字易不得，如同一个数学模型，每个变量和符号都易不得。众所周知的模型——爱氏著名的能量守恒定律，是造原子弹的原始理论基础。模型的每个变量之间都有一种内在的逻辑关系，如改变其中任何一个变量、任何一个符号，都不再是爱氏"能量守恒定律",此式精练到不能再减少一个变量,不能再减少一个符号。爱因斯坦通过大量科学试验,同时又经过无数次推算、推导,从几麻袋的推算草稿中删繁、去冗而得到此最简模型。此模型的特点之一是"最简",特点之二是"直观"。

再看此模型所包含的特征:第一,此式式合,是自然科学的逻辑关系模型;第二,此式韵美,狄拉克说过:一个方程式美不美比符不符合实际更为重要;第三,此式情真,准确表达能量的本质;第四,此式味厚:内涵丰富,小学、中学、大学读起来都不费解;第五,格高:此模型极为重要,是狭义相对论的基础。

同样,我们的诗词亦如此,王之涣《登鹳雀楼》诗:

白日依山尽,黄河入海流。

欲穷千里目,更上一层楼。

仅仅 20 字,包含了作者丰富的实践经验,经作者无数次琢磨、删减而得到的模型,每个字之间都有内在的逻辑关系。此模型精练到不可再减一字,每个字、每个符号都易不得。而且,也具有以下特征:第一,此作式合,符合五绝格律,平仄合,粘对合,韵脚合;第二,韵美:声色、动静、对仗,铿锵上口;第三,情真:若无真切的情感,断不会观察如此之细;第四,味厚:可反复品味,可无限延拓;第五,格高:境界高,激励人自强不息,奋斗永无止境。因此,此作脍炙人口,流传千古。此诗字少,仅 20 字,特征之一,也是"最简",特征之二,也是"直观"。

同时,诗人发现了一条客观规律:"欲穷千里目,更上一层楼。"发现了这一规律,却无法解释。后人读到此诗时,得到了启发,造成这种现象的原因是:地球是圆形,若地球是立方体,决不会出现这种现象。

通过以上对比，可以认为：每一个数学模型都是一首诗，每一首诗都是一个最美的数学模型。

二、诗词与科学的共同任务是什么

诗词与科学同源于实践，共生于人脑。对客观世界中实践的反映，与对此反映的主观加工，同产于外在世界与精神世界的，不可分割的结合与统一。诗词与科学的共同任务是：用最美、最富有人情的语言（一）认知客观世界、（二）提炼大自然的本质、（三）探索大自然的规律性。

（一）认知客观现实

科学对客观现实的认知表现在：以抽象的定量（数量）的模型或公式，面向某一类事物或现象，从各自的特殊、个性中，概括出它们的一般性、共性；从而在相应的领域中有普适性，并能引导进一步认识、适应、应用乃至改造具体的事物或现象。

同样，类比诗词，也是对客观现实的认知，表现在：以形象的定性（文字、语言）模型，面向某类、某个具体事物或现象。深刻描叙、揭示其某特殊性、个性、侧面；从而在相应的领域中，写出其普适性。因此，一般性、共性寓于特殊性、个性之中，从而留下了广阔的空间，可供想象、思考、品味、领悟、开拓。这也是周啸天先生所谓：写社会题材，要把自己放进去；写个人情怀，要从自己跳出来。如以下诗句：

两岸猿声啼不住，轻舟已过万重山。（李白《早发白帝城》）
无边落木萧萧下，不尽长江滚滚来。（杜甫《登高》）
粉骨碎身浑不怕，要留清白在人间。（于谦《石灰吟》）
待到山花烂漫时，她在丛中笑。（毛泽东《卜算子·咏梅》）

都通过个人的观察和体悟，从不同的角度认知客观存在，由特殊而到描绘出一般，进而延拓。再如：

独怜幽草涧边生，上有黄鹂深树鸣。春潮带雨晚来急，野渡无人舟自横。（韦应物《滁州西涧》）

绝岭秋风已自凉，鹤翻松露湿衣裳。前村月落半江水，僧在翠微角竹房。（高适《题天台山清风岭壁照》）

通过个人的观察与体悟，接受客观存在性。

（二）提炼大自然的本质

科技的一个重要任务是：从形形色色、千变万化的大自然中，提炼出某种事物的本质，而且这个本质具有唯一性。"人工智能学"是提炼大自然本质的典型例子。人工智能进行"人脸识别"的依据是什么？是因为，提炼了"人脸"最本质的特征，无论"人脸"如何化妆、如何老去，其"本质"的特征不会改变。

人工智能的理论基础是数学，在数学里有一个分支：拓扑学（topology），是研究几何图形或空间在连续改变形状后还能保持不变的一些性质的学科。它只考虑物体间的位置关系而不考虑它们的形状和大小。在拓扑学里，重要的拓扑性质包括连通性与紧致性。

笔者在做人工智能图像识别研究中，建立了一个关于图像识别的"特征不变量"模型，经多次实验，结果证明，该模型可以很好地提取出一种定义良好的特征不变量，并且该特征不变量可以较好地反映原始数据的本质特性。将本模型的特征不变量用于图像目标识别领域，只要原始数据序列中包含了图像目标的必要信息，那么本算法所提取的特征不变量就可作为识别相应图像目标的一种本质属性，它具有平移、旋转及比例不变特性。

那么同样，诗词对大自然的提炼，是求神似还是求形似？答案很简单，自然是求神似了，因为神似才是艺，才是提取了自然界的"本质"，而且这个本质也具有唯一性。所谓"乱头粗服，不掩国色"，是为了提炼出"国色"，而非停留在"乱头粗服"的层面。诗词又如同演戏，不能不像，不能真像。不像不是戏，真像不是艺。天地是大舞台，舞台是小天地。"演悲欢离合，当代岂无前代事；观抑扬褒贬，座中常有剧中人。"（正乙祠戏楼联）如：

京口瓜洲一水间，钟山只隔数重山。春风又绿江南岸，明月何时照我还？（王安石《泊船瓜洲》）

一"绿"字为题眼，千里江南已全绿，而诗人何时归还？

东城渐觉风光好，縠皱波纹迎客棹。绿杨烟外晓寒轻，红杏枝头春意闹。（宋祁《玉楼春》）

一"闹"字点明春到枝头这一客观现象。再如：

清明时节雨纷纷，路上行人欲断魂。借问酒家何处有，牧童遥指杏花村。（杜牧《清明》）

世味年来薄似纱，谁令骑马客京华。小楼一夜听春雨，深巷明朝卖杏花。（陆游《临安春雨初霁》）

春的本质，用"杏花"意向表达，"杏花"是"春"最典型的特征，可以称为春的"特征不变量"。如此，可以说，我们创作的每一首诗词，只有具备唯一性，才可能有生命力。

诗词中的艺术夸张手法，是提炼大自然本质的有最有效的一种方法，如同数学方法中，对本质的特征进行局部"放大"，"放大"的目的是更突出本质。如：

白发三千丈，缘愁似个长？不知明镜里，何处得秋霜。（李白《秋浦歌》）

用夸张的手法，提炼一"愁"字。

（三）探索大自然的规律性

王国维《人间词话》提炼出词所表达的三种境界，第一境界："昨夜西风凋碧树，独上高楼，望尽天涯路。"第二境界："衣带渐宽终不悔，为伊消得人憔悴。"第三境界："众里寻他千百度，蓦然回首，那人却在灯火阑珊处。"所谓的"探索"，便是第二种境界。

首先，我们看一个探索阴阳、对偶的规律性事例

中国人已于《易经》中探索出阴阳的规律，西方人也讲究对偶，事实上，希腊数学家研究的射影几何就已经有 pole 和 polar 的观念。七十年前，物理学家已经发现负电子的对偶是正电子，而几何学家则发现光滑的紧致空间存在着庞加莱来对偶性质。

同样，在二十世纪九十年代，科学家又发现了物质的对偶是反物质，明物质的对偶是暗物质，而且，据科学家推算，反物质与暗物质一定存在。在诗中，如：

堂前扑枣任西邻，无食无儿一妇人。不为困穷宁有此，只缘恐惧转须亲。即防远客虽多事，便插疏篱却甚真。已诉征求贫到骨，正思戎马泪沾巾。（杜甫《又呈吴郎》）

中二联是对偶，而且，每一首七律的要求都是：中二联对偶，对偶的水平直接影响着一首七律的水平。

其次，再看对客观规律的探索

文学家和科学家都想构造一个完美的图画，但每个作者有不同的手法。爱因斯坦在创造广义相对论时，除了用到黎曼几何外的观念，更大量地采用到哲学家恩斯特·马赫（ErnstMach）的想法。爱丁顿（Eddington）在一九一九年时用望远镜观察证明广义相对论，证明了爱氏理论的正确性。

在诗词方面，如屈原对太空的探索：

遂古之初，谁传道之？上下未形，何由考之？冥昭瞢闇，谁能极之？冯翼惟象，何以识之？ （屈原的《天问》）

从天地离分、阴阳变化、日月星辰等自然现象，一直问到神话传说乃至圣贤凶顽和治乱兴衰等历史故事，表现了作者对某些传统观念的大胆怀疑，以及追求真理的探索精神。再如苏轼对看问题角度的探索：

不识庐山真面目，只缘身在此山中。（苏轼《题西林壁》）。

说明了，只有上升到一定高度，才能把握事物的全局。再如辛弃疾对空间星体特征的探索：

可怜今夕月，向何处，去悠悠？是别有人间，那边才见，光影东头？是天外，空汗漫，但长风浩浩送中秋？飞镜无根谁系？姮娥不嫁谁留？（辛弃疾《木兰花慢》）

词人已观察到某种现象，并努力追索天体的客观规律性。

三、用科技思维创作诗词

人为万物之灵，地球上最美丽的花朵，是人类的智慧，是独立思考的精神。爱因斯坦说过："科学研究中的最宝贵的因素是直觉。"（爱因斯坦《直觉》）"诗性思想就是原创性智慧。"（意大利约翰·维科《新科学》）"诗性思维是'创造性的直觉'与'诗性经验'的结合。"（法国雅克·马利坦《艺术与诗的创造性直觉》）

如何用科学思维创作诗词？

首先，逻辑思维与形象思维并用

科学重在逻辑思维，而诗词重在形象思维，也就是"直觉"。科学侧重"求真"，诗词侧重"求美"，科学与诗词的共同出发点是"善"。古人的佳作都有很强的逻辑思维作支撑，无一例外。没有了逻辑思维，诗的生命力同样是有限的。如：

岱宗夫如何，齐鲁青未了。造化钟神秀，阴阳割昏晓。荡胸生曾云，决眦入归鸟。会当凌绝顶，一览众山小。（杜甫《望岳》）

层次分明，条理清晰，起承转合分明，有很强的逻辑性。通过前面的铺设，得到尾联"会当凌绝顶，一览众山小"的结论。

其次，科学为诗词提供原创性的思维源泉

所谓读万卷书，行万里路，所见所感皆是科学现象，并以文字形式记载下来，南北朝时，刘勰的《文心雕龙》评论五经，认为从文学的角度来看，经文都是上品，以其载道也，载道的文章必定富有文气。道不一定是道德，也可以是自然之道。至于科学方面，也讲究相似的文气。如：

鹏飞万里去,回顾江山小。谁知天外人,犹叹笼中鸟。(彭述先《无题》)

"鹏飞"、"江山"是科学,"犹叹笼中鸟"是艺术。再如:

人生自古谁无死,留取丹心照汗青。(文天祥《过零丁洋》)

"人生自古谁无死"是科学,是客观事实,"留取丹心照汗青"是艺术。

再次,科学与诗词的原创力都来自于强烈的情感

笔者认为,有了踏实的基础后,创造性源于丰富的感情,情感是创造的第一动力。在科学方面,学者在构造一门新的学问,或是引导某一门学问走向新的方向时,我们会问,他们的原创力从何而来?为什么有些人看得特别远,找得到前人没有发现的观点?这是一个理性的选择,还是因为读万卷书而得到的结果?上述这些当然都是极其重要的原因,但是最重要的创造力,有了踏实的基础后,却源于丰富的情感。情感是创造性的第一动力。哥白尼提出的"日心说",有力地打破了长期以来居于宗教统治地位的"地心说",实现了天文学的根本变革。若无强烈的情感,是不会为此甘愿付出生命代价的。

在诗词方面,在中国文学史上,我们看到:屈原作《楚辞》,太史公作《史记》,诸葛亮写《出师表》,庾信作《哀江南赋》,王粲作《登楼赋》,陶渊明作《归去来兮辞》,他们的作品都可以说是千古绝唱。然后,我们又看到李白、杜甫、白居易、李商隐、李煜、柳永、晏殊、苏轼、秦观、辛弃疾等,一直到清朝的纳兰容若、王国维。他们的诗词,热情澎湃,荡气回肠,感情从笔尖滔滔不绝倾泻出来,成为我们见到的瑰丽的作品。这些作者,并未刻意为文,却是情不自禁。绝妙好文,冲笔而出。出色的理文创作,必须有浓厚的感情和理想,中国古代学者都有浓厚的感情,它们充分表现在诗词歌赋中。

最后，科学与人文互相影响

中国科学家，太注重应用，不在乎科学严格的推导，更不在乎科学的完美化，到了明代，中国科学家实在无法跟文艺复兴的科学家比拟。至清代，科学更是不行，没有原创性，只在前人农耕基础上，做了一点点的推进。与此相关的清代诗词，发展也略显缓慢。而同一个时代，文艺复兴以后的意大利、英国、德国、法国的学者表现出不断尝试的迥异态度。找寻原创性的数学思想，影响了牛顿力学，因此产生了多次的工业革命，与此同时，西方的文学也达到一个新的高峰。

到今天，中国的理论科学家在原创性方面，总体水平还是比不上世界最先进国家的水平，笔者认为，一个重要原因：除少数几位有成就的大科学家，其科学与人文素养并重外，我们的极大多数科学家在人文方面的素养不够，对自然界的真和美感情不够丰富！这种感情对科学家、文学家来说，是极其重要的！所以，好的科学家必有人文的素养，而好的文学家必有科学逻辑的思辨性。如此，方能从变化多姿的自然界得到灵感，来将我们的科学和人文完美化，而不是禁锢自己的脚步和眼光，故步自封。

四、"独创性"是诗词与科学的共同生命

首先，独创，唯天才能之，我称之为"化学变化"。

"我吃的是草，挤出来的是牛奶、血"（鲁迅《野草》），即，将古人之篇章与己之阅历加以咀嚼消化，经大脑酶体反应后，发生化学变化，使之生成新的、前所未有的东西。组装，则比比皆是，我称之为"物理变化"。即，将古人之言辞与事典简单地组成符合格律的"诗"，缺少自家思想感情。

在西方，有公理的研究独创，便影响了整个自然科学的发展。从欧几里德的几何公理到牛顿的三大定律，到爱因斯坦的相对论等。在中国，

数学方面有《九章算术》，建筑方面有《营造法式》，医学方面有《本草纲目》等，这些理论著作的共同特点便是：独创性！以至于影响至今，甚至还会继续影响下去。在古诗词方面，《天问》《诗经》《古诗十九首》等，皆有唯一性，也就是独创性，所以，流传至今，我们仍然讽诵不已。

其次，创新需要勇气

中国的科学家走的研究道路基本上是萧规曹随，在创新的路上，提不起勇气，不敢走前人没有走过的路，对古人或权威人士的理论不敢质疑。导致整个科学界在理论上进步不大。

同样，我们的诗词发展也存在这个问题，对古人与当代权威人士的文学理论不敢质疑，认为凡是古人讲的全是对的，对于古人的言语不加思考地盲从为公理。殊不知，这些根深蒂固的"书袋"，很有可能成为创新的强大羁绊。

先看在科技方面的创新尝试：

在物理学方面，科学家们为了更好地解释天体现象，引入"场"的概念，还有"磁力线"概念，这两个概念是科学家虚拟出来的，而非真实的存在，而自有了这些概念，天体学、电磁学等一系列的理论便应运而生，并逐渐完善。

古人在诗词方面创新尝试：

云母屏风烛影深，长河渐落晓星沉。嫦娥应悔偷灵药，碧海青天夜夜心。（李商隐《嫦娥》）

"长河"的概念是虚构，"嫦娥"的概念是虚构。有了这个虚构，使得诗词的感染力超乎想象的强大，更有了我们今天的"嫦娥四号"首探月背的成就。

天上碧桃和露种，日边红杏倚云栽。芙蓉生在秋江上，不向东风怨未开。（高蟾《下第后上永崇高侍郎》）

"天上碧桃"与"日边红杏"是诗人虚构的背景。诗人们这些大胆的虚构和假设，把诗词推向一个又一个高峰。以至于出现了明代吴承恩的小说《西游记》这部巨著。

今人在诗词创新方面的尝试

我们这个时代已经有创新领路之人。比如星汉先生的西域诗创作，再比如周啸天教授的《将进茶》等。先学习一下杨逸明先生的诗：

雪域神奇多少山，无名无字耸云端。随移一座中原去，五岳都须仰首看。（杨逸明《题喜马拉雅山脉》）

"随移一座中原去"便大胆运用虚构手法，虽然《愚公移山》故事在先，而山的如此移法，实为杨氏首创。再学习钟振振先生一首绝句：

云台露叶舞风柯，快意平生此夕多。人在乾元清气上，三千尺下是银河。（钟振振《夜登重庆南山观景台看市区两江灯火》）

"银河"意向本为古人创造的虚拟的天空的景观，而钟先生把重庆市区长江嘉陵江两岸的灯火比作银河，并移到"水底"，也是前所未有的创新。当代，类似如此创新的大诗人，还有一些，他们在创新方面，做了一定的尝试，而且，还在继续尝试着。

文学家为了欣赏现象或者舒解情怀而夸大而完美化，而科学家为了了解现象而构建完美的背景。我们在现象界可能看不到数学家虚拟结构的背景，但正如科学家创造虚数的过程一样，这些虚拟的背景却有能力来解释自然界的奇妙现象，在科学家的眼中，这些虚拟背景，往往在现象界中呼之欲出，对很多科学家和诗人来说，虚数、磁场、天宫、嫦娥等概念都可以看作自然界的一部分。

周啸天先生说过：技巧与惯例是可以把天才拉平，把庸才抬高的。"技巧"与"熟练"只是工夫活，诗词写作技法，通过阅读前人成功之作便可学得。用当代的话说，是人类的简单劳动，凡简单劳动，都可程序化，化为程序代码用智能机器人来替代。智能机器人与人类最本质的区别：前者是机械的组装而后者是智慧的化身，这也是智能机器人所作之诗绝无生命力的根源。若一味强调"熟练"与"技法"，已进入诗词创作的误区。清代诗词之所以没有唐宋诗词的历史地位，是因为，仅仅在前人基础上，做了一点点"熟练"和"技法"的进步，没有形成自己独有的东西。

结论

当今，我们能直达月球，直通外域，直探海底；高度发达的科学工具使我们能够更深刻地认识世界和改造世界，当我们有能力改造世界的时候，我们的诗歌就不应该表现为"无奈"与"哀伤"，诗歌亦须与时俱进。"牢骚太盛防肠断，风物长宜放眼量"，因此，中华诗词不仅仅是触景生情、抒发感想、享受清风明月、共鸣文人骚客的感时感事之作；也是对自然和社会本质的精炼总结，诗人须运用已有的科学知识，探索客观自然的规律性，凭直觉和理性思维诉诸形象，用诗的语言表达出来，既须闪烁着诗歌之光，又须蕴涵着哲理、趣味。我们从哲学的角度看到了古诗所蕴含的传统哲学精神，看到了它所具有的文化背景；它使我们获得艺术享受的同时，也让我们获得当代一些珍贵的科技、社会、民生、禅意、社会风情等资料。

有生命力的诗词，必以严谨的逻辑思维为支撑；必发自诗人内心，饱含诗人丰富的情感，提炼客观自然的本质，提炼客观自然规律性，提炼出事物某种特征的唯一性。激情处，可动天地，泣鬼神，以至于万古长存，不朽不灭！

韩倚云，女，河北保定人，现居北京市海淀区。工学博士后、教授，研究方向：航天宇航技术、人工智能、工程可靠性。中华诗词学会高校诗词工作委员会秘书长，北京诗词学会副会长，国标委冶金分会副主任委员，法国 INSA 大学特聘教授。

科技诗词的昨天、今天与明天

◎王国钦

古代诗词的科技元素

中国是一个诗的国度，也是一个科技发展较早的国度。

在第一部诗歌总集《诗经》中，就有很多表现天文、星象、物候、季候、历法等自然现象的诗句，反映了我国农耕文明初期的科技认识。"十月之交，朔月辛卯。日有食之，亦孔之丑。""烨烨震电，不宁不令。百川沸腾，山冢崒崩。高岸为谷，深谷为陵。"这些诗句，表现了当时人们对日食、地震等自然现象的准确观测。《诗经·大东》中"维南有箕，不可以簸扬。维北有斗，不可以挹酒浆"等诗句，将对天象的观测艺术地融入现实生活，不仅形象生动，所进行的反向联系也颇有深意。其他如"桃之夭夭，灼灼其华"（《桃夭》，"蒹葭苍苍，白露为霜"（《蒹葭》），"昔我往矣，杨柳依依；今我来思，雨雪霏霏"（《采薇》）等，在表现风霜雨雪、春夏秋冬等现象的自然变化方面，已成为脍炙人口的名句。

自《诗经》以下，产生了很多与天文、星象等自然现象相关的神话作品。如屈原笔下的《天问》，凡"天地万象之理，存亡兴废之端，贤凶善恶之报，神奇鬼怪之说"，皆在其诘问之列。表面上看，是当时科技水平欠发达情况所导致的"无所能知"。实际而言，却是当时人们思辨想象之下对"无所不知"境况的一种大胆追求和一次重要促进。

再如古诗十九首中的《迢迢牵牛星》，具体地表现了根据牛郎与织女两个星座演绎的爱情传说，语言流畅自然，叠词形象生动，千百年来不知感动了多少的世间男女："迢迢牵牛星，皎皎河汉女。纤纤擢素手，札札弄机杼。终日不成章，泣涕零如雨。河汉清且浅，相去复几许。盈盈一水间，脉脉不得语。"

时至宋代，著名词人秦观的一阕《鹊桥仙》，更将牛郎、织女的悲情传说翻转为一个厚情故事，进而达到一个新的艺术高度：

纤云弄巧，飞星传恨，银汉迢迢暗度。金风玉露一相逢，便胜却人间无数。

柔情似水，佳期如梦，忍顾鹊桥归路。两情若是久长时，又岂在朝朝暮暮。

这些作品的创作，是从相关天象神话中获得的艺术灵感。再如月亮，历来被国人寄予了太多太多的美丽意象与美好情感。唐代张若虚的《春江花月夜》，就是这些意象与情感集中而优秀表现的代表作，同时还提出了诸多具有思辨性的疑问——

……江畔何人初见月？江月何年初照人？人生代代无穷已，江月年年望相似。不知江月待何人，但见长江送流水。白云一片去悠悠，青枫浦上不胜愁。谁家今夜扁舟子？何处相思明月楼……

而宋代苏东坡、辛弃疾等人关于月亮的作品，则大大增加了作者在情感之外的科学思考：

明月几时有？把酒问青天。不知天上宫阙，今夕是何年。我欲乘风归去，又恐琼楼玉宇，高处不胜寒。起舞弄清影，何似在人间。

转朱阁，低绮户，照无眠。不应有恨，何事长向别时圆？人有悲欢离合，月有阴晴圆缺，此事古难全。但愿人长久，千里共婵娟。

——（宋）苏轼《水调歌头》

可怜今夕月，向何处，去悠悠？是别有人间，那边才见，光影东头？是天外，空汗漫，但长风浩浩送中秋？飞镜无根谁系？姮娥不嫁谁留？

谓经海底问无由，恍惚使人愁。怕万里长鲸，纵横触破，玉殿琼楼。虾蟆故堪浴水，问云何玉兔解沉浮？若道都齐无恙，云何渐渐如钩？

——（宋）辛弃疾《木兰花慢》

在浩若繁星般的古典诗词中，这样的例子不胜枚举。如李白《望庐山瀑布》中"飞流直下三千尺，疑是银河落九天"的"瀑布"，无疑蕴藏着巨大的机械能。如杜甫《登高》中"无边落木萧萧下，不尽长江滚滚来"中的"萧萧下""滚滚来"，自然表现了重力与势能、动能之间的转换关系。白居易《暮江吟》中的"可怜九月初三夜，露似珍珠月似弓"，分别表现了月亮周而复始的圆缺规律和某种物理现象……不过，这些诗词作品尽管与科技或多或少具有某种联系，但却很难称之为科技诗词，准确来说只是其中具有一定的"科技元素"而已。因为这些作者在进行作品创作之际，未必具有明确的科技理念和自觉意识。只有今人能从中品味出某种科技元素。

中医是我国独有的医药科学体系，与古典诗词一样与人们的生活息息相关。如人们所熟知的《汤头歌诀》，虽不属于严格意义的诗歌作品，但其对中医方剂的归纳、学习、记诵、传播有益。其他如《伤寒病证总类歌》《脉象口诀歌》等歌诀，同样具有重要价值。而谢朓、江淹、王维、韦应物、李白、杜甫、苏东坡等历代诗人作品中，皆有中医中药的篇什，别具一番特殊的文化韵味……

科技诗词与时代发展

英国剑桥大学的博士、生化学家李约瑟（1900—1995）有一部《中国科学技术史》(*Science and Civilisation in China*)，被称为"世界上研究中国科技史最完备、最深刻、最具特色的一部"旷世巨著"。该书证明：中华民族在人类科学文明的发展上，曾经有过殊为杰出的贡献。

随着民国初年"五四"新文化运动的开展，"德先生"（民主Democracy）与"赛先生"（科学Science）携手来到世界东方，重新唤醒了中华大地沉睡已久的科学意识。尤其在新中国成立之后，党和国家对科学技术工作给予了前所未有的高度重视并先后取得了巨大成就。如1956年召开的知识分子会议（第一次科技大会），向全国发出了"向科学进军"的号召。如1978年3月召开的全国科学大会，明确提出"科学技术是第一生产力"，为我国带来了又一次"科学的春天"。之后，许多国家重点科技攻关计划如"星火计划"（中国第一个依靠科学技术促进农村经济发展的计划）、"火炬计划"（一项发展中国高新技术产业的指导性计划）、"863计划"（中国高技术研究发展计划）等一系列科技发展规划陆续出台。长征系列运载火箭、杂交水稻、高性能计算机等科技成果，使我国的高新技术产业进入一个"迅猛发展"期……

五四运动以来一段时期的过度反传统，致使中华诗词的发展一度中滞，使我国科技发展未能得到诗词表现。目前可见的较早科技诗词，著名文学家汪东（1890—1963）为苏联第一颗人造卫星所写的一首《江南好·其二》便具有标志性意义："莱伊卡，空际且盘旋。欲为生民销战伐，首凭科技占优先。第一是苏联。"莱伊卡是当时被送入太空的第一条狗，有幸成了这首词的起兴。至于"科技"一词是否第一次出现在当代诗词作品中，目前尚无可考。

真正具有里程碑意义的作品，是毛泽东主席的两首《水调歌头》。

如 "风樯动，龟蛇静，起宏图。一桥飞架南北，天堑变通途。更立西江石壁，截断巫山云雨，高峡出平湖。神女应无恙，当惊世界殊"（《水调歌头·游泳》），短短的词句中涉及长江上两个重要科技项目，即当时正在兴建中的武汉长江大桥，和孙中山在《建国方略》中就开始设想、到 2006 年 5 月才全部建成的长江三峡大坝——其时空流转之广、科技穿越之大，可见出作者手笔之卓尔不凡。又如 "可上九天揽月，可下五洋捉鳖，谈笑凯歌还"（《水调歌头·重上井冈山》），写出了中国人敢于上天、勇于下海的志向与气魄。而今神舟探月、蛟龙潜水的巨大成就，印证了主席词句的高度预见性与非凡艺术魅力。

随着中华诗词学会 1987 年成立于北京，我们的中华诗词艺术才真正走上了复活、复兴之路。在 1992 年至 1998 年间，中华诗词学会连续举办了 "首届中华诗词大赛""鹿鸣杯全国诗词大赛""嵩山杯全国诗词大赛""回归颂全国诗词大赛""嗣同杯中华诗词大赛""世纪颂中华诗词大赛""黄果树杯诗词大赛""李杜杯诗词大赛" 以及 "月是故乡明全国诗词大赛" 等一系列影响深远的全国性诗词大赛活动，先后发现并推出了一批功力深厚的诗人词家及其优秀作品。但令人遗憾的是，很少见到有关的科技诗词参赛、获奖。李太安的绝句《农民技校》，是诸多大赛中唯一的获奖作品，以一个特写镜头表现了科技进农村、入技校的动人情景：

> 新月含羞柳上藏，农民技校夜辉煌。
>
> 阿娇卖菜归来晚，一嘴馒头进课堂。

广大诗人真正自觉地进行科技诗词创作，应该是在 1978 年进入新时期以来。深圳蛇口于 1979 年正式设立了第一个外向型经济（工业）开发区，也是我国改革开放、科技发展的最前沿与试航者。著名诗家袁第锐先生当时在绝句《赠蛇口工业区》中这样写道：

明珠缀海实堪夸，改革征程未有涯。

泯却伶仃千古泪，要从蛇口看中华。

　　作品虽然没有具体的科技内容，但却表现了改革开放必将为科技发展、中华振兴所带来的历史契机与光明前景，属于宏观之作。

　　自此以后，有关表现科技内容的诗词作品逐渐地丰富了起来。如吴江涛的《第一台解放牌载重汽车》、张晓虹的《第一颗原子弹爆炸成功》、杨世玲的《鹧鸪天·第一颗氢弹爆炸成功》、陈水清的《中国第一艘核潜艇入列》、欧阳鹤的《庆祝"神舟一号"发射成功》等等作品。科技事业的大发展，无疑为当代诗人词家提供了激发创作的艺术灵感与不竭动力。

　　历史在2012年进入新时代，我国的科技事业进入一个"成就喷发"期。从2013以来每年评选的十大"科技新闻"及"科技人物"可知：我国每年重要的科技成果，几乎都能达到或领先于世界水平；每一个成果的取得，都有一个了不起的科学家与科技团队。这些成果成为我国社会经济高速发展的根本动力。新时代的中华诗词，不仅也进入了一个新的历史发展机遇期，而且也已将科技题材纳入了诗词艺术视野之中。

科技诗词与科学精神

　　科技诗词到底是一个什么概念呢？笔者以为，凡作者自觉或不自觉地以科技人物、科技成果及其他相关题材为歌咏对象，或宏观或具体地表现并符合一定格律规范的作品，即可谓之科技诗词。

　　从原来作品中不自觉的科技元素，到而今自觉地将科技内容作为表现主题，科技与诗词关系日益密切。因为科技的特殊性，无论宏观或具体科技题材，都需要作者巧妙地个性化选材、生动地艺术化处理，才能创作出成功的科技诗词作品。

中国的古典诗词，有爱情、赠别、风物、山水、田园、怀古、边塞等不同主题内容的优秀作品，出现过豪放、婉约、雅正、闲逸、性灵等不同风格以及桐城、竟陵、江西等不同流派，各自在诗歌史上流光溢彩。而科技诗词却是有待填补的艺术空白。

2022年6月18日，中华诗词学会科技与文创诗词工作委员会（简称"科创诗词工委"）正式成立，开启了科技与诗词两种力量强强联合、比翼齐飞的新征程。如果说科技代表了国家硬实力、诗词代表着民族软实力的话，那么"文创"就是"硬实力"与"软实力"融合发展的一座桥梁。因此，在我国科技大发展、诗词大繁荣的新时代，科创诗词工委的成立是中华诗词发展的一个重大事件。

笔者认为：科技诗词创作要艺术地表现科技内容，尤其要着重地表现其中所蕴含的科学精神。这里的科学精神，就是在对科技人物、科技成果进行艺术表现过程中所体现、凝聚、升华出来的文化内涵，包括由科学发展进程中所形成的认知方式、行为规范、优良传统、价值取向和不断创新的进取精神等等。如"远涉重洋增智慧，丹心报国不徘徊"（求阙《赞著名数学家华罗庚先生》），"耿耿赤诚皆奉献，巍巍高格更升华"（李栋恒《参观郭永怀事迹陈列馆有感》），"翻成稻海千层浪，铸就天边一颗星"（张桂兴《悼"水稻之父"袁隆平》），"解答屈平疑问，领略稼轩词句，我有发言权。来日倘相遇，岂肯让先贤"（王浩之《水调歌头·天宫二号升空》），"凌斗气同山岳壮，摘星志与海天高"（林峰《嫦娥二号升天随想》），"移家拟去银河畔，往返飞舟渡世人"（叶宝林《嫦娥五号返回遥想》）等等，科技作品应当有这样的点睛之笔。

北京师范大学天文系博导张同杰教授，与其同行一起用3万亿个粒子模拟宇宙中微子、暗物质的分布和演化，成功还原了约137亿年的宇宙漫长演化进程。笔者应邀创作《天文学家张同杰题咏》之际，深感相关的专业内容成为首先的技术障碍。在经过反复地查找资料、核对知识之后，笔者这样写道：

叩问苍穹我是谁？渺茫银汉放情追。

胸中境界方无尽，地外文明可有为。

粒子还初玄象拟，星群稽古庆云垂。

好奇哈勃通天眼，科学庄严仔细窥。

　　除了"苍穹""粒子""稽古""星群"等与张同杰直接相关的专业名词之外，拙吟还涉及了"玄象""哈勃""天眼"等其他的天文学知识。而"叩问""放情""无尽""有为""好奇""庄严"等情感性用语，则分别表现了张同杰博士在科学研究之路上所彰显出来的探索精神、严谨态度与广阔胸襟。而这些，不也正是其他科学家们所共同具有的精神、态度与胸襟吗？！

　　已经担当起表现科技内容大任的当代诗词，如欲创作出更多、更好、更优秀的科技诗词作品，首先需要学习的，不也正是科学家们这种可贵的探索精神、认真的严谨态度与难得的广阔胸襟吗？！

　　　　　　　　　　2023年7月20日定稿于中州知时斋

　　王国钦，中国毛泽东诗词研究会第五届常务理事，中华诗词学会第二、三、四届常务理事暨科创诗词工委副主任，河南诗词学会副会长，黄河诗社副社长，杜甫文化推广大使。羽帆诗社、嵩岳诗社创始社长。

诗吟科技留经典，长使后人仰峻峰
——科技诗词专辑《礼赞北斗诗集》评介

师　之◎

七律·《礼赞北斗诗集》出版志庆

北斗精神最可歌，众星联袂布天罗。

创新自主消人瘦，卓越追求答问多。

赋就群公精创作，书成三审细研磨。

神州故事添新卷，破浪银河起浩波。

这是中宣部机关及各直属单位大厅公共信息屏幕上"用诗词讲述精彩中国故事"栏目2022年10月8日发布的拙作。诗中"北斗精神"是中国航天人"自主创新，开放融合，万众一心，追求卓越"的新时代精神；"答问"，回答屈原《天问》之问。为喜迎二十大召开，由中国卫星导航定位协会指导发起，中国卫星导航定位协会北斗科技文化研究推广专业委员会主办，乾鹏印象国际文化传媒（北京）有限公司承办，组织征集选编礼赞新时代北斗精神的旧体诗词曲赋与新体诗歌合一的精装版诗集，2022年9月由中国书籍出版社出版发行。

全书选集约300位作者的400首作品。诗集选编文化艺术界、航天科技界、党政机关、企事业团体和学校等社会各界诗人作品，经由北斗行业专家和文学艺术专家组成专业评审团队遴选编成。作者包括北斗科研系统总设计师、航天科技领域资深院士、将军诗人、军旅作家、航天科技领域专家及中坚新秀，还有当代诗词歌赋专家学者、文化艺术界领导及青年才俊，以及在校学习的莘莘学子等。作品体裁多样，包括古体诗、格律诗词、辞赋和新体诗。古体诗有齐言的四言、五言、七言、八言和杂言的歌行体，格律诗词包括五绝七绝、五律七律以及约80首词作，有8篇古体赋作，近50首新体自由诗。这些作品共分为五篇：《祝福篇》《嘉宾篇》《获奖篇》《名家篇》《群英篇》。

《祝福篇》是孙家栋、张履谦、戚发轫、沈荣骏、范本尧、黄国瑞、贺茂之、糜振玉、王普丰、卜庆君、周文彰、陈昊苏、贺晓明、耿莹、钱铃戈、王胜利、李毅华等人的庆贺诗词或题词的手迹图片。

《嘉宾篇》从"北斗"卫星导航理论奠基者陈芳允遗作《五绝》开篇，录入参与北斗导航系统工程研究的院士、军事科研专家等作品，或聘请诗联辞赋专家所作作品。如袁树友《赞北斗工程六系统》用六首绝句分别赞颂该巨大复杂系统的六个分组：卫星系统、运载火箭系统、发射场系统、测控系统、地面运控系统和地面运用系统。李冬冬千字赋作《北斗赋》系2013年应中国人民解放军卫星导航定位总站邀请专门创作。嘉宾作品佳作频见，如任海泉《北斗三吟》三首律绝：

少年吟北斗，红日照心头。

选定人生路，拼争最上游。

成年吟北斗，誓解导航忧。

卅载磨神矢，攻关志未休。

晚年吟北斗，笑看网星稠。

射虎五洲准，悬天百国求。

《获奖篇》36位诗人作品首首精品，佳句迭出。既有杨冰的新体长诗《东方星座——致敬中国北斗》，也有卜祥杰词作《西江月·礼赞"北斗"团队》，各有韵致，各领千秋。其中四篇赋作马建勋《北斗卫星赋》、姜东阳《北斗导航赋》、王广华《北斗赋》、康志煌《新时代北斗精神赋》精彩纷呈。仅举几例和大家分享。卜祥杰词作《西江月·礼赞"北斗"团队》平仄交替、简短有力：

浩渺苍穹探路，神奇北斗明航。胸中有梦不迷茫，用我丹心组网。冲破风云险阻，深耕万里天疆。三十五载看担当，凝聚中国力量。

如马建勋《北斗卫星赋》语言通俗而抑扬顿挫、韵律丛生：

图强之志，励行民族品牌；自主之心，彰显中国创造。七星北斗而命名，万里长空而飞曜。国际争锋，空间出鞘。底气源于信心，征途始于正道。造福人类，弘扬大国之仁风；放眼太空，奔向未来之美好。（节录）

《名家篇》作品名不虚传：

几十颗星造上天，一齐围地转圈圈。
神州人与神同步，不信中华梦不圆。

——杨逸明《赞北斗卫星导航系统，赋三绝句》的第三首绝句，通俗幽默的语言，表达出地上与天上互联互通的新境界，神州人与天上神仙打成一片，创造出新时代的"天人合一"新境界，由此自然产生对实现中华民族复兴之中国梦的满满信心。

深邃穿山高架桥，九州名胜迭相召。

八达四通规定位，驾游若个不逍遥。

——周啸天《北斗卫星定位》表现他一贯关注现实生活的创作风格，地上高架桥加上天上卫星定位，咱们中国人驾车游览九州名胜就获得逍遥自在的自由了，北斗卫星定位科技成就带来多么幸福的生活。

不随李杜赋天章，留我今朝颂导航。

战略赶超原有梦，空间交互已无疆。

胸襟浓缩三千界，汗雨平添五大洋。

欲使诗词多好句，仰观北斗借寒芒。

——星汉《北斗三号全球卫星导航系统正式开通》

星汉这首作品不仅歌咏北斗导航新成就，也道出了新时代诗词创作借助于新科技造就的新北斗发出新光芒的喜悦。当代诗词有李杜光芒万丈长的照耀，更有当代北斗光芒长万丈的荣耀，有悠久灿烂的历史辉煌，有激情燃烧的现实生活，还愁诗词不能有新的发展？当代诗词复兴及时赶上记录时代科技新成就，新时代科技发展赋能诗词创作与传播，两者互相造就、相得益彰。

《群英篇》可谓群英璀璨，异彩纷呈。其中好多作者都是亲身参与北斗卫星导航定位的科研工作者，写的是自己的亲身感受。仅举一例，请看参加过北斗一号、二号、三号卫星系统工程研制工作的郝文宇创作的五言古体《颂北斗——贺2010年北斗卫星五颗成功暨航天任务完美收官》：

一载五连胜，把酒共展眉。

夙夜拼搏志，愿偕捷报归。

北斗昭青史，航天更腾飞。

昔时汗犹在，化作满天辉。

　　投身火热科研攻关挥洒汗水的场景和获得阶段性成功的喜悦，以及无怨无悔而充满自信的豪情，洋溢在诗句的字里行间。

　　中国卫星导航定位协会北斗科技文化研究推广专业委员会，于2022年3月主办了"弘扬新时代北斗精神"为主题的诗词、书法征集及诗歌朗诵系列文化活动，《礼赞北斗诗集》正是其阶段性成果。

　　2020年7月31日，北斗三号全球卫星导航系统建成暨开通仪式在北京人民大会堂隆重举行。中共中央总书记、国家主席、中央军委主席习近平出席仪式，宣布北斗三号全球卫星导航系统正式开通并向全球提供服务。北斗卫星导航系统是我国迄今为止建设规模最大、覆盖范围最广、服务性能最高、与人民生活关联最紧密的巨型复杂航天系统。开通两年多以来，为一百多个国家和地区亿级以上用户提供服务，这是我国为全球公共服务基础设施建设作出的重大贡献，是中国特色社会主义进入新时代取得的重大标志性战略成果，对推进我国社会主义现代化建设和推动构建人类命运共同体具有重大而深远的意义。现任中国卫星导航定位协会会长于贤成先生在本书序言中说："新时代北斗精神，是几代北斗人不忘初心、接续奋斗的生动写照，是参研参建的400多家单位、30余万名科技人员合奏的一曲大联合、大团结、大协作的交响曲，倾注着北斗人的责任与担当、浸透着拼搏和奉献、满含着创新和超越的奋斗情怀，是中国航天人在科技强国征程上竖起的又一座精神丰碑。"这本《礼赞北斗诗集》数百首作品，只是用中国文学艺术的形式致敬北斗人、礼赞新时代的阶段性成果，北斗文化底蕴深厚，北斗科技魅力无限，期待着北斗精神继续发展，北斗诗歌再创辉煌。

科技诗词嫁接成，奇花异树定纷呈。

歌吟现代留经典，长使后人仰峻峰。

    这是中科院院士吴硕贤先生2022年6月祝贺中华诗词学会科技与文创诗词工作委员会成立的贺诗。这一本《礼赞北斗诗集》当之无愧，正是歌吟当代科技发展巨大成就而能流传后世的诗词经典，后人将通过这本书中内容丰富的诗词歌赋作品，艺术地感受到20世纪与21世纪交替的几十年，中国创造的令中华民族引为骄傲的巨大科技成就；同时也由此书内容而见证到，中华汉字所创造的诗国文脉并未中断，而是有较好的诗词歌赋作品在赓续这个悠久的传统；当代中华诗词的创造力正蓬勃复兴，中华诗词作为时代的记录者、歌唱者，继续在谱写着当代中华诗词文学的辉煌历史。

（该文已刊载《瞭望中国》2023年4月、《新阅读》2023年6月）

后　记

王国钦◎

"科学技术是第一生产力。"邓小平同志1978年在全国科学大会上提出的这一论断，不仅是马克思"社会劳动生产力，首先是科学的力量"理论的深化与发展，而且切实推动了中国科学技术的巨大进步。

习近平总书记在党的二十大工作报告中强调指出："我国一些关键技术实现突破，战略性新兴产业发展壮大。载人航天、探月探火、深海深地探测、超级计算机、卫星导航、量子信息、核电技术、大飞机制造、生物医药等取得重大成果，进入创新型国家行列。"

2022年6月18日，中华诗词学会科技与文创诗词工作委员会（简称"科创诗词工委"）于北京中国美术馆正式成立，周文彰会长亲临并致辞。科技诗词古来有之，但却并未像田园诗、风物诗、山水诗、边塞诗、离别诗、爱情诗、咏史诗一样，形成一个明确的专题诗歌品类。随着科创诗词工委的正式成立，中国文学第一次跨界容纳了"科技""诗词""文创"这三个方面的特殊内涵。"科技"代表了国家硬实力、"诗词"代表着民族软实力，"文创"则是一座将"硬实力"与"软实力"进行融合发展的当代文化桥梁。

科创诗词工委在筹备期间，组织了一次"诗词颂科技，礼赞新时代"的全国性征稿活动。该活动以"普遍征稿"及"定向约稿"两种方式，广泛征集以科技为主题的当代诗词作品。为方便作者突出表现党的十八大以来的相关科技主题，我们还专门整理了2013年以来逐年的十大科技新闻、科技成果及年度科技人物，以帮助大家准确了解相关的科技发展线索及所取得的主要科技成就。

从2022年4月至5月，通过一个多月时间的征稿、约稿，收到了包括北京、河北、辽宁、河南、湖北、浙江、广东、江苏、江西、山东、安徽、黑龙江、海南、香港等来自全国近20个省（市区）数百位诗人词家的数百首作品。其中，既有中华诗词学会领导与顾问，也有工作在科技领域的博士与将军；既有全国各地的业余诗人词家，也有德高望重的行家里手……在连续克服征稿时间较短、多地疫情紧张、来稿渠道复杂等困难因素的基础上，又经过近一个月的认真工作，活动最终遴选出100首作品并类分为两大部分：其一，将表现党的十八大以来科技成果与科技人物的作品50首结集为《科技颂》；其二，将表现新中国成立以来科技成果与科技人物的作品50首结集为《科技赞》。这些作品，已在6月18日的科创诗词工委成立仪式上以卷轴形式正式发布，并赠送给有关领导、相关科技单位、科技人物以作永久纪念。

科创诗词工委正式成立之后，科创诗词工委主任赵安民和我两人不约而同认识到，编写出版有关科技诗词是一项重要工作。我们两人长期致力于当代诗词出版工作，对当代诗词界颇为熟悉，就决定利用近水楼台之便，首先选编一本《当代科技诗词选》。一方面重新将2013年以来的重要科技成果、科技人物等题目约请诗词名家分题创作，另一方面邀请诗词名家提供自己以前创作的科技诗词代表作品。同时，又从《中华诗词》《中华辞赋》《诗刊》等刊物及近年来出版的《新中国诗史：航空航天卷》（韩倚云选编）、《诗咏新中国：〈诗刊〉历年作品选》（《诗刊》社编）、《礼赞北斗诗集》（袁树友主编）、《思维咏悟：陈懋章院士诗词选集》《我们的战疫：全民抗击新冠肺炎疫情诗词选》（《诗刊》社编）等多种当代诗词出版物中遴选一些相关作品，最后选出作品约500首。之后，我们将选稿呈请中华诗词学会有关领导进行审阅并提出修改意见，经过几次增删修改、去粗存精等努力，并对这些作品进行合理类分调整，最终形成了这本《当代科技诗词选》，入选作品约300首。

本书作品分为"科技人物""科技成果""科技综合"三类，以党的十八大以来科技人物及科技成果为重点，反映新中国成立以来的科技发展面貌。将马凯、杨振宁、叶嘉莹、沈鹏、周文彰这五位作者的作品，以"特邀作品"的形式置于书前。全书形成一个诗人词家笔下的艺术化当代科技发展简史，为新中国成立以来的科技发展勾勒出一个生动而形象的艺术画廊。我们希望有更多的诗人词家加入科技诗词的创作队伍，更希望有更多的读者从中学习到不畏艰辛、顽强拼搏的科学精神。

由于种种原因，还有一些著名诗人词家的优秀科技作品会被遗漏，某些特殊科技领域的歌咏作品也会还有空缺。我们希望日后有机会对不足之处加以弥补。

筹备科创诗词工委成立典礼时，马凯同志接到中华诗词学会邀请函和赵安民书信之后，多次通过秘书向赵安民传达他对成立典礼有关情况的问询与关切。选编本书时，赵安民主任通过马凯同志秘书向马凯同志约稿，得到马凯同志高度重视，即时让秘书发来他自己的作品予以支持，特此向马凯同志表示诚挚谢忱。本书的选编出版，还得益于中华诗词学会周文彰会长、林峰常务副会长等领导的大力支持，得益于程思行、梁军、闫志军、章学方、何岩、张建业、谢建林、宋延萍、陈瑜等发起、筹备科创诗词工委的志愿者们倾情奉献，更得益于中国社会主义文艺学会《诗国》编委会同志，特别是丁国成老师、张维青主任的大力支持。中国书籍出版社领导与责编的辛勤付出，也是本书得以顺利出版的重要因素。在此，我们一并表示诚挚感谢！

2022年10月18日于中州知时斋

《诗国》征稿、征订启事

由中国社会主义文艺学会主管，诗国工作委员会编，贺敬之任总顾问，丁国成、旭宇、刘向鸿、易行等任主任。现已复刊，公开出版，面向海内外征稿、征订。

《诗国》独具特色：深入诗词发展前景研究，团结各路诗人，整合三个诗坛，坚持新体诗民族化、旧体诗现代化、新古体诗艺术化。诚请各种风格、流派、文艺观点的诗人论家赐稿支持！

本社对来稿作品保留修改的权利，对所刊发的诗文享有全媒体出版物专有出版权，若有异议请事先声明。来稿作品应保证无著作权属纠纷，如若违反，文责自负。

电子稿请发：

新诗邮箱：shiguojikan@163.com

古体邮箱：345472294@qq.com

编辑部地址：北京市东城区东四八条52号2层2034室《中华诗词》杂志社

邮政编码：100007

联系人：武立胜

联系电话：13691553303

诗国工作委员会地址：北京市西城区百万庄中里甲6号楼6门501号

邮政编码：100037

联系人：张维青

联系电话：18580688888

发行部地址：河北省秦皇岛市开发区东海道6号维青集团

邮政编码：066000

联系人：李老师

联系邮箱：shiguoshe@126.com

联系电话：0335-8888833